HEYNE <

Das Buch

Aus Verzweiflung will die schöne Stepha den reichen, aber herrischen Geschäftsmann Klaus Stoltenbeck heiraten, obwohl sie ihn nicht liebt. Erst kurz vor der Hochzeit merkt sie, daß sie einen Fehler begangen hat, die Werbung anzunehmen. Als Klaus' Zwillingsbruder Dieter aus Südamerika heimkehrt, überschlagen sich die Ereignisse: Klaus kommt bei einem Autounfall ums Leben, und die beiden Brüder werden im Krankenhaus verwechselt. Kurz entschlossen hält Dieter, der so ganz anders ist als sein Bruder, den Irrtum aufrecht – denn Stepha war schon immer seine große Liebe.

Die Autorin

Karin Bucha hat bereits zahlreiche Romane veröffentlicht und zählt zu den erfolgreichsten Autorinnen von Frauenromanen. Eindringlich und sensibel beschreibt Karin Bucha in ihren Romanen die Höhen und Tiefen des menschlichen Lebens und schildert ergreifende Frauenschicksale.

Karin Bucha

Das Meer der Sehnsucht

Roman

WILHELM HEYNE VERLAG
MÜNCHEN

Das Buch erschien bereits unter dem Titel
»Die große Lebenslüge«

Umwelthinweis:
Das Buch wurde auf
chlor- und säurefreiem Papier gedruckt.

Taschenbuchausgabe 01/2005

Printed in Germany 2005
Umschlagillustration: Corbis/Peter Barrett
Umschlaggestaltung: Nele Schütz Design, München
Gesetzt aus der Berkeley Book
Satz: KompetenzCenter, Mönchengladbach
Druck und Bindung: GGP Media GmbH, Pößneck
ISBN: 3-453-49002-9
http://www.heyne.de

»Ich bitte dich, Kind, sag mir: Liebst du Klaus Stoltenbeck nicht mehr? Hast du ihn überhaupt geliebt, als du seine Werbung annahmst? Bedenke doch, welchen Schmerz du ihm bereitest, wenn du ihn jetzt, da er auf Hochzeit drängt, um deine Freiheit bitten willst!«

Stepha hielt mit beiden Händen das Fensterkreuz umklammert. Klaus Stoltenbeck – die Mama – die Hochzeit – alles zog in wirbelnden Bildern an ihr vorüber. In ihrem Herzen war eine grenzenlose Leere und die Angst vor dem Kommenden, vor der Ehe mit Klaus.

»Verzeih, Mama, daß ich dich betrüben muß«, schluchzte sie auf. »Ich muß es dir sagen, wenigstens einem Menschen muß ich mich anvertrauen. Nein, ich liebe ihn nicht! Ich habe ihn auch nicht geliebt, als er um mich warb. Ich weiß, daß ich schlecht gehandelt habe. Verzeih mir! Ich will auch nicht mehr von einer Trennung von Klaus sprechen – nie wieder! Damals, Mama – dachte ich nur an das große Glück, das mir und dir winkte. Die Entbehrungen hatten mich aufgerieben. Dazu kam Klaus Stoltenbecks herrisches Wesen. Er rechnete wohl gar nicht mit einer Absage. Ach, du kennst nicht den kühlen Rechner. Nach meinem Herzen hat er überhaupt nicht gefragt. Er hat mich einfach überrumpelt.«

Eine bedrückende Stille folgte dieser bitteren Beichte.

»Mama!« Stepha schlang ihre Arme um den Hals der Mutter. »Vergib! Ich wollte dir den morgigen Tag, der so bedeutungsvoll für dich ist, nicht verderben. Ich habe dich noch nie so glücklich gesehen wie in den letzten Wochen, seit Warnitz so viel Liebe in dein Leben bringt.

Ich mache dir auch keinen Vorwurf, daß du nun zu dem Mann deiner Liebe gehst. Du bist ja noch so jung mit deinen zweiundvierzig Jahren. Aber dein Glück hat mir die Augen geöffnet, hat mir so recht zum Bewußtsein gebracht, wie unglücklich ich bin.«

»Stepha – gibst du dich zufrieden, wenn ich Friedrich bitte, morgen nicht auf mich zu warten? Ich sage alles ab, die Hochzeit – die Gäste –«

»Nein! Nein! Bitte nicht, Mama! Ich würde meines Lebens nicht wieder froh werden, zumal Warnitz stets so gut zu mir ist – so sehr gut. Warum sollst nicht wenigstens du glücklich sein? Bitte, Mama, vergiß meine wirren Reden und versprich mir, daß du morgen Warnitz' Frau wirst!«

»Wenn es dich beruhigt, Stepha, dann soll alles beim alten bleiben, obschon ich mit dem schmerzlichen Wissen Friedrichs Frau werde, daß du mich gerade jetzt sehr nötig brauchst.«

»Nein, Mama!« Stepha fuhr heftig auf. »Sei lieb! Ich brauche nichts als Ruhe, viel Ruhe. Mach dir also keine Sorgen mehr und denk an dein Glück, für das ich jeden Abend beten werde.«

~

Drei Tage später.

Stepha Witt war wieder ruhig geworden. Sie ging durch die Wohnung, von Zimmer zu Zimmer, und sah, daß alles wieder an Ort und Stelle stand. Zwei Tage war nun schon die Mama mit ihrem Mann auf der Hochzeitsreise! Sie gönnte der Mutter das späte Glück von Herzen; aber sie seufzte doch hinter ihr her.

Zwei Karten hatte sie schon erhalten, aus Berlin und München. Und hinter jedem Gruß stand die ängstliche Frage: »Wie geht es dir, Stepha?«

Nun, bis jetzt ging es ihr gut. Klaus hatte ihr Ruhe gelassen, so daß sie wieder mit sich ins reine gekommen war. Aber heute würde er auf ihre Gesellschaft Anspruch erheben; das fühlte sie. Die Unruhe trieb sie deshalb von Zimmer zu Zimmer.

Mit Händen und Füßen hatte sie sich gesträubt, mit in die große Villa an der Stadtgrenze zu ziehen. Sie hatte die Mutter so lange bestürmt, in der alten Wohnung bleiben zu dürfen, bis sie nachgegeben hatte.

Dritter im Bunde wollte Stepha nicht sein. Die Mama mußte sich ja selber erst an die neuen Verhältnisse gewöhnen. Sie war nun nicht mehr die arme Witwe, sondern die Frau des wohlhabenden Friedrich Warnitz.

Der Fernsprecher riß sie aus ihren Grübeleien.

Erschrocken ging sie an den Apparat und meldete sich.

»Klaus – bist du es?«

»Ja, Stepha, hier Stoltenbeck!« Die tiefe Stimme des Verlobten schlug an ihr Ohr. »Nun – ist das junge Paar fort? War die Hochzeit schön?«

»Gewiß, Klaus – es war sehr schön«, erwiderte sie, so ruhig sie es vermochte.

»Bist du böse, Kleines? Ich konnte wirklich nicht abkommen. Mama wird es mir gewiß nicht übelgenommen haben.«

»Bestimmt nicht, Klaus!« beruhigte sie ihn. »Hast du einen besonderen Wunsch?«

»Ich habe nur den einen Wunsch, dich heute zu sehen, zu sprechen.«

»Bestimme nur«, fiel sie ihm rasch ins Wort.

»Halte dich für neunzehn Uhr bereit, Stepha! Der Chauffeur holt dich ab. Pünktlich sein – du weißt!«

»Ich bin pünktlich, Klaus«, sagte sie müde. Sie kannte die bestimmte, fordernde Art des Verlobten – alles hatte sich seinen Anordnungen zu fügen – und sie hatte sich damit abgefunden.

»Auf Wiedersehen!«

Ohne die berauschende Freude, die jede Frau in sich trägt, wenn der Geliebte sie ruft, ging Stepha in ihr Schlafzimmer und legte sich ihre Sachen zurecht.

Als es zehn Minuten vor der verabredeten Zeit war, bestieg sie den Wagen, der schon vor dem Haus wartete.

Pünktlich betrat sie das Hotel, in dem Klaus Stoltenbeck sie erwartete. Wie stets, wenn sie den Schritt in die große Welt setzte, verwirrte sie auch heute die flimmernde Helle des weiten, eleganten Raumes.

Als sie in dem Speisesaal erschien, erhob sich Klaus Stoltenbeck. Hochgewachsen, breitschultrig, mit hellen Augen, selbstbewußt und beherrscht bis in die Fingerspitzen, stellte Stepha fest, während sie ihm entgegenging.

»Guten Abend, Kleines! Pünktlich wie immer; das schätze ich an dir«, begrüßte er sie. Dabei umschloß er ihre lichte Erscheinung mit einem aufleuchtenden Blick und führte ihre Hand an seinen Mund. »Ausgeschlafen von den anstrengenden Tagen?«

Aber er schien gar keine Antwort zu erwarten, denn sobald er ihr gegenübersaß, blickten seine Augen schon wieder kühl an ihr vorbei. »Ich habe bereits gewählt. Es ist dir doch recht?«

»Selbstverständlich! Übrigens – ich soll dich von Mama und Warnitz grüßen.«

»Danke, Stepha! Wir werden es ihnen bald nachmachen.«

Er griff nach seinem Notizbuch und blätterte darin. »Wie denkst du über Anfang Mai? Das wäre in vier Wochen.«

Stepha nickte nur; sprechen konnte sie nicht. Da war wieder die Angst, die ihr die Kehle zuschnürte.

Er schien auch keinen Widerspruch zu erwarten, denn er fuhr gleich fort:

»Weshalb sollte es dir auch nicht recht sein, so bald wie möglich Frau Stoltenbeck zu werden? Du wirst damit eine der angesehensten Frauen Hamburgs und spielst eine große Rolle in der Gesellschaft. Ich bin überzeugt, daß du dich schnell an das Neue gewöhnen wirst; du machst ja einen großen Schritt nach oben.«

Dabei lächelte er sie an und sah mit heimlicher Freude, wie sich ein dunkles Rot von dem weißen Hals bis hinauf in die helle Stirn ergoß.

»Ich weiß die Ehre, Frau Stoltenbeck zu werden, wohl zu schätzen«, erwiderte sie und beugte sich tiefer über ihren Teller.

»Nun dann – auf unsere Zukunft, Kleines!« Er hielt ihr sein Glas entgegen. Stepha aber dachte, während sie ihm Bescheid tat: Er spricht nur von unserer Zukunft. Vielleicht verlangt er von mir gar nicht die große, himmelstürmende Liebe. Vielleicht ist seiner kühlen Natur jeder Gefühlsausbruch verhaßt. Ich werde noch viel lernen müssen, um mich ihm anzupassen.

»Übrigens«, fuhr er fort, als er sein Glas wieder abgesetzt hatte, »mein Bruder kommt in den nächsten Tagen. Du kennst ihn ja, wenn auch nur flüchtig. Dieter ist ganz das Gegenteil von mir: lebenslustig, ein Brausekopf voll unverwüstlichen Humors. Ihr werdet bestimmt Freunde werden.«

»Ich hoffe es«, meinte sie leise und erschrak über die Gleichgültigkeit, mit der sie alles betrachtete, was ihn betraf.

Wärmer setzte sie deshalb hinzu: »Ich werde mir jedenfalls Mühe geben.«

In seinen Augen aber lag etwas wie Angst, als er ihre Finger hart umspannte und meinte:

»Vor allem halte dein Herz fest, Stepha.« Er versuchte zu scherzen. »Dieter galt von jeher als unwiderstehlich. Und er ist auch nie als Kostverächter an den Frauen vorübergegangen. Er war stets aller Liebling – auch der meiner Mutter.«

»Aber ihr seid doch Zwillingsbrüder, nicht wahr?« fiel sie ihm, überrascht von dem ernsten Ton, in dem er das sagte, rasch ins Wort.

»Ja – wir sind Zwillinge. Dieter gleicht mir wie ein Ei dem anderen. Aber nur im Äußeren – im Charakter sind wir grundverschieden.«

Schweigen. Nach einer Weile fragte Stepha nachdenklich: »Dann – dann ist er wohl leichtsinnig ... leichtlebiger ... zumal du ihn nach Südamerika geschickt hast?«

»Leichtsinnig war Dieter nie«, gab er wahrheitsgemäß zur Antwort. »Aber er ist ein Sonnenmensch. Alles, was ich mir schwer erkämpfen mußte: Erfolg, Zuneigung, das flog ihm ohne Mühe zu. Ja, manchmal habe ich ihn deswegen förmlich gehaßt.«

Stepha legte ihre Hände im Schoß zusammen. Wie er so vor ihr saß, die Stirn in düstere Falten gezogen, den Blick ins Ungewisse gerichtet, fürchtete sie sich vor ihm. Er haßte den Bruder? Dann bedeutete dessen Reise nach Südamerika gewiß eine Art Verbannung. Dieter hatte ihm wohl bei irgend etwas im Wege gestanden und weichen müssen.

Sie fühlte in diesem Augenblick Mitleid mit Klaus und Erbarmen mit seinem Bruder, der fern von der Heimat sein Leben verbringen mußte. Doch jetzt kam er heim.

»Marion!« rief Erich Vollmer entsetzt und umklammerte vor Schreck die Brüstung der Terrasse.

Die Reiterin kam in diesem Augenblick über den zweiten Zaun gesprengt, steuerte geradewegs auf die Terrasse zu, riß aber dicht davor das Pferd herum und verschwand auf dem Seitenweg zu den Stallungen.

Nach zehn Minuten stieg Marion Vollmer, die Gerte schwingend, die Stufen der Terrasse empor.

»Morgen, Papa!« grüßte sie kurz und stellte sich wortlos an die Brüstung. Der schmale, rassige Körper bebte in ungeheurer Erregung. Jeder Muskel schien noch angespannt zu sein.

Vollmer beobachtete sie unausgesetzt. Schließlich legte er den Arm um ihre Schulter. In seine Stimme zwang er Härte.

»Von heute an unterbleiben diese tollen Ritte, Marion! Furchtbar ist mir der Gedanke, daß man dich eines Tages mit zerschmetterten Gliedern heimbringen könnte. Ich verbiete dir hiermit diese stundenlangen Ausritte; du kannst niemals maßhalten, Marion.«

Achselzuckend entwand das Mädchen sich seiner Umarmung und ließ sich gleichmütig am Tisch nieder.

»Ich will deinem Wunsche nachkommen, Papa. Ich werde meine Ritte aufgeben und dafür – reisen!«

Vollmer war verblüfft.

»Schon wieder eine neue Laune, Kind? Reisen? Und wohin, bitte?«

Marion straffte den jungen Körper.

»Nach Deutschland – Dieter Stoltenbeck nach«, kam es rauh über ihre Lippen. Dabei füllten sich ihre großen dunklen Augen mit Tränen, und plötzlich lag ihr Kopf auf dem Tisch. Ihre Schultern zuckten vom Schluchzen.

Das Donnerwetter, das Vollmer Marion zugedacht hatte, blieb ihm im Halse stecken. Sein wildes Mädel, das einem tollen Jungen glich und jede Gefahr lächelnd überwand – weinte?

Hilflos strich er über den dunklen Wuschelkopf.

»Kind, so sehr liebst du ihn?«

Marion riß den Kopf in die Höhe.

»Ja – so sehr liebe ich ihn!« kam es bitter über ihre Lippen. »So sehr, daß ich meinen Stolz begrabe und ihm nachreise. Ich kann nicht leben ohne ihn.«

»Und glaubst du, daß ein Dieter Stoltenbeck dich lieben wird, wenn du ihm nachreist?« fragte er ungläubig.

Da fuhr Marion leidenschaftlich auf: »Er wird von meiner Liebe überzeugt sein! Bis jetzt glaubt er noch, daß es mir nicht ernst ist. Ich werde ihn zwingen, das Gegenteil festzustellen.«

Der alte Eigenwille! dachte Vollmer besorgt. So war nun Marion. Nichts konnte sie sich versagen, auf nichts verzichten. Aber das Leben gibt nichts freiwillig. Alles muß man sich erkämpfen.

Vollmer lächelte leicht. Nun ja, sein Mädel wollte ja kämpfen um den Mann ihrer Liebe, den die Sehnsucht nach der Heimat getrieben hatte. Keinem hätte er sein Mädel lieber anvertraut als diesem tatkräftigen, zielbewußten Mann. Aber – ob Marion zu ihm paßte? War sie nicht doch zu flattrig für ihn?

»Gut!« sagte er dann entschlossen und setzte damit seinen Gedanken ein Ziel. »Ich hindere dich nicht, Marion; du kannst nach Deutschland reisen – zu deinem Dieter.«

Mit hellem Aufschrei warf sie sich an seine Brust, schlang die Arme um seinen Hals und bedeckte sein Gesicht mit Küssen.

Da wirbelte sie auch schon ins Haus, pfiff nach Stanja, der alten Dienerin, und befahl ihr, die Koffer zu packen.

»Wir reisen, Stanja – du wirst mich begleiten. Wir fahren weit übers Meer – nach Deutschland«, hörte Vollmer sie jubeln.

Glückliche, beneidenswerte Jugend – sann er – die sich nicht unterkriegen läßt, die bereit ist, zu kämpfen für ein Ziel – für ihre Liebe!

Wie ein Schatten huschte Armand über die Planken des Achterdecks, wo ein einsamer Mann gedankenverloren an der Reling lehnte und über das Meer blickte.

»Herr, Sie sollen sich endlich schlafen legen. Schon viele Nächte haben Sie gewacht. Bald sind wir in der Heimat«, sprach die gütige Stimme aus dem Dunkel heraus zu Dieter Stoltenbeck.

Dieter fuhr herum und legte seinem Getreuen die Hand auf die Schulter.

»Ja, Armand, die Heimat und die Liebe brennen mir wie Feuer in den Adern. Ich sehne mich nach beiden unsagbar – und doch habe ich Angst, sie wiederzusehen; kannst du dir das vorstellen?«

Er ließ seine Hand nicht von Armands Schulter, als er neben ihm das Deck verließ und seiner Kabine zuschritt.

»Es ist großes Unrecht, Armand. Ich weiß es, und doch kann ich nicht gegen dieses übermächtige Gefühl an. Vielleicht würde ich es noch Jahre hindurch drüben ausgehalten haben, wer weiß – wenn ich nicht Tag und Nacht Stephas Bild im Herzen getragen hätte. So aber hatte ich keine Ruhe, keine Freude mehr in der Fremde.

Ja, ja – Armand, nun schüttelst du sorgenvoll den Kopf. Es ist aber so«, fuhr der sonst so verschlossene Dieter Stoltenbeck sinnend fort. »Ich liebe die Braut meines Bruders – ich liebe Stepha Witt. Nur die Sehnsucht nach ihr treibt mich in die Heimat. Aber fast wünsche ich, daß ich von ihr enttäuscht wäre, damit die heimliche Qual ein Ende findet.«

Sie waren vor Stoltenbecks Kabine angekommen. »Komm mit zu mir, Armand – wir trinken noch ein Gläschen.«

Schweigend gehorchte der alte Diener. Das Herz war ihm schwer von Sorge um den geliebten Herrn.

Wie oft hatte sich in letzter Zeit nicht diese Aussprache wiederholt? Dieter brauchte ja einen Menschen, zu dem er von seiner großen Liebe sprechen konnte.

So geschah es auch heute. Während sie Schluck um Schluck tranken, schüttete Dieter Stoltenbeck sein Herz dem Vertrauten aus, der ihn aus der Heimat hinüber in das fremde Land begleitet hatte und der jetzt nicht von seiner Seite wich.

Auch heute trennten sie sich erst, als der Morgen dämmerte. Geräuschlos, wie es Armands Art war, zog er die Tür hinter sich zu und lehnte sich erschöpft gegen die Wand.

Dann krampften sich seine zitternden Finger ineinander. »Herrgott – führe es zu einem guten Ende! Einmal schon hat Klaus den Bruder in die Verbannung geschickt. Ich weiß nicht, was er ein zweites Mal mit ihm machen würde, wenn etwas Schlimmes geschähe.«

Klaus Stoltenbeck war Dieter entgegengefahren. Er hatte es sich nicht nehmen lassen, den Bruder in Bremerhaven willkommen zu heißen.

Es war kein wortreiches Wiedersehen gewesen, aber doch war es herzlich.

Dieter fand den Bruder offener, wärmer. Stepha, dachte er,

hat das Wunder fertiggebracht. Klaus jedoch verbarg sein Erstaunen hinter einer unbeweglichen Miene. Der Bruder war reifer, männlicher geworden. Sogar die Augen, die die Mutter einst Sonnenaugen genannt hatte, entbehrten jetzt ihren strahlenden Glanz.

»Bist du allein?« fragte Dieter nach der Begrüßung.

»Ja, Dieter!« Klaus blickte verwundert auf. An Stepha dachte er in diesem Augenblick nicht. Und er sah auch nicht das sichtbare Aufatmen des Bruders, da er sich schon an den abseits stehenden Armand gewandt hatte.

Noch eine Gnadenfrist, dachte Dieter. Doch innerlich fieberte er der ersten Begegnung mit Stepha entgegen.

»Wir fahren sofort weiter«, meinte Klaus.

»Wollen wir nicht lieber heute noch hierbleiben und morgen erst heimfahren?« schlug Dieter vor.

»Ausgeschlossen, Dieter!« widersprach Klaus. »Morgen findet eine wichtige Sitzung statt, bei der ich keineswegs fehlen darf. Es ist nicht die erste Nacht, die ich mir um die Ohren schlage.«

Eine Stunde später saßen sie bereits in Klaus Stoltenbecks Wagen. Dieter lehnte neben dem Bruder. Armand saß auf dem Rücksitz. Zuerst plauderten sie munter drauflos. Es gab viel zu berichten, zu erklären, während sich der Wagen Kilometer um Kilometer durch die Landschaft fraß, immer tiefer hinein in das Dunkel der Nacht. Allmählich aber wurde es stiller zwischen den Brüdern.

Ein leichter Nebel stieg auf und machte zeitweise die Sicht fast unmöglich, so daß Klaus' ganze Aufmerksamkeit in Anspruch genommen war.

Dieter wehrte sich vergeblich gegen die ihn anfallende Müdigkeit. Langsam glitt er hinüber in ein traumhaftes Hindämmern.

Unentwegt saß Klaus am Steuer.

Ich hätte doch Dieters Rat befolgen sollen, überlegte er, als auch ihn bleierne Müdigkeit anfiel. Ein Telefongespräch hätte meine Abwesenheit entschuldigen können.

Allmählich lichtete sich der Nebel. Dafür aber klatschte dichter Regen gegen die Windschutzscheibe. Der Wischer pendelte gleichmäßig nach rechts und links.

Klaus' Blick war starr geradeaus gerichtet und bohrte sich gleich den Lichtern seines Wagens in das Dunkel.

Plötzlich schien der Wischer stehenzubleiben … er veränderte sich zusehends, wurde größer und größer – wuchs ins Riesenhafte.

Haltsuchend umklammerte Klaus Stoltenbeck das Lenkrad fester. Er wollte es zwingen, kämpfte verzweifelt gegen das ihn überkommende Schwindelgefühl an.

Dann sank sein Kopf kraftlos auf die Brust herab.

»Dieter!« keuchte er.

Dieter Stoltenbeck blickte verwirrt um sich und sah den Bruder zusammengesunken über das Lenkrad gebeugt. Sofort wurde er hellwach.

»Fuß vom Gaspedal!« schrie er.

Das nächste war das Werk eines Augenblicks: ein wuchtiger Schlag – Krachen und Splittern – angstgepeitschter Aufschrei – noch einer … Dann senkte tiefe Nacht sich über Dieter Stoltenbecks Denken herab.

~

»Klaus! – Klaus Stoltenbeck!« Immer wieder ertönte dieser Ruf an Dieters Ohr – einmal schwächer, dann wieder anschwellend. Krampfhaft suchte er in seinem erwachenden Bewußtsein nach einer Erklärung.

Plötzlich riß er die Augen auf. Seine Blicke irrten über die hellen kahlen Wände und blieben an einem mütterlichen

Frauengesicht hängen, das halb unter einer Flügelhaube verborgen war.

»Klaus Stoltenbeck – hören Sie?«

Dieter wollte den Mund öffnen, aber die Zunge war ihm schwer wie Blei. Er wollte den Arm heben, fühlte jedoch einen stechenden Schmerz und brachte ihn keinen Zoll von der Bettdecke weg.

Da schlossen die schweren Lider sich langsam wieder über den Augen. Er war so müde, so kraftlos, so losgelöst von allem Schweren. Die Augen gehorchten ihm nicht mehr; wie von einer unsichtbaren Macht zugedrückt, lagen die Lider darüber. Aber sein Geist arbeitete wieder. Jedes Wort der neben ihm geführten Unterhaltung drang in sein Bewußtsein.

»Legen Sie die Brieftasche auf den Nachttisch, Schwester! Es besteht keine Gefahr mehr für den Patienten. Sobald er erwacht ist, wird er uns Auskunft geben können, wer von ihnen nun Klaus und wer Dieter Stoltenbeck ist. Geradezu verblüffend ist diese Ähnlichkeit. Haben Sie die Papiere des Dieter Stoltenbeck zu den anderen gelegt?«

Eine dunkle weibliche Stimme antwortete:

»Gewiß, Herr Doktor! Meinen Sie, daß man den Verletzten jetzt schon vom Tode seines Bruders unterrichten kann?«

Dieter Stoltenbeck unterschied wieder die andere Stimme, wohl die des Arztes.

»Sie können dem Patienten ruhig die Wahrheit sagen, Schwester. Nach menschlicher Voraussicht haben wir nicht mehr mit Zwischenfällen zu rechnen. Und was macht der dritte Fahrgast, der sich mit in dem Wagen befand?«

»Er steht draußen und möchte zu seinem Herrn. Er ist mit dem Schrecken davongekommen. Darf ich ihn hereinlassen?«

Dieter strengte alle Sinne an. Klaus war – tot? Und Armand lebte und stand draußen?

Er lauschte mit geschlossenen Lidern auf die sich entfernenden Schritte. Dann herrschte Stille – bis eine Tür geöffnet wurde.

Gleich darauf hörte er einen Stuhl ächzen, als wenn ein schwerer Körper auf ihn gefallen wäre.

Wieder war es still um ihn. Aber er fühlte die Nähe eines Menschen.

Da schüttelte er gewaltsam die Lähmung von sich ab, schlug die Augen auf und sah Armands kalkweißes Gesicht dicht über dem seinen.

»Herr Dieter!« schluchzte der Alte in diesem Augenblick. »Herr Dieter – Sie leben?«

»Armand!« raunte Dieter Stoltenbeck da. »Man hält mich für Klaus. Hörst du, man weiß nicht, daß ich –«

Das Gestammel des Fiebernden brach ab. In seinen Augen aber lag eine unausgesprochene Bitte.

»Herr Dieter – das Unglück!« Die Rechte des Alten tastete nach den Fingern seines Herrn. Dessen Linke lag im Verband. »Gottlob, daß Sie leben! Aber Klaus Stoltenbeck – ist tot!«

Dieter senkte die Lider. Ein liebliches Mädchengesicht, von schwerem rostbraunem Gelock umrahmt, stand vor ihm. Es war von Tränen benetzt.

»Stepha«, raunte er, »Stepha weint – um Klaus – und Klaus ist tot.«

Regungslos blieb Armand am Bett. Er konnte sich nicht genau besinnen, was eigentlich geschehen war. Er glaubte nur immer noch das Brummen eines Motors zu hören, das urplötzlich verstummte – und dann hörte er Krachen und Splittern – einen grellen Aufschrei – dann seinen eigenen – und dann war er wohl in tiefen Schlaf gefallen und erst wieder unter den Händen des Arztes erwacht.

Und jetzt? Armand überlegte. Klaus Stoltenbeck war tot.

Ein Herzschlag hatte seinem Leben ein Ende gesetzt. Er hätte sie beide mit in den Tod gerissen, wenn nicht ein gütiges Schicksal rechtzeitig eingegriffen hätte.

»Armand!« Dieters Ruf brachte den Alten wieder in die Gegenwart zurück.

Ganz nahe brachte er sein Ohr an den Mund des Verletzten.

»Stepha ist jetzt frei, Armand – frei für Dieter Stoltenbeck.«

Erschüttert vernahm der Alte diese Worte.

Sogar in der Stunde des Schmerzes vergaß sein Herr die Frau seiner Liebe nicht.

»Sie liebt aber Klaus«, fuhr Dieter fort, »und nicht mich … Psst! Armand, sie kommen. Dieter Stoltenbeck ist tot – Klaus Stoltenbeck lebt – lebt für Stepha. Armand, sei barmherzig – mein Leben lang will ich es dir danken.«

Die Stimme des Kranken schwoll an. »Armand, versprich mir – auf dem Nachttisch – die Papiere – nimm meine Papiere an dich – Klaus Stoltenbeck lebt.«

Die Finger des Alten krallten sich haltsuchend in die Bettdecke.

»Klaus Stoltenbeck – lebt. Allmächtiger!« flüsterte er, jäh verstehend.

In diesem Augenblick wurde hinter ihm die Tür geöffnet. Der Arzt und die Schwester traten ein.

Da kam aus den Kissen mit letzter, schwacher Kraft: »Sei barmherzig, Armand – ich bin – Klaus Stoltenbeck!«

Armand schaute verwirrt auf, als ein mütterliches Frauengesicht sich über ihn beugte.

»Fassen Sie sich; Ihr Herr wird leben! Er wird zwar ein langes Schmerzenslager haben, denn die Verletzungen sind schwer. Es besteht jedoch keine Lebensgefahr.«

»Können Sie uns Auskunft geben, welcher von den beiden Herren Klaus Stoltenbeck ist?« forschte jetzt der Arzt, der die Papiere beider Brüder prüfend in seinen Händen hielt.

Da schlug Dieter Stoltenbeck die Augen auf und blickte Armand scharf an. Durch die Gestalt des Alten aber ging es wie ein Ruck. Er wies auf den Verletzten.

»Das ist – Klaus Stoltenbeck!«

Über Dieters Augen legten sich die Lider wie dunkle Schatten. Ein tiefer Atemzug zitterte durch den Raum, so daß der Arzt sich betroffen dem Bett zuwandte.

Hinter Dieters Stirn jagten die Gedanken in einem tollen Wirbel durcheinander, daß er sich der ungeheuren Tragweite seiner Handlungsweise gar nicht bewußt wurde. – Er war sich selbst entfremdet, als er durch seinen Willen Armand auszusagen zwang: Das ist Klaus Stoltenbeck!

Für den Bruchteil einer Sekunde kamen ihm zwar Bedenken, aber dann dachte er an Stepha, der er einen grausamen Schmerz ersparen wollte – die er über alles liebte. Aber diese Liebe wollte er – wie schon so lange Jahre – tief in seiner Seele verborgen halten.

Würde sie glücklich sein, in ihm den vermeintlichen Verlobten gerettet zu wissen?

Was brachte die Zukunft nach diesem Tag, der dem Leben zweier Menschen eine seltsame Wendung geben sollte?

»Stepha?« Mit diesem geliebten Namen auf den schmerzhaft verzogenen Lippen sank Dieter wieder in wohltuende Bewußtlosigkeit zurück.

Als er nach kurzer Zeit erwachte, nahm der Arzt seine gesunde Hand tröstlich zwischen seine Finger.

»Na, da wären wir ja wieder!« sagte er in einem Ton, von dem zuversichtliches Hoffen ausging. »Sie haben uns zwar tüchtig zu schaffen gemacht, aber nun ist alle Gefahr beseitigt. Allerdings –«

»Und mein Bruder?« fragte der Kranke mit sichtlicher Anstrengung. »Ist es wahr?«

»Es ist so«, gab der Arzt zu.

Danach entstand eine lange Pause, während der die Schwester sich im Zimmer zu schaffen machte und der Arzt den Kranken beobachtete. Er sah, wie Tränen unter den geschlossenen Lidern hervorquollen. Und er sah auf den Alten, dessen hageres Gesicht einer Maske glich in seiner starren Unbeweglichkeit. Armand gab auch keinen Laut von sich, als der Arzt wieder leise auf den Kranken einsprach.

»Gottlob, daß Sie wieder soweit sind, um alles Nötige zur Überführung Ihres Bruders anordnen zu können. Ihr Diener wird wohl alles vermitteln. Ihre Angehörigen müssen benachrichtigt werden. Wenn ich Ihnen dabei behilflich sein kann, verfügen Sie bitte über mich. Also – dann können wir ja den Totenschein für Dieter Stoltenbeck ausstellen?«

Der Kranke nickte. Der Arzt drückte ihm flüchtig die Hand und wandte sich dann an den alten Diener.

»Wie ich aus Ihren Papieren ersehen habe, verloren Sie in Dieter Stoltenbeck Ihren Herrn?«

»Ich habe beiden gedient. Klaus Stoltenbeck ist genauso mein Herr, wie es Dieter Stoltenbeck war.«

Der Arzt legte mitfühlend seine Hand auf die Schulter Armands. »Dann besprechen Sie alles Nötige mit Ihrem Herrn. Sie haben jederzeit Zutritt. Jetzt lassen wir Sie wieder allein. Ich erwarte Sie dann im Sprechzimmer.«

Als die Tür ins Schloß gefallen war, streckte Dieter die Hand nach dem Diener aus.

»Armand, ich danke dir – tausendmal!« Und er verzog keine Miene, als der Alte mit krampfhaftem Druck seine Hand umspannte.

»Hast du gehört? Man muß die Angehörigen benachrichtigen. Wir haben weder Vater noch Mutter – aber Stepha lebt.

Armand, du wirst mit ihr telefonieren und ihr mitteilen, daß Klaus, ihr Verlobter, lebt, hörst du? Sie soll nicht weinen müssen!«

Armand beugte das Gesicht tief über die Hand seines Herrn, dem er blind ergeben war.

»Ich werde alles regeln, Herr!« sagte er fest.

Dieter Stoltenbeck lächelte.

»Stepha soll erst zu mir kommen, wenn alles vorbei ist«, bestimmte er weiter. »Sie soll meinem Bruder das letzte Geleit geben, da das mir nicht vergönnt ist.«

Erschöpft brach er ab. Schweiß stand in dicken Perlen auf seiner Stirn. Armand tupfte ihn behutsam hinweg.

»Nicht so viel reden! Ich weiß genau, was zu tun ist.«

»Danke!« hauchte Dieter und schloß die Augen. Ein paar Tage der inneren Sammlung blieben ihm noch – bis Stepha kam. Stepha, die er mit einer Glut liebte, die wie eine Fackel in seinem Herzen brannte. Ihr Leben gehörte von nun an ihm; und er würde alles tun, um es glückhaft zu gestalten.

»Dieter Stoltenbeck hat aufgehört zu leben! Klaus Stoltenbeck ist zu einem neuen Dasein erwacht. Armand«, er zog den Alten zu sich herab, »du bist mein Zeuge, hörst du? Du weißt, daß ich nur aus Liebe zu Stepha als Klaus Stoltenbeck weiterleben werde.«

Armand nickte. Er war keines Wortes mächtig. In seinem Händedruck aber lag ein feierliches Versprechen.

Wie kleine Könige hatten die Stoltenbecks seit Generationen als Reeder in ihrem Reich regiert. Ihre Verbindungen liefen über die ganze Welt. Unentwegt trugen ihre Schiffe reiche Fracht in aller Herren Länder und brachten neuen Reichtum dem Hause Stoltenbeck zurück.

Die Urgroßväter hatten einst den festen Grund gelegt, auf dem die Nachkommen mit Umsicht aufbauten. Hermann Stoltenbeck, der Seniorchef, hatte mit sicherer Hand die Firma durch manche Krisen hindurchgesteuert und das Haus zu besonderer Blüte getrieben.

Als er die Augen geschlossen, waren seine Söhne Klaus und Dieter so sehr von der übernommenen Aufgabe durchdrungen, daß sie ihre ganze Kraft dem Werk widmeten.

Was Klaus für das Stammhaus in Hamburg war, das bedeutete Dieter für die südamerikanische Niederlassung. Beide waren tatkräftige, vornehme Kaufleute.

Allerdings stand ihnen ein Stab ausgesuchter Mitarbeiter zur Seite. Und von denen wiederum waren es besonders die beiden Prokuristen Heinrich Jacobsen und Franz Christiansen, die dem Hause mit ihren reichen Erfahrungen treu dienten. –

Als die dunkelblaue Limousine heute mit kaum hörbarem Knirschen vor Jacobsens Haus hielt, kletterte der Prokurist nicht wie sonst mit dem üblichen Morgengruß in das Innere und gebot: »Zu Christiansen!« – wie er das immer zu tun pflegte, obwohl es sich seit Jahren Tag für Tag wiederholte, daß Streller die beiden Herren abzuholen und hinaus in das Werk zu fahren hatte.

Heute trat er an den Schlag heran, den Streller für ihn offenhielt, und fragte mit zitternder Stimme:

»Haben Sie schon die Zeitungen gelesen?«

»Noch nicht, Va –«, der Chauffeur hielt noch rechtzeitig inne und verbesserte sich: »– noch nicht, Herr Jacobsen!«

Beinahe hätte er »Vater Heinrich« gesagt, wie der Prokurist seiner Güte und Menschlichkeit wegen allgemein genannt wurde.

Jacobsen winkte ab: »Schlimm, schlimm!«

Der Wagen surrte davon und hielt nach zehn Minuten vor

dem Hause des Prokuristen Christiansen, der, ein behagliches Lachen auf dem frischen Gesicht, mit einem großen Packen Zeitungen unter dem Arm erschien.

»Morgen, Streller!« grüßte er. »Schönes Wetter mitgebracht. Ist anständig von Ihnen. Na, denn man zu!«

Er stieg zu Jacobsen in den Wagen und schüttelte ihm herzlich die Hand. Sogleich sprach Jacobsen aufgeregt auf ihn ein. Streller, der wieder auf den Führersitz geklettert war, konnte jedoch nur unverständliches Gemurmel hören, denn das Fenster war geschlossen.

»Gräßlich, Franz –«, hatte Vater Heinrich aufgestöhnt. »Ich wäre heute beinahe das erstemal in meiner vierzigjährigen Dienstzeit zu spät gekommen, wenn meine Lore mich nicht zur Tür hinausgeschoben hätte. Ein Glück, daß Streller etwas später gekommen ist als sonst –«

»Was ist denn los mit dir, Franz?« Christiansen maß den Freund aufmerksam von der Seite.

»Ja – weißt du es denn noch nicht?« Jacobsen wies auf die Zeitungen, die auf Christiansens Schoß lagen.

»Da –«, er riß heftig ein Blatt aus der Brusttasche und reichte es dem Freund, »lies – oder laß dir erzählen!«

Christiansen fand den Kameraden so aufgeregt, daß er es vorzog, die angestrichene Stelle zu lesen, woraufhin er jäh erblaßte.

»Großer Gott – unsere Chefs!«

Beide Prokuristen verfielen in Nachdenken und hatten noch keine weiteren Worte gefunden, als der Wagen vor dem Haupteingang des Verwaltungsgebäudes hielt.

Ohne Gruß gingen sie an Streller vorbei, der ihnen verdutzt nachsah. Von Zeitungen war die Rede gewesen, so viel hatte er gehört. Da mußte er sich doch gleich eine besorgen. –

Mit bedrückten Gesichtern saßen die beiden Prokuristen sich inzwischen gegenüber. Sie wußten sich vor Bestürzung und Schmerz wohl zum ersten Mal in ihrem Leben nicht zu helfen.

»Aber – welchen von ihnen hat es tödlich getroffen?« Diese Frage riß Vater Heinrich empor.

»Und man kann gar nichts unternehmen. Man weiß nicht einmal, in welchem Krankenhaus der Verletzte liegt. Man kann nur abwarten!«

Christiansen machte eine hilflose Bewegung, dann murmelte er: »Einer von ihnen ist tot, warum nicht einer von uns Alten? Warum hat der Tod solch ein junges Leben gefordert? Wenn doch ein Wunder geschähe, Heinz!«

Vater Heinrich lachte rauh auf. Es war, als flüchte er sich mit seinem Schmerz hinter dieses harte Lachen.

»Es geschehen keine Wunder mehr. Ich muß schon das für richtig halten, was die Zeitung schreibt –« Er unterbrach sich und sah unsicher hinüber zu dem Kameraden. »Ob Fräulein Witt Näheres weiß? Das arme Mädel! Sie rüstet zur Hochzeit!«

Er konnte nicht zu Ende sprechen, Christiansen sank noch mehr in sich zusammen.

»Du mußt zu ihr fahren«, riet er. »Ich – ich kann es nicht. Du wirst schonungsvoller mit ihr umgehen.«

Vater Heinrich erhob sich und nahm seinen Mantel wieder vom Haken. Er wehrte sich nicht gegen diesen Auftrag. Man konnte sowieso nicht länger untätig dasitzen; etwas mußte geschehen.

»Laß Streller wieder vorfahren!« sagte er von der Tür her. »Sobald es geht, gebe ich dir dann Nachricht.«

Christiansen nickte und griff zum Hörer, während Jacobsen das Zimmer verließ und dem Ausgang zuschritt.

»Zu Fräulein Witt!« sagte er zu dem bereits vorgefahrenen Streller. Er war so verstört, daß er nichts von dem aufgeregten Wesen des Chauffeurs merkte.

Zu Klaus Stoltenbecks Braut also fuhr Vater Heinrich? Um diesen Gang beneidete Streller ihn gewiß nicht. Seit ein paar Minuten wußte er von dem Unglück, und von ihm ausgehend, hatte das Gerücht bereits die Runde gemacht.

Überall standen die Arbeiter des Betriebes in Gruppen zusammen, bedrückt und von der einen Frage beherrscht: Welcher von den beiden Brüdern war dem Unfall zum Opfer gefallen?

~

Über Stepha Witts Gesicht flog ein flüchtiges Lächeln, als sie den ersten längeren Brief, den ihr die Mutter geschrieben hatte, zusammenlegte.

Aus jedem Wort des Briefes sprach Glückseligkeit und rührende Dankbarkeit einem gütigen Geschick gegenüber. Auch Warnitz hatte dem Brief ein paar herzliche Worte hinzugefügt.

Stepha hatte es bisher zu vermeiden gewußt, ihm eine Anrede zu geben. Vater konnte sie ihn nicht nennen, dazu war er ihr noch zu fremd. Und das Wort Stiefvater kam ihr für den taktvollen Mann zu hart vor. Also nannte sie ihn in Gedanken nur Warnitz.

Nach ihrer Hochzeit würde sie schon in das richtige Verhältnis zu ihm kommen.

Hochzeit!

Da stand es wieder vor ihr, das Wort, das sie mit tiefer Glückseligkeit hätte erfüllen müssen und das doch nichts als Angst in ihr auslöste. Seit der letzten Zusammenkunft mit dem Verlobten hatte sich das Gefühl innerer Hilflosigkeit, das sie ihm gegenüber von Anfang an empfunden hatte, noch verstärkt.

Wie töricht sie doch war! Hatte sie geglaubt, ein Klaus

Stoltenbeck hätte ausgerechnet sie, das arme, unbedeutende Mädel, erwählt, nur weil sie mit ihrer Schönheit dem Hause Stoltenbeck vorstehen sollte? Gab es nicht auch in seinen Kreisen schöne, vielleicht weitaus schönere Mädchen als sie?

Nein – Klaus liebte sie! Nur deshalb hatte er sie zur Frau begehrt.

Stepha trat an das Fenster und starrte über den Vorgarten hinweg auf die Straße. Da sah sie, daß unten der Stoltenbecksche Wagen vorfuhr.

Mit weit geöffneten Augen beugte Stepha sich vor. War Klaus schon zurück? Brachte er ihr jetzt den Bruder, dessen Eintreffen sie so stark beschäftigte?

Aber nicht Klaus, sondern Jacobsen stieg aus und kam ins Haus. Gespannt ging Stepha ihm entgegen und nahm ihn an der Wohnungstür in Empfang.

Sie ließ ihn ins Wohnzimmer treten, das sonnendurchflutet vor ihnen lag.

Weil es Jacobsen schwer wurde, zu sprechen, schob er ihr wortlos die Zeitung hin und sah dann, wie die feingliedrigen Finger danach griffen und ihr Kopf sich darüberneigte, so daß die Sonnenstrahlen über ihr rostbraunes Haar goldene Lichter tanzen ließen.

Wie schön sie ist! dachte Vater Heinrich, und der Jammer würgte ihn.

»Aber das – das ist doch unmöglich!«

Stephas fassungsloser Ausruf riß ihn aus seinen schmerzlichen Gedanken. Gleichzeitig schlug irgendwo in der Wohnung die Glocke des Fernsprechers an.

Stepha taumelte in die Höhe und stand sekundenlang unschlüssig da, die Zeitung mit der unheilverkündenden Nachricht an sich pressend.

»Aber wer?« entrang es sich ihren Lippen. Und vor seinem

Achselzucken und weil es nochmals dringend läutete, floh sie förmlich aus dem Zimmer.

Mein Gott, wenn es Klaus ist, durchschoß es sie.

Sie riß draußen den Hörer an ihr Ohr und nannte ihren Namen. Eine zittrige Männerstimme, die Stimme eines Greises, schlug an ihr Ohr.

»Ja, hier spricht die Braut Klaus Stoltenbecks«, sagte sie. Und während sie der fremden Stimme lauschte, dachte sie: Ich will ihn lieben, wenn er nur lebt!

Dann erst war sie fähig, die Worte in sich aufzunehmen, die ihr der Draht zutrug. – Als Vater Heinrich im Türrahmen erschien, weil ihm Minuten um Minuten in gräßlicher Ungewißheit vergangen waren, saß Stepha Witt zusammengesunken in dem Korbsessel neben dem kleinen Tisch, auf dem der Apparat stand. Den Kopf hatte sie in den Händen vergraben. Die schmalen Schultern zuckten in bitterlichem Weinen.

Vater Heinrichs Hand streichelte sanft ihr lockiges Haar. »Fräulein Stepha«, bat er erschüttert.

Da hob Stepha Witt die Augen – unergründliche tiefblaue Augen: »Klaus lebt!«

»Mein armes Kind!« jammerte Frau Lena Warnitz. »Wie wird es Stepha nur tragen? Ich muß schnellstens zu ihr fahren, Friedrich – hilf mir!«

Bittend streckte sie dem Gatten beide Hände entgegen, die er beruhigend liebkoste.

»Stepha ist doch jetzt auch mein Kind. Oder darf ich das nicht sagen?«

Lena nickte unter Tränen. Dann sprang sie auf, um das Gepäck fertig zu machen. Aber die Ungewißheit über das Schicksal des Verlobten ihrer Tochter lag ihr so in den Gliedern, daß sie zu nichts fähig war. Da drängte er sie sanft beiseite und handelte für sie.

Wenige Stunden später eilte Frau Lena schon in Hamburg die Treppe zu ihrem alten Heim empor und legte oben den Finger auf den Klingelknopf.

Langsamer folgte Warnitz. Er blieb auf dem letzten Absatz stehen und lauschte in das Treppenhaus. Dann hörte er, wie die Tür geöffnet wurde. Gleich darauf gellte ein heller Aufschrei durch das Haus: »Mama – liebe Mama!«

Mit beiden Armen hielt Lena Warnitz ihr Kind umschlungen, das ihr schluchzend am Hals hing.

Lena führte ihr Kind in das Wohnzimmer und setzte sich auf das zierliche Sofa. Stepha aber glitt aus der Mutter Arm auf die Knie und barg ihren Kopf in deren Schoß.

»Klaus lebt, Mama«, kam es aus der Tiefe ihres Herzens. »Gott ist barmherzig mit mir!«

Betroffen schaute Frau Lena auf den gesenkten Kopf ihrer Tochter.

Stepha gab ihr Rätsel auf. Welche Veränderung war mit dem Kind vorgegangen? War Stepha während der Angst um den Verlobten sehend geworden? Liebte sie Klaus doch?

Und Klaus Stoltenbeck lebte? Dann war also Dieter ums Leben gekommen. Armer Dieter, dachte Lena zusammenschauernd – er sollte ein sonniger Mensch gewesen sein.

»Stepha – ich habe mich maßlos gesorgt um dich. Und nun kann ich mit dir glücklich sein. Trotzdem wundere ich mich über dich. Was hat deinen Sinn so geändert?«

Das junge Menschenkind hob den Blick.

»Du fragst mit Recht so, Mama«, sagte sie, während ein Zucken über ihr Gesicht lief. »Ich habe mir geschworen, daß ich Klaus liebenlernen will, von ganzem Herzen. Wenn er nur lebte, wollte ich ihm das Leben an meiner Seite schön machen. Gott hat ihn mir gelassen, damit ich mein Gewissen nicht zu belasten brauche. Wie oft habe ich mir in letzter Zeit gewünscht, frei zu werden von Klaus. Aber eine solche Trennung sollte es nicht sein. Daran wäre ich zugrunde gegangen; ich hätte gemeint, mein Wunsch hätte ihn getötet. Aber Klaus lebt, Mama, ich brauche diesen Vorwurf nicht mein Leben lang mit mir herumzutragen. Ich halte mein Wort – und jetzt wird es mir auch nicht schwerfallen, Klaus zu lieben.«

Friedrich Warnitz hatte jedes Wort von Stephas Beichte vernommen. Nun zog er sich ins Nebenzimmer zurück, um die beiden Frauen nicht zu stören.

Durch die ein wenig geöffnete Tür aber hörte er die beruhigende Stimme der geliebten Frau, die tröstete und wie sanftes Streicheln wirken mußte.

»Nimm es als Prüfung hin, Stephakind«, redete sie ihrem Kind gütig ins Gewissen. »Sei dankbar, daß es dir vergönnt ist, an deinem Verlobten gutzumachen, noch ehe er erfahren hat, wie es in Wirklichkeit um dich stand. Jetzt ist dein Herz stark und tapfer geworden, und darauf kommt es an, Stepha: im rechten Augenblick zu wissen, was man zu tun hat und wohin man gehört. Du wärest sehr hart für deine Wankelmütigkeit gestraft worden. – Aber nun komm, Liebes. Warnitz hat mich begleitet. Nur ihm verdanke ich es, daß ich dich jetzt schon trösten kann. Sei ein bißchen lieb zu ihm – mir zuliebe«, setzte sie bittend hinzu.

Stepha erhob sich. Ihr war um vieles leichter ums Herz.

Auch ohne der Mutter Bitte hätte sie nicht anders handeln können als sie es tat, nachdem sie Warnitz gegenübergetreten war. Freiwillig legte sie beide Arme um seinen Hals und lehnte sich an seine Schulter.

»Ich danke dir, Vater!«

Über Stephas Kopf hinweg suchte sein Blick die geliebte

Frau, die freudiges Erschrecken über diese Anrede darin las, nach der er sich heimlich gesehnt hatte.

»Mein kleines Mädel hat sich so in Herzenskämpfe verstrickt«, sagte er und fuhr behutsam über ihre Wange. »Aber nun ist der Anfang zu einem dauerhaften Glück gemacht. Glaube mir: es kommt nicht auf das Maß der Liebe an, sie allein macht ein Glück nicht aus. Man muß vor allem zu dem, was man Glück nennt, mit der ganzen Treue seines Herzens stehen.«

Beinahe beschämt über seine eigenen Worte, mit denen der zurückhaltende Mann einen Teil seines tiefen Empfindens preisgab, legte er Stepha der geliebten Frau wieder in den Arm.

»Wir werden eine sehr glückliche Familie sein, Lena, denn wir verstehen uns«, setzte er mit aufleuchtenden Augen hinzu.

Stepha war aber zumute, als sei ihre Seele erlöst worden. Mit nie gekannter Eindringlichkeit fühlte sie, daß sie die Achtung dieser beiden Menschen, die ihr die liebsten waren, verlieren würde, sobald sie den geringsten Treuebruch an Klaus begehen würde, sei es auch nur in Gedanken.

~

Gegen Abend, als die Dämmerung ihre geheimnisvollen Schwingen in Stephas Zimmer ausbreitete, ließ die Mutter einen hageren, etwas nach vorn geneigten Mann über die Schwelle treten.

»Ich bin Armand, der Diener von Dieter Stoltenbeck«, sagte er in das Halbdunkel hinein.

Der Eintretende konnte nur die Umrisse der schlanken Gestalt erkennen, die sich langsam vom Fenster löste und auf ihn zukam. Er sah einen Arm, der sich ihm entgegenstreckte, und fühlte kalte, weiche Finger in seiner Hand, die sich nach flüchtigem Druck wieder aus ihr lösten und nach dem Lichtschalter tasteten.

»Endlich sind Sie da«, hörte Armand eine dunkle Stimme sagen.

Und nun griff die schlanke Mädchenhand abermals nach ihm und zog ihn neben sich in den Erker.

Er sah ein Paar feuchte tiefblaue Augen weit geöffnet vor sich und gewahrte ein sichtliches Bangen darin. Da löste sich die Starre von seinem ledernen Gesicht.

So schön also sah Stepha aus? Viel lieblicher als auf dem Bild, das Dieter Stoltenbeck besaß.

»Ich konnte nicht früher kommen«, gab er nach längerem Schweigen zur Antwort. »Erst wollte ich mich vergewissern, daß Herr Klaus Stoltenbeck außer Gefahr ist.«

»Klaus ist außer Gefahr – gottlob!« kam es wie ein Hauch über ihre Lippen. Stepha hob die Lider und reichte ihm, unter Tränen lächelnd, die Hand. »Ich danke Ihnen für diese Nachricht. Sie wissen nicht, was sie für mich bedeutet. Selbstverständlich werde ich keine Minute mehr zögern und zu meinem Verlobten fahren. Muß er sehr leiden? Wie konnte es überhaupt zu diesem gräßlichen Unglück kommen?«

Mit abgewandtem Gesicht berichtete Armand. Auch davon sprach er, daß er den toten Dieter Stoltenbeck in die Heimat begleitet hatte und daß Herr Klaus es gern sehen würde, wenn sie Dieter die letzte Ehre erwiese. Alle Vorbereitungen zu diesem Begräbnis würden vom Werk aus geleitet.

»Sobald Sie sich stark genug fühlen«, schloß Armand seinen Bericht, »bittet Herr Klaus Sie um Ihren Besuch. Ich werde Sie nach Bremen begleiten, da mein Herr mich dort ohnehin wieder erwartet.«

Mit keinem Wort hatte Stepha ihn unterbrochen, und als

er dann den Kopf wandte, sah er ihr Gesicht in Tränen schwimmen.

»Alles, was Klaus wünscht, werde ich tun«, kam es als Antwort über Stephas Lippen. Sie spürte aber dabei einen starken inneren Druck. So jung war sie noch – und sollte schon die Repräsentantin seines Hauses sein?

Da begegnete sie Armands ernsten Augen, und es war, als fühle er ihre Hilflosigkeit.

»Ich kenne die Wünsche Herrn Stoltenbecks und werde Sie nach besten Kräften unterstützen.«

Wieder streckte Stepha ihm die Hand entgegen.

»Ich danke Ihnen – Armand. Und nun bitte ich Sie, mit zu meiner Mutter zu kommen. Mich haben all diese Ereignisse so erschüttert, daß ich meine Unselbständigkeit doppelt spüre.«

Armand verbeugte sich zustimmend und folgte ihr in das Nebenzimmer. Jetzt, da diese schwere Stunde vorüber war, verstand er selber nicht mehr, wie er vor der Unterredung mit Stepha Witt hatte zittern können.

Alles war über Erwarten gutgegangen. Nicht der geringste Verdacht war in Stepha aufgestiegen. Eine stille Freude hatte in seinem Herzen Einzug gehalten. Dieses schöne, gütige Geschöpf würde seine Herrin werden, und er wollte ihr ebenso selbstlos dienen wie Dieter Stoltenbeck.

Dieter Stoltenbeck? Nein! Der war tot – Klaus Stoltenbeck lebte, und ihm gehörte Stepha Witts Liebe.

Marion Vollmer hetzte über das Deck, stürzte die Treppe hinab und schob ihre Kabinentür so kräftig auseinander, daß Stanja erschrocken in die Höhe schnellte.

»Heiliger Gott! Was ist denn nun schon wieder los, Kindchen!« sprudelte sie hervor und kam neugierig näher, um vor der jungen Herrin stehenzubleiben, die sich in einen Sessel geworfen hatte und die gebräunten kleinen Hände zu Fäusten ballte.

»Schrecklich, dieser aufdringliche Bursche! Nirgends hat man Ruhe vor ihm! Wenn er doch wenigstens einmal den Mund auftun wollte! Aber nein – er taucht immer dort auf, wo ich ihn am wenigsten vermute, und lacht mich an. Ob er mich wohl auslacht?«

»Bewahre! Anlachen – nur anlachen, Kindchen. Und warum so entrüstet? Ist er nicht ein sehr schöner Mann, der Blonde?«

»Gar nichts ist er!« schrie Marion erbost, so daß die Alte ergeben die Schultern hob.

»Er ist nicht schön, sondern ein ganz heimtückischer Schleicher, ein alberner Bursche!« Ein Gedanke kam ihr in diesem Augenblick, der sie in die Höhe trieb.

»Weißt du, was er ist? – Ein Verbrecher! Ein Hochstapler! Vielleicht ein Dieb! Oh, Stanja, daß ich nicht früher auf diesen Gedanken gekommen bin. Hast du meinen Schmuck gut verwahrt?«

»Ich sage es ja – die Reise!« stöhnte Stanja auf. »Was werden wir nicht alles erleben – und das ist erst der Anfang!«

Marion ahnte, welchen Aufruhr sie mit der Bemerkung in der Alten entfacht hatte, und ärgerte sich über deren Gezeter.

»Nichts werden wir erleben! Ich werde den Verbrecher entlarven!«

Nach diesen Worten eilte sie wieder hinaus.

Kapitän Möller begegnete ihr, als sie eben an Deck schlüpfen wollte. Er strahlte über das ganze Gesicht, als er das reizvolle Mädchen erblickte.

»Das nenne ich Glück, Fräulein Vollmer. Hatten Sie die Absicht, mich zu besuchen?« Er faßte ihr zierliches Händchen und zog sie mit sich. »Für ein paar Minuten kann ich mich Ihnen widmen.«

Sie waren auf Deck angekommen und lehnten nebeneinander an der Reling. Kapitän Möller machte eine weit ausholende Bewegung. »Haben Sie angesichts soviel herrlichen Sonnenscheins Sorgen? Noch nie war unsere Reise von solchem Götterwetter begünstigt. Und nie habe ich meine Fahrgäste in fröhlicherer Stimmung gesehen – ausgenommen Sie.«

Jetzt schämte Marion sich beinahe ihres Verdachtes.

»Ausgenommen mich?« Sie versuchte, ein harmloses Gesicht zu machen. »Da irren Sie sich aber, Herr Kapitän! Ich bin sogar froh gestimmt –«

Marion brach jäh ab, denn im selben Augenblick tauchte die hohe, kraftvolle Gestalt des Mannes auf, der sie allein durch sein Dasein schon gewaltig ärgerte. Und wie er wieder strahlte! Wie sein blonder Haarschopf in der Sonne leuchtete!

Kapitän Möller quittierte die respektvolle Verbeugung des Blonden mit einem herzlichen Gruß und fröhlichem Augenzwinkern.

»Herr Kapitän«, hörte er da Marion Vollmer flüstern. »Wer ist eigentlich der Mann dort?«

»Der?« erwiderte er mit leisem Schmunzeln. Blitzschnell überlegte er, die wievielte Reise er nun schon mit Jörg Reinwaldt machte und daß er ihn von einem Male zum andern immer lieber gewonnen hatte.

»Der?« wiederholte er noch einmal. »Das ist ein ganz gefährlicher Bursche – ein ganz gefährlicher – Dieb!«

Ein Herzensdieb – hatte er hinzusetzen wollen, kam aber nicht mehr dazu, da der Erste Offizier erschien und eine Meldung machte, worauf er sich an die ihn entgeistert anstarrende Marion wandte:

»Entschuldigen Sie, bitte! Die Pflicht ruft. Wir setzen gelegentlich unser Gespräch fort.«

Ein Dieb – ein gefährlicher Bursche, hatte der Kapitän ihn genannt?! Mein Gott!

Unwillkürlich faßte Marion nach ihrem Hals! Gottlob! Die Perlenkette, die sie täglich trug und die ein kleines Vermögen wert sein sollte, war noch da.

Hilfesuchend sah sie sich um. Aber – Tücke des Schicksals – sie war allein mit diesem gefährlichen Menschen, der sie anzog und zugleich abstieß und dessen unbekümmertes Lachen allein schon ihr Blut in Wallung brachte. Und nun kam er auch noch auf sie zu und verbeugte sich:

»Gestatten Sie, gnädiges Fräulein – Reinwaldt, Jörg Reinwaldt! Darf ich Ihnen etwas Gesellschaft leisten?«

Marion war wie gelähmt stehengeblieben, und jetzt hingen ihre Blicke ängstlich an seinem scharfgeschnittenen Gesicht. Das Herz klopfte ihr hart bis zum Halse herauf.

»Danke!« stammelte sie und verzog dabei die Lippen zu einem verkrampften Lächeln. Man mußte sich völlig ahnungslos stellen, dachte sie ängstlich. »Ich – ich habe gar keine Zeit – ich werde erwartet – vielleicht ein anderes Mal – entschuldigen Sie, bitte.«

Da huschte sie auch schon an ihm vorbei und atmete tief auf, als er sich ihr nicht in den Weg stellte, wie sie es erwartet hatte. Kaum aber war sie außer Sehweite, verfiel sie in Laufschritt und kam mit schreckbleichem Gesicht bei Stanja an.

»Stanja!« keuchte sie und lehnte mit zitternden Gliedern an der Tür. »Ich weiß es jetzt – ganz genau weiß ich es – daß er ein Dieb ist – ein ganz gefährlicher Bursche. Der Kapitän hat es mir verraten. Schließ die Tür ab, Stanja – ich fürchte mich.«

Im nächsten Augenblick lag sie ihrer Vertrauten am Herzen und weinte wild auf.

»Schrecklich ist das, Stanja!« schluchzte sie. »Ach, wäre ich doch bei Pa geblieben! Ich habe gar keinen Mut mehr. Dieser Mensch verfolgt mich. Hast du es noch nicht gemerkt? Selbstverständlich hat er es nur auf meinen Schmuck und mein Geld abgesehen. Was soll ich nur tun?

Ach, Stanja! Wenn ich Dieter Stoltenbeck nicht so lieb hätte, dann säße ich jetzt bei Pa und brauchte mich nicht so unbeschreiblich zu ängstigen!

Glaubst du, daß Dieter mich freundlich aufnimmt? Nicht wahr, Stanja, er wird mich schützen? Ach, wenn ich ihn doch nicht so lieb hätte, so furchtbar lieb!«

»Aber Kindchen!« beschwichtige Stanja. »Wenn du ihn so lieb hast, daß du hinter ihm herfahren mußt, dann ist es ja gut! Selbstverständlich wird er dich mit tausend Freuden aufnehmen. Wer sollte dich denn nicht liebhaben?

Und die Sache mit dem Blonden nimm dir nur nicht so zu Herzen. Ich werde zu dem Kapitän gehen und verlangen, daß man ihn festnimmt.«

»Untersteh dich!« fuhr Marion auf und hielt Stanja fest. »Du weißt ja gar nicht, wie gefährlich solche Männer sein können. Wenn ihn schon der Kapitän frei umherlaufen läßt, was willst du dann ausrichten? Ich werde ganz einfach meine Kabine nicht mehr verlassen. Bald sind wir sowieso in Hamburg. Dann bin ich bei Dieter, und alles ist gut.«

Bei diesem Gedanken versiegten ihre Tränen, und ihr Gesicht war sofort ganz weich und gelöst.

Kopfschüttelnd betrachtete Stanja ihren Liebling. Ja, ja, so sehr konnte die Liebe einen Menschen verwandeln. Sie liebte also Dieter Stoltenbeck? Deshalb die überstürzte Reise?

»Weiß Dieter Stoltenbeck denn, daß wir kommen?« unterbrach sie das Schweigen.

Marions Kopf flog herum.

»Woher soll er denn das wissen? Überraschen will ich ihn

doch! Und an seinem Gesicht will ich dann sehen, ob er sich freut und mich – ebenfalls liebt.«

Stanja schlug die Hände zusammen.

»So bist du von seiner Liebe noch nicht einmal überzeugt?«

Da ließ Marion den Kopf tief auf die Brust sinken.

»Nein!«

»Und wenn er nun längst eine andere liebt? Ein Mädchen aus seiner Heimat, derentwegen er vielleicht dorthin zurückgekehrt ist?«

Ein Entsetzenslaut war die Antwort.

»Das darf nicht sein, Stanja! Ich würde sterben.«

»Na, na! So leicht stirbt es sich nicht!«

Eine Weile schwiegen sie.

»Wollen wir nicht lieber ein Telegramm schicken, Kind?« riet Stanja dann.

»Meinst du?« Marion hob die tränenfeuchten Augen zu der Vertrauten auf. »Vielleicht holt Dieter uns dann in Hamburg ab?«

Eifrig nickte Stanja. So schnell hatte sie gar nicht mit Marions Bereitwilligkeit gerechnet. Sie eilte sofort, ihren Auftrag auszuführen. Man konnte nie wissen: Marion war mitunter unberechenbar und konnte ihre Ansicht schnell ändern.

Aber die junge Herrin dachte nicht daran, Stanja zurückzurufen. Aus großen Augen starrte sie grübelnd zu Boden.

Im Geiste sah sie Dieters kräftige Gestalt vor sich – sein schmales, rassiges Gesicht mit den hellen Augen. Sie hörte sein frohes Lachen, und dieses Lachen galt ihr. Zuerst würde er freilich stutzen, dann aber die Arme ausbreiten und sie an sein Herz nehmen. »Dieter!« flüsterte sie sehnsüchtig.

~

»Wie fühlen Sie sich, Herr Stoltenbeck?«

Der Arzt hatte aufmerksam den Patienten betrachtet. Nun beugte er sich über das stille Gesicht.

Um den Mund des Kranken huschte ein mattes Lächeln.

»Danke, augenblicklich bin ich schmerzfrei.«

Der Arzt nickte, betrachtete aber mit Besorgnis die Fieberkurve, die beängstigend stieg, seitdem der Kranke wußte, daß seine Braut auf dem Wege zu ihm war.

»Sie dürfen sich nicht aufregen, Herr Stoltenbeck«, mahnte er. »Ich müßte Ihnen sonst jeden Besuch untersagen.«

Da schloß Dieter in jähem Erschrecken die Augen. Nur das nicht, dachte er entsetzt.

»Ich – ich werde mir alle Mühe geben.«

»Recht so!« ermunterte ihn der Arzt und verließ das Krankenzimmer.

Dieter Stoltenbeck war wieder allein.

Würde er vor Stepha bestehen? Würde es ihm gelingen, das Mädchen zu täuschen? Augen der Liebe sehen scharf.

Was er sonst nie tat, vor wenigen Minuten hatte er die Schwester gebeten, ihm einen Spiegel zu reichen – und da hatte er nicht viel mehr sehen können als seine Augen und seine Mundpartie. Alles andere verhüllte der Verband.

Auch sprechen würde er nicht viel können; schon deshalb nicht, weil es ihn zu sehr anstrengte.

Der treue Armand! Wie gewissenhaft er ihm alles berichtet hatte, was er unbedingt wissen mußte, um über Stephas bisheriges Leben orientiert zu sein. Förmlich verschlungen hatte er jedes Wort und sich alles Wissenswerte ins Gedächtnis gegraben.

Von dem vielen endlosen Grübeln fühlte er sich so ermattet, daß ihm die Lider zufielen. So dämmerte er vor sich hin und glitt langsam in einen Halbschlummer hinüber, bis ihn eine bekannte Stimme in die Wirklichkeit zurückriß.

»Ich lasse Sie nun allein, Fräulein Witt. Wenn Sie mich brauchen, finden Sie mich draußen auf dem Gang.«

Da durchzuckte ihn ein so großer Schreck, daß er vermeinte, ohnmächtig zu werden.

Stepha war da! Stepha – die nun seine Braut war.

Er hörte das Schließen der Tür und wußte, daß er mit Stepha allein war. Er war jedoch unfähig, auch nur die geringste Bewegung mit der unverletzten Hand zu machen – oder die Lider zu heben. Bewegungslos lag er da.

Mit einem Gesicht, so weiß wie das Linnen des Krankenbettes, beugte Stepha sich zu dem Schmerzenslager des Verlobten hin.

»Klaus!«

Dieter Stoltenbeck lauschte mit aller Anstrengung dieser dunklen Stimme. Stepha rief ihn. Warum schlug er nicht die Augen auf? Warum antwortete er nicht? Nur der Wunsch war in ihm, ihrer dunklen, schwingenden Stimme zu lauschen.

»Klaus – lieber Klaus!«

Tränen schwangen in ihrer Stimme, und das brachte Dieter allmählich die Kraft zurück. Er schlug die Augen auf. Groß, forschend, ruhten seine Blicke auf dem weichen Mädchengesicht, in den Augensternen, die so blau und klar wie ein Bergsee waren – und die jetzt in Tränen schwammen.

»Stepha«, flüsterte er zärtlich. »Nicht weinen, bitte.«

»Psst! Nicht sprechen!« bat Stepha. Ihr war ganz wunderlich dabei zumute. In gleicher Stärke, in der die Angst in ihr gelebt hatte, zog jetzt Mitleid in ihr Herz. So sehr war sie von diesem Gefühl beherrscht, daß sie sich über den Mund des Verlobten beugte und ihre warmen Lippen darauf drückte. Dabei ging es ihr erschauernd durch den Sinn, daß es der erste Kuß war, den sie Klaus freiwillig schenkte.

Der Kranke erbebte, als ihn die weichen Lippen berührten. Sein Atem ging schwer, fast röchelnd. Wonach er sich unendlich lange gesehnt hatte, das brachte sie ihm in der ersten Minute des Zusammenseins. Sie hatte ihn geküßt!

»Hast du große Schmerzen, Klaus?« hörte er die Stimme wieder, die ihm wohl nun immer in den Ohren klingen würde.

»Solange du bei mir bist, nicht – Stepha!«

Aber seine Worte lösten keinen Schreck in ihr aus, nur Beglückung. Sie hatte geglaubt, Klaus hätte nur ihre Schönheit begehrt? Wie wenig sie doch versucht hatte, ihn kennenzulernen. Er liebte sie ja viel tiefer, als sie angenommen hatte.

»Willst du schlafen, Klaus? Dann laß dich nicht stören. Ich bleibe bei dir, solange du es willst«, sagte sie gütig, da sie merkte, daß seine Lider sich immer wieder schlossen.

In der Tat, die Müdigkeit legte sich wie Blei auf seine Glieder. Völlig erschöpft hatte ihn das erste Zusammentreffen mit Stepha, die er nun seine Braut nennen durfte; er war ja jetzt Klaus Stoltenbeck.

Stephas Finger hatten sich fest und warm um die Hand des Verlobten gelegt. Nur Sekunden hatte er geduldet, daß sie ihn festhielt, dann hatte er seine Hand gelöst und ihre Finger fest umschlossen, als wollte er sie nie wieder loslassen.

Stepha rührte sich nicht; sie wagte es nicht, die geringste Bewegung zu machen, aus Angst, sie könnte seinen Schlaf stören.

Dieter Stoltenbeck schlief jedoch nicht. Dazu spürte er zu stark ihre Nähe, auch wenn er die Augen geschlossen hielt.

Was für ein wundersames Leben würde das werden zu zweien!

Aber dann schlief er doch ein. Die fieberhafte Erwartung hatte seine Nerven aufgepeitscht und das erste Willkommen seine Kraft aufgezehrt. Er schlief tief und fest, und Stepha hütete seinen Schlaf, ein glückliches Lächeln um den Mund.

Einmal kam die Schwester, um dem Kranken Tee zu bringen. Vorsichtig zog Stepha ihre Hand aus der des Verlobten und nahm der Schwester die Tasse ab.

»Aber nicht mehr als drei Schluck auf einmal!« warnte sie und zog sich lächelnd wieder zurück.

Nachdenklich sah Stepha, deren Wangen sich wieder gerötet hatten, auf den Verlobten. Was doch der gute Wille vermochte – sann sie. Hatte Klaus erst ein solches Unglück treffen müssen, damit er ihr vertraut wurde?

Leise erhob sie sich und trat ans Fenster. Parkähnlich dehnten sich die Anlagen des Krankenhausgartens vor ihren Blicken. Zwischen den Bäumen schimmerten die roten Dächer der Nebengebäude. Klaus war hier gut aufgehoben, mußte sie zugeben, und doch ertappte sie sich bei dem Verlangen, ihn mit sich nehmen zu dürfen und ihn gesund zu pflegen. Sie wollte den Arzt fragen, wann er transportfähig wäre. Armand stand ihr ja zur Seite. Fest stand jedenfalls, daß sie nicht eher Bremen verlassen wollte, bis der Verlobte sie begleiten konnte.

Bei diesem Gedanken fühlte Stepha, wie es ihr brennend heiß in die Wangen stieg. Was würde die Mama denken, wenn sie ihr diesen Entschluß mitteilte? Gleich heute abend würde sie vom Hotel aus an sie schreiben.

Vom Krankenbett her kam ein schwaches Geräusch. Stepha wandte sich um. Aber als sie sah, daß Klaus noch unverändert dalag und friedlich weiterzuschlummern schien, gab sie sich wieder ihren Gedanken hin.

In Wirklichkeit aber war Dieter erwacht. Er stellte sich nur schlafend, um die Gestalt am Fenster besser beobachten zu können.

So bezaubernd schön hatte er sich Stepha nicht vorgestellt. Was war ihr Bild dagegen, das jetzt unter seinem Kopfkissen lag, wohin Armand es hatte tun müssen? Nur ein schwacher Abglanz ihrer Anmut.

Aber da kam ihm erstmalig wieder das Erinnern an Klaus. Wie hatte Stepha den Bruder nur lieben können, grübelte er. Hatte Klaus sich in den letzten Jahren zu seinem Vorteil verändert – oder hatte Stepha den Bruder mit all seinen Fehlern und Schwächen geliebt?

Ein Laut zitterte durch den Raum. Sofort glitt Stepha zu dem Verlobten hin und beugte sich zu ihm nieder.

»Hast du gut geschlafen, Klaus?« fragte sie besorgt. »Auch keine Schmerzen?«

»Durst«, hauchte er.

Da setzte Stepha ihm die Tasse an den Mund und zählte gewissenhaft die Schlucke, die er nahm:

»Eins, zwei drei – Schluß, Klaus! Nicht mehr auf einmal! So ist es brav«, lobte sie und ließ ihn vorsichtig wieder in die Kissen gleiten.

»Warst du sehr erschrocken, als Armand bei dir anrief?« forschte er.

»Ja – sehr!« gab sie wahrheitsgemäß zur Antwort. »Erst als Armand zu mir kam, verlor dieser Schreck sich wieder. Ich habe viel Sorge um dich gehabt.«

Dieter schwieg. Er hätte so gern von dem toten Bruder gesprochen, aber eine seltsame Scheu hielt ihn davon zurück. Und Stepha ging es nicht anders. Sie vermied es ängstlich, von dem Toten zu sprechen, weil sie glaubte, es würde Klaus nur aufregen.

Da fiel ihr der treue Diener wieder ein.

»Armand ist draußen. Willst du ihn sehen? Er möchte sicherlich gern zu dir kommen. Der Gute hat mir übrigens sehr geholfen. Nicht wahr, Klaus, du wirst dich seiner annehmen? Er hat ja so viel in seinem Herrn verloren.«

Ein tiefes Leuchten trat in Dieters Augen. Wie gut sie von Armand sprach! Armand gehörte ja zu ihm. Er konnte sich das Dasein ohne den treuen, selbstlosen Diener überhaupt nicht vorstellen. Gerührt zog er Stephas Hand an seinen Mund.

»Alles, was du willst, tue ich. Und in diesem Falle brauchst du nicht einmal besonders zu bitten; Armand ist mir ohnehin ans Herz gewachsen.«

Stepha staunte. Das war ein neuer Zug an Klaus – und ein Zug, den sie liebenswert fand.

»Einen Augenblick«, sagte sie erfreut. »Ich hole ihn sofort herein.«

Wie leicht sie auftrat! Man hörte sie kaum gehen.

Nach ein paar Minuten kam sie mit Armand zurück, der sich zögernd dem Bett näherte.

»Herr – Klaus!« sagte er und nahm behutsam des Kranken Hand. Stepha stand etwas abseits und sah nicht das stumme Grüßen, das Frage- und Antwortspiel der beiden, das ihre Augen widerspiegelten.

Beruhigt lächelte Dieter Armand entgegen.

»Du Guter – ich danke dir – für alles!« hörte Stepha den Verlobten sagen. Sie hätte nicht geglaubt, daß seine sonst so herrische Stimme diese Zärtlichkeit aufbringen könnte.

Armand machte Stepha den Platz am Bett wieder frei. Lange durften sie jedoch nicht mehr bei dem Kranken bleiben. Die Schwester kam bald und meinte:

»Fürs erste Mal wollen wir es genug sein lassen. Sie dürfen morgen wiederkommen und mit jedem Tag länger dableiben.«

Armand verließ zuerst das Zimmer. Und während die Schwester sich im Hintergrund zu schaffen machte, beugte Stepha sich noch einmal über den Mund des Verlobten, ganz zart und doch mit viel Innigkeit.

Als sie sich wieder aufrichtete und die hellen Augen Dieters aufstrahlend auf ihrem Gesicht ruhten, brannten ihre Wangen plötzlich dunkelrot.

»Alles Gute, Klaus!« stammelte sie verwirrt. »Ich werde noch mit dem Arzt reden, wann ich dich mit heimnehmen darf.«

Dieter machte eine kleine schreckhafte Handbewegung. Ihm eilte es durchaus nicht. Hier fühlte er sich Stepha gegenüber frei und unbefangen. Erst wollte er sie richtig kennenlernen, und das konnte er nirgends besser.

»Ich danke dir – für deinen Besuch – für deine Güte«, sagte er. »Aber es wird wohl noch lange dauern.«

Zugleich sprang etwas Angst in seinen Augen auf. Lächelnd liebkoste sie seine Hand. Sie glaubte zu wissen, was ihn beunruhigte.

»Wenn es auch noch lange dauert, Klaus: ich bleibe so lange in Bremen, bis du mich fortschickst.«

»Niemals schicke ich dich fort – Stepha!« erwiderte er fast feierlich.

Nun hatte sie mit linder Hand auch die letzte Angst von ihm genommen. Sie würde bei ihm bleiben. Täglich konnte er sie sehen und sprechen, und täglich würde er den Druck ihrer weichen Lippen spüren.

Lautlos schloß die Schwester die Tür hinter dem schönen Mädchen. Im Vorbeigehen warf sie einen Blick auf den Kranken.

Mit offenen Augen und glückseligem Lächeln um den Mund ruhte er in den Kissen.

~

Marion Vollmer machte ihre Drohung wahr. Sie verließ ihre Kabine nur zu den Mahlzeiten und dann nur so lange, wie es gerade nötig war.

Stanja war ehrlich wütend auf den »Blonden«, wie sie Jörg Reinwaldt in Gedanken nannte. Er hatte ihrem Liebling die ganze Reise verleidet.

Sie grübelte viel darüber nach, wie sie ihrer Herrin besser helfen könnte: Wer gehörte denn hier hinter Schloß und Riegel? Doch nur der »Blonde«, aber nicht ihre Herrin, die sich freiwillig von allen Freuden ausschloß.

Als die treue Alte jedoch einmal mit einem Auftrag fortgeschickt wurde, spielte ihr der Zufall Jörg Reinwaldt in den Weg.

In ihrer malerischen Tracht huschte sie an dem hochgewachsenen Mann vorbei, ohne daran zu denken, daß Marion ihn als gefährlichen Burschen hingestellt hatte. Aber kaum war sie vorüber, besann sie sich darauf.

Jörg Reinwaldt, der lachend seinen Weg fortgesetzt hatte, blieb betroffen stehen, als sie blitzschnell wieder an seiner Seite auftauchte. Ihre dunklen Augen schossen wütende Blitze, und aus ihrem Mund ergoß sich ein Schwall fremder Laute. Alles, was sie an Erbitterung und Empörung auf dem Herzen getragen hatte, sprudelte sie heraus. Das Wort »Dieb« spielte dabei eine gewaltige Rolle. Und das war auch das einzige Wort, das in Jörgs Gedächtnis haften blieb.

Ehe er jedoch eine Gegenrede fand, war sie ihm schon entschlüpft.

Kopfschüttelnd setzte er seinen Weg fort. Aber er ging nicht, wie er es beabsichtigt hatte, in den Rauchsalon, sondern in seine Kabine.

Bei seinem Eintritt legte Jens Ulmenriedt, sein Freund und Sekretär, die Feder aus der Hand und schob das Buch, in das er gerade seine Eintragungen gemacht hatte, ein wenig von sich.

»Schon wieder zurück?« fragte er.

»Mußt du denn immerzu arbeiten, Jens? Leg doch endlich einmal den Kram beiseite und leiste mir Gesellschaft«, grollte Jörg Reinwaldt.

»Was beliebt mein hochverehrter Chef und Gönner denn wieder einmal auszuhecken?« forschte Jens belustigt.

»Chef – Gönner?« Jörg klopfte ihm auf die Schulter. »Rede nicht so dämlich! Bist mein Freund, für den ich mich in Stücke hauen lasse.«

»Doch!« kam es überraschend schnell zurück. »Sehr große sogar. Laß dir erzählen.« Und nun berichtete Jörg anschaulich den Zusammenstoß mit Stanja, so daß Jens sich ausschütten wollte vor Lachen.

»Ich weiß nicht, was ich davon halten soll«, schloß Jörg seine launige Schilderung. »Einen Dieb hat sie mich geheißen; das möchte ich beschwören. Aber das andere habe ich alles nicht verstanden.«

»Junge, woher habe ich die Behauptung genommen, daß du ein ›Köpfchen‹ hast?« lachte Jens hellauf. »Hat sie dich einen Dieb genannt, wird sie dazu wohl auch berechtigt sein.«

»Erlaube mal!«

»Bist du etwa nicht drauf und dran, ihrem Liebling das Herz zu stehlen?«

»Jens!« schrie Jörg und sprang mit einem Satz über den Sessel. »Jens – ich werde verrückt! Selbstverständlich, so ist es!«

In seinem Jubel wurde er jedoch durch ein zaghaftes Klopfen an der Tür unterbrochen.

»Herein!« rief er laut. Aber die Tür öffnete sich nicht, so daß er wohl oder übel aufstehen mußte. Er prallte förmlich zurück, als er Stanja erblickte.

»Nanu!« entfuhr es ihm. »Wollen Sie Ihre Unterhaltung von vorhin fortsetzen?«

Die Alte sah sich zunächst vorsichtig um; dann machte sie ihm ein Zeichen, daß sie ihn zu sprechen wünsche.

Jörg wandte sich dem Freund zu und gab ihm einen Wink, woraufhin Jens nebenan verschwand.

»Bitte!« forderte Jörg dann erwartungsvoll die Alte auf; er

konnte sich diesen seltsamen Besuch durchaus nicht erklären.

Scheu huschte Stanja an ihm vorbei. Sie trug etwas Verhülltes in den Händen, das sie zärtlich an ihre Brust drückte. Zögernd nur setzte sie sich.

»Und – Sie wünschen?« ermunterte er sie. Beinahe fühlte er Mitleid mit ihr, denn er sah, wie sie zitterte.

Mit einer entschlossenen Bewegung reichte sie ihm das, was sie in Händen trug. In der Hast aber ließ sie es zu frühzeitig los, so daß das Tuch auseinander schlug und es in allen Farben auf den Teppich kollerte.

Entsetzt bückte sich Jörg und las den Inhalt des Tuches vom Boden auf. Es war Schmuck. Zum größten Teil jedoch ziemlich wertloser, schreiend in seiner Farbenpracht.

»Was soll das heißen?« herrschte er die Alte an. Bei sich aber dachte er: sie ist verrückt geworden, völlig verrückt! Und dieser Eindruck steigerte sich noch, als sie ängstlich fragte:

»Ist – ist das immer noch nicht genug?«

»Menschenskind!« fuhr Jörg sie an und kroch auf allen vieren im Zimmer umher, um den bunten Tand zusammenzusuchen. »Denken Sie denn, ich bin Antiquitätenhändler? Was soll der Unfug?«

Verdutzt sah Stanja an der Gestalt des Blonden hoch. Was hatte sie nun wieder falsch gemacht? Mußte er nicht froh sein, ohne Gewalt so viel Beute zu erhalten? Sie war felsenfest davon überzeugt, daß der Schmuck, den ihr Marion nach und nach von kleinen Reisen mitgebracht hatte, einen großen Wert darstellte.

»Was wollen Sie denn noch haben?« fragte sie weinerlich.

»Aufklärung!« brüllte Jörg so laut, daß Jens neugierig den Kopf zur Tür hereinstreckte.

»Komm mal her, Jens!«

Jens trat langsam näher und sah von dem blitzenden Zeug zu Stanja hin, die eine fürchterliche Angst hatte. Sie bebte an allen Gliedern. Mißtrauisch irrten ihre Augen von dem blonden Jörg zu dem dunkelhaarigen Jens.

»Was hältst du von solchen Geschenken?« fragte Jörg, der langsam seine gute Laune zurückgewann.

Jens schien angestrengt nachzudenken. Schließlich stieß er einen spitzen Laut aus und setzte sich neben Stanja, der er wie ein krankes Kind zuredete.

»Mit diesem Flitter gedachten Sie wohl, Ihre Herrin loszukaufen?«

Stanja nickte eifrig, wobei ihr die Tränen in die Augen traten. Jetzt sah Jörg auch, daß sie einen gütigen, mütterlichen Zug in ihrem Gesicht trug. Er folgte aufmerksam der sich zwischen dem Freund und der Alten entspinnenden Unterhaltung.

»Ja – Marion ist reich«, sagte sie jetzt. »Sie wird mir alles ersetzen. Hauptsache ist, ich kann sie retten – sie hat ja so schrecklich Angst!«

Die Freunde sahen sich mit einem bedeutungsvollen Blick an.

»Angst hat die Herrin? Aber warum denn – und wovor?«

Stanja wies auf Jörg. »Vor dem da!«

»Das wird ja immer schöner!« platzte Jörg heraus. Jens aber machte eine kurze Bewegung, daß der Freund ihn nicht wieder unterbrechen solle.

»Hat mein Freund sich Ihrer Herrin etwa in taktloser Weise genähert?«

Die Alte sah verständnislos auf. Dann meinte sie: »Marion hat schreckliche Angst vor ihm und sehr viel geweint. Hat er es denn nicht auf ihren Schmuck abgesehen?«

Jetzt aber waren beide Freunde zugleich sprachlos. Und

Jens dachte an das bekannte Handelshaus, dem Jörg vorzustehen hatte, und an die große Verantwortung, die er für eine Schar von Arbeitern und Angestellten trug, und prustete los:

»Das ist ja gottvoll! Jörg – ein Dieb! Sie halten meinen Freund für einen Dieb?«

Stanja war unsicher geworden und sah ratlos von einem zum andern.

»Ja, ist er denn nicht ... hat er denn nicht ... Der Kapitän hat doch gemeint, ein ganz gefährlicher – Dieb sogar!«

Jens sah zu dem Freund auf, dessen Gesicht einem Fragezeichen glich.

»Ein Gemütsmensch, dieser Käpten«, sagte er kopfschüttelnd. »Wenn jemand mal 'ne Auskunft über mich haben will, schick ich ihn zu Möller. Mich sollte es nicht wundern, wenn man dich bei unserer Ankunft in Hamburg verhaftet.«

Das war Jörg denn doch zu toll. Er packte Stanja hart am Handgelenk.

»Der Kapitän hat Ihnen dieses Märchen erzählt?«

Stanja nickte.

»Kommen Sie mit!« befahl Jörg barsch und ließ die Frau nicht los, so sehr sie sich auch sträubte.

»Wohin wollen Sie mich denn bringen?« weinte sie auf.

»Selbstverständlich zum Kapitän!« verriet Jörg. »Er soll Ihnen mal erzählen, wer ich bin.«

Stanja, die schon längst gefühlt hatte, daß hier etwas nicht stimmte, weinte fassungslos auf.

»Bitte, lassen Sie mich gehen! Meine Herrin tobt, wenn sie von meinem selbständigen Handeln erfährt. Sie – sie weiß nämlich nicht, daß ich bei Ihnen bin. Ich will ja auch nie wieder sagen, daß Sie – ein Dieb sind. Marion hat es doch auch nicht anders gewußt, und sie hatte solche Angst. Da wollte ich ihr Ruhe verschaffen. O Gott, was habe ich nun angerichtet! Erklären Sie doch Marion selber alles. Was liegt Ihnen denn schon an mir alten Frau?« jammerte sie.

Jörgs Gesicht überzog sich mit einem strahlenden Lächeln. Sofort gab er Stanja frei.

»Das hätten Sie aber auch ein wenig klüger anstellen können«, meinte er halb gerührt, halb grollend. »Aus Liebe zu Ihrer Herrin hätten Sie da ja bald etwas Nettes angerichtet. Gehen Sie nur beruhigt zurück und packen Sie Ihren Schmuck wieder ein. Ich werde die Sache von mir aus regeln, und zwar auf eine Weise, womit Sie zufrieden sind.«

Stanja trocknete an ihrem Umlegetuch die Tränen ab. Aber ein wenig Mißtrauen lag doch noch in ihren Augen, als sie meinte:

»Und Sie trachten meiner Herrin wirklich nicht nach dem Schmuck – oder nach dem Geld?«

»Hängt Ihre Herrin denn so sehr an solchem Mumpitz?«

Heftig schüttelte Stanja den Kopf.

»Ach wo, ganz und gar nicht! Der Herr kann machen, was er will, sie hört einfach nicht. Aber wenn man den halben Tag im Sattel sitzt, kann man sich doch auch um nichts anderes kümmern.«

Eifrig bejahten beide Freunde zugleich. Jörg aber war es wie ein Stich durchs Herz gegangen.

»Einen Herrn haben Sie auch?«

»Aber ja!« bestätigte Stanja stolz. »Und er ist so gut und edel! Nur zu nachsichtig zu Marion. Alles läßt er ihr durchgehen. Nur so konnte sie wie ein halber Junge werden.«

Das Glücksgefühl, das Jörg überkommen war, sank jetzt wie ein Häufchen Asche wieder in sich zusammen.

»Und bitte … nichts meiner Herrin verraten!«

Als die Tür sich hinter Stanjas malerischer Gestalt geschlossen hatte, lehnte sich Jörg aufstöhnend dagegen.

»Da haben wir uns nun eine halbe Stunde mit der Alten

herumgeschlagen, nur um zu erfahren, daß das bezaubernde Mädchen schon – verheiratet ist.«

Ulmenriedt machte eine hilflose Handbewegung. »Pech, mein Lieber – ausgesprochenes Pech!« bemerkte er. »Das muß ja ein schöner Rabenvater sein, der sein Mädel als halbes Kind schon – verheiratet.«

»Wie meinst du das?«

»Soweit ich es beurteilen kann, ist das launenhafte Geschöpf höchstens siebzehn Jahre alt. Wann sollten … ausgeschlossen! Warte mal –«, wehrte er den Einwand, den Jörg machen wollte, ab. »Das Mädchen reist mit ihrer Dienerin. Die Alte sprach von viel Geld. Reiche Eltern lassen ihre Kinder länger als gewöhnlich die Schule besuchen oder halten ihnen Hauslehrer, zumal deine Angebetete in Rio zugestiegen ist. Man konnte demnach schon mit etwas außergewöhnlichen Verhältnissen rechnen. Ich kombiniere weiter: Mädchen, die vollauf mit Lernen beschäftigt sind, haben den Kopf von Liebesgedanken frei. Nun frage ich dich klugen Mann, wann soll das Mädel wohl zum Heiraten gekommen sein?!«

»Dein Scharfsinn in Ehren – aber woher willst du wissen, daß sie nicht älter ist als siebzehn?« gab Jörg zu bedenken.

»Kunststück! Mit ein wenig Beobachtungsgabe kann man das schon feststellen, mein Bester. Wie sie sich gibt und bewegt, ist sie noch das reinste Kind. Ganz abgesehen davon, steht ihr die Jugend ja noch auf dem Gesicht geschrieben. Oder hast du auch dagegen etwas einzuwenden?«

Jörg machte kurz auf den Absätzen kehrt und begann sich umzukleiden.

»Was hast du vor?« fragte Jens.

»Jetzt mache ich Möller einen Besuch«, kam es mit finsterer Entschlossenheit zurück. »Gnade ihm Gott, wenn er mir nicht alles verrät, was er über Marion Vollmer weiß.«

Zufrieden lächelte Ulmenriedt vor sich hin, und als Jörg

nach Minuten, von Kopf bis Fuß wie aus dem Ei geschält, aus der Kabine stürmte, rief er ihm nach:

»Gib acht, daß du deinen Kopf nicht noch verlierst – dein Herz ist sowieso schon futsch!«

~

Eine Stunde, bevor Armand sich mit der Braut seines Herrn für den Besuch im Krankenhaus verabredet hatte, betrat er bereits Dieter Stoltenbecks Zimmer.

Armand trug eine dicke Aktenmappe unter dem Arm, die er neben das Lager seines Herrn stellte.

Dieter Stoltenbeck fühlte sich heute schon wohler, was er der Freude zuschrieb, die ihn beherrschte. Auch das Sprechen strengte ihn nicht mehr so sehr an, so daß der Arzt dem Diener bedenkenlos Einlaß gewährt hatte.

Armands Gesicht trug einen müden, ja, verzweifelten Ausdruck.

»Was quält dich, Armand?« fragte Dieter sofort. »Ist es etwas, das Stepha betrifft?«

»Nein, Herr! Fräulein Stepha wird sich wohl schon auf den Besuch bei Ihnen vorbereiten.« Er bückte sich nach der Mappe, um seine Unsicherheit zu verbergen.

»Ich habe Ihnen die eingelaufenen Trauerkarten und Telegramme mitgebracht, damit Sie disponieren können. Vor allem möchte ich Ihnen die dazugehörigen Erklärungen geben, die ich mir bereits in Hamburg beschafft habe.«

»Gut!« Dieter Stoltenbeck ließ sich das Wichtigste vorlesen und den nötigen Vortrag dazu halten.

»So, Armand – ich danke dir! Nun bin ich hinreichend unterrichtet!« schloß er die Unterredung.

Armand schob die Briefschaften wieder in die Mappe, die er nunmehr auf den Nachttisch legte.

»Was noch?« fragte Dieter weiter. »Das war nicht alles, Armand. Verstelle dich doch nicht! Das gelingt dir ja sowieso nicht.«

»Herr«, nahm Armand einen Anlauf, verstummte dann aber wieder ratlos.

»Armand«, mahnte Dieter gütig. »Sorgst du dich etwa um meinen Zustand? Du brauchst mich nicht mehr zu schonen, ich fühle mich stark genug. Du ahnst nicht, wie sehr ich plötzlich an dem Leben hänge, das ich drüben wohl hundertmal bedenkenlos aufs Spiel gesetzt habe.«

»Ich sehe auch keinen Ausweg als den der Offenheit«, antwortete Armand erleichtert und zog aus seiner Brusttasche ein Telegramm hervor, das schon arg zerknittert und zerlesen war. Eine ganze Nacht hatte er schlaflos nach einer Lösung gesucht. »Ein glücklicher Zufall spielte mir das Telegramm ungeöffnet in die Hände. Fräulein Stepha wollte die Briefschaften mit Ihnen gemeinsam öffnen. Das gibt mir eine kleine Beruhigung.«

Wortlos nahm Stoltenbeck das Telegramm in die gesunde Hand. Wohl flimmerte es zunächst vor seinen Augen, aber bald hatte er die Schwäche überwunden. Er entzifferte:

Dieter Stoltenbeck – Hamburg.

Befinde mich an Bord der »Sachsen« und treffe mit Stanja am fünfundzwanzigsten Mai dort ein. Nur um Dich zu sehen, komme ich nach Hamburg. Ich erwarte von Dir, im Hotel »Fürstenhof«, wo Pa Zimmer bestellt hat, in Empfang genommen zu werden.

Marion.

»Großer Gott!« murmelte Dieter.

Diesem Ausruf folgte eine lähmende Stille. Blitzartig jagten sich die Gedanken hinter seiner Stirn.

»Damit ist alles verloren!« Mit diesen Worten brach er

schließlich das Schweigen. »Mit Marions Ankunft tritt das Verhängnis an mich heran. Du kennst ihr ungezähmtes Temperament und ihre unselige Liebe zu mir. Dabei hab' ich das herzige Mädel gern, aber nur wie eine kleine Schwester.«

Wiederum zermarterte Armand sich den Kopf, ohne jedoch zu einem Entschluß zu kommen. Wie ein Verzweifelter kämpfte er gegen seine Ratlosigkeit an.

»Armand«, bat Stoltenbeck, »soll ich auf halber Strecke liegenbleiben? Soll ich alles aufgeben, noch ehe ich es mir richtig erkämpft habe?«

»Nein, Herr!« bestärkte Armand ihn. »Aber weder Sie noch ich würden es fertigbringen, das Mädel einfach ihrem Schicksal zu überlassen. Schon die Freundschaft zu diesem prächtigen Herrn Vollmer verpflichtet uns beide, sich seines Kindes anzunehmen.

Sie müssen die Rolle Klaus Stoltenbecks weiterspielen. Sie müssen vergessen, daß Sie Dieter Stoltenbeck sind, dann werden Sie auch alle Hindernisse nehmen.«

»Aber hierherkommen darf Marion nicht – jetzt nicht!« sagte er erregt. »Das wirst du zu vermeiden wissen, Armand. Du mußt sie langsam auf das Unglück vorbereiten. Vielleicht gelingt es dir sogar, sie zur Rückreise zu bewegen. Sieh an, Armand«, führte er mit heiserer Stimme weiter aus: »Ich muß es erst lernen, mich richtig gegen meine bisherigen Freunde einzustellen. Es betrübt mich, daß ich die Menschen täuschen muß, denen meine Freundschaft gehört und die mich Freund nannten.

Bei Stepha ist das etwas anderes. Ihr gegenüber gebe ich mich so wie ich bin, ganz als Dieter Stoltenbeck, da ich mich nur von meiner Liebe leiten lasse. Mache ich später einmal irgendeinen Fehler, dann hat Stepha sich bereits so an mich gewöhnt, daß es ihr nicht auffällt. Verstehst du mich recht?«

»Ich begreife alles«, erwiderte Armand, nicht mehr so ganz hoffnungslos. »Ich halte es aber nicht für richtig, Marion Vollmer zu bitten, abzureisen. Das würde auffallen. Im Gegenteil, sobald ich mit ihr darüber gesprochen habe, unterrichte ich Fräulein Stepha von dem Besuch und überlasse ihr das Weitere. Frauen untereinander finden fast immer den richtigen Ton.«

Dieter verfärbte sich, was man ihm sogar trotz des großen Verbandes ansah. Dann meinte er: »Ich bin mit allem einverstanden und sehe klar. Laß mich jetzt allein, damit ich ruhiger werde. Stepha darf mir nichts anmerken – und sie kommt ja bald.«

Da drückte Armand die Hand des Kranken. Um Dieter Stoltenbecks Mund aber irrte ein schmerzliches Lächeln.

»Mache ich dir viel Sorgen, Armand?«

Der treue Alte schüttelte heftig den Kopf.

»Wenn es dir zu schwer wird«, sprach der Kranke weiter, »dann entbinde ich dich von deinem Wort. Du sollst nicht leiden, während ich glücklich bin.«

»Niemals!« antwortete Armand fest und unbeirrt – und hastete aus dem Zimmer.

~

Die Aussprache Jörg Reinwaldts mit dem Kapitän war kurz und kernig. Zum Schluß brachen sie fast gleichzeitig in dröhnendes Gelächter aus, und ein Händedruck besiegelte aufs neue ihre Freundschaft.

»Für die gute Nachricht, daß die dunkeläugige Marion – ein Fräulein ist, dürfen Sie mich meinetwegen nächstens als Raubmörder bezeichnen.«

»Ich werde mich hüten«, entrüstete Möller sich. »Das könnte die scheußlichsten Verwicklungen geben. Gottlob, daß diesmal die Sache noch so gut abgegangen ist. Nichts für ungut, Herr Reinwaldt.«

Der hatte es plötzlich eilig. Er winkte noch einmal zurück, dann schlug er den Weg zu Marion Vollmers Kabine ein.

Indessen gab es einen erregten Wortwechsel zwischen Stanja und ihrer eigenwilligen Herrin.

»Kindisch benimmst du dich«, schalt die Alte, aus dem Bewußtsein heraus, Jörg Reinwaldt – seinen Namen hatte sie inzwischen erfahren – unrecht getan zu haben. »Was ist nur aus dir in den letzten Tagen geworden, Kindchen? Keiner würde dich wiedererkennen. Ein ängstlich zitterndes Nervenbündel. Überhaupt, seit wann hängst du an solchem Kram?«

Marion sprang erzürnt von ihrem Ruhebett auf und stampfte auf den Boden.

»Laß mich endlich in Frieden. Du bist ein ganz bösartiges Geschöpf geworden. Ich werde es Pa schreiben, wie sehr du mich quälst.

Ich mag ihn nicht leiden, und ich will ihn nicht sehen. Das hat mit Angst nichts zu tun. Aber ein – Dieb ist er doch.«

Mit stoischer Ruhe ließ Stanja die Vorwürfe über sich ergehen, konnte aber nicht an sich halten, hinterhältig zu bemerken:

»Vielleicht ist er nur – ein Herzensdieb?«

Marions dunkle Kirschenaugen blitzten die Alte zornig an. »Was gibt es denn bei mir zu stehlen?« rief sie erbost. »Habe ich noch ein Herz – oder habe ich keines mehr?«

»Mein Gott«, erwiderte Stanja sanft, »bin ich ein Arzt oder deine Beschützerin?«

»Eine schöne Beschützerin«, sprudelte Marion hervor. »Wenn Pa das wüßte, daß du mich diesem Verbrecher direkt ausliefern willst.«

Stanja legte ihre Arbeit aus der Hand und trat vor Marion hin. »Ich will dir etwas sagen, Kindchen. So häßlich, wie du dich im Augenblick benimmst, bist du alles andere als liebenswert. Wenn du dir Dieter Stoltenbecks Liebe erringen willst, mußt du noch sehr viel lernen.

Ich bin eine alte Frau und habe dich grenzenlos lieb. Mein ganzes Leben habe ich den Vollmers gedient und an dir Mutterstelle vertreten. Verwöhnt haben wir dich, unsagbar verwöhnt, und dir dabei doch nur geschadet.

Und wenn du mich nie wieder ansiehst, einmal muß ich es dir sagen. Dieter Stoltenbeck wäre mir viel zu schade für dich. Es müßte einer kommen, der dich erst mal erzieht. Hoffentlich sind ihm inzwischen nicht die Liebesgedanken vergangen, wenn er dich einigermaßen gezähmt hat.«

Aus Marions Gesicht war jede Farbe gewichen. Sie starrte Stanja wie einen Geist an. Dann schluchzte sie auf und kam sich einsam und verlassen vor.

Wortlos stürzte sie zu dem Schrank hin, zerrte einen Kasten hervor und riß einen darin befindlichen Schal an sich. Im Nu war sie durch die Tür verschwunden. Sie war fast blind vor Aufregung, und so kam es, daß sie beim Vorwärtsstürmen plötzlich an Jörg Reinwaldts Brust ein Hindernis fand.

Atemlos, beide gleich stark erschrocken, sahen sie einander in die Augen. Selbstverständlich hatte Jörg geistesgegenwärtig sofort beide Arme um die zierliche Gestalt geschlungen und sie dadurch vor einem Fall bewahrt.

Er fand zuerst die Sprache wieder.

»Hoppla, gnädiges Fräulein, das nenne ich Glück!«

Er dehnte seine Rolle als Beschützer ein paar Sekunden länger aus, als nötig war. Warm rieselte es ihm zu Herzen, als er den weichen, biegsamen Mädchenkörper spürte.

Verwirrt löste sich Marion von ihm. Sie hatte einmal gelesen, daß berüchtigte Hochstapler solche Zwischenfälle schufen, um dabei ihre Diebstähle ausführen zu können. Unwillkürlich faßte sie nach ihrem Hals.

»Die Kette ist noch da«, bemerkte er mit belustigtem Lächeln. »Außerdem würde sich ein solcher Diebstahl kaum lohnen, denn sie ist ziemlich wertlos.«

Bis unter das üppige Haar schoß Marion das Blut. Aber dann ging der Trotzkopf in ihr hoch.

»Was fällt Ihnen ein, meinen Schmuck zu kritisieren? Glauben Sie, Pa schenkt mir Plunder?«

Dabei zerrten ihre Finger an der Kette, als wollte sie sie herunterreißen, weil er sie für wertlos hielt.

Er fing ihre Hand ein und hielt sie sekundenlang fest. »Nicht zerreißen!« bat er treuherzig. »Was können die armen Perlen dafür? Hauptsache, sie erfüllen ihren Zweck an Ihrem Hals.«

Vor Marions Augen begann sich alles zu drehen.

»Wer sind Sie eigentlich?« fragte sie mit einer Strenge, die sie nur noch reizender machte.

Er verneigte sich. »Jörg Reinwaldt. Übrigens stellte ich mich Ihnen schon einmal vor. Nähere Auskunft kann Ihnen der Kapitän über mich geben.«

»Das hat er bereits getan«, entfuhr es ihr boshaft. »Wir verstehen uns doch, nicht wahr?«

»Gemerkt habe ich zwar noch nichts davon«, gab er trocken zurück, »wenn Sie aber so verlockende Aussichten bieten, dann freue ich mich pflichtschuldig darüber.«

»Ihnen ist überhaupt nicht beizukommen«, stieß sie ärgerlich hervor.

»Hatten Sie etwa die Absicht?« fragte er nicht ohne Ironie, doch mit großem innerem Vergnügen.

»Was wollten Sie von mir?« herrschte sie ihn ungnädig an, seine Frage absichtlich überhörend.

»Och«, machte er leichthin, »das hat sich durch unser unverhofftes Zusammentreffen von selbst geregelt.«

Marions Augen wurden groß und weit. Ah, sie glaubte zu verstehen.

»Sie – Sie rechnen wohl mit meiner Verschwiegenheit? Aber Sie irren, mein Herr – ich werde Sie entlarven.«

»Oje«, machte er kläglich, war aber ziemlich verdutzt, als sie ihn stehenließ. Blitzschnell hatte er begriffen. Sein helles Lachen flatterte hinter ihr her.

»Ich wünsche Ihnen einen überwältigenden Erfolg – Fräulein Sherlock Holmes!«

Wie ein Mensch, dem man eine große Freude gemacht hat, setzte er seinen Weg fort.

Für ihn stand es felsenfest, daß er sie nicht aus den Augen verlieren wollte. Nachdem er von Möller alles Wissenswerte erfahren hatte, konnte er sich gut vorstellen, daß dieser eigenwillige Trotzkopf imstande war, noch ganz andere Dinge zu liefern.

Auf der Funkstelle gab er ein Telegramm an das Hotel »Fürstenhof« auf und bestellte für sich und Jens Zimmer.

Es kränkte ihn auch nicht weiter, daß Marion bis zu dem Zeitpunkt, da man in den Hafen einlief, unsichtbar für ihn blieb.

Stanja war nach wie vor rührend besorgt um ihr »Kindchen«, und Marion war in tiefstem Herzen froh, daß die gute Alte ihr nichts nachtrug. Sie versuchte, durch doppelte Zärtlichkeit ihr ungezogenes Benehmen wiedergutzumachen.

Gerade als sie neben Stanja, in zappelnder Unruhe zum Aussteigen bereit, den letzten Vorbereitungen zuschaute, sah sie Jörg Reinwaldt in Begleitung eines ebenfalls sehr sympathischen Herrn dicht an sich vorübergehen.

Bah, verbesserte sie sich sofort in Gedanken, sympathisch war ihr der Blonde noch lange nicht – außerdem …

Im selben Augenblick hörte sie seine dunkle Stimme, in der ein Lachen schwang, an ihr Ohr schlagen:

»Auf Wiedersehen, gnädiges Fräulein – und erschrecken Sie nicht, wenn ich Ihnen unvermutet wieder gegenüberstehe. Vielleicht gelingt es Ihnen dann, mich zu entlarven.«

»Unverschämtheit!« murmelte sie, aber ihr Herz zitterte dabei.

~

Stepha hatte heute den Weg zum Krankenhaus allein antreten müssen, da Armand einer Besorgung wegen erst später nachkommen konnte.

Für sie hatten jedoch die täglichen Gänge zu dem Verlobten alle Schrecken verloren. Sie freute sich vielmehr darauf und hatte sich sogar schon dabei ertappt, daß sie die Stunden bis zum nächsten Wiedersehen gezählt hatte.

Verließ sie aber Klaus, dann beschäftigten ihre Gedanken sich mit ihm. Sie zerpflückte förmlich jedes seiner Worte, weil sie ihr oft Rätsel aufgaben.

War es denkbar, daß ein Mensch sich so sehr zu seinem Vorteil verändern konnte? Hatte Klaus ihr jemals so viel feinfühliges Empfinden entgegengebracht wie in den Tagen seines Krankenlagers? Am Ende war aber nicht Klaus, sondern sie die Schuldige gewesen, daß nie so viel Wärme zwischen ihnen aufkommen konnte wie in der letzten Zeit.

Ach! Sie wollte nicht mehr darüber nachdenken. Sie wollte widerspruchslos hinnehmen, was das Schicksal für sie bereithielt.

Dieter Stoltenbeck sah Stepha mit frohen, erwartungsvollen Augen entgegen. Nach der ersten Aufregung über Marions angekündigten Besuch war wieder die alte Ruhe über ihn gekommen.

Sein Gewissen hatte er damit beruhigt, daß er nichts Böses mit diesem Betrug beabsichtigte. Im Gegenteil, er wollte ein junges Menschenkind glücklich machen und ihm jedes Herzeleid ersparen.

Heute hatte man ihn etwas höher gebettet, so daß er Stepha schon beim Eintritt mit den Augen begrüßen konnte.

Sie legte langstielige Rosen auf seine Decke und berührte mit ihren Lippen seinen Mund. Noch nie hatte er gewagt, den Druck zurückzugeben, nur still hatte er gehalten und ihren Kuß wie einen Genesungstrunk genommen.

»Bitte, setz dich zu mir, Stepha«, bat er. »Ich habe mit dir zu reden.«

Er begann von dem Telegramm zu erzählen, das die Ankunft Marion Vollmers ankündigte, und daß Armand sie in dem gleichen Hotel, wo auch sie Wohnung genommen habe, erwarte, um ihr die Schreckensnachricht zu bringen. Ein leiser, entsetzter Laut Stephas ließ ihn vorübergehend verstummen. Da sie ihn aber durch keine Frage störte, berichtete er weiter:

»Ob Dieter sie geliebt hat, weiß ich nicht mit Bestimmtheit, denn er schrieb nie ein Wort darüber.

Ich möchte dich nun bitten, Stepha, nimm dich dieses Mädchens an – um Dieters willen. Sie ist ein etwas eigensinniges und verwöhntes Geschöpf und wird sich in den veränderten Verhältnissen schwer zurechtfinden. Wie konnte man auch ahnen, daß das Schicksal so grausam eingreifen würde.«

Er schwieg, und Stephas Gesicht drückte sichtliche Ergriffenheit aus.

»Wie schrecklich für das arme Mädchen«, entrang es sich ihr in heißem Mitgefühl. Da sie sah, daß auch er litt, fuhr sie behutsam über seine Hand. »Du kannst dich auf mich verlassen, Klaus.«

Er warf ihr einen dankbaren Blick zu, den sie lächelnd

zurückgab. Früher hätte er wie selbstverständlich über sie verfügt, und jetzt bat er sie. Was sie aber als besonders glückhaft empfand, war, daß er alles mit ihr besprach.

Es war, als hätte er bisher einen Panzer um sein Ich getragen, der gesprengt war, so daß sie ungehindert Einblick in sein Inneres nehmen konnte. Aber immer nur suchte sie die Schuld bei sich selber.

»Stepha«, hörte sie ihn sagen, dabei lag ein versonnenes Lächeln um seinen Mund. »Wir werden ein wunderschönes Hochzeitsfest feiern, als Ersatz für die Entbehrungen, die du willig auf dich nimmst – meinetwegen. Nicht allzu groß, nur die nötigsten Einladungen verschicken wir. Selbstverständlich in erster Linie deine Mutter mit ihrem Mann. Eine Reise werden wir erst später machen, denn das Werk braucht seinen Herrn. Aber ich denke es mir auch in unserem Heim zu zweien wunderschön.«

Groß waren ihre Augen auf seinen Mund geheftet. Jetzt erriet er auch noch ihre geheimsten Wünsche? Sie war so erschüttert, daß sie den sich gewaltsam hervordrängenden Tränen freien Lauf ließ.

Ein heißer Schreck zuckte zu seinem Herzen. Hatte er eine Unbesonnenheit begangen?

»Stepha – du weinst?«

»Verzeih, Klaus, nichts von Bedeutung, nichts, was dich beunruhigen könnte«, stammelte sie, und hätte sich doch so gern alles, was sie bedrückte oder bedrückt hatte, vom Herzen geredet.

»Wirklich nicht?« forschte er.

»Wirklich nicht, Klaus – ich finde mich nur manchmal nicht mehr zurecht. Du bist so ganz anders zu mir – so – so –«

Fieberhaft suchte sie nach passenden Worten, um ihm ja nicht weh zu tun.

»Nur eines will ich dir sagen, Klaus, aber du darfst mich nicht auslachen.« Scheu forschte sie in seinen Augen. Keinen Spott gewahrte sie darin, eher Bestürzung.

Noch war ein Zögern in ihr; Dieter spürte es wohl, aber er war unfähig, sie zu ermuntern. Er fuhr ihr nur liebkosend über das weiche Haar.

»Mir ist, als hätten wir uns jetzt erst richtig gefunden. – Bist du mir böse wegen meiner Offenheit, Klaus?«

Endlich hatte er sich soweit gefaßt, daß er antworten konnte.

»Wie könnte ich dir böse sein, Stepha? Nun aber bitte ich dich um ehrliche Beantwortung einer Frage: Hast du mich jetzt lieber – als früher?«

Tödliches Erschrecken lag in ihren Augen. Nun war sie dennoch zu dem hingetrieben, was sie hatte vermeiden wollen.

»Klaus«, weinte sie auf, »erlasse mir die Antwort. Du bist ein Kranker – regst dich unnötig auf.«

Er machte eine kurze, herrische Handbewegung, eine Bewegung, die sie stark an den Verlobten von einst erinnerte.

»Stepha!« rief er, und sie hörte den tiefen Schmerz in diesem Ruf.

Langsam hob sie die Augen zu ihm auf.

»Die Stunde verlangt es, daß ich ganz wahr zu dir bin, Klaus«, begann sie ihre Beichte. »Selbst auf die Gefahr hin, daß du mich verachtest. Als du damals um mich warbst, da fürchtete ich mich vor dir, wie ich eigentlich bis vor deinem Unglück Furcht vor dir empfunden habe. Du weißt ja nicht, wie groß die Not damals bei uns war. Ich wurde deine Braut, weil ich dich achtete und weil ich mich und Mutter damit vor äußerster Not schützen konnte. Ich hatte den guten Willen, dir eine gute, treue Frau zu werden, aber du selbst machtest mir jedes Näherkommen unendlich schwer. Ich kam schon auf den Gedanken, daß du gar nicht die große Liebe von mir fordertest. Auf meine Ehrenhaftigkeit konntest du Häuser bauen, das genügte dir. Du liebtest mich ja!

Kurz bevor du deinen Bruder abholtest, rang ich schwer mit meinem Herzen. Du wurdest mir immer fremder. Ich spielte mit dem Gedanken, dich um meine Freiheit zu bitten.

Da kam die Schreckensnachricht, und da begann erst mein eigentlicher Kampf. Ich gelobte, dich liebenzulernen, wenn du mir nur erhalten bliebest. Ich gab mir die Schuld an diesem tragischen Unfall, bildete mir ein, ihn durch meine Gedanken heraufbeschworen zu haben.

Und dann kam die Erlösung. Du lebtest – Dieter Stoltenbeck war tot. Ich sah es als eine Art Gottesurteil an und kam mit reuigem Herzen zu dir, mit einem willig geöffneten Herzen.

Nun ist es geschehen, Klaus – ich hab' dich lieb, wirklich von Herzen lieb. Eine Qual ohnegleichen wäre es für mich, mich jetzt von dir lösen zu müssen.

Nun ich den ehrlichen Willen zur Liebe hatte, fand ich auch alles anders an dir. Selbstverständlich warst du schon immer so, nur nicht so aufgeschlossen, so herzlich – aber die Hauptschuld lag jedenfalls bei mir – bei mir ganz allein.«

Unsagbare Schmerzen hatten ihm ihre Worte bereitet, körperliche wie seelische.

Rein und lauter lag ihre Seele vor ihm – und er? Wenn er jetzt sprach und ihre Sorgen, in die sie sich hineinredete, von ihr nahm?

Er konnte es doch! – Er brauchte nur zu sagen: Du irrst, du hättest Klaus niemals von Herzen liebgewinnen können, weil er dein feines Seelchen nie verstanden, sondern es nur belächelt hätte. Und du wärest dabei zugrunde gegangen. Du liebst in mir nicht Klaus – sondern Dieter Stoltenbeck.

Seine Hand tastete sich vorwärts. Zart liebkoste er ihr Haar, strich über ihre Wangen.

Wohl hatte sie ihn in Gewissenskonflikte gestürzt – aber sie verflogen im Handumdrehen –, berauschende Freude zog dafür in sein Herz ein.

Das beglückendste Geständnis, das er jemals von ihren Lippen hätte vernehmen können, hatte sie ihm freiwillig gemacht.

»Klaus – du verzeihst mir? Du glaubst an die Ehrlichkeit meiner Liebe?«

»So wie an die meinige«, versicherte er feierlich. »Alles verstehen, heißt alles verzeihen, Stepha. Welcher Mensch wäre nicht schon einmal in die Irre gegangen? Nun muß ich deinen Worten von vorhin zustimmen. Erst heute haben wir uns restlos und ganz gefunden.«

Stepha hätte aufjubeln mögen vor Freude und Glück. Wann einmal war ihr das Herz so leicht gewesen wie jetzt?

Sie neigte ihr Gesicht, das in flammendes Rot getaucht war, über das seine. Ihre Lippen legten sich auf seinen Mund, und nun ließ Dieter alle Liebe, die er für sie empfand, in diesem Kuß ausströmen.

Es war der erste Kuß, den er der Frau gab, die er so unbändig liebte, daß er um ihretwillen aufgehört hatte, Dieter Stoltenbeck zu sein.

~

Obgleich Armand von einer großen Unruhe befallen war, sah man ihm äußerlich nicht das geringste an. Gemächlich schlenderte er durch die Hotelhalle des »Fürstenhofes«.

Er fürchtete sich vor dem Zusammentreffen mit Marion Vollmer, weil er ihr vielleicht die größte Enttäuschung und das erste Leid in ihrem jungen Leben zufügen mußte.

Aber es mußte sein – wollte er nicht das Glück seines geliebten Herrn ernstlich in Gefahr bringen.

Gedankenvoll nahm er in einem Sessel Platz, den Eingang nicht aus den Augen lassend.

Minuten dehnten sich zu Ewigkeiten, bis es wie ein elektrischer Schlag durch seinen Körper ging. An der Drehtür gab es Leben und Bewegung. Pagen flitzten hinzu, die Ankommenden in Empfang zu nehmen. Auch Armand erhob sich und ging zum Eingang.

Marion Vollmer betrat als erste die Halle. Tief gebräunt, die zierlichen Glieder in ein fesches Reisekostüm gehüllt, ließ sie ihre dunklen Kirschenaugen neugierig durch den weiten, lichtdurchfluteten Raum gleiten – bis sie den alten Getreuen entdeckt hatte.

Mit einem Jubellaut kam sie auf ihn zugelaufen. Nichtachtend des Aufsehens, das sie erregte, schlang sie die Arme um seinen Hals und küßte ihn in überströmender Freude auf beide Wangen.

»Armand – du Guter«, jubelte sie. »Wie glücklich bin ich, daß ich bei euch bin. Wo ist Dieter? Schnell, führe mich zu ihm.«

Sie zog ihren Arm durch den seinen und drängte ihn zum Weitergehen. Armand fühlte, wie ihm der Schweiß ausbrach.

»Ich habe mit dir zu reden, Marion«, nahm er das Wort, um sie langsam vorzubereiten.

Marion nickte eifrig.

»Rede nur, Armand. Nicht genug kann ich von euch hören. Was habt ihr inzwischen erlebt? Wie geht es Dieter? – Ja – wo steckt er denn eigentlich?«

»Wir wollen zuvor dein Zimmer aufsuchen. Die Anmeldung werde ich später für dich erledigen.«

Er atmete heimlich auf. Zwei Schlafzimmer mit Bad und

ein Wohnzimmer hatte Vollmer für sein Mädel und deren Beschützerin bestellt. Er stellte sich sinnend an das Fenster, während sich hinter ihm das übliche Treiben beim Einzug abwickelte.

Stanja verschwand mit ihrem Handkoffer in das Schlafzimmer der Herrin, und nun war der Zeitpunkt für Armand gekommen.

Er zog Marion neben sich zu der Sesselgruppe und sah ihr ernst in die erstaunten Augen.

»Marion«, begann er mit der Behutsamkeit einer Mutter. »Was ich dir mitzuteilen habe, ist sehr traurig …, für dich … für uns alle –«

Marion stieß einen spitzen Laut aus und preßte beide Hände an den Mund.

»Dieter … lieber Gott … Dieter liebt eine andere?! Armand … das kann doch nicht möglich sein …, nicht wahr … ich komme mit meiner Liebe zu spät?«

Angstvoll hingen ihre Augen an seinem Mund. Er schüttelte den Kopf. »Nein, Marion – etwas anderes … etwas viel Schlimmeres …, ein Unglück ist geschehen.« Als er sah, wie das junge Gesicht vor ihm alle Farbe verlor, setzte er seine Worte noch vorsichtiger. »Aber laß dir der Reihe nach erzählen, Marion – dann tut es nicht so weh.«

»Nein! – Nein!« unterbrach sie ihn. »Sag es geradeheraus, Armand. Du brauchst mich nicht zu schonen. Was ist mit – Dieter?«

»Dieter ist –«, preßte er tonlos hervor, und sie vollendete mit unheimlicher Ruhe:

»– tot!«

Sie saß mit vorgebeugtem Oberkörper und erloschenen Augen vor ihm.

»Marion«, rief er leise, als wollte er sie in die Wirklichkeit zurückreißen.

Marion hörte und sah nichts mehr. Sie spürte nur, wie alle Freude aus ihrem Innern wich, wie es ihr eiskalt über den Rücken rieselte und wie allmählich ihre Glieder von diesem Zittern befallen wurden.

»Nein!« sagte sie laut und mit fremder Stimme. Dann noch einmal: »Nein!«

Sie sprang in die Höhe – wankte.

»Marion!« rief Armand entsetzt.

Mit einem schrillen Aufschrei, der Stanja herbeistürzen ließ, brach sie in Armands Armen zusammen.

»Einen Arzt – einen Arzt!« schrie Stanja. Dann eilte sie händeringend aus dem Zimmer.

~

Jörg Reinwaldt und Jens Ulmenriedt hatten soeben die Formalität der Anmeldung in der Hotelhalle zum »Fürstenhof« erledigt und stiegen Seite an Seite die Treppe zum ersten Stock hinauf. Sie trugen nur das nötigste Gepäck bei sich, da sie nicht wußten, wie lange sie Aufenthalt nehmen würden.

»Ja, ja«, versicherte Jörg dem Freund eifrig. »Es ist schon so. Den Trotzkopf hat ein schnittiger Wagen hergebracht. Sie muß mit ihrer Begleitung schon eingetroffen sein. Schade« bedauerte er, »das hätte ich eben erfahren können. Na, dazu ist noch Zeit. Jetzt werden wir uns erst einmal schön machen und eine Mahlzeit einnehmen. Einige Telefongespräche habe ich auch noch zu erledigen. Bis wir Marion zu sehen bekommen, sind wir reichlich beschäftigt.«

Jens war recht nachdenklich.

»Sag mal, versprichst du dir im Ernst etwas von der Geschichte mit dem tollen Schwarzkopf?«

»Wäre ich sonst hier?«

Die Worte verschlang ein Geräusch, dem sogleich ein greller Aufschrei folgte. Dicht vor ihnen wurde eine Tür aufgerissen, und heraus stürzte Stanja.

»Bitte«, frohlockte Jörg, wurde aber sofort unruhig und stellte sich der Alten in den Weg. Sie erkannte ihn und umklammerte seinen Arm.

»Bitte, helfen Sie mir – meine Herrin«, jammerte sie und wies auf die geöffnete Tür. »Einen Arzt, bitte – einen Arzt.«

»Jens«, bat er, und dieser verstand. Ohne Besinnen rannte er den Weg zurück.

Jörg folgte Stanja auf dem Fuße. An der Tür stellte er seinen Koffer ab und trat ein.

Auf den ersten Blick gewahrte er einen Mann mit schlohweißem Haar inmitten des Zimmers, und in seinen Armen ruhte Marion Vollmers regungslose Gestalt. Ihr Kopf hing kraftlos zur Seite.

»Eine Ohnmacht«, erklärte Armand. Seine Hände zitterten so stark, daß er nicht fähig war, einen Handgriff zu tun.

Dafür bemühte sich Jörg um das Mädchen, deren hilfloser Anblick sein Herz erzittern ließ.

Er rieb sanft ihre Stirn mit einem belebenden Mittel ein, das er auf Reisen stets zur Hand hatte, und wartete mit Spannung, daß die Besinnung zurückkehren sollte.

Kraftlos geworden, war Armand in den nächsten Sessel gesunken, legte den Kopf in die Hände und stöhnte tief auf.

Marion kam langsam zu sich. In ihrer Verwirrung wähnte sie Armand vor sich zu haben und schlang die Arme um Jörgs Hals, um an seiner Schulter fassungslos zu weinen.

Armand gewahrte das schmerzliche Weinen – ganz gleich war es ihm, bei wem sie sich augenblicklich ausweinte. Er stand auf.

Er nahm Stanja beiseite und klärte sie über die letzte halbe Stunde auf.

Jörg Reinwaldt hatte indessen mit allerlei merkwürdigen

Gefühlen zu kämpfen, während er Marion im Arm hielt und sie sich wie ein verängstigtes Kind an ihn klammerte.

Geduldig wartete er, bis ihr erster Schmerz sich gelegt hatte, und als er merkte, daß das Zittern nachließ und auch das Weinen nicht mehr so wild war, ließ er sie sanft in die Kissen gleiten.

Bedrückt zog er sich zurück. Draußen auf dem Gang traf er mit Jens zusammen, der das Gepäck bereits hatte heraufschaffen lassen.

Personal stand herum, auch der Hotelarzt erschien. Da wandten die beiden Freunde sich ihren eigenen Zimmern zu.

»Merkwürdig«, nahm Jörg dort von sich aus ein Gespräch auf. »Was mag da geschehen sein? Selten habe ich eine Frau so verzweifelt weinen hören. Ein ekelhaftes Gefühl ist das, dabeizustehen und nicht helfen zu können.«

Unsicher sah er zu Jens hinüber, der genauso bedrückt war.

»Sicher war die Ohnmacht die Folge einer Schreckwirkung. Wer weiß, was für eine aufregende Nachricht sie erhalten hat?«

Ratlos hob er die Schultern, und da Jens sich jeder Äußerung enthielt, sprach er sogleich weiter.

»Jetzt sehe ich es bald als eine höhere Fügung an, daß wir uns an ihre Fersen hefteten. Auf irgendeine Weise werden wir schon helfen können.«

~

Stepha erreichte das Hotel »Fürstenhof« nach kurzer Bahnfahrt gegen Abend. Ihr war immer noch feierlich zu Sinn, und etwas von dem, was ihr Herz bewegte, prägte sich in ihrem Gesicht aus.

Ihr erster Weg galt Armand, um von ihm zu hören, ob Marion Vollmer inzwischen eingetroffen sei.

In seinem Zimmer fand sie ihn nicht. Schnell ging sie daher auf die Suche nach ihm.

Zunächst erkundigte sie sich bei dem Portier, ob Marion Vollmer angekommen sei und ihre Zimmer bezogen habe, was ihr bestätigt wurde.

Auf einmal war sie voller Sorge. Tiefes Mitleid empfand sie mit dem Mädchen, das sie noch nicht einmal kannte.

Sie stand noch unschlüssig da, ob sie ohne Anmeldung bei Marion erscheinen könnte, als sie Armand den Gang entlangkommen sah.

Eiligst ging sie ihm entgegen.

»Ach, das gnädige Fräulein«, sagte er, mit einem schwachen Lächeln um die Lippen.

Mit besorgtem Blick maß sie sein zerquältes Gesicht. »Armand, war es so – schlimm?«

»Es war furchtbar, gnädiges Fräulein. Wenn Sie doch gleich mitkommen wollten!«

»Gewiß«, erwiderte sie und ließ sich den Weg zu Marion Vollmers Zimmer zeigen, »deshalb bin ich ja da.«

Was Stepha sah, als sie das geräumige, freundliche Hotelzimmer betrat, erfüllte sie mit tiefer Rührung.

Die da mit dickverweintem Gesicht und erschreckend gleichgültiger Miene auf dem Liegesofa hockte und für all die gutgemeinten Vorschläge Stanjas ein heftig abwehrendes Kopfschütteln hatte, mußte Marion Vollmer sein.

»Laß mich doch«, ächzte sie soeben. »Ich mag nicht unter Menschen gehen. Nein! Auch Hunger habe ich nicht. Ach, Stanja, ich bin ja so traurig. Pa soll kommen, bitte, Stanja, telegrafiere! Pa soll kommen – und mich heimholen!«

Nun sank das dunkle Köpfchen auf die Knie, und erneut klang leises, erschütterndes Weinen auf.

Selbst Armands Eintritt beachtete sie nicht. Erst als ihr eine Hand sanft über den Kopf strich, schaute sie auf.

»Was wollen Sie? Wer sind Sie?« stieß sie unmutig aus.

»Ich bin die Braut Klaus Stoltenbecks«, sagte Stepha ruhig und nahm ohne Aufforderung neben Marion Platz. Den einen Arm legte sie um deren Schulter, und mit der anderen Hand fing sie Marions Finger ein. »Mein Verlobter schickt mich zu Ihnen. Wir waren alle sehr erschüttert, als wir das Telegramm erhielten, das Ihre Ankunft meldete.«

Marions Tränen waren versiegt. Verwundert hingen ihre Augen an Stephas Gesicht, das von einer Fülle rostbraunen Haares umschmeichelt war. Am schönsten fand sie aber die ernsten dunkelumsäumten Blauaugen.

Marion glaubte, noch nie eine so schöne Frau gesehen zu haben. »Sie sind – Klaus Stoltenbecks Braut?« fragte sie leise. »Er schickt Sie zu mir? – Was soll ich beginnen?« klagte sie, und die Schultern begannen wieder verräterisch zu zucken. »Ich fürchte mich vor dem fremden Hotel. Ich hatte mich so auf Dieter gefreut, und nun – ist er tot!«

Stephas Hand glitt liebkosend über Marions Wange. »Sie sind trotzdem nicht allein und verlassen. Wir sind Ihre Freunde, genau wie Dieter Ihr Freund gewesen ist. Auch das soll ich Ihnen von meinem Verlobten ausrichten. Wenn Klaus erst wieder genesen ist, werden wir viel zusammen sein, und später müssen Sie unser lieber Gast sein, solange Sie in Hamburg bleiben.«

Stanja und Armand merkten mit Erstaunen, welch günstigen Einfluß Stephas Stimme auf das verzweifelte Menschenkind ausübte. Sie atmeten heimlich auf und nickten eifrig, als Marion ihre Augen reihum wandern ließ und fragte:

»Sie überlassen mich nicht meinem Schicksal? Und – und ich habe geglaubt, ich sei Ihnen nur lästig.«

»Aber nein, Marion«, erwiderte Stepha warmherzig.

»Nicht wahr, ich darf Sie doch so nennen, und Sie müssen Stepha zu mir sagen. Sie sollen durchaus nicht unter dem Eindruck stehen, daß wir Ihnen fremd sind. Und der Schmerz um Dieter wird eines Tages auch gelinder werden. Haben Sie nur Vertrauen zu uns. Alles, was wir tun können, wird geschehen, damit Sie sich wohl bei uns fühlen.«

Impulsiv streckte Marion die Hand aus, schluckte tapfer an den aufsteigenden Tränen.

»Ich danke Ihnen, Stepha.« Grübelnd ging ihr Blick ins Leere, fast ungläubig meinte sie: »Klaus Stoltenbeck ist wohl gar nicht so unnahbar, wie es immer hieß? Ich habe rechte Angst vor ihm gehabt. Dieter hat mir manches von seinem Bruder erzählt, was ich unbegreiflich fand.«

Stepha war glücklich, aus voller Überzeugung diese Bedenken zerstreuen zu können.

»Sie brauchen sich keineswegs vor Klaus zu fürchten. Er ist liebenswürdig und zeigt vor allem für Ihr Schicksal und für Ihren Kummer Verständnis. Mag er auch anders sein, als Dieter es war – ungerecht wird er niemals sein«, verteidigte sie den Verlobten. Das kam aus tiefstem Herzen und verfehlte darum auch die Wirkung auf die verschüchterte Marion nicht. »Wie seltsam«, kam es versonnen von ihren Lippen, »alles muß ich vollkommen anders finden, als ich es mir vorgestellt habe.«

»Vielleicht war es gerade das, was Sie am meisten verzweifelt machte?« warf Stepha ein.

»Das mag sein«, gab Marion zu. »Dieter war mein bester Freund – ich wollte ihn mit meinem Besuch überraschen. Sie müssen wissen«, berichtete sie lebhaft, »wir leben auf Pa's Farm sehr zurückgezogen, und Dieter war fast unser einziger Verkehr. Täglich waren wir zusammen.« Ihre Augen suchten Armand, und mit einer herzgewinnenden Bewegung streckte sie die Hand nach ihm aus. »Aber – ich habe ja auch

Armand, nicht wahr, Armand, du wirst dich meiner ein wenig annehmen?«

»Gewiß, Marion«, bestätigte dieser erfreut und strich mit einer väterlichen Geste über den dunklen Lockenkopf.

»Jetzt werden wir erst einmal essen gehen, nicht wahr, Marion?« schlug Stepha herzlich vor. »Wenn Sie sich noch umziehen wollen, dann warte ich solange.«

Marion lehnte sich nicht mehr dagegen auf.

Ehe sie aber Stanja folgte, wandte sie sich noch einmal zweifelnd an Stepha:

»Und Sie werden auch wirklich auf mich warten?«

»Ja, kleine Marion«, bestätigte diese lächelnd. »Meine ganze Freizeit gehört Ihnen – wenn Sie das beruhigt.«

Das verweinte Gesichtchen strahlte bei diesem Versprechen auf, und gleich darauf schloß sich die Tür hinter der zierlichen Gestalt.

Stepha sah zu Armand hinüber, der sich etwas abseits niedergelassen hatte.

»Ein entzückendes Geschöpf«, sagte sie ehrlich anerkennend.

»Ja, das ist Marion Vollmer«, stimmte Armand dankbar und erfreut zugleich zu. Er hatte schon immer eine Schwäche für die wilde, eigenwillige Marion gehabt.

»Ob sie Dieter wirklich so geliebt hat?« klang plötzlich die Frage auf.

Armand sah an den Augen Stephas vorbei und schüttelte leicht den Kopf.

»Ich glaube nicht daran. Marion ist noch viel zu jung, um sich über ihre wirklichen Gefühle klar zu sein. Sie hat in ihm einen guten Freund gesehen – das ist gewiß. Und weil Marion ihren Gefühlen stets treu bleibt, hat sie gemeint, ihn zu lieben. Sie war immer ein wenig vereinsamt – und Dieter verstand sie eben besser als irgendwer sonst. Selbst Marions Vater stand seinem einzigen Kind stets ein wenig hilflos gegenüber. Er war durch seine Arbeit überaus stark in Anspruch genommen. Was war somit natürlicher, als daß Marion sich innig an Dieter Stoltenbeck anschloß?«

Stephas Brust hob ein erlöster Atemzug.

»Ich würde mich freuen, wenn Ihre Meinung richtig wäre, Armand. Dann wird es uns auch gelingen, Marion über den schweren Schlag hinwegzubringen. Und wie stand Dieter zu dem jungen Geschöpf?«

»Er hatte sie gern wie eine Schwester. Das weiß ich ganz genau«, kam seine Antwort ohne Stocken.

»Dann wollen wir sie ruhig in dem Glauben lassen – er habe sie wirklich geliebt«, meinte Stepha. »Sein Andenken soll nicht getrübt werden.«

~

»Hallo – Boys!«

Erwin Vollmer wies vom Pferd herab in die Ferne, aus der das Keuchen eines Motors kam. Hinter den Baracken tauchte der Verwalter Schroeder, ein tüchtiger blonder Deutscher, auf. »Hallo, Schroeder – haben Sie jemand mit dem Wagen fortgeschickt? Die Trottel steuern direkt auf die Sandgrube zu«, polterte er los.

»Das ist keiner von uns.«

»Ich werde ihnen den Weg zeigen«, sagte Schroeder und sprengte davon.

Langsamer folgte Vollmer. Er kam nicht weit, denn schon tauchte Schroeder wieder auf und trommelte einige der braunen Arbeiter zusammen.

»Schnell, Jungens, ein Auto ist umgestürzt«, rief er; dann gab er ihnen noch einige Anweisungen und wies ihnen die Stelle, woher er soeben gekommen war.

Wenig später hielt er wieder neben seinem Herrn.

»Ein Tourenwagen ist in die Sandgrube gestürzt. Ich habe bereits das Nötige veranlaßt«, erklärte er. »Hoffentlich hat niemand ernsten Schaden genommen.«

»Ich komme mit«, sagte Vollmer und ritt hinter seinem Verwalter her. Während er am Rande der Sandgrube vom Pferd sprang und sich von oben das Unglück ansah, kletterte Schroeder den Abhang hinunter und stand nach einigen Minuten neben dem umgestürzten Wagen.

Mit einiger Mühe gelang es ihm, den Schlag zu öffnen, und da war auch schon Vollmer neben ihm. Gemeinsam trugen sie den Verletzten abseits und ließen ihn behutsam auf den sandigen Boden gleiten.

»Gilbert Parker«, murmelte Vollmer, und im selben Augenblick schlug der Mann die Augen auf. Zuerst erblickte er Schroeder, der ihm fremd war.

»Verdammt«, knirschte er ärgerlich, »das elende Loch, bin nun doch direkt drauflosgefahren.«

»Ja, ja – der Whisky«, lachte Schroeder, dem starker Alkoholgeruch entgegenschlug. Der Mann war – die Stirnwunde ausgenommen – anscheinend unverletzt.

»Bei der Hitze – kein Wunder«, knurrte der Verunglückte. »Die Hand tut verflixt weh, scheint gebrochen zu sein.«

Er hob den linken Arm ein wenig in die Höhe, und Schroeder untersuchte die Hand.

»Nur verstaucht«, meinte er. Dann wies er auf den Wagen:

»Den werden unsere Arbeiter wieder freimachen. Können Sie laufen?«

Er faßte den Mann unter die Arme und brachte ihn auch glücklich auf die Beine.

Gilbert Parker biß sich auf die Unterlippe.

»Alle Knochen tun mir weh – aber bis zum nächsten

Landhaus wird's schon gehen. Habe mich total verfahren. Möchte wissen, wo ich eigentlich gelandet bin.«

»Auf Erwin Vollmers Farm«, mischte Vollmer sich in die Unterredung, und wie der Blitz fuhr Parker herum und erkannte ihn.

Zuerst sah es aus, als wolle er davonlaufen. Er blieb aber mit einem unterdrückten Schmerzenslaut stehen.

Vollmer lächelte leicht, und, wie es Schroeder vorkam, verächtlich, drehte sich langsam herum und kletterte den Hang hinauf.

Gilbert Parker stand mit aschfarbenem Gesicht neben dem Wagen und starrte finster darauf nieder. Ohne sich umzudrehen, sagte er zu dem kopfschüttelnd nähertretenden Schroeder:

»Scheint am Motor etwas nicht in Ordnung zu sein. Unangenehme Geschichte. Was nun?«

Den Hang herunter kamen Vollmers Leute. Sie trugen Werkzeuge mit sich.

»Señor bittet den Fremden, sein Gast zu sein«, meldete einer von ihnen dem Verwalter, und dieser warf einen raschen Seitenblick auf Parker.

»Getrauen Sie sich, meinen Gaul zu reiten?« fragte er. »Sie werden zu Fuß nicht weit kommen.«

»Und Sie?« fragte Parker zurück.

»Ich bleibe bei den Leuten, bis der Wagen aus dem Dreck heraus ist. Sie brauchen nur dafür zu sorgen, daß man mir ›Satan‹ zurückbringt.«

Kurzerhand faßte Schroeder ihn unter und führte ihn zu seinem »Satan«, half ihm beim Aufsteigen und gab dem Pferd einen liebevollen Klaps.

»Mach's gut, Satan«, sagte er, und als habe das Tier verstanden, trabte es lammfromm davon.

Allerlei Gedanken kreuzten sich hinter Parkers Stirn. Seinen Wagen im Stich lassen und nicht nur bis Vollmers Farm sondern nach Rio weiterreiten? – Wahnsinn! Ekelhaftes Pech, das ihn ausgerechnet in Vollmers Nähe führen mußte!

Aber – verlockend stieg ein schmales, lachendes Mädchengesicht vor seinem geistigen Auge auf. Marion! Um sie wiederzusehen, lohnte es sich schon, das verbissene Gesicht in Kauf zu nehmen.

Bah! Was wollte der Alte denn? – Hatte er, Parker, seine Strafe nicht verbüßt? War damit das Geschehene nicht abgetan? – Gewiß, Vollmer würde sich hüten, ein Wort darüber verlauten zu lassen. Doch sein eisiger, verächtlicher Blick ging ihm nicht aus dem Sinn. Würde eine verflixt unangenehme Situation werden. Ob Marion wohl von dem Alten aufgeklärt worden war? Sie war ihm eigentlich bis zu seinem fluchtartigen Verlassen des eleganten Landhauses freundlich und herzlich, wie jedem anderen Gast des Hauses, entgegengekommen.

Parker knirschte mit den Zähnen.

Selten war es einem Menschen gelungen, seine Pläne zu durchkreuzen, weil er, was er sich vornahm, beharrlich und wohldurchdacht verfolgte. Und ausgerechnet das größte und bedeutungsvollste Geschäft seines Lebens, seine Heirat mit der schwerreichen Marion Vollmer, war ihm durch das Auftauchen des blonden, hünenhaften Deutschen, dieses Dieter Stoltenbecks, zerschlagen worden.

Oh – noch heute konnte er sich nicht beherrschen, dachte er an die schmachvolle Stunde zurück, da Vollmer ihm mit eisiger Ruhe mitgeteilt hatte, daß er für Leute seines Schlages, Abenteurer und – Betrüger, keinen Platz in seinem Hause habe.

Ja – er hatte wirklich Betrüger gesagt, und er, Parker, hatte es sich mit geballten Fäusten, aber ohne mit der Wimper zu zucken, gefallen lassen müssen. – Erwin Vollmer ging rauchend auf der Terrasse des Hauses auf und nieder.

Was wollte Gilbert Parker im Lande? – Ging er immer noch seinen dunklen Geschäften auf den verstreut liegenden Farmen nach? Was für Geschäfte waren es, die Parker in die hiesige Gegend geführt hatten?

Aber Gastfreundschaft hatte Vollmer noch keinem verweigert – selbst wenn er Gilbert Parker hieß und ein ausgekochter Betrüger war.

Vollmer hielt in seiner Wanderung inne und lehnte an der Brüstung. Er schüttelte sich leicht. Gewiß – jeder konnte einmal fehlen, und jedem stand auch nicht gleich der Makel an der Stirn geschrieben.

Aber Parker hatte sich obendrein noch gegen eines der heiligsten, ungeschriebenen Gesetze des Landes vergangen: Gegen die Gastfreundschaft.

Unter der Vorspiegelung falscher Tatsachen hatte er sich in die Häuslichkeit eingeschlichen und Marions junges Herz betört.

Um so enttäuschter war sie hinterher gewesen, als Parker plötzlich abreiste. Sie hatte wohl auch geweint, denn tagelang war sie mit geröteten Augenlidern umhergelaufen.

Dieter Stoltenbeck hatte es damals verstanden, ihr den geschmeidigen Parker auszureden, und Marions Sinn für alles Echte, Gesunde hatte gesiegt. Um so inniger hatte sie sich an Dieter angeschlossen.

Geliebt hatte sie Parker sicherlich nicht, denn sonst hätte sie ganz gewiß um ihn gekämpft. Sie hatte nur die angenehme Abwechslung, die seine Gesellschaft mit sich gebracht, genossen. Aber wie leicht hätte Ernst aus dem Spiel werden können.

Vollmer starrte gedankenverloren dem Reiter entgegen, der sich aus dem Sattel helfen ließ und nun langsam auf die Terrasse zugehumpelt kam.

Wie es sich für den Hausherrn gehörte, ging er dem Gast

ein paar Schritte entgegen und begrüßte ihn kurz, aber höflich.

Das spöttische Lächeln um Parkers Mund vertiefte sich:

»Leider muß ich von Ihrer Gastfreundschaft Gebrauch machen. Sie können überzeugt sein, daß ich das unter normalen Umständen vermieden hätte. Ich werde jedoch bemüht sein, die Zeit meines unfreiwilligen Aufenthaltes in Ihrem Hause nach Möglichkeit abzukürzen.«

Vollmers Auge ruhte forschend auf Parkers Gesicht. Ich hätte Marion doch über ihn aufklären sollen – ging es ihm blitzschnell durch den Sinn. Man weiß nicht, wie das Schicksal spielt, und dieser Mann sieht nicht so aus, als würde er einen einmal gefaßten Plan aufgeben. Gerade die Klarheit seines Willens war es ja, die auch mich verwirrte.

Seinem unbeweglichen Gesicht war nichts anzumerken von den Gedanken, die er hegte. Mit einer einladenden Handbewegung meinte er:

»Bitte, machen Sie es sich bequem. José wird Sie in ein Gastzimmer führen, damit Sie sich erfrischen können. In einer halben Stunde wird man Ihnen das Abendessen servieren. Mich wollen Sie entschuldigen – ich habe zu arbeiten.«

Mit festen Schritten ging Vollmer durch die breite Flügeltür in das Haus.

Ächzend sank Parker in einen der gepolsterten Gartensessel.

Als José erschien, folgte er ihm, sich auf dessen Arm stützend, in das Haus.

»Bringen Sie mir Tee und einige geröstete Brotscheiben auf mein Zimmer. Ich fühle mich nicht wohl und werde mich sofort hinlegen.«

Kaum hatte er einige Bissen zu sich genommen, kam José schon wieder und meldete:

»Señor Schroeder läßt anfragen, ob es recht sei, wenn er

den Wagen gleich an Ort und Stelle wieder in Ordnung bringen ließe. Es sei nur eine Kleinigkeit am Motor in Unordnung.«

Aha, man will den unerwünschten Gast so schnell wie möglich loswerden – dachte Parker empört. Laut aber antwortete er:

»Wenn die Leute etwas davon verstehen – in Gottes Namen!«

Trotz der Hitze warf er sich auf das Bett und war bald fest eingeschlafen. Als er, spät am Nachmittag, erwachte, stand wie aus dem Erdboden gewachsen José wieder vor ihm und half ihm bei seiner Toilette. Er fühlte sich an allen Gliedern wie zerschlagen, als er auf der Terrasse erschien.

Er trat an die Brüstung und ließ einen abschätzenden Blick in die Runde gleiten. Überall herrschte bereits reger Betrieb. Vollmers Farm gehörte zu den ertragreichsten und galt als Musterwirtschaft. Zucht und Ordnung war im Hause oberstes Gesetz, und da er seine Leute anständig bezahlte und hielt, wurde mit Lust und Liebe gearbeitet.

Als ein Reiter in den Hof sprengte, fuhr Parker wilder Schreck in die Glieder.

Kam jetzt sein Todfeind – dieser Dieter Stoltenbeck?

Nein! Es war der blonde Verwalter.

»Der Wagen ist in Ordnung. Jetzt wird er noch gewaschen, und dann können Sie unbesorgt einsteigen.«

Schroeder ließ sich am Tisch nieder. »Jetzt werden wir uns erst einmal stärken«, meinte er.

Parker zwang sich zu einem freundlichen Gesicht. Hastig stürzte er zwei Tassen von dem starken Kaffee hinunter.

Abermals sprengte ein Reiter heran, der schon von weitem dem Verwalter zuwinkte, so daß dieser aufstand und dem Ankommenden entgegenlief:

»Ein Telegramm aus Deutschland – für Señor Vollmer!«

Parker spitzte die Ohren.

Unter halbgeschlossenen Lidern beobachtete er, wie Schroeder in das Haus ging, und gleich darauf hörte er Vollmers Stimme.

Auf Zehenspitzen trat Parker an die geöffnete Terrassentür heran. Die Tür zu Vollmers Arbeitszimmer mußte offenstehen, denn jedes Wort war deutlich vernehmbar.

Ein erschreckter Ausruf. Dann eine kurze Pause, in der Schroeders teilnehmende Frage aufklang.

»Was ist? Doch kein Unglück mit dem gnädigen Fräulein?«

Ein tiefes Aufatmen, wie ein Stöhnen anzuhören, war die Antwort. Dann war es so still, daß der Lauscher seinen Herzschlag zu vernehmen meinte.

Auf einmal kam Vollmers Stimme wieder, rauh und unnatürlich heiser:

»Lesen Sie, Schroeder – ich vermag es nicht zu fassen. Dieter Stoltenbeck soll tot sein – verunglückt!«

Parker trat blitzschnell zurück, da er das Rücken eines Stuhles vernahm. Als Vollmer mit verstörtem Gesichtsausdruck unter dem Türrahmen erschien, saß er bereits wieder auf seinem Platz hinter dem Tisch.

Vollmer durchmaß ein paarmal die Terrasse, ohne Parker zu beachten, und blieb dann nachdenklich an der Brüstung stehen. Schroeder kam und stellte sich neben ihn.

»Was soll ich tun, Schroeder?« stellte Vollmer die erregte Frage, hinter der sich Angst und Unruhe verbargen. »Ich kann doch hier nicht alles im Stich lassen und nach Deutschland reisen? Gerade wo ich dicht vor meinen Verkaufsabschlüssen stehe!«

Der Verwalter hielt noch immer das Telegramm in der Hand. »Ich meine, wenn das gnädige Fräulein mit Ihrem Besuch rechnete, hätte sie unbedingt eine entsprechende Bemerkung machen müssen. Selbstverständlich ist es grausam, eine solche Nachricht drüben vorfinden zu müssen – aber schließlich wird sie Menschen finden, die sich ihrer annehmen!«

»Das ist der einzige Gedanke, der mich dabei tröstet. Ich kenne die Stoltenbecks seit Jahren, eine hochanständige, ehrenhafte Familie.« Vollmer brach jäh ab, erinnerte sich wieder der Szene, die sich an derselben Stelle zwischen ihm und Marion abgespielt hatte, und nun überfiel ihn erst richtig die Erschütterung über diese Nachricht.

Der erste Schicksalsschlag, der sein Mädel traf. Wie würde es sich benehmen? Hatte sie Dieter so sehr geliebt, daß sein früher Tod sie zerbrach? Oder würde es sich jetzt zeigen, daß sie immer nur schwesterliche Zuneigung für den prächtigen Kameraden empfunden hatte?

Klaus Stoltenbeck war nun also Herr der Firma.

Wie würde sich eine Zusammenarbeit mit Klaus Stoltenbeck gestalten? Dieter war stets ein verständnisvoller Vermittler gewesen.

Neben der Trauer um den guten Kameraden regte sich der Wunsch in ihm, gerade jetzt drüben zu sein, um Fühlung zu nehmen. Auch die Frau hätte er gern kennen mögen, von der Dieter so überaus warm gesprochen: Stepha Witt. Ob sie jemals erfahren würde, wie sehr Dieter sie verehrt hatte?

In der Nähe heulte ein Motor auf, und ein paar Minuten später wurde Parkers eleganter Wagen in den Hof gefahren.

Erwin Vollmer wurde jäh aus seinen Betrachtungen gerissen. Jetzt erinnerte er sich seines Gastes, der, hinter einer Zeitung vergraben, anscheinend nicht auf das Gespräch der beiden Männer geachtet hatte.

Einer der Leute näherte sich der Brüstung. »Der Wagen ist fahrbereit«, meldete er.

Parker faltete lässig die Zeitung zusammen. Er hatte Mühe,

ein Frohlocken zu unterdrücken. Äußerlich gelassen, erhob er sich und ging auf den Hausherrn zu.

»Ich danke Ihnen für die Gastfreundschaft«, sagte er höflich, aber kühl. »Nun bitte ich nur noch um die Rechnung für die Reparatur.«

Vollmer riß sich gewaltsam von seinen Gedanken los und brachte es in diesem Augenblick sogar über sich, Parker mit versöhnlichen Gefühlen zu begegnen.

»Das war eine Selbstverständlichkeit«, erwiderte er. »Ich nehme an, daß Sie sich in ähnlicher Situation genauso benommen hätten.«

»Ich werde wohl oder übel einen Fahrer kommen lassen müssen«, überlegte Parker. Eigentlich war es ihm nicht einmal unangenehm, nun doch seinen Aufenthalt in dem Landhaus noch weiter ausdehnen zu können. »Wenn Sie mir erlauben wollen zu telefonieren? Nach meiner Berechnung kann morgen mein Chauffeur hier sein.«

»Bitte!« Vollmer machte eine Handbewegung nach seinem Arbeitszimmer hin. »Sie wissen ja Bescheid.«

Aus diesen Worten schloß Schroeder, daß Parker nicht zum ersten Male Gast des Hauses war.

Er kehrte nachdenklich zu seiner Arbeit zurück. Kaum war Vollmer allein, entsann er sich, daß er das Telegramm zu seinem Schreibtisch zurückgetragen hatte. Es mußte Parker direkt in die Augen fallen.

Ein unbehagliches Gefühl beschlich ihn, ohne daß er sich den Grund dafür zu erklären gewußt hätte.

Aber wenn Parker auch erfuhr, daß Marion in Deutschland bei der Familie Stoltenbeck weilte, nutzte ihm diese Nachricht wenig. Marion war jedenfalls dort vor ihm sicherer als hier.

Ach was! Wie kam er überhaupt dazu, sich so intensiv mit Parker zu befassen? – Sobald wie möglich würde der die

Farm wieder verlassen, und dann kreuzten sich ihre Wege nicht wieder.

Inzwischen telefonierte Parker mit seinem Büro in Rio und sprach mit seinem Freund und Teilhaber Jonny Smith. Hätte Vollmer dessen Gespräch belauschen können, wäre er weit mehr beunruhigt gewesen, als er es ohnehin schon war.

»Hör zu, Jonny«, sprach Parker mit gedämpfter Stimme. »Ich hatte Pech – ein Unfall in der Nähe von Vollmers Farm, der aber gut abgelaufen ist. Bereite alles zu einer längeren Reise nach Deutschland für mich vor. Mein größtes Geschäft, an dem wir uns beide gesundmachen können, kann zum Abschluß kommen, wenn ich es klug andrehe. Erklärungen kann ich dir jetzt unmöglich geben. Hier haben die Wände Ohren«, fuhr Parker fort.

»Vor allem nimm dir sofort den kleinen Wagen und komme mit Steen, mich abzuholen. Ich habe mir die Hand verstaucht und kann unmöglich steuern: Einer von euch muß den kleinen Wagen wieder zurückfahren. Verstanden? – Schön. Morgen vormittag kannst du hier sein. Ich habe es verflixt eilig. Schluß!«

Mit gesättigtem Lächeln hängte Parker ein, sah sich noch einmal aufmerksam um, ehe er das Telegramm zum zweiten Male sorgfältig durchlas und jedes Wort in seinem Gedächtnis notierte.

Seine Miene war kühl und verschlossen, als er zu Vollmer zurückkehrte. Auch hütete er sich, irgendeine Frage nach Marion oder Dieter Stoltenbeck zu stellen. Er schaltete alles Private und Persönliche aus seiner Unterhaltung aus und unterhielt sich mit dem Hausherrn über alltägliche Dinge – und beide verbargen so ihre Erregung voreinander.

In dieser Nacht hatte Gilbert Parker wenig Ruhe. Er meinte, das Schicksal selber habe ihm eine Chance in die Hand gespielt.

Dieter Stoltenbeck lebte nicht mehr? Also konnte er mit Klaus Stoltenbeck wieder in Geschäftsverbindung treten. Hier brauchte er nur Marions Fürsprache, denn weder Dieter noch Vollmer würden den damaligen Zwischenfall nach Deutschland berichtet haben. Hier brauchte er ganz bestimmt nicht zu befürchten, von dem einen oder anderen in seinem Vorhaben gestört zu werden. Marion für sich zu gewinnen, dünkte ihn ein Kinderspiel. Wäre Stoltenbeck ihm damals nicht dazwischengekommen, hätte er heute bereits sein Schäfchen im trockenen, und Marion gehörte ihm.

Er fühlte dunkel, diesmal war die Leidenschaft in ihm größer als die Sucht nach Macht, Ansehen und Reichtum. Es ging ja um Marion!

Aber war mit Marions Besitz nicht auch alles das verbunden? Macht, Ansehen und Reichtum?

Eine Ahnung war in ihm, daß er sich ändern, daß er ein ehrlicher Geschäftsmann und treuer Gatte werden würde.

Ja, tausendmal ja, lieber heute als morgen würde er sein Abenteurerleben aufgeben.

Wie eine Vision stand Marions strahlendes Gesicht vor ihm, und mit diesem Bild vor Augen fand er endlich Ruhe und Schlaf.

~

Stepha saß mit glücklich-lächelndem Gesicht am Bett des Verlobten und hielt seine Hand.

»Die kleine Marion ist nicht nur ein reizendes, sondern auch ein tapferes Mädchen«, schloß sie ihren Bericht, dem Dieter mit Herzklopfen gelauscht hatte. »Zuerst war sie ganz verzweifelt. Als ich ihr aber unsere Gastfreundschaft anbot und ihr ausredete, daß sie allein und verlassen sei, begann sie sich zu beruhigen. Wir werden viel Freude an ihrem Besuch haben.«

Dieter schwieg. Jedem ihrer Worte mußte er zustimmen, und doch wollte keine rechte Freude in ihm aufkommen. Marion war von jeher ein scharfer Beobachter gewesen. War es nicht eine große Gefahr für ihn, sie für längere Zeit um sich zu haben?

Stephas sanfte Frage riß ihn aus seinen Gedanken.

»Ist es dir nicht angenehm, Klaus? Oder hast du heute wieder Schmerzen?«

»Keines von beiden, Stepha«, erwiderte er hastig, den Blick geradeaus richtend. »Im Gegenteil, der Arzt hat mir heute eröffnet, daß ich, falls ich in gute Pflege und ärztliche Fürsorge komme, bald an die Heimreise denken darf. Ist das nicht Glück genug?«

Stepha strich über seine Hand.

»Marion möchte dich sehr gern kennenlernen und sich für die angebotene Gastfreundschaft bedanken, Klaus. Sicherlich will sie auch einiges von Dieter wissen«, nahm sie nach einer Weile erneut das Wort und stutzte, denn sie meinte, Klaus' Hand habe in der ihren gezuckt.

»Nein, Stepha«, ließ er sich mit dem Eigensinn des kranken Menschen vernehmen. »Jetzt kann ich keinen Besuch empfangen; bitte, Stepha, sieh das nicht als herzlos an – aber soweit bin ich noch nicht, ich meine gesundheitlich. Außerdem geize ich mit jeder Minute, die du bei mir sein darfst.«

Stepha fügte sich lächelnd. Innerlich war sie ein wenig befremdet über seine Ablehnung.

Vom Krankenbett des Verlobten hinweg suchte Stepha nachher das Sprechzimmer Dr. Franks auf. Er sah lächelnd in das schöne, leuchtende Mädchengesicht.

»Sie wollen wissen, wann Sie Ihren Verlobten mit heimnehmen dürfen?« fragte er sogleich, und Stepha nickte eifrig.

»Lebensgefahr besteht schon lange nicht mehr«, fuhr er fort. »Sagen wir Ende der Woche. Allerdings sind Vorsichtsmaßnahmen zu treffen, die ich zweckmäßiger dem Diener Ihres Verlobten auseinandersetze. Schicken Sie ihn zu mir nächstens her – und freuen Sie sich im übrigen auf die Heimfahrt.

Ihre Besuche haben die Heilung erstaunlich beschleunigt. Wir beobachten es immer wieder, daß nicht allein unsere ärztliche Kunst einen Menschen zu retten vermag. Dazu gehört unbedingt auch der Wille des Kranken. Das erlebten wir wiederum bei Ihrem Verlobten.«

Mit tiefer, innerer Beglückung nahm Stepha die Worte des Arztes in sich auf. Sie mußte immer noch daran denken, als sie schon wieder zurück ins Hotel fuhr.

Dann dachte sie wieder an Klaus' heftige Ablehnung. Was sollte sie Marion nur sagen? Freilich ging sein Gesundheitszustand vor – aber – das paßte nicht so recht zu Klaus, an dem sie früher so selten etwas wahrgenommen, das man Gemüt hätte nennen können.

Sie fürchtete sich jetzt schon vor Marions traurigen Augen, wenn sie sie abermals vertrösten mußte.

Stanja konnte sich nicht genug über ihre junge Herrin wundern. Freilich war das liebe Gesichtchen jetzt immer blaß und traurig. Doch die neue sanfte Herrin war ihr lieber als die wilde, ungestüme, die immer gleich mit dem Kopf durch die Wand rennen wollte.

Selbstverständlich hatte dieses Wunder nur die schöne Stepha Witt vollbracht. Sie war auch nicht eifersüchtig, wenn die Herrin so viel wie möglich mit dem warmherzigen Mädchen zusammensein wollte.

Oft ging sie mit Stepha Witt aus, um Besorgungen zu machen oder sich die Schönheiten der fremden Stadt zeigen zu lassen. Schon das gewährte der Alten eine große Beruhigung.

Innerhalb des Hotels verlangte sie stets Stanjas Begleitung. Marion benahm sich nicht anders als jede andere wohlerzogene junge Dame.

Stanja wußte aber nicht, daß ihre junge Herrin in ständiger Angst vor einem großen blonden Mann lebte, dessen bloßer Anblick sie in Aufregung versetzte.

Wie kam er überhaupt dazu, im gleichen Hotel wie sie zu wohnen? War sie das nächste Opfer, das er sich ausgesucht hatte? Warum aber entlarvte sie ihn nicht?

Ja – warum? Das war die Frage, die Marion unablässig quälte. Etwa weil Stanja ihre Meinung über den Blonden so schnell geändert hatte? Sicher war sie dem suggestiven Einfluß dieses Mannes genauso erlegen wie …

Wie wer? Etwa sie? Ha! Lachhaft!

Er war ja ein Fremder für sie, und außerdem trug sie viel zu tiefen Schmerz um Dieters Tod.

Aber nicht nur einmal ertappte sich Marion dabei, daß sie insgeheim seinen Verkehr mit dem Freunde, der sein »Komplice« sein mußte, beobachtete. Und merkwürdig, stets hatte sich der Gedanke in ihr geregt, dieser Jörg Reinwaldt müßte ebenfalls einen prächtigen Kameraden abgeben, wenn … ja, wenn –?

~

Marion hatte vom Fenster aus die beiden Freunde vor dem Hotel einen respektablen Wagen besteigen sehen und atmete befreit auf.

»Ich gehe hinunter und trinke einen Kaffee«, sagte sie mit

plötzlichem Entschluß zu der ewig fleißigen Stanja. Sie war verschwunden, noch ehe die Alte ihre Begleitung hätte anbieten können.

Ein wenig traurig, ein wenig neugierig schlenderte Marion durch die Hotelhalle. Irgendwo klang gedämpfte Musik. Unschlüssig blickte sie umher. An der Drehtür blieben ihre Augen haften, durch die soeben die beiden Freunde in die Hotelhalle traten. Da war Marions Zweifel besiegt. Rasch betrat sie den Kaffeeraum, von der Angst gehetzt, schon entdeckt worden zu sein, und fand sich erst später an einem kleinen Rundtisch in die Wirklichkeit zurück.

Sie bestellte Kaffee und Kuchen, trank hastig ein Schlückchen, die Augen unverwandt zur Tür richtend.

Minuten vergingen.

Sie malte sich aus, was sie wohl tun würde, falls Jörg Reinwaldt nun doch erschien und sich vielleicht sogar zu ihr setzte?

Aber Jörg ließ sich nicht blicken, und da war ihr die Lust zu einem kleinen Abenteuer auch schon vergangen.

Sie zahlte und ging den Weg zurück, den sie mit so großen Erwartungen angetreten hatte.

Auf der Treppe kam ihr der, an den sie unausgesetzt hatte denken müssen, entgegen. Sie fühlte, wie ihr Herz ungestüm zu schlagen begann, und versuchte, an ihm vorbeizuschlüpfen. Doch da schlug auch schon die bekannte, tiefe Stimme an ihr Ohr:

»Endlich finde ich Gelegenheit, mich nach Ihrem Befinden zu erkundigen.«

Wenn sie nicht unhöflich erscheinen wollte, mußte sie wohl oder übel stehenbleiben.

Mit beiden Händen umkrampfte sie ihre Handtasche, als wolle sie durch diese Bewegung betonen, daß sie keine Lust habe, es wieder auf einen Handkuß ankommen zu lassen.

»Danke – mir geht es wieder gut«, stammelte sie und hob die Augen zu ihm empor.

Jörgs Meinung, sie sei eine kleine raffinierte Person, sank wie ein Kartenhaus in sich zusammen, als er ihr blasses Gesicht und ihre traurigen Augen sah. Sie hat doch Kummer gehabt und hat ihn auch noch – stellte er schnell bei sich fest.

Er mußte sich sehr beherrschen, nicht den Arm um die schmale Gestalt zu legen und zu fragen: Was fehlt dir? Sag mir doch deinen Kummer!

Vielleicht wäre es jetzt an der Zeit, sie über ihn aufzuklären, überlegte er, verwarf den Gedanken aber sofort wieder, als sie fragte:

»Stanja erzählte mir, daß sie Sie zur Hilfe geholt habe. Stimmt das? Ich kann es kaum glauben.«

»Doch – es stimmt«, strahlte er sie so treuherzig an, daß sie verwirrt zur Seite sah.

»Dann muß ich Ihnen wohl dankbar sein?«

»Ist nicht nötig«, erwiderte er lächelnd. »Dankbar bin höchstens ich.«

»Sie – mir?« lächelte sie ungläubig zurück, und sie wunderte sich, daß plötzlich jedes Angstgefühl von ihr abgefallen war.

»Ja – ich Ihnen«, behauptete er ohne weitere Erklärung, und Marion war nun so klug wie zuvor. »Übrigens«, fuhr er sogleich fort, »kann ich mich bei der Gelegenheit gleich von Ihnen verabschieden. Geschäfte zwingen mich zur Abreise.«

Nun haschte er wirklich nach ihrer Hand, die sie ihm auch überließ.

»Schade«, bedauerte er, nachdem er vergeblich auf ein Zeichen von Enttäuschung gehofft hatte.

»Weshalb schade?« Sehr gleichmütig hob sie ein wenig die Schultern.

»Ich hätte es gern noch einmal erlebt, Sie im Arm zu halten.«

Sein Auge hielt sie im Bann, und der ernste Unterton berührte sie eigenartig.

Sie wurde unsicher, und diese Unsicherheit glich schon fast einer Schwäche, so daß sie nicht einmal ihre Empörung in Worte fassen konnte. So rettete sie sich hinter Spott.

»Sie haben es sicherlich bedauert, letzthin nicht allein gewesen zu sein.«

Er verstand ihre Anspielung sofort, ohne im geringsten beleidigt zu sein, ja, er ließ sogar einen abschätzenden Blick über ihre zart-schimmernde Perlenkette gleiten.

»Allerdings – sehr!« gab er freimütig zu.

Langsam wich unter seinem versonnenen Blick der Spott aus ihren Zügen.

»Warum tun Sie das eigentlich?« kam es in zitternder Angst von ihren Lippen. »Es muß sich doch auch für Sie der Weg zurück zu ehrlicher Arbeit finden lassen. Kann ich Ihnen dabei irgendwie behilflich sein? Sagen Sie mir, was ich für Sie tun kann. Mein Vater ist reich ..., er könnte Sie sicherlich unterbringen.«

Sein warmes, herzliches Lachen ließ sie jäh abbrechen. Eine Glutwelle schoß ihr bis unter das dunkle Haar. Verwirrt und verlegen zugleich trat sie zurück.

»Wie kommt es, daß Sie so viel Anteil an meiner Person nehmen?«

Rührend hilflos stand sie vor ihm. Ihre Augen glitten über seine sportgestählte Gestalt und blieben an seinem energischen Gesicht haften.

»Weil – weil es schade um Sie wäre. Sie schweben doch dauernd in Gefahr ... bis ..., bis Sie eines Tages darin umkommen«, stieß sie erregt hervor.

Er schnippte übermütig mit den Fingern durch die Luft.

Prickelnd und belustigend war die Situation für ihn, und um keinen Preis hätte er sie jetzt aufklären mögen.

»Keine Bange, kleines Fräulein«, zwang er sich zu einem burschikosen Ton. »Jörg Reinwaldt hat bisher noch jeder Gefahr getrotzt. Sie ahnen nicht, wie reizvoll gerade diese – Lage für mich ist.«

Und dann lachte er ihr heiter und unbekümmert ins Gesicht.

»Ich weiß nicht, vielleicht komme ich doch eines Tages zu Ihnen und lasse mir aus – dieser Lage heraushelfen! Vorläufig macht mich schon Ihre Hilfsbereitschaft glücklich.«

»Sie haben aber gar keine Veranlassung, glücklich zu sein. Jeder andere Mann in Ihrer Lage würde –«

»– würde jedenfalls auch nur – glücklich sein«, warf er rasch ein. »Machen Sie sich meinetwegen kein Kopfzerbrechen. Sie werden sicherlich noch genug Sorgen mit mir bekommen. Auf Wiedersehen denn, gnädiges Fräulein!«

Mit derselben Hand, die Jörg herzlich geküßt hatte, hielt Marion sich am Geländer fest..

Ihre Augen glitten hinter Jörgs hochragender Gestalt her, bis sie ihn nicht mehr sehen konnte.

Der Mann zog sie an, und doch hätte sie ihn verachten müssen.

Soviel sie sich auch sagte, er sei leichtsinnig und verdiene ihr Interesse gar nicht, sie fand ihn trotzdem – liebenswert. Und nun war sie enttäuscht, daß er abreiste.

Es sah ziemlich kraus und wirr in ihrem Köpfchen aus.

~

In der großen, ein wenig düster wirkenden Villa Stoltenbeck war man genauso ratlos wie im Büro, in dem sich die beiden Prokuristen mit einigem Kopfzerbrechen gegenübersaßen.

Die Nachricht, daß zum Wochenende Klaus Stoltenbeck heimkehren würde, hatte allgemeine Freude hervorgerufen.

Nur wußte man nicht, sollte man die Heimkehr, die einen so traurigen Hintergrund hatte, festlich begehen – oder alles beim alten lassen.

Das Telefon läutete, und schließlich kamen die Herren mit Klaus Stoltenbecks Hausdame überein, ihre Freude durch eine entsprechende Blumenspende zum Ausdruck zu bringen.

Doris Siebers, eine gute, mütterliche Erscheinung, die seit Jahren dem Hauswesen vorstand, hatte es sich nicht nehmen lassen, das Haus von oben bis unten festlich zu putzen und alle Vasen mit Blumen zu füllen.

Alle Räume sahen gleich heller und freundlicher aus, und der süße Duft, der sie durchzog, verbreitete sich im ganzen Hause.

Inzwischen saßen zwei junge Mädchen in dem eleganten Stoltenbeckschen Wagen und fuhren zu Klaus Stoltenbeck, um ihn abzuholen.

Vor ihnen, neben dem Chauffeur, leuchtete Armands weißes, schütteres Haar heller als gewöhnlich. Er saß unbeweglich da, mit etwas eingezogenen Schultern, die Augen starr geradeaus gerichtet.

Äußerlich wirkte er sehr ruhig – innerlich trug er Angst und Sorge um den geliebten Herrn.

Würde Dieter die nächsten Stunden stark sein? Sah er nicht heute nach Jahren sein Elternhaus wieder?

Er würde nur darüber wachen, daß sein Herr gut im Wagen untergebracht war, dann würde er sich um Stanja kümmern.

Marions Plappermäulchen verstummte. Sie fürchtete sich vor Klaus Stoltenbeck, von dem schon Dieter stets nur ungern gesprochen hatte.

Sie stellte sich eine hohe, imponierende Erscheinung mit düsteren Augen vor und war erschüttert, als sie statt dessen in ein schmales, von krankhafter Blässe überzogenes und von Verbänden umhülltes Gesicht schaute.

Dazu kam noch die verblüffende Ähnlichkeit mit Dieter; da wußte ihr Herz nichts mehr von Furcht.

Behutsam, als wolle sie ihm nicht weh tun, drückte sie die gesunde Hand Dieters.

»Herzlich willkommen, kleine Marion«, sagte Stoltenbeck mit heiserer Stimme. »Ich denke, wir werden uns gut vertragen.

»Ich danke Ihnen, daß Sie mich nicht gleich wieder fortgeschickt haben«, sagte sie hastig und griff haltsuchend nach Stephas Arm. »Wir sind schon gute Freundinnen geworden, Stepha und – ich.«

Dieter nickte freundlich zustimmend. Entsetzlich hatte ihm vor diesem Augenblick gebangt. Auch jetzt wich der Druck nicht von seiner Seele, zumal die großen Augen Marions unablässig forschend auf ihm ruhten.

Würde auch sie sich täuschen lassen?

Etwas ruhiger wurde er, als Stepha sich dazwischendrängte.

Beide Hände hätte er ihr am liebsten entgegengestreckt und die schlanke Gestalt an sich gepreßt.

Stepha half ihm liebevoll aus dem Sessel. Er war noch unsicher auf den Beinen, aber er nickte ihr aufmunternd zu.

Dieter hatte sich schon von den Schwestern und Pflegern verabschiedet, und der Arzt war kurz zuvor bei ihm gewesen, um sich mit ihm über die Verletzungen zu unterhalten.

Mit gegenseitiger Hochachtung waren sie voneinander geschieden.

Man sprach wenig, und als Dieter, bequem gebettet, im Wagen saß, lehnte er sich erschöpft in die Polster.

Armand half den Damen beim Einsteigen, dann trat er grüßend zurück.

~

Das hohe, schmiedeeiserne Tor der Einfahrt zu der Villa Stoltenbeck war weit geöffnet. Der Wagen bog vorsichtig über den Kiesweg und hielt dann vor der Freitreppe.

Sechs breite Stufen führten empor zu der säulenverzierten Terrasse. Diese Treppe herab kam mit zitternden Knien Doris Siebers, um den Hausherrn, der nunmehr alleiniger Herr und Besitzer war, zu empfangen. Sie wußte auch, daß man einen Gast mitbrachte, denn vor einer Stunde war die braungebrannte Stanja mit Armand eingetroffen, und beide hatten bereits von den Gastzimmern Besitz ergriffen.

Stepha und Marion sprangen leichtfüßig aus dem Wagen, und als Stepha sich dem Verlobten zuwandte, stand sie wie angewurzelt da. Wie geistesabwesend waren seine durch die Scheiben blickenden Augen auf die Parkanlage gerichtet, glitten weiter, reihum, suchend, abtastend – und diese Augen waren mit Tränen gefüllt.

Klaus – und Tränen! Stepha war fassungslos. Ihre Bewegung, ihm zu helfen, war im Keim erstickt. Sie sah nur immer dieses krankhaft blasse, in Andacht versunkene Männergesicht, das mit Klaus, dem Verlobten, aber auch nicht die geringste Ähnlichkeit mehr hatte.

Barg die menschliche Seele so ungeheuer große Rätsel? Was ging in Klaus vor?

»Klaus!« rief sie leise, zärtlich und doch von innerer Furcht getrieben.

Dieters Blick kehrte von weither zurück. Er traf mitten in Stephas weit geöffnete Augensterne. Es gelang ihm, ihr beruhigend zuzulächeln.

Da wich auch der entsetzliche Bann von Stepha, und liebevoll streckte sie ihm beide Hände entgegen, um ihm behilflich zu sein.

Hinter ihr stand bereits Armand, mit unbewegtem Gesicht. Von zwei Seiten gestützt, wandte der Heimgekehrte sich zögernd der Terrasse zu.

Er sah eine dunkle, rundliche Frauengestalt vor sich, und ein Name hämmerte sich ihm ein: Doris Siebers – die Hausdame!

»Herzlich willkommen!« sagte Doris Siebers mit einer Stimme, in der die Erregung tapfer unterdrückt wurde. »Und herzlichen Glückwunsch zur Genesung.«

Ein Lächeln huschte über Dieters Züge – ein Lächeln, das Doris Siebers noch nie an dem Herrn gesehen hatte.

Auf einmal hatte sie das Gefühl, sich nicht mehr allzu ängstlich zurückhalten zu müssen. Sie ließ alle Scheu fallen und umschloß mit beiden Händen die ihr gereichte Hand.

»Ich bin ja von Herzen froh, daß Sie uns erhalten blieben.«

Gleich darauf sah sie etwas erschrocken zu Dieter auf. Jetzt – jetzt würde sich das gefürchtete Lächeln um seinen Mund zeigen. Aber nichts dergleichen geschah.

Ein tiefer Atemzug zitterte über Dieters Lippen. Er brachte Erleichterung von heimlich ausgestandener Pein. Das Lächeln saß jetzt in seinen Mundwinkeln – es war weich, versonnen und völlig neu an ihm.

Marion lehnte unschlüssig am Schlag. Ihre Augen schwammen in Tränen. Das also war Dieters Elternhaus? Dieses weitläufige Grundstück mit dem prachtvollen, imponierenden Bau?

Doris Siebers sah dem langsam die Treppe Hinaufschreitenden nach, dann erinnerte sie sich ihrer Pflichten. Zögernd näherte sie sich der zierlichen Mädchengestalt – dem Gast.

»Gnädiges Fräulein?«

Marion fuhr mit dem Handrücken über die Augen. Wie das nur kam, daß sie jetzt immer gleich weinen mußte? War auch sie gepackt von der Sentimentalität, die den Deutschen eigen ist? – War sie nicht auch eine Deutsche, selbst wenn sie in Rio geboren war? Floß in Vaters Adern nicht deutsches Blut?

»Gnädiges Fräulein!« mahnte Doris Siebers noch einmal das in Gedanken versunkene Mädchen. Etwas ungemein Rührendes ging von der stillen Gestalt aus, und der traurige Blick verstärkte noch das Gefühl, trösten und bemuttern zu müssen.

»Verzeihen Sie«, erinnerte sich Marion der Hausdame wieder und begrüßte sie scheu.

»Ich bin Doris Siebers, die Hausdame«, erklärte die Frau in ihrer einfachen Art. »Darf ich Sie ins Haus führen? Ihre Dienerin schafft bereits Behaglichkeit in Ihren Wohnräumen. Hoffentlich werden Sie sich recht wohl bei uns fühlen.«

Damit hatte sie Marions Herz gewonnen. Ein dankbarer Blick aus den großen Kirschenaugen traf sie.

Marion ließ sich, um Klaus Stoltenbecks Heimkehr nicht zu stören, unverzüglich zu Stanja führen und lag nach Minuten der Alten im Arm, als hätte sie diese seit Wochen nicht gesehen.

Gerührt schloß Doris Siebers die Tür hinter den Gästen. Sie sah sich mit Staunen um. War das überhaupt noch das alte, stets etwas düster und kalt wirkende Haus? War nicht auf einmal eine Menge Sonne und Wärme in den dicken Mauern?

~

»Willst du nicht lieber ein wenig ruhen«, schlug Stepha dem Verlobten besorgt vor, als er darum bat, durch das ganze Haus geführt zu werden.

»Ich fühle mich wirklich nicht schwach, Stepha«, widersprach er. »Bin ich dem Leben nicht neu geschenkt, Liebes? Dann muß ich auch dankbar in Augenschein nehmen – was mir aufs neue gehört.«

Sein Arm, der leicht auf dem ihren ruhte, zitterte. Überhaupt lag eine unaussprechliche Erregung über ihm, die langsam auf sie übersprang.

Sie zitterte heimlich vor etwas Fremdem, Umheimlichem. Sie fühlte mit schmerzlicher Sehnsucht, daß sich etwas im Herzen des Geliebten abspielte, das ihr wohl immer verborgen bleiben würde.

Ein Vorgang, der ihr rätselhaft war, über den sie immerzu nachgrübeln mußte, ohne zu einem befriedigenden Ergebnis zu gelangen. Schlimmer noch als die eigene Unruhe wirkte der Umstand: Klaus litt!

Eigentlich gab es nur eine einzige Erklärung dafür. Er litt um den Bruder, er litt um Dieter, der sich immer nach der Heimat gesehnt und dem er die Erfüllung seines sehnlichsten Wunsches aus unbegreiflichen Gründen versagt hatte.

Und nun trat abermals das Unfaßbare an sie heran. Sie sehnte sich danach, daß er sie teilnehmen ließe an dem, was sein Herz bewegte. Früher war ihr nicht einmal der Gedanke gekommen – heute bereitete ihr seine Verschlossenheit tiefen, ehrlichen Schmerz.

Es war eben alles, alles anders geworden. Sie liebte Klaus rückhaltlos, tief und leidenschaftlich, und diese Liebe kannte nur den einen Wunsch, ihn glücklich zu machen, Freud und Leid mit ihm zu teilen. Deutlich spiegelte sich der innere Kampf in ihren Gesichtszügen, mehr aber noch in ihren Augen wider.

Sich schwer auf Stephas Arm stützend, schritt Dieter Stoltenbeck von Zimmer zu Zimmer. In dem Salon, der einst der Mutter gehört hatte, sah er zufällig in den ovalen Kristallspiegel mit dem schweren vergoldeten Rahmen.

Er sah nicht das eigene farblose, zerwühlte Gesicht – er sah nur Stephas schmerzverzogenen, zuckenden Mund.

Da wußte er, daß er diesen Rundgang jetzt nicht hätte machen dürfen. Er hatte einen Teil seines Herzens vor ihr bloßgelegt, der ihr eigentlich immer verschlossen bleiben sollte, und ihre empfindsame Seele hatte sofort erfaßt, daß ihn ein Geheimnis umschwebte.

Was hätte er jetzt darum gegeben, wenn er beide Hände gebrauchen könnte, um sie damit zu liebkosen.

So zog er sie mit der gesunden Hand an sich, und sein Mund suchte ihre Lippen.

»Stepha«, raunte er leise und zärtlich. »Weißt du überhaupt, wie sehr ich dich liebe? Nein! Du kannst es ja nicht wissen –«

Rauh und heiser war seine Stimme. Wie ihm das Gewissen schlug!

»Doch, ich weiß es«, sagte Stepha innig in das lastende Schweigen hinein. »Ich weiß sogar noch mehr. Du quälst dich mit einer Sache herum, unter der du sehr leidest! Willst du dich nicht von ihr freimachen? Alles will ich mit dir tragen, Liebster, alles, meine Liebe ist stark genug dazu.«

Er schüttelte heftig den Kopf, und sein Arm sank herab. »Es gibt nichts, wovon ich mich freimachen könnte«, erwiderte er gepreßt. »Es war ein Fehler, in meiner augenblicklichen Stimmung das Haus in Augenschein zu nehmen.« Er wandte sich ihr wieder zu. Er hatte seine Fassung zurückgewonnen. »Nur eines könnte mich bedrücken, der Gedanke, deine Liebe jemals verlieren zu müssen.«

»Niemals!« kam es rasch und innig aus ihrem Munde. »Meine Liebe gehört dir immer – ewig.«

Auch wenn du erfahren würdest, daß ich einen schmählichen Betrug an dir begangen habe? – brannte es ihm auf der Zunge, aber die Kehle war ihm wie zugeschnürt.

»Komm«, bat er, und Seite an Seite gingen sie zurück in die Halle, wo Dieter in einen Ledersessel sank und wie in großer Erschöpfung die Augen schloß.

~

Lena Warnitz preßte den Arm des Gatten, als sie die Halle betrat und das junge Paar erblickte, das in inniger, selbstvergessener Haltung einander nahe war.

»Friedrich«, hauchte sie leise, wie hilfesuchend. Etwas Erschütterndes ging von diesen beiden jungen Menschen aus.

Frau Lena wagte es kaum, näher zu treten. Nur zwei gleichgestimmte Seelen konnten alles um sich her vergessen. Ihr Mutterherz erfaßte auf den ersten Blick, daß es nicht nur Pflicht war, die das Brautpaar verband – und es tat ein paar rasche, beglückende Schläge.

Erst als sie dicht vor Stepha standen, hob diese überrascht die Augen.

Mit einem Jubellaut sprang sie auf und warf sich Frau Lena in die Arme.

»Mama, liebe Mama! Wie schön, daß ihr gekommen seid!«

Frau Lena küßte die Tochter auf Stirn und Wangen, und während sie deren rotglänzendes Haar liebkoste, suchte ihr Blick das schmalgewordene, von Verbänden umwickelte Gesicht Klaus Stoltenbecks.

Sie bemerkte, wie er sich bemühte, sich aus dem Sessel zu erheben. Schnell schob sie Stepha dem Gatten zu und drückte Dieter sanft in die Polster zurück.

»Bitte, behalten Sie Platz, Herr Stoltenbeck«, bat sie herzlich. »Ich sehe, es macht Ihnen Mühe. Heute ersparen wir uns einmal diese Höflichkeit. Muß ich Ihnen besonders erzählen, wie sehr ich mich freue, daß Sie schon wieder soweit genesen sind?«

Dieter verstand kaum den Sinn ihrer Worte. Er lauschte nur der dunklen, weichen Stimme, die ihn lebhaft an Stepha erinnerte, und er wußte jetzt schon, daß diese Frau auch ihm Mutter sein würde.

Herr Stoltenbeck nannte sie ihn? – Warum so förmlich? – War es Klaus nicht gelungen, ein herzliches Verhältnis mit dieser warmherzigen Frau herzustellen?

Erst jetzt verstand er Stephas Freudenausbruch voll und ganz. Heimlich hatte sie unter dem merkwürdigen Verhältnis ihres Verlobten zur Mutter gelitten. Nun, jetzt sollte alles anders werden.

Darüber empfand er so viel ehrliche Freude, daß er Frau Lenas Hand ergriff und sie ehrerbietig küßte.

»Ich danke Ihnen, gnädige Frau«, erwiderte er, unsicher und verlegen. Kalt war die Anrede – aber die Stunde zu einer Annäherung war noch nicht gegeben.

Sie würde aber bestimmt kommen, denn zu dieser Frau konnte er Vertrauen fassen.

Friedrich Warnitz begrüßte nun ebenfalls Stephas Verlobten. Er fand, daß dieser Mann weder verschlossen noch gefühllos war. Schon nach den ersten Redewendungen, die sie getauscht, begriff er die geliebte Frau nicht mehr.

Oder aber – das Unglück hatte Klaus Stoltenbeck von Grund auf verwandelt, so daß erst jetzt sein wahres Wesen zutage getreten war.

Stepha saß dicht neben der Mutter und plauderte angeregt und lebhaft. Sie sprach auch von Marion, und als diese erschien und Frau Lena dem jungen reizenden Geschöpf mütterlich liebevoll entgegenkam, da war es um Marions Fassung geschehen.

Sie flüchtete zu Stepha und drückte sich an diese, ängstlich und scheu, wie ein verschüchtertes Vögelchen.

Stanja war lieb und gut, und der Papa verwöhnte sie grenzenlos, was man ihr aber hier in diesem kleinen Kreis entgegenbrachte, war etwas ganz Neues, Wunderbares, was es noch nicht in ihrem jungen Leben gegeben hatte. Mütterliche Liebe! Sie fand sich gar nicht mehr zurecht. Nicht einmal ihr Humor brach sich Bahn. Sie hätte am liebsten geweint – vor Dankbarkeit.

Etwas später kam Doris Siebers und bat die Herrschaften auf die rückwärtige Terrasse des Hauses zum Kaffee.

Alle Verlegenheit war verflogen, alle Hemmungen überwunden, ein Kreis wertvoller, zufriedener Menschen hatte sich um einen entzückend hergerichteten Kaffeetisch zusammengefunden.

Marions Mündchen stand nicht mehr still. In ihrer natürlichen, temperamentvollen Art erzählte sie von der Heimat, schilderte sie in glühenden Farben, und Pa, der geliebte Pa spielte dabei die Hauptrolle.

Dieter saß still, mit unbewegten Zügen dabei. Empfindungen strömten über ihn hin, und Stich auf Stich fühlte er in der Brust, sooft sie von Dieter Stoltenbeck sprach.

Jeder seiner Nerven war angespannt. Ängstlich vermied er irgendeine Zwischenrede, um sich nicht zu verraten. Nur ein Gedanke brachte ihm bei Marions Schwärmerei für Dieter Erleichterung.

Sein angeblicher Tod hatte sie nicht unglücklich gemacht. Also hatte sie ihn auch nicht geliebt – oder aber erkannt, daß er ihr tatsächlich nur ein guter Kamerad gewesen war.

Keiner ahnte, daß Dieter sich unsagbar nach der Stille seines Zimmers sehnte, um all das Neue in sich verarbeiten zu können.

Vollkommen erschöpft war er, aber er wollte die gemütliche Runde nicht stören.

So hielt er aus, litt innerlich Folterqualen, trug aber nach außen hin eine lächelnde Miene zur Schau.

Erlösung bedeutete es für ihn, als Armand erschien und an die Vorschriften des Arztes erinnerte.

Stepha wollte den Geliebten bis in sein Zimmer begleiten, aber Dieter, am Ende aller Kraft angelangt, bat sie, bei ihren Lieben zu bleiben. Er wolle nur eine Stunde ruhen. Da nickte sie ihm noch einmal herzlich zu, und er küßte ihre Hand.

Leuchtend hingen ihre Augen an der Gestalt des Verlobten, wie er langsam, schwerfällig an Armands Arm im Hause verschwand. – Wortlos erreichten die beiden Männer Klaus Stoltenbecks Schlafzimmer, das fortan Dieter benutzen würde.

»Armand«, flüsterte Dieter kraftlos und sank mit einem tiefen Seufzer in die Kissen.

»Herr Dieter«, antwortete der Alte besorgt und neigte sich über das stille, wächserne Gesicht.

Da wußte er, daß der Kranke seine ganze Kraft verausgabt hatte, um seine Rolle als Klaus Stoltenbeck überzeugend spielen zu können.

~

Drei Tage nach seiner Heimkehr ließ Dieter Stoltenbeck die Prokuristen der Firma zu sich bitten, um sich über allerlei geschäftliche Dinge unterrichten zu lassen.

Die beiden Herren, die mit vereinten Kräften der Firma vorgestanden hatten, atmeten bei Empfang dieser Nachricht auf. Sie waren von Herzen froh, die Verantwortung wieder in die jungen, tatkräftigen Hände ihres Herrn, der nunmehr alleiniger Besitzer geworden war, legen zu können.

Dieter hatte sich lange auf diesen Besuch vorbereitet; und doch meinte er die Fassung zu verlieren, als die beiden Grauköpfe vor ihm erschienen.

Da er sich körperlich schwächer als am Tage der Heimkehr

fühlte, mußte er in Decken gehüllt und im Lehnstuhl sitzend die getreuen Mitarbeiter empfangen.

Er hatte sich von Armand ein wenig in den Schatten rücken lassen und die Unterredung in das Arbeitszimmer seines Bruders verlegt.

Mit ungeheurer Spannung hatten die beiden Prokuristen dem Besuch entgegengesehen. Sie hatten gemeint, nach den letzten Ereignissen einen noch ernsteren, verschlosseneren Herrn vorzufinden als früher, und waren über alle Maßen überrascht über Klaus Stoltenbecks weiche Stimmung.

Schon in dem Druck seiner Hand war etwas, das sie sich selber nicht erklären konnten, etwas wie ein Zeichen der Dankbarkeit, daß sie ihm zur Seite standen. Sie waren übereingekommen, nicht viele Worte über seine Genesung zu verlieren, aber als sie sein krankhaftes Aussehen gewahrten, vergaßen sie es, und nun flossen ihnen Worte voll Wärme über die Lippen, die Klaus nicht einmal mit der gewohnten, herrischen Bewegung unterband.

»Ich danke Ihnen«, sagte er bewegt. »Nun mein Bruder nicht mehr unter den Lebenden weilt, werden wir fester denn je zusammenhalten müssen. Vorläufig überwacht Erwin Vollmer unsere Geschäfte in Rio, bis wir einen geeigneten Mann hinüberschicken können.«

Die Grauköpfe verneigten sich zustimmend. Sie waren immer stolz, wenn Klaus Stoltenbeck sie zu engerer Mitarbeit aufrief.

Nun bat er um Berichte.

Zum Schluß der Unterredung, die Dieter aufatmen ließ, erklärte er:

»Ich möchte Sie noch bitten, für Ende der Woche alles zu einer Betriebsfeier vorzubereiten. Mein Bruder hat der Firma unschätzbare Dienste geleistet. Durch eine kurze Feier wollen wir sein Andenken ehren.«

Auf einmal waren die beiden Alten still. Sie sahen bedrückt zu Boden. In ihren Mienen zuckte und arbeitete es.

Die Scham, die beiden ehrlichen Männer belügen zu müssen, brannte verzehrend in Dieter. Nicht einen Blick wagte er nach der Richtung hin, wo Christiansen und Jacobsen saßen.

Und weil er mühsam nach Fassung rang und sein Gesicht verschlossen wirkte, glich er auffallend – Klaus.

Das veranlaßte die beiden, sich rasch zu verabschieden. Warm, fast krampfhaft drückte er den beiden Alten die Hand, eine stumme Abbitte legte er in diesen Händedruck, und sie wußten, daß auch ihm der Tod des Bruders sehr nahe ging.

Als sie wieder draußen waren im hellen Sonnenlicht, hatten sie das Gefühl, dem jungen Chef heute nähergekommen zu sein als in den vergangenen Jahren.

Im Wagen brach Jacobsen kopfschüttelnd das Schweigen: »Ich weiß nicht, Christiansen, mir scheint, das war ein so schwerer Schlag für Klaus Stoltenbeck, daß etwas in ihm geschmolzen ist. Heute glich er beinahe seinem Bruder – Dieter.«

»Mir geht es nicht anders«, gab Christiansen nachdenklich zurück, »jedenfalls weiß ich genau, daß sich mit diesem neuen Klaus Stoltenbeck besser arbeiten lassen wird als mit dem alten. – Hoffentlich ist es nicht nur ein vorübergehender Zustand.«

~

Im Handelshaus der Firma Reinwaldt ging es zu wie in einem Taubenschlag, seit der junge blonde Chef mit dem Sekretär zurückgekehrt war.

Tempo – Tempo!

Jörg Reinwaldt ließ sich Bericht erstatten und gab zwischendurch Anordnungen; Briefe wurden diktiert und teilweise sofort unterschrieben.

Pausenlos arbeitete der junge Chef; seine Mitarbeiter waren schon an dieses Tempo gewöhnt. Sie ließen sich willig mitreißen.

Hätte Marion einen Blick in diesen wie am Schnürchen laufenden Betrieb werfen können – sie wäre wohl zum ersten Mal in ihrem Leben sprachlos gewesen.

Punkt zwölf Uhr warf Jörg alles aus seinem Büro hinaus, wie er es auszudrücken beliebte, und ging hinüber in das angrenzende Arbeitszimmer Jens Ulmenriedts.

»Was nun?« fragte dieser und sah von seiner Arbeit auf. Jörg hielt die Uhr in der Hand.

»In zwei Minuten ist der Wagen da. Heimfahren, umziehen – ausgiebig zu Mittag speisen, dann rausfahren zu Muttchen Ulmenriedt«, kommandierte Jörg und verschwand wieder.

Pünktlich fuhr der Wagen vor, gerade als die beiden Freunde das Gebäude verließen.

Jörg steuerte selbst. Es war derselbe rassige Wagen, den Marion vom Hotelfenster aus bewundert hatte und von dem sie zu wissen glaubte, er könne nur von einem »Diebstahl« herrühren.

Jens kramte in einer Mappe und spielte auffällig mit einigen Prospekten. Richtig, im Handumdrehen hatte er Jörgs Aufmerksamkeit geweckt.

»Pack die Dinger ein«, drohte er.

Jens lachte hinterhältig.

»Fabelhafte Kähne, die Stoltenbeckschen Schiffe«, bemerkte er anerkennend. »Leider keine Passagierdampfer, mein Teurer.«

»Herr, dunkel ist der Rede Sinn«, deklamierte Jörg.

»Ich will damit nur sagen, daß sie zur Hochzeitsreise nicht geeignet sind.«

»Niederträchtiger Mensch!« empörte sich Jörg. »Willst du mir in liebevoller Weise vor Augen halten, daß ich jetzt mindestens vier Wochen abgehängt bin wie ein Kettenhund und Liebe Liebe sein lassen muß?«

»Vier Wochen? Meiner Schätzung nach mußt du jetzt mindestens vier Monate hierbleiben.«

Der Blick, den Jörg dem Freund zuwarf, war voll Gift und Galle.

»Ich will dir etwas sagen, Jens. Sollte es dir einfallen, mich einen Tag länger als vier Wochen hinter meinem Schreibtisch festzuhalten, rücke ich einfach aus. Verstanden?«

»Verstanden wohl, aber deine Drohung läßt mich kalt«, erwiderte Jens ungeniert. »Wir werden, getreu dem Wahlspruch deines verehrten Vaters, handeln: Erst die Arbeit, dann das Vergnügen.«

»Wir sind daheim«, antwortete Jörg und brachte den Wagen zum Stehen. Ein paar Sekunden lehnte er noch über dem Lenkrad, den Freund dabei von der Seite ansehend. »Dir wünsche ich nichts weiter als eine ganz tolle Liebe, damit du wie ein Fisch auf dem Trockenen zappelst. Verstanden?«

»Jawohl!« sagte Jens ergeben und zog seine langen Beine aus dem Innern des Wagens.

»So, jetzt werden wir erst einmal die Bande da drinnen aufmerksam machen, daß ihr Herr und Gebieter zurückgekommen ist«, sagte Jörg und ließ grell und langanhaltend die Hupe aufheulen.

Jens hielt sich die Ohren zu und verdrehte die Augen, Jörg, strahlend wie ein junger Gott, schob seinen Arm unter den des Freundes. So schritten sie gemeinsam dem tief im Garten liegenden, villenartigen Haus zu, das Jens der Gemütlichkeit halber mitbewohnen mußte.

Jörg hatte mit seinem Hupensignal alles mobil gemacht, und der Empfang nach mehrwöchiger Abwesenheit des jungen Herrn vollzog sich wie üblich.

Tinchen, wie Jörg die ältliche, getreue Haushälterin getauft hatte und deren wirklicher Name vollständig in Vergessenheit geraten war, weinte ein paar Freudentränen, so daß er sich zu der Äußerung veranlaßt sah: »Siehst du, Jens, so geht es uns stets. Immer werden wir mit Tränen empfangen. Tinchen weint, weil ich wiedergekommen bin. Sie will durchaus mein vieles Geld erben.«

»Aber Herr Jörg«, wehrte sie halb lachend, halb heulend ab, während sie sich die Hände fast aus den Gelenken schütteln ließ.

»Ach, Tinchen, an allen Ecken und Kanten hast du gefehlt. Wo gibt es ein zweites Wesen wie dich? Jens allein hast du es zu verdanken, daß ich wenigstens meinen Kopf wieder mitgebracht habe«, scherzte er weiter. »Wir haben einen Bärenhunger. In zehn Minuten wollen wir am Tisch sitzen.«

»Es ist schon alles fertig, Herr Jörg«, strahlte sie und begleitete die beiden Freunde bis vor die Tür zu ihren Schlafzimmern, die durch ein geräumiges Bad miteinander verbunden waren.

Pünktlich nach zehn Minuten saßen sie schon wieder in dem hellen, freundlichen Eßzimmer und ließen sich von Tinchen, die als Hausfrau mit ihnen am Tisch saß, bedienen und verwöhnen.

»Was willst du eigentlich mit den Prospekten«, forschte Jens, nachdem sie sich in die Bibliothek zu einer Tasse Mokka zurückgezogen hatten.

»Junge, sei doch nicht so schrecklich neugierig«, verwies Jörg ihn geheimnisvoll lächelnd. »Du stirbst mindestens zehn Jahre früher.«

»Spaß beiseite, Jörg«, erwiderte Jens ungewöhnlich ernst.

»Wir hatten in letzter Zeit ziemlich viele Differenzen mit den Hendersons. Früher ließen wir einen Teil unserer Waren durch die Stoltenbeckschen Schiffe verfrachten.«

»Hör mal, alter Junge, manchmal hast du wirklich Köpfchen. Das ist eine glänzende Idee. Selbstverständlich, Jens. Wir werden die alte Verbindung wiederaufnehmen, und zwar höchstpersönlich – und du wirst mich begleiten.«

»Wohin denn, wenn die bescheidene Frage erlaubt ist?«

»Ist erlaubt! Also – wenn wir wieder nach Hamburg kommen, statten wir dem Chef der Reederei einen Besuch ab. Wir werden uns recht beliebt machen, hörst du, so etwas bringst du ja noch besser als ich fertig – und dann haben wir die gewünschte Einladung in der Tasche.«

»Welche Einladung?«

»Eine Einladung in Stoltenbecks Haus – dort werde ich ein feierliches Wiedersehen mit meiner Marion feiern.«

Diese Worte hatte er beinahe triumphierend ausgestoßen. Dazu knallte er dem Freund noch eins zwischen die Schulterblätter, und da Jens sich eben erheben wollte, kam er aus dem Gleichgewicht und rutschte glatt aus dem Sessel.

»Tolle Sachen«, sagte er, und da er die Zusammenhänge noch nicht ganz erfaßt hatte, setzte er stöhnend hinzu: »Mein Kopf brummt wie ein Kreisel.«

~

Ein paar Wochen waren seit Dieter Stoltenbecks Heimkehr vergangen, Wochen, die voll berauschenden Glückes gewesen waren und in denen er sich langsam aber sicher in die neuen Verhältnisse hineingefunden hatte. Stepha hatte sich auf den dringenden Wunsch der Mutter hin in Warnitz' Haus einquartiert, erschien aber täglich, um sich von Klaus' fortschreitender Genesung zu überzeugen.

Marion war wieder der heitere, lebensfrohe Mensch wie früher; dafür sorgten schon die Freunde, die sie hier gefunden hatte.

Manchmal kam sie sich allerdings ziemlich überflüssig vor, wenn Klaus und Stepha gar zu sehr mit sich beschäftigt waren. Dann geschah es nicht selten, daß sie eine Bank im stillen Park aufsuchte und an den großen Blonden dachte.

Sehr viel befaßte sie sich in Gedanken mit Jörg Reinwaldt, aber sie hütete sie vor den anderen. Dann ertappte sie sich wohl auch mitunter bei dem Wunsch, den Kiesweg entlang möchte er kommen und plötzlich vor ihr stehen, ganz unverhofft.

Das ist selbstverständlich Unsinn, schalt sie sich dann meist und wandte sich seufzend anderen Dingen zu.

Auch heute war Stepha wieder in ein langes Gespräch mit dem Verlobten verwickelt, und Marion suchte ihr Lieblingsplätzchen auf.

Seit ein paar Tagen trug Dieter keinen Verband mehr, weder um den Kopf noch an der Hand. Sein dichtes braunes Haar verdeckte jede Narbe.

»Ich habe dir heute allerlei vorzulegen«, sprang Dieter, nachdem Marion davongegangen war, auf ein anderes Thema über. »Ich habe unseren Hochzeitstag festgelegt, Stepha. Ist dir der 20. September recht?«

Stephas Hände ruhten still in ihrem Schoß. Jetzt zitterten sie leise.

»Unser Hochzeitstag?« fragte sie verträumt zurück, und ein Glücksschauer rann ihr über den Rücken.

Das Unmögliche war eingetroffen: Sie freute sich auf ihren Hochzeitstag, sie sehnte tief im Herzen eine Vereinigung mit Klaus herbei.

Zart zog er ihre Finger an seine Lippen.

»Mir ist der Tag recht, Klaus – aber, ist es nicht etwas früh? – Ich meine der Trauer wegen?«

»Nein!« Fast hart kam es aus seinem Mund.

Er brauchte Stepha wie die Luft zum Atmen. Wenn sie nicht bei ihm weilte, war er unruhig und unzufrieden. Wohltuende Ruhe ging von dem zarten Menschenkind aus, die auch sein Gewissen einzuschläfern begann.

»Wir geben ja kein großes Fest, Stepha.«

Da sagte sie gern und freudig zu, und seine Augen blickten wieder glücklich und zufrieden drein.

»Ich habe daran gedacht, einige Umbauten vorzunehmen.«

»Aber Klaus«, warf sie dazwischen. »Du wolltest doch alles so belassen wie es ist?«

Er fühlte, wie es ihm heiß in die Stirn stieg.

»Habe ich das früher einmal behauptet?« forschte er, als ob er sich nicht besinnen könnte, und als sie eifrig nickte, fuhr er lächelnd fort: »Das Haus ist mir zu düster für unsere Liebe, Stephakind, dazu gehört viel Licht und Sonne. Du darfst jeden Wunsch äußern; er soll dir erfüllt werden.«

Da war Stepha wieder das kleine schüchterne Mädel, das sich einst so gefürchtet hatte, die reiche Frau Stoltenbeck zu werden.

»Ach – ich habe so wenig Wünsche.«

»Dann werde ich dich überraschen«, entschloß er sich sofort. »Aber eine Bitte habe ich an deine Mutter. Würde sie wohl in der Zeit der Unruhe Marion zu sich nehmen?«

»Aber gewiß – Klaus, das bedarf gar keiner Frage. Aber – du?«

Er nahm ihr Gesicht in seine Hände und sah ihr tief in die Augen.

»Sorgst du dich immer nur um mich? Keine Bange, Liebes. Ab morgen fahre ich wieder täglich zum Kontor, dann bin ich aus dem Wege, und im übrigen muß doch einer da sein, der die Arbeiten überwacht. Wir werden uns demnach in nächster Zeit wenig sehen.«

Stepha erbebte leicht in seinem Arm. Mit einer hingebungsvollen Gebärde reichte sie ihm die Lippen.

Marion machte große Augen, als sie von der demnächst stattfindenden Hochzeit hörte.

»Ich habe noch nie eine Hochzeit mitgemacht«, sprudelte sie hervor. »Das ist ja großartig. Und wer wird mein Brautführer sein? Ach bitte, Stepha, such mir einen recht feschen, lustigen Herrn aus.«

Stepha lächelte und strich ihr über den wirren Lockenkopf.

»Legst du so viel Wert auf ein hübsches Äußeres bei einem Mann?«

Marion drückte den Zeigefinger an das Stupsnäschen, wie sie es stets zu tun pflegte, wenn sie angestrengt nachdachte.

»Eigentlich nicht, Stepha«, meinte sie überlegend.

»Wie ist das, Stepha – hast du Marion bereits auf ihre Übersiedelung in das Haus deiner Eltern aufmerksam gemacht?« fragte Dieter.

Marion richtete sich entsetzt auf.

»Ich …, ich soll fort?«

»Nur vorübergehend, Kleines«, tröstete Stepha. »Es wird dir bei meinen Eltern genausogut gefallen wie hier. Klaus hat sich nämlich eines anderen besonnen; er will umbauen.«

»Ach so!« Erleichtert sank Marion wieder zurück. »Das war wirklich ein großer Schreck für mich.« Zweifelnd sah sie zu Stepha hinüber. »Wird deinen Eltern mein Besuch auch angenehm sein?«

»Ach, Kleines!« Mehr konnte Stepha nicht antworten.

»Was wird aber dann aus Stanja?« fiel es Marion plötzlich ein.

»Die nehmen wir mit!« bestimmte Stepha erheitert.

Dieter mahnte, alles für Marions Übersiedlung in die Wege zu leiten.

»Drängt das so?« scherzte Stepha.

Dieter nickte lebhaft.

»Sehr, Stephakind! Mir liegt viel an einer recht baldigen Vereinigung mit dir, und dazu gehört unbedingt der mir für dich nötig erscheinende Rahmen. Morgen geht hier bereits der Baumeister ein und aus, und da wäre es höchst ungemütlich für dich und Marion.«

Lächelnd fügte Stepha sich. Sie spürte in sich ein großes Verwundern. Nichts war mehr von dem Klaus von früher übriggeblieben. Sogar einen sonst so beharrlich eingenommenen Standpunkt, den Umbau des Hauses betreffend, gab er auf, um ihr eine Freude zu machen.

Fast meinte sie, alles nur geträumt zu haben, was sie früher gegen Klaus eingenommen hatte: seinen Spott, der sich in Verständnis gewandelt hatte; seine Überlegenheit, die in echte menschliche Güte umgeschlagen war, und nicht zuletzt seine Schroffheit, die jetzt zartester Rücksichtnahme Platz machte.

Es gab wohl kein dankbareres Menschenkind als Stepha Witt, wenn sie eine Bilanz zog zwischen dem Einst und Jetzt.

~

Marion hatte das gastliche Haus Stoltenbeck verlassen und war mit Stanja in das weitläufige Landhaus von Stephas Eltern übergesiedelt.

Dort herrschte jetzt reges Leben und Treiben, und es bereitete Frau Lena und ihrem Gatten die größte Freude, daß sie nun so viel Jugend und Übermut um sich hatten.

Dieter Stoltenbeck bat seine Braut, vorläufig nicht mehr in

Villa Stoltenbeck zu erscheinen. Es solle eine Überraschung für sie werden. Wohl erklärte sie sich sofort bereit dazu, aber in ihren Augen stieg leise Trauer auf, und da tröstete er sie liebevoll:

»Sobald ich mich freimachen kann, besuche ich dich, Liebes.«

Da glitt ein leiser Ruf des Staunens über ihre Lippen. »Klaus«, flüsterte sie, den Kopf an seine Schulter lehnend. »Ich finde mich kaum noch in dir zurecht. Hast du nicht früher jede Gemeinschaft mit meinen Angehörigen abgelehnt? Ich habe mir oft den Kopf darüber zerbrochen und mir einzureden versucht, du dünktest dich weit über sie erhaben. Wegen meines Irrtums muß ich dich jetzt um Verzeihung bitten, Klaus. Du bist alles andere als hochmütig. Nur sehr verschlossen warst du – oder –?« Zweifelnd drückte sie das Gesicht noch fester an ihn. »Oder erkennst du meine Mutter erst heute an, weil sie inzwischen die Frau des bekannten Industriellen Warnitz geworden ist?«

Es war gut, daß Stepha ihr Gesicht an Dieters Schulter barg und somit nicht das Zucken sah, das bei ihren Worten über seine Züge gelaufen war.

»Aber, Herzenskind!« verzweifelt suchte er nach einer passenden Erklärung. Wie sollte er Stepha, der geliebten Frau, auseinandersetzen, ohne sie stutzig zu machen, was ihn von jeher grundsätzlich von Klaus getrennt hatte?

Und so gab er Stepha zur Antwort:

»Während meines Krankenlagers ist mir klargeworden, daß das Leben des einzelnen in einer einzigen Stunde wie ein Licht verlöschen kann. Wichtig ist nur, daß sein Geist oder die von seinem Geist durchdrungene Aufgabe oder sein Werk weiterleben, sei es auch nur im Herzen einer Handvoll Menschen.

Verstehst du mich, Stepha? Auch ein Name ist nicht wichtig, er kann in derselben Stunde ausgelöscht sein wie das Leben. Aber die Persönlichkeit kann im Herzen des anderen weiterleben, so daß sie zu einem unvergessenen Begriff wird.«

Aus glänzenden Augen sah Stepha zu dem Verlobten auf, und jedes seiner Worte prägte sich ihr tief ins Herz. Nie wieder wollte sie Vergleiche ziehen zwischen dem Klaus von einst und dem Klaus, dem sich ihr Herz in schrankenloser Liebe ergeben hatte.

Dieter Stoltenbeck nahm Stepha in die Arme und drückte sie innig an sein Herz.

»Und am 20. September hole ich dich für immer zu mir, Stepha. Dann bin ich wohl der glücklichste Mensch unter der Sonne«, sagte er aus einem so beglückten Herzen, daß Stepha ein Glücksschauer über den Körper rann.

»Dann bin ich für immer dein«, gab sie innig zurück und bot dem geliebten Mann ihren Mund.

~

Es war fünf Uhr morgens.

Dieter Stoltenbeck stand am Fenster seines Schlafzimmers und atmete die frische Morgenluft in tiefen Zügen. Unruhe hatte ihn zeitiger als sonst von seinem Lager getrieben.

Heute nahm er erstmals nach langem schwerem Krankenlager seine Arbeit draußen in den Werken auf.

Es galt manche Klippe zu umschiffen.

Aber dann dachte er nur an die Braut, an Stepha und an sein großes Glück, um das er hart und zäh kämpfte.

Er strich sich wie erwachend über Stirn und Augen und kehrte ins Zimmer zurück.

Punkt acht Uhr fuhr vor dem Verwaltungsgebäude der Reederei ein Wagen vor, der Dieter an seinen künftigen Arbeitsplatz brachte.

Er betrat Klaus' Arbeitszimmer, in dem vorher sein Vater gearbeitet hatte und das nun das seine werden sollte.

Es war ein hoher, weitläufiger Raum, ein Eckzimmer mit Erker, und darin stand quer ins Zimmer gestellt ein wuchtiger Diplomatenschreibtisch, dessen Platte wie reingefegt wirkte. Nur das Schreibzeug aus dunklem Marmor verlieh ihm etwas Leben. Die Längsseite nahm ein Bücherschrank ein, und vor einem der Fenster stand ein Tisch mit einer Sesselgruppe.

Als Dieter Stimmen auf dem Korridor hörte, ging er in das Nebenzimmer, das Zimmer der beiden Prokuristen.

Nachdenklich stand er im Türrahmen und sah sich aufmerksam um. Nichts hatte sich hier verändert; alles stand auf seinem angestammten Platz. Nur die Wände waren heller geworden durch den neuen Anstrich.

Als der Prokurist Jacobsen als erster sein Büro betrat, gewahrte er den regungslos dastehenden jungen Chef zunächst nicht. Mit der Bedächtigkeit des Alters verstaute er Hut und Stock in dem schmalen Garderobenschrank. Erst als Christiansen eintrat und er – Jacobsen – sich ihm zuwandte, bemerkte er Dieter Stoltenbeck.

Freundlich lächelnd und mit ausgestreckter Hand näherte er sich dem alten Getreuen.

»Herr Stoltenbeck!« rief Vater Heinrich. Helle Röte stieg ihm dabei bis unter das weiße Haar. Gleich darauf nahm er verlegen die Hand des jungen Herrn. »Das haben wir nicht erwartet, daß Sie heute schon die Arbeit wiederaufnehmen würden. Man hätte doch Vorbereitungen treffen können.«

Dieter aber wehrte mit einer ruhigen Freundlichkeit ab:

»Das eben wollte ich ja vermeiden, Jacobsen. Sie wissen ja –«

»Ja, ja«, fuhr Christiansen dazwischen und lachte dazu.

»Nur kein Aufhebens.«

Benommen gab er Dieters Hand frei. Was er sonst nur gedacht, hatte er jetzt zum ersten Male ausgesprochen. Wie konnte das geschehen? War es sein freundliches Lächeln gewesen, das bei Klaus Stoltenbeck so ungewohnt war, das ihn dazu ermutigt hatte?

Auf einmal stand eine gewisse Verlegenheit zwischen den drei Männern. Es war wie ein scheues Abtasten, hin und her, bis Dieter eingriff:

»Dann wollen wir mal beginnen, meine Herren. Die Post besprechen wir für die nächste Zeit gemeinsam. Ich möchte schnell wieder auf dem laufenden sein.«

Er ging ihnen voran, und als sie ihm, die Mappen unter dem Arm, später nachfolgten, war es, als seien ihre hohen Gestalten noch straffer als gewöhnlich.

In einer Stunde war alles Nötige besprochen, und die beiden Prokuristen zogen sich mit ihren Anweisungen zurück.

Inzwischen hatte die Nachricht von Klaus Stoltenbecks Rückkehr bereits die Runde in allen Abteilungen gemacht. Besucher meldeten sich an, die sonst von Jacobsen oder Christiansen empfangen worden waren. Dieter nahm sie sofort an, ließ sich von ihnen berichten und vortragen und traf ruhig seine Entscheidungen.

Sofort stand er mit beiden Füßen wieder fest in der Wirklichkeit. Er fand, es war hier nicht anders zu disponieren als drüben, und das gab ihm seine Sicherheit zurück.

Als er den letzten Besucher entlassen hatte und eine leichte Ermüdung sich bei ihm bemerkbar machte, meinte er, daß alle Abteilungsleiter und Ingenieure ein und dasselbe Gefühl gehabt hatten. Es war, als hätten sie alle eine Maske getragen, die das Persönliche zudeckte.

Das muß anders werden, dachte Dieter und trat sinnend ans Fenster. In dieser Luft kann ich für die Dauer nicht atmen. Jeder verbirgt seine eigenen Gedanken und mutet wie eine Maschine an. Ich will freie Menschen um mich haben – Menschen, mit denen ich in Fühlung komme.

Plötzlich zuckte es schmerzhaft in ihm auf. War er als Klaus Stoltenbeck nicht selber ein Fremder im eigenen Vaterhaus? Mußte er sich nicht erst den Boden unter den Füßen schrittweise erkämpfen?

Später klopfte Vater Heinrich bei dem Chef an, um mit ihm noch etwas zu besprechen. Er fand das Zimmer leer.

Das Fenster stand weit offen. Heinrich Jacobsen beugte sich hinaus und sah den Chef unten im Hof im Gespräch mit einem Arbeiter stehen.

Kopfschüttelnd trat er zurück und teilte gleich darauf seine Wahrnehmung dem Freunde mit.

»Es ist etwas ganz Eigenes um unseren Chef«, schloß er seine Ausführungen. »Man fühlt sich viel freier als sonst. Geht es dir ähnlich? Ich kann mich nicht entsinnen, daß Klaus Stoltenbeck sich je einmal mit einem Arbeiter unterhalten hätte.«

»Wer weiß«, warf Christiansen trocken ein, »wie lange diese Stimmung anhält. Er steht noch zu sehr unter dem Eindruck der letzten Ereignisse. Laß sie erst überwunden sein.«

»Das glaube ich nicht«, fiel Jacobsen ein.

»Und ich sage dir, Heinrich, höchstens acht Tage hält diese … diese weiche Stimmung bei ihm an. Laß ihn erst wieder richtig im Fahrwasser sein und die alten Kräfte spüren, dann haben wir den alten Klaus Stoltenbeck wieder vor uns.«

Heinrich Jacobsen sah den Freund beinahe mitleidig lächelnd an.

»Bis jetzt habe ich mir darüber noch keinerlei Gedanken gemacht, Franz. Jedenfalls bin ich zu der Überzeugung gelangt, daß Klaus Stoltenbecks Änderung oder Wandlung mit einer Stimmung nichts zu schaffen hat. Die Wandlung kommt tief aus dem Innern.«

Jacobsen schob die Brille, die ihm auf der Stirn gesessen hatte, wieder auf die Nase und nahm eines der Bücher zur Hand, die vor ihm lagen. »Trotzdem sehe ich gleich dir der nächsten Zeit mit Spannung entgegen. Die Zeit wird lehren, lieber Franz.«

Dem mußte auch Christiansen zustimmen, und so wurde schweigend weitergearbeitet, telefoniert und diktiert.

Indessen vollendete Dieter Stoltenbeck seinen Rundgang durch die Geschäftsräume und feierte heimliches Wiedersehen mit ihnen.

Von allen Seiten war er ehrfurchtsvoll gegrüßt worden, und er hatte diese Grüße in seiner herzlich offenen Art erwidert.

Während Klaus Stoltenbeck rasch, ohne rechts und links zu schauen, durch die Gänge geschritten war, ging Dieter ohne Eile von Raum zu Raum, nahm alles Neue in sich auf und zog auch hier und da einen Arbeiter in ein Gespräch.

Hatte man sich sonst beim Auftauchen des Chefs mit doppeltem Eifer seiner Arbeit zugewandt, da man allein schon seine unbequemen Blicke fürchtete, so sahen heute viele der hohen Sportgestalt nach, erstaunt und wohlwollend.

Auf einmal hatten sie Fühlungnahme mit dem jungen Chef, und doch hätte hinterher keiner zu sagen vermocht, woher das gekommen war.

Auf dem Rückweg durchquerte Dieter das Hauptbüro. Schlagartig verstummte jedes Gespräch, ob es nun geschäftlich oder privat geführt worden war.

»Morgen!«

Kurz war der Gruß, und doch ließ er sofort alle Verlegenheit verschwinden, weil er ganz anders als sonst geklungen hatte.

Zaghaft dagegen war der Gegengruß, und das langsame Durchschreiten des Chefs löste Befangenheit aus. Man senkte die Köpfe noch tiefer und fühlte sich unfrei, begann aufzuhorchen, als er sich mit dem Oberbuchhalter Heidecke zu unterhalten begann.

»Alles wohlauf zu Hause, Heidecke?« erkundigte sich Dieter, denn er erinnerte sich der blondlockigen Marianne Heidecke, mit der er als Kind sehr gern gespielt hatte. Sehr gern würde er auch nach ihr gefragt haben, doch er unterließ es.

Aber schon die Frage wirkte ganz merkwürdig auf den Oberbuchhalter. Ihm war, als stehe nicht Klaus, sondern Dieter vor ihm, der nie an seinem Platz vorübergegangen war, ohne sich nach seinem und seiner Familie Wohlergehen zu erkundigen.

Er war im Augenblick so verwirrt, daß er kaum »Danke – alles in bester Ordnung« murmeln konnte.

Da war Dieter schon weitergegangen. Er fühlte genau, was in dem Oberbuchhalter jetzt vorging.

Hatte er einen Fehler begangen? Aber nein, beruhigte er sich sofort. Er wollte sich ja die Herzen seiner Leute erobern.

Jetzt stand er wieder auf dem breiten Gang im ersten Stockwerk, in dem sich auch sein Arbeitszimmer befand. Während er an den Türen vorüberschritt, aus denen Schreibmaschinengeräusche drangen, las er die Schilder, die die einzelnen Abteilungen kenntlich machten. Nur unwesentliche Änderungen konnte er wahrnehmen.

In die Tür vor seinem Zimmer mit der Aufschrift »Sekretariat« trat er ein. Er hatte dieses schmale Zimmer noch sehr gut im Gedächtnis, in dem damals die altmodische Gertrud Groß ihres Amtes waltete.

Er hielt die Tür noch in der Hand, als sich schon vor dem Schreibtisch ein schlankes junges Mädel erhob und auf ihn zukam.

»Darf ich Ihnen zur Genesung gratulieren, Herr Stoltenbeck?« klang eine frische Stimme an sein Ohr.

»Marianne!« murmelte er in heller Bestürzung, als er die einstige Jugendgespielin wiedererkannte, gleichzeitig aber auch seinen groben Fehler einsah.

Im Augenblick hatte er sich wieder gefaßt, streckte die Hand aus und sagte beinahe würdevoll:

»Ich danke Ihnen, Fräulein Heidecke!« Um seinen Fehler wiedergutzumachen, wurde er sofort kühl und sachlich: »Haben Sie etwas für mich?«

Das Erstaunen wich aus Marianne Heideckes lebhaften Augen so schnell wieder, wie es gekommen war. Ihr Gesicht war mit leichter Röte übergossen, als sie sich über die Briefe neigte, die in dem Briefkorb neben ihrer Schreibmaschine lagen.

Solch ein Unsinn! dachte sie bei sich. Wie kann ich nur annehmen, daß Klaus Stoltenbeck mich beim Vornamen rufen würde? Heller Wahnsinn!

Wieder beherrscht schob sie Dieter den Briefkorb zu und erklärte:

»Ich habe die gewöhnlichen Briefeingänge wie üblich erledigt und zu der übrigen Post die nötigen Bemerkungen gemacht. Darf ich Ihnen die Briefe zur Unterschrift vorlegen?«

Dieters Augen ruhten unverwandt auf ihrem gesenkten Gesicht, als er antwortete:

»Danke, jetzt nicht! Ich unterschreibe zur gewohnten Zeit.«

Marianne neigte zustimmend den blonden Kopf und nahm ihren Platz vor dem Schreibtisch wieder ein.

Sehr nachdenklich betrat er sein Zimmer und schloß sorgfältig hinter sich die lederbezogene, schalldichte Tür, als könne er nicht genug Hindernisse zwischen sich und seine Empfindungen legen.

Untätig lehnte er dann in dem Sessel vor seinem Arbeitsplatz. Er fühlte sich körperlich sowie seelisch ermattet. Es war, als sei ein Reif um seine Stirn gezogen, der ihm Schmerzen verursachte.

Die stärkste Überraschung war wohl die unverhoffte Begegnung mit Marianne Heidecke gewesen, weil er ganz und gar nicht darauf vorbereitet gewesen war. Eine Unmöglichkeit dünkte es ihn, gerade Marianne gegenüber so kühl und zurückhaltend zu sein, wie Klaus es gewesen sein mochte.

Auch quälte ihn eine Sorge. War es ihm gelungen, den Eindruck seiner Verblüffung durch betonte Sachlichkeit zu verwischen? Marianne war stets ein heller Kopf gewesen, und ihre vorübergehende Verwirrung war ihm nicht entgangen.

Selbstverständlich war er sich auch der Gefahr bewußt, die in der Tatsache lag, daß Marianne zu seinen persönlichen Diensten da war.

Auf den ersten Blick hatte er festgestellt, daß ihre nach außen hin zur Schau getragene Gelassenheit nur Beherrschung war. Sicherlich lachte Marianne noch genauso gern wie früher, und er war davon überzeugt, daß sie ein völlig anderer Mensch war, sobald sie die Tür des Sekretariates nach Feierabend hinter sich schloß.

Nun, er würde auch ihr gegenüber den richtigen Ton finden, schloß er seine Betrachtungen.

Auch stand fest für ihn, daß er vieles anders machen würde. Er würde nach und nach eine Änderung herbeiführen. Aber so unmerklich mußte sie eintreten, daß der einzelne sie gar nicht spürte.

So war Dieters erster Arbeitstag in der väterlichen Firma über Erwarten gut vorübergegangen, und Zwischenfälle, vor denen ihm heimlich gegraut hatte, waren nicht eingetreten.

Aber er atmete doch auf, als er frühzeitig seinen Wirkungskreis verließ, da er den Baumeister zu einer Besprechung in seine Villa bestellt hatte.

Armand empfing ihn mit einiger Besorgnis in seinem Zimmer. Außer der Abspannung jedoch konnte er nichts Besorgniserregendes an seinem Herrn wahrnehmen, und da atmete er dankbar auf.

In seiner unaufdringlichen und doch so wohltuenden Art legte er alles für seinen Herrn bereit, was er nach der Erfrischung im Bad für seinen Anzug benötigte. – Ehe Dieter hinunterging, um mit dem Baumeister zu verhandeln, legte er seinem Getreuen die Hand auf die Schulter.

»Kannst beruhigt sein, mein Alter, ich werde mich durchsetzen! Ein Stoltenbeck bin ich ja doch, ganz gleich ob Klaus oder Dieter. Manchmal vergesse ich, daß ich ja ein ganz gewöhnlicher Betrüger bin.«

»Aber … Herr Dieter!« kam es entsetzt aus dem Munde des Alten.

»Psst!« warnte Dieter. »Wer bin ich?«

»Klaus Stoltenbeck!« sagte Armand mit Nachdruck, aber das Lächeln war aus seinem Gesicht verschwunden.

~

Noch nie war so viel herzliches Lachen von den Wänden des Warnitzschen Landhauses widergehallt als seit dem Tage, da die Jugend darin ihren Einzug gehalten hatte.

Marions Frohnatur war zum Durchbruch gekommen und riß die ernste Stepha mit sich fort. Sehr zur Freude Frau Lenas, die ihr Kind nie so glücklich und heiter gesehen hatte wie jetzt.

Friedrich Warnitz und seine Frau lebten dabei auf und fühlten sich noch einmal jung.

Und Stepha hatte alle Scheu vor dem Stiefvater verloren. Unauffällig war er in echt väterlicher Weise um sie bedacht, so daß sie ihm rückhaltlos kindliche Dankbarkeit und Zuneigung dafür als Gegengeschenk brachte.

Marion, der dunkelhaarige Kobold, hatte sich bald in die Herzen Warnitz' und seiner Frau eingeschmeichelt und durfte sie Onkel und Tante nennen.

Neuerdings sah man die beiden jugendschönen Mädchen viel in Marions Wagen. Obgleich sonst alles zappelnde Ungeduld an Marion war: Am Steuer war sie kühl und zeigte sich als geschickte Fahrerin.

»Du mußt dir auch einen Wagen schenken lassen«, hatte Marion einmal lachend gesagt.

»Um Gottes willen!« war es Stepha entsetzt entschlüpft. »Meinst du von Klaus? – Niemals könnte ich ihn um so etwas bitten.«

»Wie bescheiden du bist, Stepha. Klaus fiebert ja förmlich danach, einen Wunsch von dir zu erraten.«

Stephas Gesicht hatte einen verträumten Ausdruck angenommen.

»Klaus' Liebe würde ich niemals ausnutzen.«

Marion hatte die Hände in großer Entrüstung zusammengeschlagen.

»Stepha, du wirst mir immer unheimlicher. Hast du überhaupt eine Ahnung, wie reich die Stoltenbecks sind?«

»Ich liebe Klaus und frage nicht nach seinem Geld.«

»Gewiß!« pflichtete Marion ihr bei. »Daran zweifelt ja kein Mensch, am allerwenigsten Klaus. – Übrigens, wenn du dich scheust, deinem Verlobten diese Bitte vorzutragen, schenke ich dir einen Wagen.«

Darüber geriet Stepha noch mehr in Aufregung.

»Du wärest so närrisch, Mädel! Nein, danke!«

Marion konnte schrecklich hartnäckig sein, fand Stepha; denn sie bohrte in ihrer Harmlosigkeit weiter:

»Aber dein Vater würde dir sofort einen Wagen schenken.«

Da brach Stepha in Lachen aus. Sie drohte der Freundin:

»Du bist ein ganz gefährliches Hexlein, Kleines!«

So verging die Zeit, und Stephas Hochzeitstag rückte näher und näher.

Als ihr Verlobter einige Tage keine Gelegenheit genommen hatte, sie bei ihren Eltern aufzusuchen, machte sich eine große Traurigkeit in ihr breit, und etwas von den alten Zweifeln erwachte in ihr, so sehr sie auch dagegen anzukämpfen versuchte.

Aber dann stand er eines Tages vor ihr, frisch und gesund, Lebensfreude in den hellen Augen. Da schämte sie sich ihres Mißtrauens.

»Verzeih, Stepha«, flüsterte er, sie in seine Arme nehmend, »früher konnte ich nicht kommen. Die Firma brauchte mich, und dann habe ich jede freie Stunde unserem zukünftigen Heim gewidmet. Du wirst deine Freude daran haben.«

Stephas Augen versanken glückstrunken in denen des geliebten Mannes.

Dieter fand Stepha immer schöner, je länger er sie nicht gesehen hatte. Zuweilen packte ihn sogar eine gewisse Furcht vor dem Übermaß seiner Liebe, und als Schreckgespenst tauchte der Gedanke in ihm auf: Was würde sein, wenn er einmal Stephas Liebe oder Stepha überhaupt verlöre.

Er wagte es nicht, die Folgen davon auszudenken. Aber von diesem Augenblick an lag es wie Schwermut über ihm.

Frau Lena umgab Dieter mit der gleichen Liebe wie ihr Kind, und er nahm sie dankbar entgegen. Die Jahre drüben hatten ihn so bescheiden gemacht, daß er das Umhegtwerden von weichen, mütterlichen Händen mehr als jeder andere empfand.

Zum Abschied brachte Stepha den Verlobten an das Gartentor. Dort nahm er sie behutsam in seine Arme und küßte sie.

»In vierzehn Tagen bist du mein, Stepha«, flüsterte er,

und er spürte, wie der schlanke Körper in seinen Armen erbebte. –

Einige Tage später kam er wieder, genauso unverhofft wie das erstemal. Da stellte Marion ihn zur Rede.

»Hör mal, Klaus, hast du auch an dein Versprechen gedacht?«

Dieter sah sie verständnislos an.

»An mein Versprechen?«

Marion glitt zu ihm hin und lehnte sich schmeichelnd an seine Schulter.

»Wolltest du mir nicht einen netten Brautführer beschaffen?«

»Weiter nichts?« lachte er auf. »Ich werde mir Mühe geben, Kleines.«

»Ich dachte, du hättest schon einen bestimmten in Aussicht«, meinte sie enttäuscht. »Du hast wohl noch keinen passenden für mich gefunden?«

»Männer gibt es genug in unserem Bekanntenkreis, Kind«, erklärte er belustigt und maß die kleine Person vom Kopf bis zum Fuß. »Ob ich aber den richtigen finde? Ich kenne ja deine Ansprüche nicht.«

Marion zog grüblerisch die Stirn kraus. Lachend beobachtete er sie.

»Du kennst deinen Geschmack wohl selber noch nicht?« neckte er sie.

Vor Marions geistigem Auge aber tauchte abermals Jörg Reinwaldt auf, und ärgerlich darüber setzte sie sich wieder in ihren abseits stehenden Sessel.

»Ach, das ist ja auch nicht so wichtig, Klaus!« rief sie von dorther. »Wenn er nur nicht gar zu blöd ist!«

»Blöd ist gut«, mischte Friedrich Warnitz sich jetzt lachend ein. »Einfacher freilich wäre die Sache für dich, Klaus, wenn Marion einen Vorschlag machen könnte.«

»Schade!« Wie ein Stoßseufzer kam es über Marions Lippen. Allein, niemand wußte, wem dieses bedeutungsvolle »Schade« galt.

Die Gästeliste machte Dieter arges Kopfzerbrechen. Er war mit den früheren Bekannten vollständig auseinandergekommen, und von Klaus wußte er nur, daß er sehr ungesellig gelebt hatte.

Armand mußte wieder einmal Fühlung nehmen. Und er tat es sehr geschickt und holte alles Wissenswerte aus der Hausdame, Frau Siebers, heraus.

~

An einem der nächsten Tage fuhr vor dem Verwaltungsgebäude der Stoltenbeckschen Reederei ein Wagen vor, bei dessen Anblick Marion Vollmer in die größte Aufregung geraten wäre.

Jens Ulmenriedt, die unvermeidliche Aktentasche unter dem Arm, kletterte zuerst aus dem Wagen und besah sich den mächtigen Bau von allen Seiten. Er zog die Stirn in Falten, als Jörg ein wenig zappelnd neben ihm erschien.

»Der Bau sieht eigentlich schon so aus, als könnten wir nicht mit einer Einladung rechnen«, orakelte er, erhielt für diese Bemerkung aber einen Rippenstoß von Jörg.

»Alte Unke!« murrte er. »Was ich will, habe ich bisher noch immer erreicht. Auf in den Kampf!« ermunterte er und schob ihn der Freitreppe zu. »Zuerst das Geschäft, dann das Vergnügen!«

Etwas später standen die beiden Freunde im Sekretariat vor Marianne Heidecke.

»Wir möchten den Chef sprechen«, bat Jörg nach freundlichem Gruß.

»Herrn Klaus Stoltenbeck?« erwiderte Marianne bedauernd. »Der ist leider nicht im Hause. Darf ich die Herren einem der Prokuristen melden? In welcher Angelegenheit, bitte?«

Ehe Jörg jedoch antworten konnte, fühlte er sich von Jens beiseite geschoben und hörte ihn zu seinem nicht gelinden Schreck sagen:

»Es handelt sich um einen halb geschäftlichen, halb privaten Besuch. Herr Dieter Stoltenbeck ist ein ehemaliger Schulfreund von mir, dem ich bei dieser Gelegenheit gern einmal die Hand drücken möchte. Vielleicht können Sie uns sagen, wann und wo Herr Dieter Stoltenbeck anzutreffen ist?«

Jörg verschlug es vor Überraschung den Atem.

Jens aber sah in die klaren Augen der blonden Sekretärin. Ihm war, als husche ein Ausdruck von Trauer über ihr hübsches Gesicht.

»Herr Dieter Stoltenbeck ist tot«, sagte sie leise.

Jörgs Blicke wanderten von dem Freund zu Marianne. Jens hatte sich etwas verfärbt; während er jedoch noch unschlüssig dastand, schlug die Sekretärin vor:

»Wenn die Herren sich aber in die Villa bemühen wollen, dort finden Sie Herrn Klaus Stoltenbeck, der Sie sicherlich empfangen wird. Darf ich Sie anmelden?«

Jens verbeugte sich.

»Nein, danke! Das ist nicht nötig. Wenn Sie uns aber den Weg zur Villa beschreiben wollen?«

Das blonde Mädchen winkte ihm zu und trat an das Fenster. Erwartungsvoll trat er neben sie und schaute auf die wohlgeformte kleine Hand, die vor seinen Augen auf und ab tanzte.

Er verstand kein Wort, nickte aber um so eifriger und verabschiedete sich mit ein paar netten Worten. Dann zog er Jörg mit sich aus dem Zimmer.

»Komm!« sagte er draußen ein wenig zerstreut und verließ eilig das Gebäude.

Er saß bereits im Wagen, als Jörg die Tür zum Führersitz öffnete. Mit einem Blick, der Bände sprach, sah er den geradeaus blickenden Freund an.

»Du bist der geriebenste Gauner, den ich kenne, Jens!« fuhr er den Freund an. »Willst du den Schwindel mit dem Schulfreund etwa auch vor Klaus Stoltenbeck aufrechterhalten?«

»Ja!« kam es gelassen zurück.

Jörg sank auf den Führersitz und knallte die Tür zu.

»Aber bitte ohne mich!« knurrte er. »Du willst mir wohl alles verderben? Marion hält mich für einen Dieb, Hochstapler und weiß Gott für was. Nun gibst du dich auch noch für einen Schulfreund von dem Sohn des Hauses aus? Nein, mein Lieber, da bekomme ich langsam eine Gänsehaut.«

»Feigling!« sagte Jens verächtlich.

»Bitte, bitte!« Jörg begehrte auf. »Das hat mit Feigheit nichts zu tun. Ich habe ernste Absichten. Wir werden morgen unseren Besuch in der Reederei wiederholen. Schluß!«

»Im Gegenteil, mein Guter: Jetzt geht es erst richtig los!« widersprach Jens. »Ich habe wirklich nicht geschwindelt, Jörg. Dieter Stoltenbeck und ich waren hier in Hamburg zusammen auf der Schule und hatten uns angefreundet.«

»Menschenskind, und das sagst du mir jetzt erst?« brauste Jörg auf und wurde rot bis unter den blonden Haarschopf. »Du bist Prügel wert. Ich zerbreche mir meinen Kopf nach einer Möglichkeit, um zu einer Einladung der Familie Stoltenbeck zu gelangen, und du hast sie faustgroß in der Tasche. Herrgott, Junge, das ist ja tausendmal mehr wert als ein Freibrief!«

Jens Ulmenriedt lächelte in sich hinein. Er wartete mitunter mit solchen Überraschungen auf. Erstens sprach er wenig und höchst ungern von sich selbst, und zweitens hatte er den Freund vor die vollendete Tatsache stellen wollen.

Aber jetzt hatte er alle Freude über die gelungene Überraschung verloren. Dieter Stoltenbeck lebte nicht mehr? Jens war tief getroffen von dieser Nachricht, die er einfach nicht fassen konnte.

Jörg ahnte, was in dem Freund vorging.

»Das ist allerdings bitter für dich, Jens!« bedauerte er ernst. »Dieser Dieter Stoltenbeck muß demnach so alt wie du gewesen sein. Schade um solch blühendes Leben!«

Jens brauchte einige Zeit, um sich zu sammeln, ehe er von Dieter Stoltenbeck sprechen konnte.

»War ein feiner Kerl, der Dieter. Wir haben manche frohe Stunde zusammen verlebt. Soviel ich mich entsinnen kann, ging er dann nach Südamerika, um die Niederlassung drüben zu übernehmen. Hat vielleicht dort den Tod gefunden. Gefahren gibt es ja drüben genug.

Klaus Stoltenbeck ist sein Bruder; sie waren Zwillingsbrüder. Dieter sprach sehr wenig über seine Familienverhältnisse, und ich fragte nie danach.

Du wirst deshalb verstehen können, daß ich sehr gern einmal mit seinem Bruder gesprochen hätte. Dieters Tod ist mir doch sehr nahe gegangen.«

Jörg nickte ein paarmal verstehend vor sich hin. Er setzte den Wagen wieder in Gang und fuhr aus dem Gelände hinaus.

Es stellte sich heraus, daß er aufmerksamer den Erklärungen der Sekretärin gelauscht hatte als sein Freund, denn er fand mühelos den Weg zu der Villa Stoltenbeck, die bereits in ihrem neuen Gewand prangte. Die Gerüste waren gefallen und die Spuren des Umbaues beseitigt. Formschön leuchtete sie zwischen den Bäumen hervor.

Die beiden Herren ließen sich melden und wurden wie jeder Besucher zuerst von Armand in Empfang genommen.

Er brachte die Besuchskarten Dieter Stoltenbeck, da er davon überzeugt war, es sei in der Hauptsache geschäftlicher Besuch, wie auch der größere der beiden Herren besonders betont hatte.

Dieter war merkwürdigerweise sofort im Bilde, als er den Namen Reinwaldt las.

Der Name hatte einen guten Klang in Handelskreisen. Soviel er sich erinnern konnte, hatte man früher auch mit der bekannten Firma gute Geschäfte gemacht, bis es der Konkurrenz gelungen war, sich in der Gunst des gutfundierten Handelshauses festzusetzen.

Er erklärte sich ohne Zögern bereit, die Herren zu empfangen, und ließ sie in die Bibliothek führen. Wenige Minuten später erschien er selber.

Jens hielt sich ein wenig im Hintergrund, so daß Dieter ihn zunächst nicht bemerkte. Er war erfreut, in Jörg Reinwaldt einen sympathischen, gleichaltrigen Mann zu finden, und begrüßte ihn freudig.

»Willkommen, Herr Reinwaldt! Früher haben unsere Väter miteinander verhandelt, jetzt machen wir Söhne die gleichen Geschäfte.«

Jörg war sofort von Dieter eingenommen.

»Hoffentlich machen wir es genausogut wie unsere Väter.«

Er wandte sich Jens zu und stellte vor: »Gestatten Sie – mein Freund Jens Ulmenriedt! Er ist mein Berater, Bevollmächtiger und Prokurist der Firma Reinwaldt. Ich möchte sagen: die Seele des Ganzen.«

Dieter Stoltenbecks Hand sank herab. Jens Ulmenriedt, der einstige Schulfreund, stand vor ihm. Sekundenlang kam ihn die Versuchung an, sich zu erkennen zu geben, aber ebensoschnell hatte er sie überwunden.

Mit einer Sicherheit, die ihn selber verwunderte, fand er sich in die neue Lage und tat, als stehe er Jens zum ersten Male gegenüber.

»Ebenfalls herzlich willkommen!« gelang es ihm mit ruhiger Freundlichkeit zu sagen. Eine Handbewegung lud zum Sitzen ein.

Jens betrachtete aufmerksam das schmale, ernste Gesicht seines Gegenübers. Er fand sich nicht sogleich zurecht, da er in ihm Dieter zu sehen meinte und mit der verblüffenden Ähnlichkeit erst fertig werden mußte.

Dieter schob die Zigarettendose über den Tisch und holte aus einem Fach des in der Nähe stehenden Schrankes eine Flasche und drei Gläser.

Bei jeder Bewegung fühlte er Jens Ulmenriedts Blicke auf sich ruhen.

»Entschuldigen Sie«, hörte er den einstigen Schulkameraden sagen. »Sie wundern sich gewiß über mein taktloses Anstarren. Ich habe Ihren Herrn Bruder gekannt, und da wir aus dem Bürohaus kamen und ich soeben erst erfuhr, daß er inzwischen nicht mehr unter den Lebenden weilt, bin ich ziemlich fassungslos. Am fassungslosesten aber über Ihre Ähnlichkeit mit Ihrem Herrn Bruder.«

»Wir waren Zwillingsbrüder.«

»Ich weiß. Trotzdem, wenn ich mich nicht eines anderen belehren lassen müßte, würde ich fest und steif behaupten, Dieter Stoltenbeck, den ehemaligen Schulkameraden, vor mir zu haben.«

Dieter verkörperte die Ruhe selber.

»Wir wurden oft verwechselt.«

Jens tat mit Rücksicht darauf, eine vielleicht noch schmerzende Wunde zu berühren, keine weitere Frage, und Dieter hätte um keinen Preis das Thema weiter ausspinnen mögen.

Jörgs Frohnatur aber brach sich Bahn. Im Handumdrehen hatte er die Stimmung gerettet und war in Fühlung gekommen mit Dieter, der ihm ausnehmend gut gefiel.

Und das beruhte auf Gegenseitigkeit. Dieter hatte auch

Gelegenheit zu beobachten, in welch herzlich-rauhem Ton die beiden Freunde miteinander verkehrten, und beinahe beschlich ihn etwas wie Neid. Einen Freund wie Jens zu besitzen, war etwas, worauf man stolz sein konnte. Er schien aber auch dieser Freundschaft wert zu sein, dieser blonde lebensfrohe Jörg Reinwaldt.

Mitten in der Unterhaltung aber, die immer freundlichere Formen annahm, tauchte wie eine Erleuchtung der Gedanke in Dieter auf: Jörg Reinwaldt und Marion müßten eigentlich großartig zusammenpassen.

Krampfhaft suchte er nach einem Vorwand, unter dem er die beiden Herren zu einem längeren Bleiben bewegen könnte.

»Eine Frage, bitte«, begann er schließlich. »Haben Sie sich zufällig des Namens Stoltenbeck erinnert?«

Jörg wies auf die Aktentasche, die Jens auf einen kleinen, seitwärts stehenden Tisch gelegt hatte, und sagte:

»Zweierlei führt uns zu Ihnen, Herr Stoltenbeck. In erster Linie handelt es sich um Geschäftliches, und zudem wollte mein Freund Ihren Herrn Bruder begrüßen und Erinnerungen mit ihm austauschen.«

Den eigentlichen Grund – die entzückende Marion hier im Hause zu finden – verschwieg Jörg wohlweislich.

Da nahm Jens seine Aktentasche von dem Tischchen und griff in die Unterredung ein.

»Wenn ich einen Vorschlag machen dürfte, Herr Stoltenbeck«, richtete er das Wort an Dieter. »Das Handelshaus Reinwaldt hat einige recht ansehnliche Aufträge zu vergeben, und wir sind halb und halb entschlossen, bei dieser Vergebung Ihre Konkurrenz auszuschalten. Um das erledigen zu können, brauchen wir Zeit.«

Jörg Reinwaldt hielt sich trotz der in ihm aufsteigenden Freude beherrscht zurück und meinte nur ganz sachlich:

»Ich erkläre mich damit einverstanden.«

Begeistert streckte Dieter Jens die Hand entgegen.

»Das ist großartig, meine Herren!« stieß er freudig aus. »Trinken wir auf gutes Gelingen!«

Hell klangen die Gläser aneinander. Es war, als webten bereits Fäden einer späteren starken Freundschaft zwischen den drei Männern.

»Zu dumm!« meinte Dieter plötzlich und setzte das Glas vorsichtig ab. »Alles hier bekommt ein neues Gesicht; aber vorläufig ist noch nichts fertig; die Handwerker gehen noch ein und aus. In knapp zwei Wochen heirate ich nämlich. Ich muß Sie daher bitten, heute abend in einem Restaurant meine Gäste zu sein.«

Jörgs Hoffnung, Marion hier wiederzusehen, sank auf den Nullpunkt herab.

Sollte er einfach nach ihr fragen? Nein! entschied er sich sofort. Nicht gleich mit der Tür ins Haus fallen.

»Herzlichen Dank für Ihre Einladung!« sagte Jörg.

»Wenn es Ihnen recht ist«, fuhr Dieter dann fort, »bringe ich meine Braut und einen augenblicklich bei meiner Braut weilenden Gast mit. Wir können, denke ich, ein paar nette Stunden zusammen verleben.«

Einen Gast? überlegte Jörg blitzschnell und meinte, Marion in ihrer ganzen Holdseligkeit vor sich zu sehen.

»Selbstverständlich ist uns das recht!« stimmte er aus tiefstem Herzen zu.

Eine Viertelstunde später begleitete Dieter Stoltenbeck, nachdem er ihnen noch den Treffpunkt für den Abend genannt hatte, die Herren bis zu ihrem Wagen und verabschiedete sich herzlich von ihnen.

Dieter Stoltenbeck hatte soeben Stephas Telefonnummer gewählt und bat sie an den Apparat.

Als er ihre Stimme vernahm, begann er sofort von der Verabredung zu sprechen und hätte sich auf ihre Frage hin, ob es denn ein so wertvoller Besuch sei, fast verraten, indem er antworten wollte: ein ehemaliger Schulkamerad von mir. Rechtzeitig gelang es ihm noch, das abzubiegen.

»Eine alte, neu angeknüpfte Geschäftsverbindung, Stepha, an der mir sehr viel liegt. Es sind zwei wirklich nette Menschen. Halte dich bitte für neunzehn Uhr bereit, und sage auch Marion Bescheid, sie möchte mitkommen. Kannst ihr ja vorweg verraten, daß ich ihr heute abend ihren Brautführer vorstellen will. Selbstverständlich darf sie noch nicht davon sprechen.«

Stepha sagte gern zu. Als das Gespräch zu Ende geführt war, suchte sie Marion auf.

Marion war im Handumdrehen Feuer und Flamme. »Wundervoll ist das, Stepha!« jubelte sie auf. »Endlich einmal ein kleines Abenteuer!«

»Ein Abenteuer!« wiederholte Stepha. »Kindskopf, du! Wir werden mit zwei uns vorläufig noch wildfremden Herren in einem Restaurant das Abendessen einnehmen, und dabei darfst du dir einen davon als Brautführer auswählen.«

»Und wenn sie mir nun beide nicht gefallen?«

»Erst mal sehen!« antwortete Stepha siegesgewiß. »Auf Klaus' Geschmack kann man sich im allgemeinen verlassen. Du brauchst ja noch nicht gleich deine Zustimmung zu geben. – Ich ziehe mich jetzt übrigens um, Kleines. Klaus ist stets sehr pünktlich; wir wollen ihn nicht warten lassen.«

Damit ging sie ins Nebenzimmer, ließ aber die Verbindungstür offen, während Marion nach Stanja rief, die auch sofort zur Stelle war.

»Du mußt mich heute ganz schön machen!« überfiel sie

die Alte, die über das ganze Gesicht strahlte. »Rasch, rasch, Stanja! Sei so lieb und beeile dich ein bißchen! Stepha soll meinetwegen nicht warten müssen.«

»Ich beeile mich ja schon, Kindchen!« versicherte Stanja begeistert. »Was für ein Kleid nehmen wir denn?«

Marion nahm mit einem tiefen Seufzer vor der Toilette Platz, als sei ihr das ganz gleichgültig; dabei aber funkelten ihre Augen nur so vor innerem Vergnügen.

»Was du mir anziehst, ist mir gleichgültig, Stanja – nur: sehr schön möchte ich sein, ja?« schmeichelte sie.

~

Jörg Reinwaldt war bei den Vorbereitungen zu der Abendverabredung so aufgeregt, daß Jens große Mühe hatte, mit ihm auszukommen.

Selbstverständlich sparte er nicht mit boshaften Bemerkungen, die Jörg schlagfertig zurückgab.

Aber schließlich war er doch ausgehfertig. Als er dann vor Jens stand, im Abendanzug und mit sorgfältig gelegtem Haar, fragte er: »Zufrieden mit mir?«

»Ich?« fragte Jens mit einem erstaunten Achselzucken. »Als ob es nach mir ginge!«

Sie waren kaum an ihrem Ziel angekommen, da sagte Jens mit einer Kopfbewegung: »Da kommen sie ja schon!«

»Wo?« Jörgs Kopf flog herum. »Mein Gott … wo denn?«

Jens seufzte.

»Diesmal ausnahmsweise durch die Tür«, knurrte er und ging gleich darauf verbindlich lächelnd den Eintretenden entgegen.

So traf er zuerst mit Dieter Stoltenbeck zusammen, in dessen Augen es warm aufleuchtete, als er ihn bemerkte. Langsamer folgte Jörg – in einem ganz scheußlichen Zustand, wie er fand. Er sah weder Dieter Stoltenbeck noch dessen Braut. Er sah nur die liebreizende Marion, sah ein Paar weit geöffnete, entsetzte Augen und einen Mund, der wie zum Weinen verzogen war.

Jörg verbeugte sich tief.

»Ich freue mich aufrichtig, Sie hier zu treffen«, begrüßte er sie strahlend. »An ein so schnelles Wiedersehen hätte ich im Traum nicht gedacht.«

Marions Augen glitten hilflos zu den Freunden, während sie benommen ihre Hand ausstreckte. Jörg drückte einen Kuß darauf. Nicht ein Wort der Begrüßung oder der Überraschung brachte sie hervor. Ihr war zumute, als sei sie in eine gefährliche Falle gelockt worden.

»Gestatten Sie«, Dieter Stoltenbeck stellte Stepha vor:

»Meine Braut – Fräulein Witt!«

Jörg begrüßte auch Stepha ehrerbietig mit einem Handkuß.

Dann blieb sein Blick an Marions dunklem Köpfchen haften. Er wußte gar nicht, wie sehnsüchtig er blickte – wußte nur, daß er sich nicht sattsehen konnte an so viel taufrischer Schönheit.

Da er sich den Bruchteil einer Minute zu lange besann, war Jens ihm schon zuvorgekommen und hatte Marion das Abendcape abgenommen, das er jetzt dem Boy auf den Arm legte.

Wie ein Blitz zuckte Jörgs wütender Blick über den Freund hin, doch der ging, unbekümmert plaudernd, mit Marion davon, dem Speisesaal zu.

Dieter hatte einen gutplacierten, nett gedeckten Tisch bestellt. Aber mit der Tischordnung war Jörg nicht zufrieden. Marion war nicht von Stephas Seite gewichen und setzte sich neben die Freundin, und Jens nahm Marions rechte Seite ein. Jörg hätte am liebsten den Tisch umgestülpt. Statt dessen mußte er gar noch gute Miene zum bösen Spiel machen.

Stepha gefielen die beiden Herren ausgezeichnet. Fragend sah sie von dem einen zum andern und meinte dann:

»Mir ist es, als hätten wir uns schon irgendwo einmal gesehen. War das nicht hier in Hamburg?«

Im selben Augenblick richteten sich auch Marions Augen mit einem drohenden Ausdruck auf sein Gesicht. Warte, mein kleines Mädchen, sann er da; so leicht werde ich dir den Abend nicht machen.

Mit dem unschuldigsten Gesicht von der Welt beteuerte er deshalb:

»Das muß ein Irrtum sein, gnädiges Fräulein – ich kann mich nicht entsinnen.«

Marions Augen flammten.

»Aber hier in Hamburg waren Sie doch vor einiger Zeit!« trumpfte sie auf, so daß Dieter und Stepha über den Ton, den sie angeschlagen hatte, aufhorchten.

»Vor einiger Zeit hier in Hamburg?« wiederholte Jörg gedehnt. »Bestimmt nicht!«

Langsam wich die Farbe aus Marions Wangen. Wenn Stepha eine solche Frage stellte, dann mußte sie Jörg Reinwaldt auch gesehen haben. Dann hatte sie, Marion, also einen Zeugen. Und Armand und Stanja – jetzt fiel ihr auch die Szene in dem Hotelzimmer ein, wo sie in den Armen des Mannes erwacht war.

Und auch die Unterredung auf der Hoteltreppe kehrte ihr wieder ins Gedächtnis zurück. Sie war wirklich dem Weinen nahe, einem so abgefeimten Gauner gegenüberzusitzen und schweigen zu müssen.

Warum tat sie das aber? Mußte sie Klaus nicht warnen? Klaus hatte von einer guten Geschäftsverbindung gesprochen. Vielleicht handelte es sich gar um Diebesgut?

Dieter Stoltenbeck und Jens hatten sich inzwischen in eine angeregte Unterhaltung vertieft, an der sich nun auch Stepha beteiligte.

Jörg und Marion warfen nur hin und wieder ein Wort ein und schauten sich dann aufmerksam um, bis das Essen aufgetragen wurde.

Stepha beugte sich zu Marion hinüber.

»Sag mal, Kleine«, flüsterte sie, »wo ist denn deine gute Laune hingekommen? Du bist ja so still, fast böse. Gefällt es dir hier nicht?«

Da riß Marion sich zusammen und schüttelte heftig den Kopf.

»Sehr schön ist es hier!« versicherte sie mit übertriebener Hast; aber da sie gerade Jörgs Blick begegnete, stieg ihr purpurne Röte in die Stirn. »Ausgezeichnet finde ich es!«

Sie hatte auch lauter gesprochen, als sie es beabsichtigt hatte, und das war für Jörg ein willkommener Anlaß, einzuhaken.

»Das freut mich, gnädiges Fräulein! Ich muß gestehen, ich hatte das Gefühl, daß Ihnen irgend etwas nicht angenehm ist.« Er sah sie geradezu herausfordernd an. »Sind Sie etwa mit unserer Gesellschaft nicht zufrieden?«

So eine Frechheit! durchfuhr es Marion. Jetzt fordert er mich auch noch zu einer Zustimmung heraus?

»Wie kann ich nach einer Bekanntschaft von höchstens zehn Minuten wissen, ob Sie ein angenehmer oder unangenehmer Gesellschafter sind?« erwiderte sie gelassen.

Jörg lächelte. Aha – sie will nicht verraten, daß wir eigentlich schon alte Bekannte sind!

»Dann will ich mir recht viel Mühe geben«, beteuerte er, »damit Sie mich zu den angenehmen Gesellschaftern rechnen.«

Ein Betrüger sind Sie, ein Dieb – hätte sie ihm am liebsten

zugerufen, wenn sie es nur über sich gebracht hätte. War es aber nicht, als hielten seine übermütig funkelnden Augen sie in Bann?

Ungehalten wandte sie sich wieder ihrem Teller zu und hob nicht eher den Blick, als bis abgeräumt war.

»Ich schlage vor, wir gehen hinüber in die Bar«, bemerkte Dieter Stoltenbeck als Gastgeber. »Hier wird es jetzt sowieso etwas ungemütlich.«

Man erhob sich bereitwilligst – und plötzlich hatte Jörg den Platz neben Marion erobert.

Mit gesenktem Kopf ging sie neben ihm her. Plötzlich hob sie ruckartig die Augen zu ihm auf. »Warum haben Sie eigentlich vorhin so jämmerlich gelogen?« fragte sie mit vor Erregung bebender Stimme.

»Ich?« Jörgs Gesicht glich einem Fragezeichen.

»Warum haben Sie behauptet, Sie könnten sich nicht auf unsere Bekanntschaft besinnen?« fragte sie unbeirrt weiter. »Sie wissen wohl gar nicht mehr, daß Sie sogar in meinem Hotelzimmer waren und, und –«

»– und Sie in meinen Armen aus Ihrer Ohnmacht erwachten?« vollendete er ruhig, ihr ernst in die Augen sehend. »Stimmt! Ich kann mich noch so genau daran erinnern, als sei es erst gestern gewesen.«

»Und haben es meinen Freunden gegenüber abgeleugnet? Warum haben Sie das getan?«

Er beugte sich etwas zu ihr hinab. »Weil ich Ihnen keine Unannehmlichkeiten bereiten wollte. Es ist Ihnen wohl nicht angenehm, an unsere Bekanntschaft erinnert zu werden.«

»Das ist nicht wahr!« stieß sie zornerfüllt hervor. »Ich habe nichts zu verbergen, aber Sie … Sie haben sich bei meinen Freunden eingeschlichen, weil Sie einen ganz bestimmten Zweck damit verfolgen.«

Jörg lächelte vielsagend.

»Das kann ich nicht ableugnen.«

»Aber ich … ich werde meine Freunde vor Ihnen warnen. Sie sind ein ganz gefährlicher Bursche, und ich kenne auch Ihre Gründe. Aber Sie sollen sich wundern. Ich werde keine Rücksicht nehmen, sondern Sie endlich entlarven.«

Mit entschlossener Miene schleuderte sie es ihm entgegen. Wenn sie aber meinte, er würde nun versuchen, irgendwelchen Einfluß auf sie auszuüben, so sah sie sich getäuscht.

Sie hatten inzwischen die Bar erreicht. Hinter ihnen klangen bereits die Stimmen der Freunde auf. Stephas unterdrücktes Lachen drang zu ihnen.

Unsicher hob Marion die Augen zu Jörg empor. Finstere Entschlossenheit lag darin. Da legte Jörg seine Hand auf ihre Schulter.

»Ich kann Ihnen ehrlich versichern, daß ich mich auf diesen Augenblick unbändig freue!« gestand er ohne jede Verlegenheit.

»Was soll das nun wieder bedeuten?« fragte sie, ein wenig unsicher geworden.

»Ich möchte endlich wieder der sein, der ich in Wirklichkeit bin.«

Marions Empörung nahm noch zu.

»Sie sind mehr als kühn, Sie sind leichtsinnig!« raunte sie und fühlte sich unter dem Blick seiner übermütig funkelnden Augen schwach werden.

Wie auf der Flucht vor sich selbst trat sie an Stephas Seite und hängte sich in deren Arm. Sie zitterte. Stepha spürte es.

»Etwas stimmt heute nicht mit dir, Marion.«

Von dem seltsam unruhigen Gesicht Marions glitt ihr Blick zu Jörg Reinwaldt hinüber, der jedoch fröhlich und unbefangen aussah und zusammen mit den beiden anderen Herren einen passend erscheinenden Tisch in der Nähe der Tanzfläche aussuchte. »Hast du etwas gegen diesen Blonden? Mir scheint, als bestünde eine Feindschaft zwischen euch. Aber das kann doch nicht gut möglich sein, Marion. Du hast doch Klaus' Geschäftsfreunde soeben erst kennengelernt.«

Hilflos glitt Marions Blick zur Seite. Und gleichsam, als ob sie Schutz suchte, drängte sie sich fester an Stepha und raunte im Flüsterton:

»Ich kenne die beiden Herren nicht erst seit heute abend. Aber das kann ich nur Klaus erklären. Bitte, frag mich jetzt nicht weiter; es könnte auffallen.«

»Mein Gott, Marion, wie du das sagst!«

»Psst!« warnte Marion und zog die bestürzte Stepha mit sich an den Tisch, wo sie bereits von den Herren erwartet wurden.

Während Stepha sich von nun an in ein grüblerisches Schweigen hüllte, sprudelte Marion vor Lebhaftigkeit fast über und brachte durch ihre drolligen Bemerkungen die Herren immer wieder zur Heiterkeit.

Dieter Stoltenbeck fühlte sich seit langer Zeit zum ersten Male wieder unbeschwert.

So sehr freute er sich über den unverhofft veranstalteten schönen Abend, daß er nicht auf Stephas umgeschlagene Stimmung achtete und nicht ihre Blicke bemerkte, die aufmerksam zwischen Jens und Jörg hin und her glitten.

Wenn sie nur eine Ahnung davon hätte, was Marion ihr hatte andeuten wollen!

Sie hob die Augen, gerade als Jörg Marion zum Tanz aufforderte. Würde sie unter irgendeinem Vorwand ablehnen?

Nein! Marion lächelte dem Blonden sogar zu und legte ihre Hand leicht auf seinen Arm. Aus großen Augen sah Stepha hinter dem ungleichen und doch angenehm auffallenden Paar her. Die blonde Gestalt Jörgs und daneben die dunkle zierliche Schönheit. Schwebte es nicht wie ein heimliches Einverständnis zwischen den beiden jungen Menschen?

Stepha wurde aus Marion wirklich nicht klug. Wie erwachend strich sie sich eine Locke aus der Stirn, als der Verlobte sie fragte, ob sie nicht auch tanzen wollten.

»Später, Klaus«, erwiderte sie verwirrt. »Wir müßten Herrn Ulmenriedt sonst allein lassen, und das wäre unhöflich.«

Obgleich Jens erklärte, das mache ihm gar nichts aus, er beobachte sehr gern aus der Ferne, freute er sich doch über so viel Rücksichtnahme.

Überhaupt gefielen ihm Klaus Stoltenbeck und seine schöne Braut ausgezeichnet. Manchmal, mitten in der Unterhaltung, kam ihm der Gedanke: Wie ist es nur möglich, daß ein Mensch so sehr dem andern ähneln kann? Ist es nicht Dieter, wie er zu lachen und reden pflegte?

Dieter konnte sich denken, daß er von Jens Ulmenriedt stark beobachtet wurde, und er legte sich deshalb große Zurückhaltung auf.

Eigenartig war es, schmerzlich und erhebend zugleich, als Totgeglaubter zu leben und mit Hochachtung von sich selber sprechen zu hören, wie es Jens hier und da in seiner warmherzigen Art tat.

Indessen waren Jörg und Marion an den Tisch zurückgekehrt. Marion mit heißen Wangen und glänzenden Augen.

»Tanzt ihr nicht?« wandte sie sich an das Brautpaar und ließ sich aufatmend nieder.

Stepha gewahrte, daß Marions Lebhaftigkeit zum Teil erkünstelt war, und wurde abermals unruhig.

»Wir haben es vorgezogen, uns mit Herrn Ulmenriedt zu unterhalten«, erwiderte Dieter an ihrer Stelle.

»Och«, schmollte Marion, und in ihren Augen lag mehr als eine bloße Bitte zu tanzen, was aber nur Stepha verstand, die ihr dann auch half.

»Willst du Marion nicht wenigstens zeigen, daß du tanzen kannst, wenn du dir auch wenig daraus machst?«

Sofort erhob sich Dieter.

Als Marion ihre Hand auf seinen Arm legte, spürte er jedoch, daß sie leicht zitterte. Noch mehr erstaunte er, als sie ihn von der Tanzfläche sofort an den Bartisch zog.

»Komm, Klaus – mir liegt gar nichts am Tanz. Ich muß mit dir sprechen – möglichst unauffällig.«

»Nanu, so aufgeregt?« versuchte er zu scherzen, obgleich er spürte, daß es ihr ernst war. »Hätte das nicht Zeit bis nachher? Unsere Freunde könnten doch den Eindruck gewinnen, es gehe um sie.«

»Das tut es ja auch«, flüsterte Marion mit sehr unglücklichem Gesichtsausdruck und nahm auf einem der Hocker am Bartisch Platz. Dieter schwang sich neben sie.

»Was hast du mir denn zu erzählen?«

Schnell ließ Marion noch einmal ihre Augen zurückgleiten zu dem Tisch, wo eben Jörg Reinwaldts frohes Lachen aufsprang, was sie jedoch noch mehr in ihrem Vorhaben bestärkte.

»Deine Freunde sind nicht die, für die sie sich ausgeben«, raunte sie entschlossen.

Dieter aber enthielt sich jeglicher Äußerung. Sein Gesicht war nur sehr verblüfft.

»Du kannst dich auf mich verlassen«, fuhr sie mit Nachdruck fort. »Dieser Jörg Reinwaldt und sein Freund Jens sind Hochstapler – Hochstapler – ich weiß das ganz genau!«

»Was?« wiederholte Dieter bestürzt.

»Jawohl, Hochstapler sind sie. Ich muß dich warnen vor ihnen«, versicherte Marion mit Eifer.

Da lachte er so herzhaft und erleichtert auf, daß ihr Zornesröte in die Wangen stieg.

»Marion«, fragte er in einer Pause, indem er sich die Tränen aus den Augen trocknete, »wer hat sich denn diesen Scherz mit dir erlaubt?«

»Das ist kein Scherz!« trumpfte sie auf. »Ich habe die beiden Herren schon auf dem Schiff, auf dem ich die Überfahrt machte, kennengelernt. Der Kapitän hat mich vor ihnen gewarnt. Er hat wörtlich von Jörg Reinwaldt gesagt, er sei ein gefährlicher Dieb.«

Dieter Stoltenbeck wurde ernst. Fast mitleidig sah er Marion an.

»Kind, da hat man sich aber einen sehr bösen Scherz mit dir erlaubt.«

Er kämpfte erneut gegen einen Heiterkeitsausbruch an. »Jens Ulmenriedt – ein Hochstapler! Meine Bekanntschaft mit beiden Herren ist ja viel älter, als du anzunehmen scheinst. Jens Ulmenriedt ist nicht nur ein sehr harmloser, sondern auch ein sehr kluger und wertvoller Mensch; dafür lege ich meine Hand ins Feuer. Und Jörg Reinwaldt ist der Erbe und Leiter des weltbekannten Handelshauses Reinwaldt. Schon vor Jahren arbeiteten unsere beiden Unternehmen zusammen, und durch Jörg Reinwaldt sollen diese Beziehungen wieder neu aufleben. Verstehst du nun?«

»Nein!« kam es leise und entsetzt über Marions Lippen. »Das begreife ich nicht. Dann hätte doch –«

»– jemand einen wirklich geschmacklosen Scherz mit dir getrieben. Hast du dich schon den ganzen Abend mit diesem schrecklichen Gedanken herumgeschlagen?«

Marion barg das zuckende Gesicht in den Händen. Was wußten denn die Freunde davon, wie es in der ganzen vergangenen Zeit in ihr ausgesehen hatte? Was wußte Klaus, wie sie unter der Einbildung gelitten hatte, Jörg Reinwaldt sei ein Dieb – ein Hochstapler, ein Mensch ohne Ansehen und Ehre?

»Marion!« Behutsam strich Dieter über den Kopf des jungen Mädchens. »Deshalb brauchst du doch nicht zu weinen! Sei doch froh, daß sich alles auf diese Weise aufgeklärt hat. Oder – warst du unvorsichtig?«

Da riß sie die in Tränen schwimmenden Augen zu ihm auf.

»Ich – ich habe ihn fürchterlich behandelt, Klaus«, entfuhr es ihr in ehrlicher Selbstanklage. »Wenn es so ist, wie du sagst, habe ich mich in seinen Augen geradezu lächerlich gemacht. Ich stand ja ganz unter dem Eindruck, daß alles wahr sei, was mir gesagt wurde. Dazu kam jetzt noch, daß Jörg Reinwaldt hartnäckig leugnete, in Hamburg gewesen zu sein; dabei war er doch in meinem Zimmer!«

Unter Dieters fragendem Blick wurde sie verlegen und glühend rot.

»Nicht so, wie du denkst«, wehrte sie mit abgewandtem Gesicht ab.

»Ich bekam die Nachricht von Dieters Tod – wurde ohnmächtig, Stanja wußte sich nicht zu helfen. Als ich erwachte, hielt ich Jörg Reinwaldt, der im selben Hotel Wohnung genommen hatte, für Armand und –«

Dieter Stoltenbeck legte ihr beschwichtigend die Hand auf den Arm.

»Ich verstehe, Marion.«

»Warum aber hat er dann seine Anwesenheit in Hamburg geleugnet, wenn er doch nichts zu verbergen hat?« fuhr sie ehrlich aufgebracht in die Höhe.

Um Dieters Mund stand ein verstehendes Lächeln.

»Ich glaube, Marion, das mußt du Jörg Reinwaldt selbst fragen. Darauf kann ich dir keine Antwort geben.«

Wie ein Häuflein Unglück saß Marion nun auf dem Barstuhl. Unberührt stand das Glas vor ihr. Dieter schob es ihr zu und sah sie fragend an.

»Immer noch Zweifel, Kind? Du brauchst dir doch keine

Vorwürfe zu machen. Jedenfalls hast du es gut gemeint und in Unkenntnis gehandelt. Komm jetzt und trinke, Kleines, und sei fröhlich! Jörg ist der rechte Kamerad dazu.«

Noch einmal überkam Marion ein Schluchzen, dann trocknete sie entschlossen das Gesicht und trank gehorsam das Glas leer. Als Dieter sie zum Mitkommen aufforderte, folgte sie widerstandslos.

Selbstverständlich war das Fernbleiben der beiden am Tisch nicht unbemerkt geblieben. Stepha hatte hin und wieder beunruhigte Blicke zum Bartisch hinübergeworfen.

Auch Jens wechselte einen verständnisvollen Blick mit dem Freund. Jörg lächelte zuversichtlich zurück. Er allein wußte, was da drüben gesprochen wurde, und als die beiden an den Tisch zurückkehrten, stand er sofort auf und forderte Marion zum Tanz auf.

Marion nickte zwar gewährend, aber ihr war alles andere denn heiter zumute.

Behutsam legte er den Arm um sie und führte sie in langsamem Walzerschritt über die Tanzfläche.

»Wollen Sie tanzen – oder wollen wir den Tanz ebenfalls verplaudern? Ich habe eine Ahnung, daß Sie mir allerhand zu sagen haben«, meinte er, nachdem er eine ganze Weile auf den hartnäckig gesenkten Schwarzkopf geblickt hatte.

»Warum plaudern?« fragte sie mit leichtem Erschrecken.

»Kommen Sie!« sagte er entschlossen und zog ihren Arm durch den seinen. Vor dem Bartisch hob er sie mühelos auf einen der Hocker und bestellte: »Zwei Glas Sekt!«

Dann wandte er sich ihr wieder zu. »Ist es Ihnen recht so, oder wollen Sie etwas anderes trinken?«

Sie schüttelte den Kopf. Sie schämte sich, schämte sich unsagbar und empfand seine Fürsorge als doppelt bedrückend.

»Nun, kleiner Detektiv?« brachte er sich wieder in Erinnerung, nachdem das Glas eine Weile vor ihr stand, ohne daß sie daran dachte, einen Schluck davon zu nehmen.

Da sah sie auf, und ihr Mund zuckte schmerzlich. »Sie haben wohl sehr viel Vergnügen daran, mich so angeführt zu haben?« fragte sie vorwurfsvoll.

»Vergnügen? Aber nein, Fräulein Marion!« versicherte er. »Im Gegenteil, ich bin ehrlich erfreut, endlich Ihnen gegenüber der sein zu dürfen, der ich in Wirklichkeit bin. Habe ich Ihnen das nicht schon vorhin versichert?«

»Ja, aber da – da hatten Sie sich im Innern schon über mich lustig gemacht!« bemerkte sie kleinlaut.

»Ganz und gar nicht, Fräulein Marion!« erklärte er ernsthaft. »Sie haben ja keine Ahnung davon, ein wie schönes Gefühl es für mich war, als Hochstapler von Ihnen angesehen zu werden – und doch verrieten Sie mich nicht.«

Völlig verwirrt begegnete sie seinen hellen Augen.

»Aber ich habe Sie doch verraten!« stieß sie heftig hervor. »Jetzt eben habe ich Sie und Ihren Freund verraten – an Klaus Stoltenbeck!«

Er schüttelte den Kopf.

»Doch, doch!« trumpfte sie auf, als könne sie sich nicht genug anklagen. »Ich habe Klaus Stoltenbeck sogar – vor Ihnen gewarnt.«

Jörg Reinwaldt fing ihre Hand ein, die erregt an den Perlen ihrer Abendtasche zerrte.

»Soll ich Ihnen sagen, weshalb Sie mit Klaus darüber sprachen?« sagte er. »Nicht, um mir zu schaden, sondern um Ihren Freunden zu helfen, stimmt's? Sie hatten sich so fest in Ihre Meinung über mich verstrickt, daß Sie glaubten, Ihren Freunden drohe von mir Gefahr.«

»Ja!« sagte Marion in ehrlicher Selbsterkenntnis. »So ist es gewesen.«

»Und – wissen Sie nun, wer ich bin? Ich nehme an, daß Klaus Stoltenbeck Sie aufgeklärt hat.«

»Ich weiß alles«, erwiderte sie mit hörbarem Aufatmen. »Und ich schäme mich, daß ich Sie so schwer verdächtigt habe. Allerdings trägt die Hauptschuld daran Kapitän Möller. Er hat mir diese Geschichte aufgetischt.«

»Und er hat einen Heidenspaß daran gehabt.«

Marions Augen wurden wieder einmal kugelrund.

»Dann – haben Sie das schon gewußt?«

Jörg griff nach seiner Brieftasche.

»Natürlich!« gab er mit pfiffigem Lächeln zu. »Auf meinen Wunsch hin hat er mir sogar schriftlich bestätigen müssen, daß er sich einer Unterlassungssünde schuldig gemacht hat.«

»Wie soll ich das verstehen?«

Da faltete Jörg mit innerer Genugtuung das Schreiben Kapitän Möllers auseinander und tippte mit dem Zeigefinger auf eine Stelle:

»Hier, Fräulein Marion, lesen Sie! An Stelle von ›gefährlicher Dieb‹ hätte er ›Herzensdieb‹ sagen müssen. Das war seine Unterlassungssünde, und damit hat er diesen heillosen Wirrwarr angerichtet.«

»Herzensdieb?« wiederholte sie fassungslos. Wenn sie sich auch darüber freute, daß das Mißverständnis nun seine Aufklärung gefunden hatte, so tauchte gleichzeitig eine andere Sorge in ihr auf.

»Dann muß – Kapitän Möller Sie ja sehr genau kennen«, behauptete sie sofort.

»Stimmt!« frohlockte Jörg. »Mindestens sechsmal habe ich unter seiner Führung eine Reise nach Übersee gemacht. Wir sind dabei gute Freunde geworden.«

Herzensdieb! Herzensdieb! pochte ihr Herz und schuf neues Mißtrauen. Plötzlich hob sie den Kopf empor.

»Dann müssen Sie es aber toll getrieben haben, wenn Kapitän Möller so von Ihnen spricht.«

Jetzt war die Reihe an Jörg erstaunt zu sein.

»Ich verstehe nicht, was Sie damit meinen.«

»Ach, das ist ja auch nicht so wichtig!«

»Doch!« drängte er. »Für mich sogar äußerst wichtig!«

»Herzensdieb?« Marion sann dem Wort von neuem nach. »Dann müssen Sie es ziemlich toll mit den Frauen getrieben haben!«

Jörg war zunächst äußerst verblüfft, dann aber strahlte er sie wieder an.

»Toll getrieben? Das ist entschieden übertrieben. Aber ich gebe zu, daß ich sehr gern in ein schönes Mädchengesicht schaue.«

Dann aber wurde er nachdenklich, und während er spielerisch das Glas zwischen den Fingern drehte, sagte er:

»Wissen Sie, was meine Mutter mir ans Herz legte, als sie auf dem Krankenbett lag? ›Jörg‹, sagte sie in ihrer gütigmütterlichen Weise, ›schau dich unter den Mädchen des Landes um, damit du an der richtigen nicht vorüberläufst, sondern sie rechtzeitig festhältst. Du mußt bald in feste Hände kommen, denn in dir fließt das ruhelose Blut deines Vaters. Und du mußt als Herr des Reinwaldtschen Handelshauses auch in deinem Privatleben vorbildlich sein. Gründe dir beizeiten eine Familie, damit das Abenteurerblut in dir zur Ruhe kommt.‹ Und das habe ich demzufolge stets beachtet und mir aufmerksam jedes mir zusagende Mädchen prüfend betrachtet. Ist das ein Fehler? Oder wollen Sie das mit Leichtsinn bezeichnen?«

Eigenartig warm rann es Marion zum Herzen. Und leise, versonnen fragte sie:

»Und – und ist Ihnen die Rechte denn nun begegnet?«

Jörgs Herz arbeitete stürmisch. Am liebsten hätte er den

Arm um die zierliche Gestalt gelegt und seinem übervollen Herzen in einem offenen Geständnis Luft gemacht. Aber er mied absichtlich ihren fragenden Blick, weil er glaubte, sich zu verraten. Ihr eine regelrechte Erklärung abzugeben, war noch zu früh.

Immer noch spielte er mit dem Glas, als er ernsthaft behauptete:

»Ja – ich habe die Richtige gefunden.«

Aus Marions Wangen wich alle Farbe.

Wie töricht sie gewesen war. Sie hatte gemeint, er befaßte sich näher mit ihr, weil er Gefallen an ihrer Person gefunden habe – und nun bekannte er ihr, daß er bereits innerlich gebunden war?

Ein großer Schmerz durchzuckte sie. Wenn sie sich auch bis jetzt über ihr Verhältnis zu ihm nicht klargewesen war, in dieser Stunde erkannte sie, daß ihr der blonde Mann mit dem sieghaften Lachen nicht gleichgültig war.

Eine schöne, eine wunderbare Hoffnung brach in Marion zusammen, von der Jörg keine Ahnung hatte.

»Wir wollen nun zu unseren Freunden zurückgehen«, sagte sie mit belegter Stimme, die Jörg betroffen aufhorchen ließ.

»Was haben Sie?« erkundigte er sich teilnehmend. Er hatte Marion heute von einer ganz anderen Seite kennengelernt, und so gefiel sie ihm noch viel besser. Hatte zuerst ihre auffallende Schönheit ihn bezaubert und ihre Schlagfertigkeit Eindruck auf ihn gemacht, so erfüllte ihn jetzt die Erkenntnis, auch einen warmherzigen Menschen vor sich zu haben, mit unbändiger Freude.

Er verstand es sonst, in ihren Zügen wie in einem aufgeschlagenen Buch zu lesen. Während er ihr jetzt aber zurück zu den andern folgte, sann er über ihre auffallende Traurigkeit nach. Da soeben noch alles so klar zwischen ihnen gewesen war, konnte er sich den Grund zu dieser plötzlichen Veränderung nicht erklären.

»Sie sind auf einmal so traurig«, bohrte er deshalb von neuem.

Marion riß sich zusammen und brachte es sogar über sich, ihn anzulächeln.

»Das bilden Sie sich nur ein! Ein wenig müde bin ich; das ist alles!« erklärte sie leichthin.

»Dann kann ich Sie auch nicht bitten, noch einmal mit mir zu tanzen«, entschied er rücksichtsvoll.

Still kehrten sie zu den anderen zurück und wurden von Stepha sofort lebhaft angesprochen.

»Klaus und Herr Ulmenriedt haben sich soeben dahin geeinigt, daß die beiden Herren ihren Besuch noch etwas ausdehnen und unsere Hochzeit mitfeiern wollen. Was sagst du dazu? Herr Ulmenriedt meinte, du seiest eine reizende Partnerin für Herrn Reinwaldt.«

Hilflos sah Marion von der Freundin zu Jörg, der in aufquellender Freude mit beiden Händen die Lehne des Sessels umspannte.

»Wenn Herr Reinwaldt die Zeit opfern will«, kam es überlegend von Marions Lippen.

»Der Gedanke ist großartig!« stimmte Jörg begeistert zu. »Diese Einladung wird dankend angenommen. Und wann wäre der große Tag?«

»Heute in acht Tagen«, antwortete Dieter Stoltenbeck. »Genügend Zeit, damit Sie sich ein wenig näher kennenlernen. Eine große Feierlichkeit ist freilich nicht vorgesehen, aber es kommen immerhin einige Menschen zusammen.« Wohlgefällig betrachtete er dabei das von ehrlicher Freude erhellte Gesicht von Jörg Reinwaldt und setzte mit ernsthaftem Unterton hinzu: »Auf diese Weise hoffe ich auch, Sie etwas enger an das Haus Stoltenbeck zu fesseln.«

War es Zufall oder Absicht, daß er gleich darauf die Augen Marions suchte und bemerkte, wie auf den Wangen die Farbe kam und ging? In seinen Mundwinkeln lag ein heimliches Schmunzeln.

~

Am nächsten Morgen empfing Dieter Stoltenbeck die beiden Herren im Werk, um die geschäftlichen Angelegenheiten mit ihnen zu besprechen.

Hierbei hatte er ausgiebig Gelegenheit, Jörg zu beobachten. Mit dem Ergebnis war er zufrieden. Jörg wußte, was er wollte, und machte seine Ausführungen und Vorschläge knapp und sicher. Ein ganz anderer Jörg war er als der, den er gestern als glänzenden Gesellschafter bewundert hatte, wenngleich auch heute hin und wieder sein Mutterwitz durchbrach.

Nach einer Stunde war alles geklärt und beide Partner völlig zufriedengestellt.

Dann erhob sich Jörg.

»Darf ich einen Vorschlag machen?« wandte er sich an Dieter Stoltenbeck. »Was nun kommt, die Ausarbeitung der Verträge, ist Sache meines Freundes. Würden Sie mir in der Zwischenzeit einmal Ihren Betrieb zeigen?«

Bereitwillig stand Dieter auf.

»Mit dem größten Vergnügen, Herr Reinwaldt!«

Dann klingelte er nach seiner Sekretärin und erklärte ihr:

»Herr Ulmenriedt wird Ihnen zwei Verträge diktieren, Fräulein Heidecke. Nehmen Sie den Wortlaut einstweilen auf! Schreiben können Sie ja später. Es eilt nicht so mit den Unterschriften, die Herren bleiben einige Zeit hier.«

Jörg winkte dem Freund zu, der soeben hinter dem riesigen Diplomatenschreibtisch Dieter Stoltenbecks Platz nahm.

»Viel Vergnügen, Jens!«

Wenn du nur wüßtest, wieviel Vergnügen mir dieses Diktat bereitet – dachte Jens und atmete geradezu auf, als die Tür sich hinter den beiden Herren geschlossen hatte.

»Bitte, setzen Sie sich mir gegenüber!« bat Jens, da Marianne Heidecke sich abseits niedergelassen hatte. »Ich liebe es nicht, so laut sprechen zu müssen.«

Lächelnd kam Marianne diesem Wunsch nach. Mit Block und einigen Bleistiften ausgerüstet, saß sie ihm dann ernst und erwartungsvoll gegenüber.

Jens mußte immerzu auf das gesenkte Haupt sehen. Noch nie hatte er ein solches natürliches Blond bewundern können wie hier bei diesem so merkwürdig ernst und gesetzt dreinschauenden Mädchen.

»Bitte!« hörte er sie sagen, zum Zeichen, daß sie bereit sei, den Wortlaut des Vertrages aufzunehmen. Aber dieses eine Wort brachte den guten Jens derart in Verlegenheit, daß er die Papiere durcheinander zu schieben begann, bis er sich zuletzt selber nicht mehr in ihnen zurechtfand.

»Darf ich Ihnen behilflich sein?« erbot sich Marianne, ohne zu ahnen, daß sie allein der Grund zu seiner Zerstreutheit war.

»Nein, danke!« entgegnete er, ärgerlich über sich selbst. Und es klang viel kürzer und unhöflicher, als es von ihm beabsichtigt war.

Marianne Heideckes Gesicht jedoch blieb freundlich. Daran war sie ja gewöhnt. Das heißt, seit dem Unglücksfall konnte sie sich nicht mehr beklagen. Ein ganz neuer, frischer Zug wehte seit dieser Zeit im Vorzimmer wie im Zimmer des Chefs.

Ohne noch einmal einen Blick auf sein Gegenüber zu werfen, begann Jens Ulmenriedt sein Diktat. Weil er fürchtete, aus dem Konzept zu geraten, schlug er ein so flottes Tempo an, daß Marianne Mühe hatte, nachzukommen. Ihre Hand flog nur so über das Papier, und ihre Wangen röteten sich vor Eifer. Endlich wagte sie einen Einwurf.

»… wird weiterhin vereinbart?« wiederholte sie, worauf Jens wie aus einem Traum erwachend aufsah, mitten hinein in die fragenden Grauaugen.

»Wie bitte?« fragte er zerstreut.

»Ich habe den letzten Satz noch nicht aufgenommen«, mußte Marianne zugeben.

»War ich wieder einmal zu schnell?« entschuldigte sich Jens mit einem kleinen Lächeln. »Das müssen Sie sagen, Fräulein Heidecke. Mir geht das stets so, wenn ich in Fahrt bin. Oder spreche ich zu undeutlich?«

»Nein!« widersprach Marianne. »Vielleicht war ich auch nur etwas unaufmerksam. Ich werde mir Mühe geben, mitzukommen.«

»Wir sind gleich zu Ende«, meinte Jens und empfand selbst ein lebhaftes Bedauern darüber. Seitdem er einen vollen Blick aus den klaren Mädchenaugen erhascht hatte, war er seltsam unruhig. Die Gedanken wollten einfach nicht wieder zu dem Vertrag zurückfinden, so sehr er auch nach dem Faden suchte.

»Arbeiten Sie schon lange in dem Stoltenbeckschen Unternehmen?« erkundigte er sich, nur um im Augenblick etwas zu sagen.

»O ja, schon einige Jahre«, gab sie ihm bereitwillig Auskunft.

Krampfhaft suchte er nach einem weiteren Gesprächsstoff. Doch er rief sich selber schnell zur Ordnung, gab sich innerlich einen Ruck und vertiefte sich erneut in die Unterlagen. Dabei hatte Marianne Heidecke Zeit, ihr Gegenüber zu betrachten. Und sie tat es recht eingehend und prüfend, wie sie alle dem Hause Stoltenbeck nahestehenden Geschäftsfreunde betrachtete.

So waren beide in ihre Gedanken vertieft und schraken auf, als Dieter Stoltenbeck mit seinem Besuch zurückkehrte und Jörg Reinwaldt fragte: »Nun, Jens – fertig?«

»Noch nicht!« gab Jens zu. Er ertappte sich dabei, daß er Gedanken nachgegangen war, die herzlich wenig mit dem Vertrag, überhaupt mit dem Geschäft zu schaffen hatten. Und das machte ihn wütend auf sich selber.

Dieter Stoltenbeck suchte sogleich seine beiden Prokuristen im Nebenzimmer auf, und Jörg stellte sich mit dem Rücken gegen das Fenster, wobei er ebenfalls an alles andere, nur nicht an das Geschäft dachte.

Marianne Heidecke hielt das Gesicht wieder über den Block gebeugt, so daß diesmal Jörg das flimmernde Blondhaar bewundern konnte. Daran, daß der Freund davon aus seiner Ruhe gebracht worden war, dachte er nicht im geringsten.

Jetzt vertiefte Jens sich mit aller Gewalt in die Arbeit, und nun gelang es ihm auch, den Vertrag ohne Stockung zu Ende zu diktieren.

»Ich danke Ihnen«, sagte er und entließ mit diesen Worten zugleich die Sekretärin, die ihn so merkwürdig beunruhigte.

Er sah der schlanken Erscheinung nicht einmal nach, nur um sich vor Jörg nicht irgendwie zu verraten.

~

An einem der letzten warmen Sommertage, da das Obst in üppiger Fülle an den Bäumen hing und die Blätter bereits eine schwache Färbung als Zeichen des nahenden Herbstes trugen, feierte man in den Stoltenbeckschen Werken die Hochzeit des Fabrikherrn.

Stepha, blaß, von der feierlichen Handlung in der dämmerigen Kirche bis ins Herz getroffen, sah wie ein zum Leben erwachtes Bild aus.

»Und so frage ich dich, Klaus Stoltenbeck –«

Wie ein Ruck ging es durch die hohe Gestalt Dieters. Unerschrocken und gewillt, alle Folgen seiner Handlung auf sich zu nehmen, sah Dieter dem Pfarrer fest ins Auge.

Selten wohl hatte ein Mann so feierlich gelobt, treu zu sein, wie Dieter Stoltenbeck. Treu gegen die Frau, die in dieser Stunde willig ihr Leben ihm anvertraute.

Der Bund, der in dieser Stunde die letzte Weihe erhielt, war in seliger Liebe geschlossen, und so hoffte Dieter Stoltenbeck auch, daß er sich segensreich für sie beide auswirken würde. Nichts als den Namen hatte er dem Bruder gestohlen. Dafür setzte er aber auch seine ganze Persönlichkeit ein, seine junge Kraft, seinen Mut und seine Entschlossenheit, Stepha zu schützen und das Werk zu verbessern.

Was zwischen ihm und Stepha bestand, hatte nichts mehr zu tun mit dem, was dem Bruder einst gehörte. Stephas Liebe, auf die er vollen Anspruch erhob, gehörte nicht Klaus, sondern ihm, Dieter Stoltenbeck.

Mit einem kraftvollen »Ja!« besiegelte er das Gelöbnis, das er sich selber gegeben hatte.

Hatte Dieter während der Trauung den letzten Kampf gegen sein Gewissen geführt, so durchpulste ihn die erste berauschende Freude, als er mit seiner jungen Frau dem Ausgang zuschritt, hinein in ein Leben gemeinsamen Schaffens.

So mächtig fühlte er sich davon gepackt, daß sein Gesicht fast ohne Farbe war, als er Stepha in den blumengeschmückten Wagen hob und dann ihre Hände faßte. Eine köstliche Ruhe ging von diesen Händen aus, und in aufquellender Dankbarkeit legte er seine Lippen darauf.

»Stepha – meine Stepha!«

Willig schmiegte sich Stepha an seine Seite. Ihr Herz

klopfte hart bis zum Zerspringen. Nun trennte sie nichts mehr. Sie waren auf ewig verbunden, in Freud und Leid.

Alles, was sie empfand, was sie stark und übermächtig in sich aufsteigen fühlte, lag unverhüllt in ihren Augen, ein unerschöpflicher Reichtum an Liebe, Lebensfreude und Dankbarkeit.

»Unser Heim wartet, Stepha. Du weißt nicht, wie glücklich ich bin, alles, was ich habe, mit dir teilen zu können«, raunte er mit belegter Stimme. »Wirst du dich auch niemals von meiner Seite hinwegsehnen?«

»Niemals, Klaus!«

Das war mehr, als er in dieser Stunde aus ihrem Munde hätte hören können.

Als Stepha am Arm ihres Gatten zaghaft in das Haus trat und sinnverwirrender Blütenduft sie umschmeichelte, war es mit ihrer Fassung vorbei.

Nichts erinnerte mehr an die etwas düstere Pracht des Hauses von einst. Es hatte ein ganz neues Gewand erhalten. Bis in den entferntesten Winkel schien Licht und Sonne zu dringen.

Es war, als sei mit der Neugestaltung des Hauses auch die letzte Erinnerung an den »Klaus von früher« vertrieben.

Zögernd ließ die junge Frau sich herumführen. Plötzlich lehnte sie ihr Gesicht an seine Schulter und versuchte verzweifelt, gegen das bedrückende Gefühl in ihrer Brust anzukämpfen.

»Das ist zuviel, Klaus!« weinte sie auf. »Ich fürchte mich geradezu vor der Fülle. Wie soll ich mich jemals hier wohl fühlen können, da ich so einfach erzogen worden bin und niemals großen Wert auf Äußerlichkeiten legte.«

Zuerst zuckte es wie ein heißer Schreck durch Dieter, aber gleich fand er sich wieder zurecht. Er nahm Stephas Gesicht in seine Hände und sah ihr lächelnd in die Augen.

»Du sagst ja selbst, Liebes, es sind nur Äußerlichkeiten. Können sie dich im Innern wahrhaft beunruhigen? Was ist dagegen unsere Liebe und dein Vertrauen, Stepha?«

Damit beschwichtigte er Stephas aufkeimende Unsicherheit, das Gefühl des Fremdseins im eigenen Heim. Nicht um den Reichtum des Stoltenbeckschen Hauses vor ihr zu entfalten, hatte Klaus das alles zusammengetragen, sagte sie sich. Alles waren Liebesbeweise und mußten auch als solche von ihr aufgenommen werden.

Schüchtern noch, aber schon mit leisem Jubel gemischt, zeigte sie ihre Freude, und als die übrigen Gäste eintrafen, fühlte sie sich schon ganz als Herrin dieses wunderbaren Heimes.

Bald waren die Gesellschaftsräume mit einer fröhlichen, festlich gekleideten Menge gefüllt.

Erst nach der Tafel lockerte sich die Gesellschaft etwas, und dann fand auch Friedrich Warnitz Gelegenheit, sich mit einer Überraschung dem jungen Paar zuzuwenden.

Glücklicher und stolzer hätte Stephas eigener Vater nicht sein können, als er es über Stepha und Klaus Stoltenbeck war, die nun auch seine Kinder waren.

Zusammen mit Frau Lena zogen sie sich in eines der Nebenzimmer zurück, und dort legte er in Stephas Hände ein Schreiben, wodurch sie Besitzerin eines entzückend gelegenen, vollständig eingerichteten Wochenendhäuschens geworden war. Im Wagen ließ es sich in einer Stunde erreichen.

Über dieses großzügige Geschenk, wovon nicht einmal Frau Lena eine Ahnung gehabt hatte, wurde die junge Frau gänzlich fassungslos und weinte am Hals Friedrich Warnitz' Tränen des Dankes und der Freude. Warnitz legte sie selber bewegt der geliebten Frau in die Arme und wandte sich dann an Dieter, der nicht weniger überrascht war.

»Es will mir nicht in den Kopf, daß ihr so ganz und gar auf

eine Hochzeitsreise verzichten wollt. Ich sehe zwar ein, daß du gerade jetzt dem Werk unentbehrlich bist, aber Hochzeit hält man doch nur einmal, und eine kleine Ruhepause kann euch auch nichts schaden, bevor der Alltag euch wieder umfangen hält. Im Gegenteil, ich finde, ihr würdet mit gesammelten Kräften wieder an eure Aufgabe gehen, wenn ihr ein paar Tage zur Vorbereitung hättet.

Aus diesem Grunde habe ich Stepha das Wochenendhaus geschenkt. Ich habe mir gedacht, es könnte euch für dauernd zum Erholungsaufenthalt dienen.

Sobald hier der Trubel vorüber ist, bringt euch deshalb mein Wagen in euer stilles Heim, wo ihr alles finden werdet, was zur Bequemlichkeit gehört.«

»Vater!« stammelte Stepha und suchte dabei den Blick des Gatten, in dessen Zügen sie dieselbe Bestürzung las, die auch sie befallen hatte. »Das ist zuviel, Vater, wie soll ich dir das jemals danken?«

Friedrich Warnitz aber legte den Arm um Frau Lena.

»Laßt mir doch die Freude – Freude zu machen!« wehrte er in seiner Bescheidenheit ab. »Ich hoffe, daß ich das Rechte getroffen habe. Bist du auch damit einverstanden, liebste Frau?«

Frau Lena nahm seine Hand und legte sie gegen ihre Wange.

»Immer bin ich mit deinen Anordnungen einverstanden, Friedrich. Wer wie du mit ganzem Herzen schenkt, wird auch stets das Richtige treffen.« Zu den beiden jungen Leuten gewandt aber meinte sie: »Nehmt Vaters Gabe nur an! Eine Ablehnung würde ihn kränken.«

Wortlos zogen sich dann die beiden Älteren zurück. Ihre Augen begegneten sich mit einem verständnisinnigen, glücklichen Lächeln.

»Warum hast du das eigentlich getan?« fragte Frau Lena,

nachdem sie die innere Bewegung einigermaßen überwunden hatte und über die großherzige Gabe nachdachte.

»Warum?« Zunächst war Warnitz über diese Frage bestürzt.

»Ja, Friedrich, warum? Stepha ist ein im Grunde ihres Herzens einfacher und wenig verwöhnter Mensch. Schon durch Klaus ist sie jetzt in eine gehobenere Stellung gerückt.«

»Da hast du das Richtige getroffen«, gab Warnitz mit wissendem Lächeln zur Antwort. »Stepha soll nicht das Gefühl haben, immer nur die Nehmende zu sein. Dieses Haus – das übrigens wirklich entzückend liegt, ist Stephas unumschränktes Eigentum. Darin kann sie schalten und walten, wie es ihr beliebt. Vielleicht kommt einmal eine Zeit, wo sie solche Zufluchtsstätte nötig hat?«

Erschrocken legte Frau Lena die Hand auf den Arm des Gatten. Schon oft hatten sie seine Voraussagungen überrascht; hier ängstigten sie sie geradezu.

»Mein Gott, Friedrich, was glaubst du denn in der Zukunft der beiden zu sehen?«

»Nichts Schlimmes, liebe Lena!« antwortete er ohne Zögern. »Nur ein Akt weiser Voraussicht, weil wir Menschen eben nicht in die Zukunft schauen können. Nenne es väterliche Fürsorge, damit ist alles erklärt.«

Da wurde Frau Lena wieder ruhig. Doppelte Dankbarkeit und Liebe für den Gatten waren in ihr.

Etwas später rief Dieter Stoltenbeck die beiden Prokuristen in dasselbe Zimmer und teilte ihnen seinen Entschluß mit, nun doch einige Tage ausspannen zu wollen.

Er stieß auf volles Verständnis.

Anders gestaltete sich die Sache bei Marion.

Frau Lena fand sie inmitten der Jugend mit merkwürdig ernstem Gesicht vor.

Liebevoll neigte sie sich zu ihr hinab.

»Stepha möchte dich einmal sprechen, Marion«, flüsterte sie.

Da sprang Marion sofort in die Höhe. Es war, als hätte sie nur auf diesen Ruf gewartet.

»Ich entführe Ihnen Ihre Dame nur auf ein Viertelstündchen«, erklärte sie dem betroffen dreinschauenden Jörg Reinwaldt.

Sehr ernst und nachdenklich sah er hinter Marions liebreizender Erscheinung her, dann ging er auf die Suche nach Jens.

Als er ihn gefunden hatte, nahm er dem vorübergehenden Mädchen zwei Gläser vom Tablett und stellte sie zwischen Jens und sich. Schweigend zündeten sie dann ihre Zigaretten an und rauchten, bis Jens die Stille brach.

»Du siehst nicht wie ein glücklicher Liebhaber aus, Jörg! Eher wie einer, dem die Felle fortgeschwommen sind. Hat es Streit zwischen dir und Marion gegeben?«

Erregt zog Jörg an seiner Zigarette. Auf seiner Stirn stand die charakteristische Trotzfalte.

»Leider gibt Marion mir keine Gelegenheit zu einem Streit«, bekannte er äußerst bedrückt. »Sie ist wie umgewandelt, so daß ich schon auf den Gedanken komme, daß sie mich nicht mehr liebt. Ich scheine ihr gleichgültig geworden zu sein.«

»Hm!« machte Jens nur und verfiel in Nachdenken.

»Festgefahren!« sagte er schließlich. »Abwarten!«

Jörg hielt das Stillsitzen nicht mehr länger aus.

»Komm!« forderte er den Freund auf. »Gehen wir in den Garten, um Luft zu schöpfen. Inzwischen wird auch Marion wieder zurückkehren.«

Arm in Arm verließen sie über die Terrasse das Haus und schlenderten über die gepflegten, zum Teil neu angelegten Wege.

»Abwarten rätst du mir?« fuhr Jörg plötzlich aus seinem

Sinnen auf. »Wie stellst du dir das eigentlich vor? Schließlich habe ich ja auch noch Pflichten zu erfüllen.«

»Einige Tage können wir schon noch zugeben, Jörg. In den letzten Jahren haben wir uns kaum Urlaub gegönnt.«

Jörg hätte nun eigentlich stutzig werden müssen. Aber er nahm an, Jens wollte ihm nur behilflich sein, damit es möglichst noch vor der Abreise zu einer Klärung zwischen ihm und Marion käme.

Diesmal lag aber auch Jens viel daran, noch einige Tage zu bleiben. Ihm spukte ein blondes Mädchen im Kopf herum, das seine Ruhe stark beeinträchtigte.

~

Marions Augen füllten sich mit Tränen, als Stepha sie in ihre Arme genommen hatte und ihr von dem so überraschend gekommenen Entschluß Mitteilung machte.

»Ihr wollt wirklich reisen?«

Noch ungläubig irrten ihre Augen von einem zum andern. Als sie die beiden glücklichen Gesichter sah, schämte sie sich zwar ihres Eigennutzes, aber gleichzeitig stand ihr heimliches Leid um Jörg so lebhaft vor ihr, daß der Druck ihrer Seele sich in einem Tränenstrom Luft machte.

Fassungslos stand Stepha diesem Schmerzensausbruch gegenüber.

»In spätestens acht Tagen sind wir ja wieder zurück«, tröstete sie liebevoll. »Meine Mutter nimmt sich so lange deiner fürsorglich an, Marion. Die Zeit wird dir bestimmt nicht lang werden. Außerdem sind noch Jörg Reinwaldt und Jens Ulmenriedt da. An Gesellschaft und Unterhaltung fehlt es dir demnach auch nicht.«

Da aber trocknete Marion schnell ihre Tränen und entwand sich Stephas Armen.

»Darum geht es doch nicht, Stepha«, erwiderte sie mit zuckenden Lippen. »Du wirst mir nur sehr fehlen.«

Sie wollte tapfer sein, versuchte sogar ein Lächeln. Aber es fiel traurig aus.

»Achtet nur nicht auf mich! Das geht wieder vorüber. Ich hatte mich nur schon zu sehr mit dem Gedanken befaßt, daß wir nun wieder alle zusammensein würden. Viel Freude und alles Gute, Stepha!« Sie küßte die junge Frau und reichte Dieter die Hand. »Ich freue mich auf ein gesundes Wiedersehen!«

Da war sie auch schon wie ein Wirbelwind verschwunden.

»Marion hat sich recht eigenartig verändert, findest du das nicht auch, Klaus?« wandte Stepha sich bekümmert an Dieter.

Der aber lächelte still in sich hinein.

»Das wird sich ändern, Liebes. Marion liegt augenblicklich im Kampf mit sich selber. Um sie ist mir nicht bange; sie findet sich schon wieder zurück. Du wirst sehen, bald haben wir die alte Marion wieder.«

Stepha verstand.

»Marion – liebt?«

»Ich nehme es an«, entgegnete Dieter.

»Deshalb also«, sagte Stepha versonnen, und manches wurde ihr nun klarer. »Welcher von den beiden ist es denn? Jörg Reinwaldt?«

»Du hast es erraten! Das heißt«, verbesserte Dieter sich sofort, »ich nehme es an nach meinen Beobachtungen.«

»Jetzt verstehe ich auch ihr Anlehnungsbedürfnis. Sie sucht sicherlich Schutz gegen diese Liebe. Hoffentlich bringt sie ihr nur Glück und Freude – wie uns!«

Eine Stunde später stand Stepha bereits zur Reise umgezogen vor der Mutter. Da fiel ihr ein, daß sie vor kurzem erst der Mutter in der gleichen Sache geholfen hatte. Nur ein paar

Monate waren seither ins Land gegangen, und in dieser kurzen Zeit hatte sich so Grundlegendes ereignet.

Lachend und weinend lag sie am Herzen Lenas.

»Werde so glücklich, wie ich es geworden bin, Kind«, gab ihr die Mutter noch mit auf den Weg. Dann schob sie die junge Frau dem eintretenden Dieter entgegen.

Nur noch von der Hausdame verabschiedeten beide sich, dann verließen sie eilig durch einen Seitenausgang das festliche Haus, bestiegen Friedrich Warnitz' Wagen und winkten so lange zurück, wie sie die beiden lieben Menschen sehen konnten, die ihnen unverhofft zu dem stillen Glück zu zweien verholfen hatten.

Von Marion hatten sie keine Spur gefunden, so sehr sie auch nach ihr Ausschau hielten. Sie hätten sie gern noch einmal gesprochen. – Als Stepha sich fest in den Arm des Gatten schmiegte, ging es wie ein Schauer durch sie hindurch.

War ihr Glück vollkommen? War der Mensch nicht in die Welt gesetzt, um zu kämpfen, um seine Pflicht zu tun? Warum bangte sie so sehr um dieses Glück?

Aber sie wollte nicht dunklen Gedanken nachhängen. Mit ihrer ganzen Liebe wollte sie Klaus' Leben überstrahlen, damit er von Erfolg zu Erfolg schreiten konnte.

Mit diesem festen Vorsatz unterdrückte sie alles Bangen, alle Zweifel – und lächelte glückselig zu dem Gatten auf. Ein Wunder – so meinte sie – war geschehen. Ihr Herz hatte sich dem Manne erschlossen, vor dem sie einst nichts als Furcht empfunden. Und nun saß er neben ihr und war der zärtlichste, rücksichtsvollste Gatte.

Sie barg ihr heißes Gesicht an Dieter Stoltenbecks Schulter, damit er die Tränen nicht sehen sollte, die Tränen reinsten Glückes waren.

Marianne Heidecke räumte mit flinker Hand ihren Arbeitsplatz auf. Dabei summte sie leise vor sich hin.

Aber sie fürchtete sich nicht davor, daß sich die Tür zu dem Chefzimmer öffnen würde und Klaus Stoltenbeck ihr Benehmen rügte.

Klaus Stoltenbeck feierte heute Hochzeit und war somit weit vom Schuß.

Aber seltsam war es. Sie hatte in den letzten Wochen alle Scheu vor dem Chef verloren, und die Arbeit bereitete ihr immer mehr Freude.

Abends, wenn sie mit dem Vater den Heimweg antrat, sprachen sie über so manches, was sich im Betrieb ereignete, und da hatte sie hören müssen, daß auch in den übrigen Abteilungen eine andere Luft wehte.

Überall stand fest, daß Klaus Stoltenbeck völlig verändert zurückgekehrt war. Der Tod des Bruders und sein Unfall hatten ihn von Grund auf gewandelt, und das wirkte sich im ganzen Werk anspornend aus.

Marianne deckte mit fröhlichem Lächeln die Hülle über ihre Schreibmaschine und verschloß den Schreibtisch.

Bevor sie sich jedoch für den Heimweg rüstete, trat sie noch einmal in das Chefzimmer, schloß die Fenster und überprüfte den Schreibtisch. Dabei bemerkte sie, daß neben dem Briefkorb ein Bund kleinerer Schlüssel lag.

Prüfend nahm sie ihn zur Hand. Es waren die Schlüssel des Chefs. Sicherlich die Schreibtischschlüssel, und der kleinste davon mußte der Schlüssel zu dem Geldschrank sein, der im Hintergrund des Zimmers in die Wand eingelassen war.

Unschlüssig drehte sie ihren Fund in den Fingern. Was sollte sie tun? Die Schlüssel an sich nehmen?

Ihr Chef ließ doch sonst nichts liegen! Bemerkt hatte er den Verlust wohl nur deshalb nicht, weil er keinen der

Schlüssel gebraucht hatte, überlegte sie. Morgen war Sonntag – und am Montag war Herr Stoltenbeck wohl schon wieder hier?

Doch bevor sie sich darüber schlüssig geworden war, was sie tun sollte, schlug die Glocke des Fernsprechers in ihrem Zimmer an. Eilig lief sie hinüber und atmete auf, als sie die Stimme des Prokuristen Jacobsen vernahm.

»Gottlob, daß ich Sie noch antreffe, Fräulein Heidecke!« hörte sie den Vorgesetzten sagen. »Herr Stoltenbeck kommt bis auf weiteres nicht ins Büro. Er vermißte heute sein Schlüsselbund und ist sehr beunruhigt deshalb.«

»Ich habe es soeben gefunden!« fiel Marianne sofort ein. »Ein Glück, daß ich noch einmal durch das Zimmer ging. Was soll ich damit machen?«

»Bringen Sie die Schlüssel bitte herüber, Fräulein Heidecke!« bat Jacobsen. »Sie werden auch froh sein, wenn Sie die Verantwortung los sind. Lassen Sie mich rufen; ich werde hier Bescheid sagen, daß ich Sie erwarte. Besten Dank.«

Marianne barg die Schlüssel in ihrer Handtasche und machte sich auf den Weg.

Freundlich grüßend schritt sie an dem Nachtpförtner vorbei, der mit einem eleganten Herrn im Gespräch zusammenstand. Aufmerksam sah Marianne zu dem Fremden hinüber. Er fiel ihr durch das tiefe Braun seines Gesichtes auf und mußte ein Ausländer sein.

Aber sie machte sich weiter keine Gedanken darüber, sondern schritt schneller aus.

Bald hatte sie die Villa erreicht und versuchte, auf einem möglichst unbegangenen Weg zum Eingang des Hauses zu gelangen.

Nach einigen Minuten jedoch hatte sie sich regelrecht verlaufen.

Plötzlich verhielt sie den Schritt. Klang das nicht wie Weinen? Merkwürdig! Hochzeit im Hause – und irgendwo saß ein Mensch und weinte?

Entschlossen ging sie dem Geräusch nach und stand bei nächster Wegbiegung vor – Marion Vollmer, die gemeint hatte, hier mit ihrem Kummer allein zu sein.

Erschrocken fuhr sie auf, als sie sich leicht an der Schulter berührt fühlte.

»Was wollen Sie von mir?« fragte sie verstört und maß das blonde, verlegen vor ihr stehende Mädchen mit einem abweisenden Blick.

»Verzeihen Sie!« stammelte Marianne. Um nichts hätte sie zu erklären vermocht, daß das bitterliche Weinen sie angelockt hatte.

Marion drehte sich ganz um und zupfte mit bebenden Fingern an den Armem ihres Kleides.

»Wer sind Sie?« fragte sie dann, während Scham ihr die Wangen rötete.

Marianne Heidecke kam sich sehr unglücklich in ihrer Lage vor. Sie sah ein, daß das Mädchen zu einer Erklärung über ihr Eindringen berechtigt war.

»Ich bin die Sekretärin von Herrn Stoltenbeck. Mein Name ist Heidecke. Unser Prokurist hat mich telefonisch hergebeten – und ich habe mich hier verlaufen. Anstatt in die Nähe des Hauses zu kommen, bin ich immer tiefer in den Garten geraten. Würden Sie mir wohl den Weg zu dem Seiteneingang zeigen?«

»Sie sind Stoltenbecks Sekretärin?« wiederholte Marion und ließ einen prüfenden Blick über die hübsche Erscheinung des Mädchens gleiten.

»Ist es nicht sehr anstrengend, den ganzen Tag hinter der Schreibmaschine oder dem Schreibtisch zu sitzen?« erkundigte sie sich und trocknete dabei heimlich ihre Tränen.

Marianne lachte leise auf.

»Den ganzen Tag? Ich arbeite acht Stunden am Tag, höchstens neun, und die Arbeit bereitet mir ungeheuren Spaß!« erwiderte sie bereitwillig.

»Acht Stunden?« entfuhr es Marion. »Mein Gott, und dabei sehen Sie so frisch aus! Das kann ich gar nicht verstehen.«

Marianne hörte aus dem zwar einwandfreien Deutsch des jungen Mädchens den fremden Akzent heraus und erinnerte sich blitzschnell daran, daß Besuch aus Südamerika im Hause weilen sollte. So zweifelte sie nicht daran, daß sie die junge Amerikanerin vor sich hatte.

Marion aber meinte nachdenklich, als spräche sie zu sich selber:

»Hätte ich eine Mutter gehabt, wäre wohl vieles anders geworden. Sicherlich hätte auch sie mich zu irgendeinem nützlichen Wirkungskreis geführt.

Mein Vater hat mich grenzenlos verwöhnt. Weil ich das Vermächtnis der von ihm über alles geliebten Frau bin, hat er mich wie seinen Augapfel behütet. Sie werden mich gewiß nicht verstehen?« fragte sie unvermittelt das aufmerksam lauschende junge Mädchen.

Marianne war seltsam bewegt. Kühl und sachlich hatte Marion gesprochen, und doch verbarg sich dahinter eine Wahrheit, die erschütternd wirkte.

»Doch – ich verstehe Sie«, bekannte sie mit viel Wärme. »Sie wollen damit sagen, daß ein bemitteltes Mädchen nicht immer verantwortlich zu machen ist, wenn sie in Launen verfällt.«

Marion reichte ihr in ihrer offenen, warmherzigen Art die Hand.

»Sie gefallen mir, Fräulein Heidecke! Sie sind der erste Mensch, der mich sofort verstanden hat.«

»Haben Sie etwa aus einem ähnlichen Grunde geweint?« forschte Marianne weiter. Und als sie sah, wie Marions Gesichtszüge sich veränderten und sie verlegen und traurig zugleich wurde, setzte sie teilnehmend hinzu: »Kann ich Ihnen vielleicht helfen?«

»Sollte ich Ihnen nicht helfen?« Und als Marianne sich erschrocken an den Zweck ihres Hierseins erinnerte und eifrig nickte, forderte Marion sie auf:

»Kommen Sie, ich bringe Sie ins Haus!«

Kaum aber hatten sie schweigend einige Schritte auf dem Kiesweg zurückgelegt, als plötzlich zwei Männergestalten vor ihnen auftauchten, Jens Ulmenriedt und Jörg Reinwaldt, beide ebenfalls schweigsam und nachdenklich.

Über Jens' Züge glitt ein freudiger Schein, als er in dem hellgekleideten Mädchen Marianne Heidecke erkannte.

Jörg jedoch stellte sich mit einem erlösten Ausruf an Marions Seite und zog ihren Arm durch den seinen.

»Wo stecken Sie nur, Fräulein Marion?« platzte er vorwurfsvoll heraus. »Wie eine Stecknadel habe ich Sie gesucht. Drinnen wird getanzt – und ich sitze ohne Tänzerin da.«

»Ich war der Ansicht, daß Sie sich inzwischen mit einer anderen trösten würden«, versetzte Marion gelassen, indem sie neben ihm weiterging.

»So?« grollte Jörg, den ihre Gelassenheit zu reizen begann, nachdem er eine geschlagene Stunde richtige Sorge um sie ausgestanden hatte. »Dann sind Sie wohl der Ansicht, daß mir jede andere Ihre Gesellschaft ersetzen könnte?«

»Selbstverständlich!« gab sie gleichmütig zurück. »Jeder Mensch ist zu ersetzen.«

Jörg schaute sie von der Seite her entsetzt an.

»Wer hat Ihnen denn diese Weisheit ins Ohr geflüstert?« entgegnete er ärgerlich. »Sie sind ein richtiges bockiges kleines Mädchen.«

»Und Sie ein anmaßender, überheblicher junger Mann!« gab sie schlagfertig zurück.

»Erlauben Sie mal!« fuhr er auf. Doch im nächsten Augenblick brach er in ein befreiendes Lachen aus. Das war ja der Ton, den er seit langem so sehr an ihr vermißte.

»Ich erlaube Ihnen höchstens, daß Sie mich bis vors Haus bringen, da ich Fräulein Heidecke versprochen habe, ihr den Weg zu weisen«, schnitt sie ihm eisig die Weiterrede ab, durch sein Lachen innerlich aufgebracht.

Da aber blieb Jörg mit einem Ruck stehen und vertrat ihr den Weg.

»Und dann?« fragte er, ein Drohen in seiner Stimme.

»Dann?« Unsicher sah sie an seinen blitzenden Augen vorbei und hob ein wenig die Achseln. »Schließlich bin ich Ihnen doch keine Rechenschaft schuldig, wie ich meine Zeit verbringe.«

»Da irren Sie sich aber, mein schönes Kind!« beharrte er spöttisch. »Heute gehört Ihre Zeit mir. Einmal habe ich nun schon eine Stunde nach Ihnen gesucht, ein zweites Mal geschieht das nicht. Ich werde Sie deshalb auf Schritt und Tritt begleiten und muß Sie schon bitten, meine Gesellschaft zu ertragen.«

»Was fällt Ihnen denn ein, einfach über mich zu verfügen?« Marions Stimme zitterte vor Empörung. Entschlossen huschte sie an ihm vorbei.

Sie kam aber nicht weit. Jörg hatte sie schnell eingeholt – und nahm mit einer Selbstverständlichkeit, die in Marion alles in hellen Aufruhr versetzte, ihren Arm.

Jörg fühlte, wie sie zitterte, und das erfüllte ihn eigentlich mit Mitleid. Aber er war nicht gewillt, klein beizugeben.

»Ich sehe eben, daß mein Freund sich angelegentlich mit Fräulein Heidecke unterhält. Demnach sind Sie Ihrer Verpflichtung enthoben und können sich wieder ausschließlich mir widmen. Und was wollen wir tun? Tanzen – oder haben Sie Verlangen, noch ein wenig spazierenzugehen?«

Marion wollte sich auflehnen, wollte ihm eigentlich aus der Erbitterung und Zerrissenheit ihres Herzens heraus irgendeine Grobheit sagen, aber sie fühlte sich dazu außerstande.

Gegen seinen Willen kam sie einfach nicht auf. Was für einen Zweck hatte es da, sich mit ihm herumzustreiten?

»Ich möchte tanzen«, kam es da leise von ihren Lippen. Sie hielt aber die Augen dabei beharrlich zu Boden gesenkt, und mit sehr gemischten Gefühlen sah Jörg auf den dunklen Lockenkopf herab.

Sie waren indessen auf verschlungenen Wegen um das Haus herum in die Nähe des Portals gekommen. Aus den geöffneten Fenstern drang eine schmeichelnde Melodie. Marion aber sah immer noch trotzig an ihrem Begleiter vorbei.

Auf einmal verhielt sie den Schritt, so daß auch Jörg zum Stehenbleiben gezwungen war.

Den Seitenweg herauf, der ein wenig steil anlief, kam ein Mann geschritten. Sein heller Reisemantel stand offen. Braungebrannt war das Gesicht, und seine Augen glitten aufmerksam suchend umher.

»Gilbert Parker!« rief Marion deshalb bestürzt, halb erstaunt. Ihre Augen begegneten denen Jörgs. Da schoß in Marion der Trotz wie eine Flamme empor. Sie riß sich von Jörg los und eilte dem Ankommenden entgegen.

»Gilbert Parker!« rief sie schon von weitem, damit Jörg es hören sollte. »Wie kommen Sie hierher?«

Jörg war es zumute, als sause ein Blitz neben ihm zur Erde. Was wollte hier der fremde Mann, über dessen Auftauchen Marion in solche Aufregung und Freude geriet? Ein Nebenbuhler? Ein Mann, der Rechte auf Marion geltend machen wollte?

Sollten durch das Auftreten dieses Fremden alle seine Wünsche und Träume hinfällig werden?

Entschlossen, um Marion zu kämpfen, ging er hinter ihr her und mußte sehen, wie der Mann mit dem tiefbraunen Gesicht die kleinen Hände des geliebten Mädchens abwechselnd an seine Lippen führte.

Da fühlte er eine so brennende Eifersucht in sich aufsteigen, daß er am liebsten den beiden den Rücken gekehrt hätte.

Nun aber gerade nicht – dachte er erbost – und verbeugte sich einige Sekunden später vor Parker.

»Gestatten Sie – Jörg Reinwaldt!«

~

Marianne sah sich noch einmal nach dem jungen Mädchen um, von dem sie nur wußte, daß es ein Gast des Hauses war – ehe sie Jens Ulmenriedt folgte.

»Sie werden erwartet?« fragte er, obgleich sie ihm das schon anfangs erklärt hatte.

»Prokurist Jacobsen erwartet mich, ja!« gab sie noch einmal bereitwillig Auskunft. »Sie brauchen sich aber nicht weiter um mich zu bemühen; nun finde ich mich schon zurecht.«

»Schade!« meinte Jens bedauernd. »Ich hätte sehr gern noch ein wenig mit Ihnen geplaudert.«

Um Mariannes schöngeschwungenen, etwas herben Mund stand ein Lächeln.

»Zum Plaudern bin ich aber nicht hierhergekommen«, gab sie zu bedenken. Und mit einem Blick über seine im Abendanzug vorzüglich zur Geltung kommende Gestalt schloß sie:

»Ich passe übrigens so wenig hierher, daß man es Ihnen nur verübeln würde, wollte ich Sie dem Hochzeitskreis entziehen.«

Jens sah ein, daß es nicht angängig war, daß er, selber Gast des Hauses, sie zum Dableiben aufforderte. Rasch entschloß er sich deshalb anders.

»Halten Sie mich nicht für undankbar, wenn ich Ihnen erkläre, daß mich augenblicklich hier nichts fesselt. Darf ich Sie dann wenigstens ein Stück auf Ihrem Heimweg begleiten?«

»Ich muß hier etwas abliefern, dann gern«, nickte sie ungeziert und eilte schon ins Haus. Nach wenigen Minuten kam sie zurück und sagte schelmisch: »Ich wohne in der Kolonie. Kennen Sie die zum Werk gehörigen Häuser schon?«

»Nein! Aber ich werde sie jetzt kennenlernen«, bemerkte er.

»So weit wollen Sie mitgehen? Wir müssen aber erst bis zum Werk zurückgehen und dann um den ganzen Komplex herum, ehe wir die Kolonie erreichen.«

Jens lachte ihr mitten ins Gesicht.

»Weshalb betonen Sie das so stark? Wollen Sie mich von meinem Vorhaben abhalten?«

»Das nicht! Es kommt mir nur merkwürdig vor, daß Sie aus einem fröhlichen Kreis weggehen, um die Sekretärin Klaus Stoltenbecks heimzubringen.«

»Das finde ich durchaus nicht merkwürdig, Fräulein Kollege!«

»Fräulein Kollege?«

»Nun ja, Sie sind Sekretärin bei Herrn Stoltenbeck – und ich bin Sekretär bei Jörg Reinwaldt; folglich sind wir Kollegen«, erwiderte er.

»Ein Unterschied besteht aber doch.«

»Worin?«

Von seinem zwingenden Ton beeindruckt, wagte sie kaum, ihren Einwand hervorzubringen. Sein Blick munterte sie aber auf, so daß sie ausführte:

»Schließlich sind Sie nicht nur Sekretär, sondern auch Freund Ihres Chefs und damit schon in eine andere Stellung gerückt. Wer weiß, was für eine Ausnahmestellung Sie sonst noch bei Herrn Reinwaldt genießen.«

»Ach was?« spöttelte er gutmütig. »Und damit glauben Sie mir beweisen zu können, daß wir keine Kollegen sind?«

»Ach, Sie wollen mich nicht verstehen«, erwiderte sie.

»Sehr richtig!« bestätigte er in seiner unerschütterlichen Ruhe. »Das will ich nicht verstehen. Sie kämpfen mit allerlei Hemmungen, die ich beim besten Willen nicht erkennen kann – und haben es darauf angelegt, sich in meinen Augen kleiner zu machen, als Sie in Wirklichkeit sind.«

Von der Seite her sah er in ihr Gesicht, in das langsam helle Röte stieg. Marianne wagte es nicht, seinen Blick zu erwidern.

Gleichzeitig aber fühlte sie auch etwas wie Beglückung in sich, von ihm richtig eingeschätzt zu werden.

»Warum sind Sie auf einmal so still geworden?« hörte sie ihn da fragen.

Marianne wandte ihm das Gesicht voll zu; es hatte keinen Zweck, vor ihm Verstecken zu spielen. Sie war keine ins Auge fallende Schönheit, aber ein Mensch, zu dem man sofort Zutrauen fassen konnte, sah man in die klaren, ausdrucksvollen Augen.

Wirklich schön aber war das flimmernde goldblonde Haar, das in weichen Wellen um ihren Kopf lag.

Das alles sah Jens Ulmenriedt und zog heimlich Vergleiche mit seiner Mutter. Es bestand zweifellos eine leise Ähnlichkeit zwischen den beiden Frauen, und die machte ihm Marianne Heidecke noch wertvoller.

»Nun?« forderte er sie nochmals zu einer Antwort heraus.

»Ich habe eben darüber nachgedacht, daß ich mich sehr einfältig benommen habe«, bekannte sie mit einiger Verlegenheit. »Oder aber«, setzte sie nachdenklicher hinzu, »liegt es daran, weil Klaus Stoltenbeck …, verzeihen Sie«, unterbrach sie sich sofort, tief errötend. »Aber – darüber möchte ich doch lieber nicht sprechen. Es könnte leicht den Anschein erwecken, als wollte ich etwas Nachteiliges über meinen Chef sagen.«

»Wenn ich Sie nun aber bitte, sich doch auszusprechen, damit ich Sie restlos verstehen kann – würden Sie dann auch noch zögern?« forschte er.

Da faßte Marianne Mut.

»Sehen Sie«, plauderte sie weiter, »mein Chef hat vor seinem Unfall eine so scharfe Grenze zwischen sich und den Angestellten gezogen, daß man sich mitunter selber minderwertig vorkam. Es erzeugte tatsächlich Hemmungen in mir. So erging es übrigens nicht nur mir, nein, auch vielen anderen.

Seit dem Autounfall nun ist er wie ausgewechselt. Er behandelt mich heute mit viel größerer Achtung, oder vielmehr, er beachtet mich überhaupt weit mehr als vordem. Ich bin in seinen Augen nicht mehr nur die Arbeitsmaschine, die für ihn tätig ist, ich bin jetzt auch ein Mensch mit eigenen Anschauungen und einer persönlichen Einstellung. An diese Umstellung muß ich mich aber erst allmählich gewöhnen.«

Ohne sie zu unterbrechen, hatte Jens aufmerksam gelauscht. Als sie geendet hatte, meinte er:

»Merkwürdig – wie schnell ein Schicksalsschlag die ganze Weltanschauung eines Menschen umstürzen kann, nicht?«

»So ist es!« stimmte sie ihm bei.

Erschrocken über das Gesagte, schaute sie zu dem Mann empor. Jens Ulmenriedt aber hatte ein verstehendes Lächeln um den Mund, und aus einer seltsamen Weichheit heraus versuchte er zu erklären:

»Vielleicht ist es nicht nur der Unfall, wie Sie sagen – vielleicht ist es auch die Liebe gewesen, die Klaus Stoltenbeck innerlich so sehr gewandelt hat.«

»Glauben Sie wirklich daran, daß die Liebe einen Mann so sehr wandeln kann?« fragte sie versonnen.

Da nahm Jens Mariannes Rechte und drückte einen zarten Kuß auf den Handrücken.

»Daran glaube ich unbedingt – sofern es sich um die wahre Liebe handelt, von der man behauptet, daß sie nur einmal das Herz eines Menschen erfüllen kann.«

Dabei traf Marianne ein so warm aufleuchtender Blick, daß sie bis unter ihr Blondhaar errötete und verwirrt ihre Hand zurückzog.

»Auf Wiedersehen!« flüsterte sie und eilte rasch davon. Sie war merkwürdig erregt. Und noch lange danach, als sie schon längst in ihrem Giebelstübchen auf ihrem Lager lag, klang die mit Jens Ulmenriedt geführte Unterhaltung in ihr nach. Noch immer sah sie sein kluges Gesicht vor sich und hörte seine ruhige, mit Wärme erfüllte Stimme – und zerpflückte jedes seiner Worte.

»Jens Ulmenriedt«, flüsterte sie vor sich hin. Und mit diesem Namen auf den Lippen schlief sie ein.

»Parker!« Auch der junge Mann, der soeben angekommen war, stellte sich vor, wobei ein mißtrauischer Blick die stattliche Erscheinung Jörg Reinwaldts traf.

Rein gefühlsmäßig spürte er in dem blonden Deutschen den gefährlichen Nebenbuhler. War er zu spät gekommen? Hatte er nicht alles auf eine Karte gesetzt, ohne auch nur die Möglichkeit zu berücksichtigen, daß Marion sich inzwischen gebunden haben könnte?

Blitzschnell überdachte er die Folgen einer möglichen Niederlage. Unausdenkbar wären diese für ihn. Ganz abgesehen davon, daß sein Blut sich bei dem Anblick des schönen Mädchens erwärmte, stand das Riesenerbe hinter ihr, das er benötigte, da ihm das Messer hart an der Kehle saß.

Es durfte einfach nichts dazwischenkommen! Alles Störende mußte er ausschalten, wenn es sein mußte mit List und Gewalt.

So schnell, wie die Gefahr vor ihm aufgetaucht war, so schnell verschwand sie auch wieder für ihn. Er hatte ganz andere Sachen zu seinem Vorteil ausschlachten können. Ausgerechnet mit diesem jungen, unerfahrenen Ding sollte es Schwierigkeiten geben? Weit schob er diese Möglichkeit von sich, und ein selbstgefälliges Lächeln erstand um seinen Mund.

Jörg Reinwaldt sah dieses Lächeln, und es machte ihm diesen jungen Mann, der sich Parker nannte, sofort unausstehlich.

Gelassen zündete er sich eine Zigarette an und blieb abwartend neben Marion und Parker stehen.

Eine Verlegenheitspause trat ein, die Parker jedoch beendete, indem er in seiner schneidigen Art sagte:

»Sie freuen sich anscheinend sehr über unser unverhofftes Wiedersehen?«

»Allerdings!« gab Marion schon gedämpfter zu. »Vor allem bin ich überrascht. Woher wußten Sie, daß Sie mich hier finden würden? Oder – sind Sie zufällig hierhergekommen?«

Parker traf diese Frage nicht unvorbereitet. Trotzdem störten ihn die hellen, scheinbar gleichmütig umhergleitenden Augen des Blonden ungemein.

»Ich soll Ihnen Grüße von Ihrem Herrn Vater überbringen.«

»Oh!« fiel Marion lebhaft ein. »Hat er Ihnen Post für mich mitgegeben?«

»Dazu verblieb ihm keine Zeit. Ich hielt mich nur ganz

kurze Zeit bei ihm auf; dringende Geschäfte riefen mich zurück. Von Ihrem Herrn Vater erfuhr ich, daß Sie hier bei Ihren Freunden weilten. Er sorgt sich übrigens sehr um Sie, nachdem Dieter Stoltenbeck ums Leben gekommen ist. Er machte sich schwere Gedanken darüber, ob man Sie auch gut aufgenommen haben würde.«

Marions Gesicht spiegelte Enttäuschung wider.

»Kein Brief von Pa?« murmelte sie.

Unangenehmer Bursche, ging es Jörg durch den Kopf. Richtig ansehen kann einen dieser Mensch überhaupt nicht.

Kommt mir reichlich sonderbar vor. Will vom Vater geschickt worden sein, und es soll keine Zeit zu einer kurzen Mitteilung an Marion gewesen sein?

Sofort sprang Mißtrauen in Jörg auf. Was sollte der Besuch dieses Mannes überhaupt bedeuten?

»Was hat Sie eigentlich nach Deutschland geführt?« Marion ließ nicht locker. Sie entsann sich plötzlich, daß Parker, nachdem er eine Zeitlang Gastfreundschaft im Hause ihres Vaters genossen hatte, in recht unhöflicher Weise über Nacht abgereist war.

»Geschäfte!« Parker lächelte.

»Mit mir?« lachte Marion belustigt auf.

»Einer schönen jungen Dame kann man höchstens Schmeicheleien sagen. Aber mit ernsten Dingen darf man ihr nicht kommen.«

Früher hätte diese Antwort Marion ohne weiteres gefallen. Jetzt aber fand sie sie nur abgeschmackt. Eine Erwiderung, die ihren Unwillen ausdrücken sollte, lag ihr schon auf der Zunge, und sie hätte sie auch ausgesprochen, wenn sie nicht gleichzeitig dem beobachtenden Blick Jörgs begegnet wäre.

Er würde an ihrem Gesichtsausdruck doch sofort erkennen, daß sie ärgerlich war. Und das wollte sie vermeiden. So bezwang sie sich und lächelte Parker an, als sei sie ganz seiner Meinung.

Jörg aber geriet innerlich in eine fürchterliche Wut. So mußte man also Marion kommen, um Eindruck auf sie zu machen?

Nun – Marion kannte die Zähigkeit eines Jörg Reinwaldt nicht. Er würde nicht ruhen, bis dieser Parker kaltgestellt war.

»Was machen wir aber nun mit Ihnen?« fragte Marion und schaute hilfesuchend zu Jörg auf, als erwarte sie, daß er ihr raten konnte. »Ich bin selber Gast in diesem Haus, und zudem feiern wir gerade Klaus Stoltenbecks Hochzeit.«

Jörg dachte gar nicht daran, zugunsten des Fremden einen Vorschlag zu machen.

Schließlich wandte Marion sich an ihn.

»Kann ich einen Freund meines Vaters bei meinen Freunden einführen?«

Jörg zuckte mit der Schulter.

»Ich kenne weder das Verhältnis, in dem Sie zu diesem Herrn stehen, noch das, in dem dieser Herr zu Ihrem Herrn Vater steht.«

Absichtlich legte er einen verächtlichen Ton in seine Worte.

»Sie haben es doch aber soeben gehört!«

Parker empfand eine große Genugtuung. Die beiden können sich ja nicht ausstehen, dachte er und glaubte jetzt schon, das Spiel halb gewonnen zu haben. Lächelnd sagte er:

»Sie sind noch dasselbe gutmütige Geschöpf, als das ich Sie kennenlernte, Marion. Ich bin Ihnen sehr verbunden, daß Sie sich meiner so warm annehmen. Bringen Sie sich meinetwegen aber nicht in Ungelegenheiten. Es gibt genügend Hotels in Hamburg, und mein Aufenthalt hier ist von längerer Dauer, zumal ich Geschäfte mit der Firma Stoltenbeck zu machen gedenke.«

Marion nannte er sie? ging es Marion ebenso wie Jörg durch den Kopf.

Marion fand diese Anrede etwas anmaßend, zumal sie ihm niemals Veranlassung dazu gegeben hatte.

Doch dann dachte sie an Jörg und unterließ abermals eine Rüge. Es war ein neues, prickelndes Gefühl in ihr zu sehen, wie Jörg sich daraufhin benahm.

Hatte es nicht schon Fälle gegeben, in denen ein Mann sich erst dann um eine Frau kümmerte, als er sah, daß auch ein anderer um sie warb?

Wenn sie nun ein wenig mit Parker flirtete? Wie würde er das wohl aufnehmen?

Von Jörg hinweg glitt ihr Blick zu Gilbert Parker und traf sein dunkles, leidenschaftlich aufblitzendes Auge. Es erweckte etwas wie Angst, ja, Furcht in ihr. War Parker der Mann, der sich erst ermutigen ließ und dann verzichtete?

Ganz gleich – entschied sie jedoch sofort –, Parker war ihr in jeder Beziehung gleichgültig. Jetzt, da die Liebe in ihr Leben getreten war, fand sie das noch mehr.

Für sie gab es nur einen Mann, dem sie alles sein wollte: Jörg Reinwaldt. Und der sollte unerreichbar für sie sein? Ach, wenn sie doch »die andere« ausstechen könnte!

»Und – wann kann ich Sie wiedersehen, Marion?« drängte Parker.

Unschlüssig drehte Marion ihr Taschentuch zwischen den Fingern. »Das – weiß ich im Augenblick selber noch nicht!«

»Bitte, bitte!« raunte er mit zitternder Stimme. »Sie können doch über sich selber bestimmen! Sie haben doch auf niemand Rücksicht zu nehmen!«

Marion sah ihn erstaunt an.

»Sie vergessen, daß ich Gast dieses Hauses bin und darauf doch einige Rücksicht zu nehmen habe.«

Er lächelte geschmeidig.

»Selbstverständlich, Marion! Aber für einen alten Freund haben Sie doch sicherlich auch eine Stunde Zeit. Darf ich hoffen?«

»Wo werden Sie denn Wohnung nehmen?« erkundigte sie sich.

»Im Hamburger Hof.«

Gute Luft – durchfuhr es Jörg –, ausgerechnet mit uns unter einem Dach!

»Rufen Sie mich an unter der Nummer Friedrich Warnitz«, entschied Marion mit ihrem liebreizenden Lächeln, immer darauf bedacht, daß Jörg es auch sah. »Da Klaus Stoltenbeck mit seiner jungen Frau verreist, werde ich schon eine Stunde Zeit für Sie finden.«

Nichts konnte Parker gelegener kommen als diese Mitteilung. Klaus Stoltenbeck verreist? So gewann er ja Zeit, den fremden Boden, den er betreten wollte, genau zu untersuchen.

Jörg Reinwaldt war in seinen Augen längst kein Gegner mehr, und nach einem Handkuß, mit dem er sich von Marion verabschiedete, reichte er auch Jörg herablassend die Hand.

Jörg verbeugte sich nur knapp, die dargebotene Hand übersah er.

~

Schweigend ging Marion neben Jörg her. Sie fieberte vor Erwartung. Würde er sie jetzt nach Parker auszuforschen beginnen?

Als sie aber das Haus und den zum Tanz hergerichteten

weiten Raum betraten, hatte er immer noch kein Wort gesprochen. Da fragte sie:

»Sind Sie immer so – so unhöflich? Haben Sie etwas gegen Gilbert Parker?«

»Ich? Wie käme ich dazu? Ich kenne diesen Herrn ja kaum eine Viertelstunde.«

»Ich habe Durst«, fiel es recht ungnädig von ihren Lippen. »Bitte, verschaffen Sie mir etwas Trinkbares!«

»Darf ich Sie vielleicht in die gemütliche Ecke dort führen?« fragte er zurück, auf den Tisch weisend, der abseits der Tanzfläche unweit des breiten Fensters stand.

Marion nickte. Wenn sie sich auch nach außen hin beherrscht gab, innerlich fieberte alles in ihr.

Im Vorbeigehen gab Jörg dem Diener einen Wink, und als sie Platz genommen hatten, fragte er höflich:

»Was wünschen Sie zu trinken?«

Kurz äußerte Marion ihren Wunsch, und Jörg nahm das Glas mit der Erfrischung vom Tablett.

»Wie gefällt Ihnen eigentlich Gilbert Parker?« fragte sie unvermittelt und sah ihn dabei scharf an.

Jörg mußte ein Lächeln unterdrücken.

»Sonderbare Frage! Um Männer, mit denen ich nicht geschäftlich zu tun habe, kümmere ich mich eigentlich grundsätzlich nicht.«

Marion sah schnell in die entgegengesetzte Richtung.

»Mir gefällt er sehr gut. Er ist ein glänzender Gesellschafter und ausgesucht liebenswürdig. Sie müßten ihn einmal von seinen Reisen erzählen hören«, führte sie schwärmerisch aus.

»Habe ich auch nicht anders erwartet«, gab er boshaft zurück. »Auf diesen Leim sind noch immer die Frauen hereingefallen – nicht nur dumme, sogar kluge.«

Durch Marions Gestalt ging es wie ein Ruck. Sie war blaß und erregt.

»Zählen Sie mich etwa zu den – dummen Frauen?«

Jörg lächelte sie harmlos an. Aha – der Hieb hatte also gesessen.

»Aber ich bitte Sie, Fräulein Marion. Sind Sie denn auf ihn hereingefallen?«

Marion biß sich auf die Lippen. Nichts – gar nichts erreichte sie bei diesem Mann.

»Höflicher ist er jedenfalls als Sie«, warf sie ihm entgegen.

»Aber Anstand hat er nicht«, behauptete er wieder mit einem Lächeln, das Marion von neuem das Blut in die Wangen trieb.

»Sie beleidigen einen Freund von mir!« drohte sie.

»Um so schlimmer für Sie. Sie sollten Ihre Wahl sorgfältiger treffen.«

Nun war Marion so klug wie zuvor. Jörg Reinwaldt war ja in festen Händen; was sollte er sich mit Parker in eine Art Zweikampf einlassen?

Traurig wandte sie das Gesicht zur Seite.

»Aber – weshalb streiten wir eigentlich darüber? Wollen wir nicht lieber tanzen, Fräulein Marion?« hörte sie da seine Stimme seltsam weich an ihr Ohr schlagen.

Ihr Herz zuckte auf. Aber die Kehle war ihr wie zugeschnürt, und so nickte sie nur zustimmend.

Da legte Jörg fest den Arm um die biegsame Gestalt und glitt in langsamem Walzerschritt mit ihr davon.

Liebe kleine Marion, dachte er zärtlich und sah auf den gesenkten Lockenkopf herab. Aber sein Mund schwieg.

Früher war er gesprächiger, stellte Marion bei sich fest. Jetzt ist er geradezu eisig. Entschlossen hob sie die Augen zu ihm auf.

»Warum sind Sie eigentlich auf einmal so förmlich zu mir?«

In seinen Mundwinkeln stand ein belustigtes Lächeln.

»Seitdem ich weiß, daß dieser Parker Ihr Freund ist – und Ihnen Eifersuchtsauftritte unangenehm sind.«

Im Nu brach Marion den Tanz ab und riß sich von ihm los. »Sie – Sie sind ein ganz unausstehlicher Mensch! Ich – hasse Sie!« schleuderte sie ihm entgegen – und war im nächsten Augenblick zwischen den Gästen verschwunden.

Zunächst stand Jörg ganz verdutzt da, dann machte er unwillkürlich Schritte vorwärts, als wolle er sie einholen, schließlich aber besann er sich eines anderen und ging, vor sich hin lächelnd, zu dem vereinsamten Tisch zurück. Er glaubte, eine Entdeckung gemacht zu haben, die ihn ungeheuer beglückte.

Jörg Reinwaldt erwachte am nächsten Morgen in seinem Hotelzimmer mit einem gehörigen Brummschädel und allerschlechtester Laune.

Bevor er sich erhob, versuchte er, Klarheit in seine Gedanken zu bringen. Das fiel ihm aber reichlich schwer. Er erinnerte sich nur noch nebelhaft, daß Marion ihm davongelaufen war.

Langsam erhob er sich, blieb dann aber unschlüssig auf dem Bettrand sitzen und wunderte sich, wie er überhaupt sein Hotel hatte erreichen können.

Jens! Natürlich, Jens hatte er das zu verdanken!

»Hallo – Jens!« rief er mit erhöhtem Stimmaufwand, da er überzeugt war, Jens würde ebenfalls lange schlafen. »Alter Knabe – Murmeltier!« brüllte er weiter. Und da es auch jetzt noch hinter der Verbindungstür still blieb, schickte er noch etwas hinterher, was aber kein Segenswunsch für den Freund war.

Als sich auch daraufhin noch nichts regte, angelte er sich

einen seiner Schuhe unter dem Bett hervor und ließ ihn dem Fluch folgen.

Dieser Versuch war von Erfolg gekrönt. Jens riß die Tür auf und fragte ärgerlich:

»Hat man denn nicht einmal bei der Arbeit Ruhe vor dir? Was ist denn los?«

Jörg wühlte sich mit beiden Händen durch den Haarschopf.

»Wobei hast du denn sonst noch – keine Ruhe?« fragte Jörg nach diesem Temperamentsausbruch unheimlich ruhig zurück.

Das brachte wiederum Jens in Verlegenheit.

»Schäm dich!« meinte er vorwurfsvoll. »Dir sollte man Milch anstatt Alkohol vorsetzen.«

Jörg lächelte und machte eine wegwerfende Handbewegung.

»Verstehst du nicht!« Dann aber blinzelte er zu dem Freund auf. »War's sehr schlimm?«

»Für meinen Bedarf hat es vollauf genügt. Nun troll dich aber, mein Lieber! Ich habe keine Lust, bei dem schönen Wetter im Zimmer zu sitzen und aufzupassen, damit du keine Dummheiten machst!«

»Frechheit!« schimpfte Jörg, rekelte sich in die Höhe und schickte sich an, im Bad zu verschwinden. »Mir willst du weismachen, gearbeitet zu haben? Dabei liebäugelst du nach dem Sonnenschein!«

Jens zog es vor zu schweigen. Er trat ans Fenster, zog den Vorhang beiseite und ließ frische Luft einströmen.

Nebenan rauschte das Wasser. Dazu pfiff Jörg, natürlich immer einen halben Ton daneben: »O wie so trügerisch ...«

Man könnte sich einen ganzen Roman zusammenreimen, überlegte sich Jens. Wenn ein Mann mehr trinkt, als er vertragen kann, hat es irgendwo ausgehakt. Folglich stimmte auch bei Jörg etwas nicht.

Zank gehabt, beurteilte er die Lage und lächelte beruhigt. Das gab sich bei Jörg wieder. Er liebte nun einmal solche Aufregungen. Schwierigkeiten verstand er meisterhaft zu überwinden.

»Fertig!« fiel Jörg plötzlich ein.

Lächelnd, wieder ganz der alte, stand er auf der Schwelle. Nicht die geringste Spur von dem vorangegangenen Abend war mehr in seinem frischen Gesicht zu sehen.

Seine Augen blitzten unternehmenslustig. »Was nun?«

»Keine Ahnung!« erwiderte Jens.

»Zu geschäftlichen Unternehmungen haben wir augenblicklich keine Gelegenheit; die unvorhergesehene Reise Stoltenbecks hindert uns daran. Man könnte höchstens einmal bei der Sekretärin nachfragen, wie weit die Verträge sind.«

»Genügt ein Anruf!« entschied Jörg kurz. »Was schlägst du weiter vor?«

Jens sah die einzige Möglichkeit, mit Marianne zusammenzukommen, schwinden. Aber er blieb ruhig.

»Gehen wir frühstücken, Jens!« entschied Jörg. »Beim Essen fallen einem mitunter die gescheitesten Dinge ein. Ich weiß nicht –«, überlegte er auf dem Wege nach dem Speisesaal. »Entweder bin ich immer noch etwas durchgedreht – oder du bist verändert, Jens!«

»Ich verändert?« Jens lachte gezwungen auf. »Unsinn! Du bist noch nicht ganz da!«

Im Speisesaal sah sich Jörg aufmerksam nach allen Seiten um, so daß sich Jens erkundigte:

»Suchst du jemanden?«

Jörgs Gesicht nahm einen grimmigen Ausdruck an.

»Ja! Gottlob scheint er aber nicht da zu sein. Mir wäre glatt der Appetit vergangen.«

Von der Seite her warf Jens einen langen Blick auf den Freund.

»Nach deinem Gesichtsausdruck zu urteilen, hat der, den du suchst und doch nicht zu sehen wünschst, sich vor dir in acht zu nehmen.«

»Wie klug du bist!« spöttelte Jörg gutmütig. »Das hättest du auch ohne diesen geschraubten Satz von mir erfahren.«

Jens fragte nicht weiter. Er ließ den Kaffee in die Tassen fließen und schnupperte genießerisch dabei.

Jörg knurrte noch etwas, nahm aber einen kräftigen Schluck. Der Kaffee machte ihn gesprächig.

»Paß auf!« forderte er den Freund auf, während er sich eine Scheibe Schwarzbrot strich. »Ich habe einen Nebenbuhler, einen ganz ekelhaften Kerl. Weißt du, solch ein Milchgesicht, wenngleich es tief gebräunt ist. Jedenfalls könnte ich ihn stundenlang … na, du weißt schon.«

»Hm«, gab Jens zu, während er sich an des Freundes Stelle versetzte.

»Der Kerl wohnt noch dazu mit uns unter einem Dach, ist von drüben, aus Marions Heimat, gekommen und spielt sich wie ein verliebter Kater auf. Feuriger Handkuß und so … du verstehst?«

»Völlig!« sagte Jens.

»Und was macht man da?«

»Man sieht zu, wie der Gegner einem die Frau, die man selber ganz wahnsinnig liebt, vor der Nase wegschnappt!« war Jens' durchaus ernsthafte Bemerkung, was Jörg veranlaßte, dem Freund unter dem Tisch einen Fußtritt zu versetzen.

»Bist du wahnsinnig geworden?« keuchte er.

»Du benimmst dich ja plötzlich wie ein dummer Junge!« führte Jens weiterhin seelenruhig aus. »Was es da überhaupt noch zu fragen gibt?!«

Jörg brach in ein schallendes Gelächter aus.

»Menschenskind, Jens, du erweist dich in solchen Dingen als ein weiser Alter. Woher nimmst du bloß die Erfahrung?«

»Gott«, meinte Jens achselzuckend. »Man kann ja auch einmal – ich setze selbstverständlich nur den Fall voraus …, es könnte doch auch einmal der Fall eintreten – schließlich ist man doch ein Mann und hat kein Wasser in den Adern.«

Jörg beugte sich über den Tisch und sah dem Freund lächelnd mitten ins Gesicht.

Nun aßen sie schweigend weiter, und Jens vermied, den heimlich beobachtenden Blicken Jörgs zu begegnen.

»Wenn du dich um die Verträge kümmern willst«, meinte Jörg nach einer Weile gelassen, »dann habe ich nichts dagegen einzuwenden. Ich würde inzwischen in dem Landhaus Warnitz anfragen, wie den Herrschaften das Fest bekommen ist.«

Jens' Herz tat einen Freudensprung über den anderen. Trotzdem meinte er mit komischem Seufzer: »Na ja … man opfert sich eben!«

~

Noch nie hatte Jens Ulmenriedt seine Aktentasche mit den nötigen Unterlagen mit einer derartigen Geschwindigkeit gepackt wie jetzt, da es galt, einen Besuch im Sekretariat der Stoltenbeck-Werke zu machen.

Jörg schüttelte den Kopf und begann sich ernsthaft über den Freund und dessen wunderbare Wandlung den Kopf zu zerbrechen. Nur die Ursache zu dieser Veränderung sah er noch nicht ein. Am allerwenigsten aber suchte er sie bei der blonden Marianne Heidecke.

»Mach's gut!« hörte er Jens noch sagen; dann schloß sich auch schon die Tür hinter ihm.

Nicht lange danach verließ auch Jörg das Hotelzimmer und schlenderte durch die Halle.

Beim Pförtner verhielt er den Schritt.

»Bitte – können Sie mir Auskunft geben, ob gestern ein

Señor Parker – Gilbert Parker – in Ihrem Hotel abgestiegen ist?«

»Parker – Parker«, überlegte der Gefragte und blätterte in dem dicken Fremdenbuch. »Ich habe erst heute früh meinen Dienst angetreten. Mal sehen – das werden wir gleich haben.«

Sein Zeigefinger glitt flüchtig über die letzten Eintragungen hinweg und blieb auf einer bestimmten Stelle stehen.

»Stimmt! Ein Herr – Gilbert Parker wohnt bei uns.«

»Danke sehr!« sagte Jörg. »Gehört er zu Ihren Stammgästen?«

Der Pförtner las die Eintragung aufmerksam durch. »Kann mich nicht erinnern. Der Name ist mir fremd.«

Jörg dankte nochmals freundlich und nahm seine Wanderung durch die Halle wieder auf.

Gilbert Parker! Der Name genügte, um ihn in empfindliche Wut zu versetzen.

Welcher Art mochten wohl die Geschäfte dieses Mannes sein, die er mit der Firma Stoltenbeck zu tätigen gedachte?

Während Jörg noch am Überlegen war, hörte er seinen Namen von einer Stimme gerufen, die ölig in seine Ohren drang.

»Hallo, Señor Reinwaldt … das ist eine Überraschung! Sie haben doch nicht etwa auf mich gewartet?«

Jörg wußte sofort, wem diese Stimme gehörte. Langsam drehte er sich um und sah sich Parker gegenüber, der ihm die Hand entgegenstreckte.

Jörg hielt es diesmal für ratsam, diese Hand nicht wieder zu übersehen. Nach einem kühlen Druck jedoch ließ er sie sofort wieder fallen.

»Auf Sie habe ich gerade nicht gewartet«, gab Jörg zur Antwort.

Parker lächelte in seiner spöttischen Weise.

»Ich dachte nur, Sie wollten sich mir zu einem Besuch bei Marion anschließen!« Dabei traf Jörg ein lauernder Blick, der jedoch mit der versteckten anzüglichen Bemerkung genügte, ihm Parker noch unangenehmer zu machen. Ja, er war bereits entschlossen, auf einen Besuch bei Frau Lena und Marion zu verzichten.

Eine scharfe Bemerkung lag ihm auf der Zunge. Er unterdrückte sie jedoch, um nicht in den Augen des Mannes als kaltgestellter Liebhaber zu gelten.

»Wäre gar nicht übel«, meinte er leichthin, allen Widerwillen bezwingend. »Nur fehlt mir im Augenblick die Zeit dazu. Ich werde meinen Besuch auf einen mir günstigeren Zeitpunkt verlegen.«

»Schade!« bedauerte Parker. »Dann also auf ein anderes Mal.«

Die Blicke der beiden Männer kreuzten sich.

»Haben Sie Grüße zu überbringen? Oder kann ich sonst irgendeine Mitteilung Ihrerseits übermitteln?« erkundigte sich Parker.

»Danke!« kam es eisig von Jörgs Lippen. »Meine Beziehungen zur Familie Warnitz wie zum Hause Stoltenbeck sind so, daß ich einen Fürsprecher nicht nötig habe.«

In Parkers Augen blitzte es auf, tückisch, lauernd. Gleich aber lag wieder das verbindliche Lächeln um seinen Mund.

»Sie scheinen mich mißverstanden zu haben, Señor Reinwaldt.«

»Durchaus nicht!« war Jörgs scharfe Erwiderung. »Ich habe Sie sehr gut verstanden!« Er verneigte sich knapp: »Viel Vergnügen!«

Parker murmelte etwas hinter Jörg her. Dann rief er ungeduldig nach einer Kraftdroschke.

Jörg aber war alles andere denn ruhig. Alles kochte in ihm. Ausgerechnet dieser Kerl mußte ihm in den Weg gelaufen kommen und sich als Prahlhans aufspielen.

Im Sturmschritt suchte er die Telefonzelle auf und ließ

sich mit Warnitz' Landhaus verbinden. Sobald er die Verbindung hatte, ließ er Marion an den Apparat bitten.

In Ungeduld wartete er, und als er Marions Stimme vernahm, schien sich die Falte zwischen seinen Brauen noch zu vertiefen.

»Hier – Jörg Reinwaldt!« meldete er sich. »Vorerst wollte ich mich erkundigen, wie Ihnen das Fest bekommen ist – und dann frage ich an, wann mein Besuch angenehm wäre.«

Zunächst hörte er nichts als ein tiefes Atmen – und dann kam die kühle Antwort:

»Wie soll es mir bekommen sein? Gut, natürlich! Tante Lena wird sich sicherlich freuen, wenn ich ihr Ihren Besuch in Aussicht stelle.«

Erregt trommelte Jörg gegen die Wand der Telefonzelle.

»In erster Linie würde mein Besuch Ihnen gelten.«

»Mir?« wurde er unterbrochen. »Wenn Sie wirklich so viel Wert auf meine Anwesenheit legen, muß ich Ihnen leider eine Enttäuschung bereiten. Ich habe bereits eine anderweitige Verabredung.«

»Wohl mit – Gilbert Parker?« entschlüpfte es Jörg in bitterem Grimm.

»Aushorchen lasse ich mich nicht, da ich Ihnen keine Rechenschaft schuldig bin«, kam es erregt zurück. »Damit Sie sich aber nicht unnötig den Kopf zu zerbrechen brauchen ... ja, ich unternehme mit Señor Parker eine Fahrt in die Umgebung Hamburgs.«

In Jörgs Stirn stieg es siedend heiß.

»Dann viel Spaß!« brüllte er und ließ den Hörer in die Gabel sausen.

Als er die Zelle verließ, standen Schweißperlen auf seiner Stirn.

»Dieser Schuft!« knurrte er, die Treppe im Laufschritt nehmend, immer zwei Stufen auf einmal.

In seinem Zimmer warf er sich auf den Diwan und brütete dumpf vor sich hin. Ausgerechnet jetzt war Jens nicht da, mit dem er sich hätte besprechen können.

Er fühlte, daß Marion ihn absichtlich quälen wollte, und er verstand sich selber nicht mehr, daß er sich von den Launen dieses jungen Geschöpfes derart in Unruhe versetzen ließ.

Bedenken, Marion nicht richtig behandelt zu haben, wurden in ihm rege. Aber – sollte er zu Kreuze kriechen? Sollte er sich Marions Dickkopf beugen?

Nein! Nein! Nochmals nein! Gleich darauf jedoch überfielen ihn wieder Zweifel, und diesen verzweifelten Gedanken folgte ein abgrundtiefer Seufzer.

War er wirklich schon soweit? War sein Glück durch das Auftauchen Parkers in weite Ferne gerückt?

Frisch und rosig saß Marion Vollmer neben Parker im Wagen, die Augen unverwandt auf die Fahrbahn gerichtet.

Er steuerte selbst, fand aber doch hin und wieder Gelegenheit, bewundernde Blicke in das Gesicht seiner Begleiterin zu werfen. Er ahnte nicht, daß Marion sich nicht aus Freundschaft zu ihm zu dieser Fahrt bereit erklärt hatte. Er wiegte sich in der Hoffnung, daß er mühelos seinem Ziele näherkomme.

Dieter Stoltenbeck – so meinte er – der gefährlichste Gegner, sei nicht mehr zu fürchten. Erwin Vollmer aber, Marions Vater, befand sich weit vom Schuß und würde sich den vollendeten Tatsachen nicht widersetzen können. Soweit glaubte er Marion zu kennen, daß, wenn sie erst einmal sein geworden war, sie auch mit aller Leidenschaft die Genehmigung ihres Vaters durchsetzen werde. Er hatte oft genug Gelegenheit gehabt, Vollmers Nachgiebigkeit seinem einzigen Kind gegenüber zu beobachten.

Marion wäre entsetzt gewesen, hätte sie um die Gedanken des Mannes gewußt, an dessen Seite sie ahnungslos in eine sonnige Spätsommerlandschaft fuhr.

Aber ungetrübt war ihre Freude nicht. Eigentlich nahm nur ihr Auge die Reize wahr, die sie innerlich nicht begeisterten. Jörg Reinwaldts Anruf beherrschte ihre Gedanken noch zu sehr. Besonders sein brüsker Abbruch hatte ihr zu denken gegeben. Außerdem hatte seine Frage, mit wem sie ausfahren würde, ganz wie Eifersucht geklungen.

Machte er sich doch mehr aus ihr, als sie angenommen hatte? Oder hatte er sich nur deshalb so angelegentlich danach erkundigt, weil er sie bevormunden wollte, wie sie ja immer annahm?

»Übrigens«, fiel Parker in ihren Gedankenzug ein, »hatte ich Gelegenheit, heute früh Señor Reinwaldt zu sprechen.«

Ein großer Schreck durchzuckte Marion. Sie versuchte, möglichst gleichgültig auszusehen, und antwortete:

»So? Haben Sie ihn denn gleich wiedererkannt?«

Da lachte Parker in seiner kurzen, harten Weise auf.

»Jemand, der mir einmal vorgestellt wurde, verliere ich nicht so schnell aus meinem Gedächtnis!«

»Meistens geschieht das aber doch nur, wenn es sich um bemerkenswerte Gesichter handelt. Hat Jörg Reinwaldt denn solch einen tiefen Eindruck auf Sie gemacht?«

Da beging Parker unbedachterweise einen Fehler.

»Mir ist der Bursche reichlich unangenehm«, entgegnete er ziemlich verächtlich und nahm damit Marion sofort gegen sich ein. »Von bemerkenswert kann gar keine Rede sein. Allein, wenn ich daran denke, wie er Sie behandelt hat, möchte ich ihn entsprechend zurechtweisen.«

»Mich?« verwunderte Marion sich. »Ich kann mich

nicht erinnern, schlecht von ihm behandelt worden zu sein.«

Betroffenheit malte sich in Parkers Zügen.

»Sind Sie so anspruchslos geworden, seitdem Sie sich in Deutschland aufhalten?« spöttelte er.

Ein heftiger Widerwille regte sich in Marion.

»Ich habe keine Ahnung, auf welche Ansprüche Sie hinzielen«, bemerkte sie kühl. »Es spricht sehr für Señor Reinwaldt, daß er keinerlei Rücksicht auf die ›reiche Erbin‹ nimmt. Er beugt sich jedenfalls dieser Macht nicht als Mann. Diese Eigenschaft macht auf eine Frau großen Eindruck.«

Parker lachte gezwungen auf.

»Davon habe ich allerdings bei Ihnen nichts gemerkt! Ich glaube, mit Recht annehmen zu können, daß Sie sich gerade gegen seine überhebliche Art auflehnen. Stimmt mein Urteil etwa nicht? Dann will ich es gern ändern.«

Marion hielt es jedoch für angebracht, von etwas anderem zu sprechen. Gleichzeitig tauchte in ihr der Gedanke auf, daß sich Parker noch aus einem anderen Grunde um sie kümmerte, als die Bekanntschaft mit ihrem Vater es mit sich brachte. Und das machte sie verwirrt.

»Offen gestanden«, erklärte sie deshalb möglichst unbefangen, »darüber, ob er Eindruck auf mich macht oder nicht, habe ich noch nicht nachgedacht. Sicherlich aber würde er sich geschmeichelt fühlen, wenn er wüßte, daß er Gegenstand unserer Unterhaltung ist.«

Parker atmete erleichtert auf. Beinahe hätte er sie auf etwas hingestoßen, was ihm nur unangenehm werden konnte.

»Sehr richtig, Marion! Es gibt ganz andere Dinge zwischen uns zu erörtern!«

Obwohl Marion mit einem Unbehagen kämpfte, fragte sie doch mit einiger Verwunderung:

»Und welche – bitte?«

Da lenkte Parker den Wagen scharf nach rechts und verlangsamte das Tempo. Dann legte er den rechten Arm auf Marions Rückenlehne und begann eindringlich:

»Haben Sie sich eigentlich schon einmal Gedanken darüber gemacht, weshalb ich Ihnen nachgereist bin?«

Marion fühlte, wie alles Blut ihr zum Herzen drängte. Seine Frage und mehr noch der schmeichelnde, zärtliche Ton, in dem sie gestellt war, erweckten Angstgefühle in ihr. Dazu gesellte sich ausgesprochenes Mißtrauen.

»Das haben Sie ja gestern schon erklärt«, antwortete sie mutig. »Aber darüber habe ich mir sehr oft Gedanken gemacht, weshalb Sie seinerzeit Ihren Besuch in meinem Elternhaus in so überstürzter Hast abbrachen.«

Parker jedoch verlor nicht seine Fassung, obschon er alles andere erwartet hatte. Blitzschnell suchte er nach einer glaubhaften Begründung.

»Sehen Sie, Marion«, führte er belehrend und bedauernd zugleich aus, »diese Frage habe ich erwartet. Aber ein Mann wie ich ist nie Herr über seine Zeit. Von einem Geschäft zum andern gehetzt, muß man das, was einen nur selber angeht, stets hintansetzen.

Es ist mir nicht leichtgefallen, Sie damals ohne Abschied zu verlassen. Eine kurze Nachricht an Sie aber hätte unter Umständen nur als ein höfliches Sichzurückziehen aufgefaßt werden können.«

Bei allen Zweifeln mußte Marion ihm zustimmen. Ihr Mißtrauen verschwand ebensoschnell wieder, wie es aufgetaucht war.

»Ich nehme an, daß Sie die Besuche in meinem Elternhaus wieder aufgenommen haben, um Ihre damalige Ungezogenheit wiedergutzumachen.« Marion lächelte, zum Zeichen dafür, daß sie ihm verziehen habe.

Um wieviel anders aber wäre ihre Antwort ausgefallen,

wenn sie eine Ahnung davon gehabt hätte, daß ihr Vater dem unerwünschten Gast klipp und klar eröffnet hatte, daß er ihm jedes weitere Zusammentreffen mit seiner Tochter, ob mündlich oder schriftlich, verbiete.

Wie einen Rettungsanker griff daher Parker ihre Bemerkung auf, zumal er hieraus ersah, daß Vollmer mit Marion nicht über die peinlichen Gründe seiner Abreise gesprochen hatte.

»Ja, so ist es, Marion. Die erste Freizeit, über die ich verfügen konnte, benutzte ich dazu, nach Ihres Vaters Farm zu fahren. Leider waren Sie soeben nach Deutschland abgereist. Ich war dann Gast Ihres Herrn Vaters«, log er, ohne mit der Wimper zu zucken. »Wir haben nette Plauderstunden miteinander verlebt – bis Ihr Telegramm kam. Auch da war es eine große Beruhigung für Ihren Herrn Vater, mich zur Seite zu haben, mit dem er sich über Ihre Einstellung zur Familie Stoltenbeck austauschen konnte.«

Ein Gefühl der Wärme und Dankbarkeit strömte Marion zum Herzen. Seine Worte riefen in ihr die Sehnsucht nach dem geliebten Vater wach.

»Das sind also die eigentlichen Gründe, die Sie veranlaßten, mir nachzureisen?« fragte sie.

»Nicht allein die«, bekannte er. »Doch vorerst bitte eine Frage: Stehen Sie mit Ihrem Herrn Vater in lebhaftem Briefverkehr?«

Bekümmert schüttelte Marion den Kopf.

»Leider schreibe ich sehr selten. Erst einen einzigen ausführlichen Bericht habe ich ihm gesandt, damit Vater beruhigt ist und weiß, daß es mir gutgeht. Er kennt mich aber zu genau, um mir meine Schreibfaulheit nicht zu verzeihen«, setzte sie lebhafter fort. »Ich werde mich in dieser Beziehung auch kaum ändern.«

Wiederum leuchtete es in Parkers Augen beruhigt auf.

Auch diese Gefahr trat in den Hintergrund. Aber bis zu ihrem nächsten Brief mußte er ihr Wort haben. Und – ehe die Antwort von drüben eintraf, mußte er mit Marion Hamburg bereits verlassen haben.

Doch es würde ihm nicht schwerfallen, sich Marions Vertrauen bedingungslos zu erschleichen.

»Ich bin überzeugt davon, daß Ihr Herr Vater auch keine regelmäßigen Berichte von Ihnen erwartet«, bestärkte er sie noch in dieser Beziehung. »Im Gegenteil. Ihr Stillschweigen hält er für ein gutes Zeichen.«

»Zumal er Sie nun auch noch geschickt hat«, warf Marion dankbar ein. Das Zusammenzucken Parkers bei ihren Worten entging ihr.

»Dafür brauchen Sie mir weder dankbar zu sein, noch sich verpflichtet zu fühlen«, wehrte er mit einer großartigen Geste ab.

Vor einem vielbesuchten Ausflugslokal mit einem weitläufigen, schattigen Garten und einer verglasten Veranda stoppte Parker.

»Wollen wir hier eine Erfrischung zu uns nehmen?« schlug er vor.

Marion aber drängte es auf einmal, heimzufahren. Jörg könnte inzwischen seinen Besuch machen, und sie sehnte sich nach ihm – nach seinen fröhlichen, ehrlichen Augen, nach seinem vertrauenerweckenden Wesen.

Ablehnend legte sie deshalb ihre Hand auf Parkers Arm.

»Lieber nicht! Ich werde von Tante Lena erwartet und möchte sie nicht enttäuschen«, sagte sie und zerschlug damit seine Hoffnung, heute eine ungestörte Aussprache herbeizuführen. Er konnte seine Enttäuschung auch schlecht verbergen, so daß sie besänftigend hinzufügte: »Sie reisen ja auch noch nicht gleich wieder ab. Es wird sich wohl noch einmal Gelegenheit zu einer Plauderstunde bieten.«

Nach außen hin bereitwillig, innerlich aber zerknirscht, fügte Parker sich und wendete den Wagen. In einer schnelleren Geschwindigkeit, als er gekommen war, legte er die Strecke zur Stadt zurück.

Marion aber war von Freude erfüllt.

Bequem zurückgelehnt, träumte sie vor sich hin. Vergleiche drängten sich ihr auf, Vergleiche zwischen Parker und Jörg, die allesamt zugunsten Jörgs ausfielen.

Wenn auch das Angstgefühl, das Parkers Andeutungen in ihr geweckt hatten, nunmehr gänzlich fort war, ihr Inneres würde sich diesem Manne niemals erschließen können. Dazu fehlte ihr das bedingungslose Vertrauen, das sie nur zu Jörg gefaßt hatte.

~

Als Jens zum Mittagessen von seinem Besuch bei den Stoltenbeck-Werken zurückkehrte, war Jörg entschlossen, den Freund noch nicht in seine Bedrängnis einzuweihen.

»Nun?« empfing er ihn, darauf bedacht, möglichst heiter zu erscheinen. »Hast du die Verträge mitgebracht?«

Umständlich legte Jens ab und stellte sich dabei so hin, daß Jörg nicht in sein Gesicht sehen konnte.

»Noch nicht, Jörg«, gestand er dann.

Und da Jörg nur verständnislos den Kopf schüttelte, berichtete er in einer ihm sonst fremden Lebhaftigkeit: »Durch die Abwesenheit Stoltenbecks ist den beiden Prokuristen ein Mehr an Arbeit entstanden, was auch die Sekretärin stark belastet. Da wir heute noch nicht abzureisen gedenken, habe ich von mir aus die Zusicherung gegeben, daß es noch etwas Zeit habe. – Ich hoffe, in deinem Einverständnis gehandelt zu haben.«

»Hm!« machte Jörg.

»Oder hast du dir etwas anderes vorgenommen?«

»Einen Vorwurf mache ich dir deswegen selbstverständlich nicht«, sagte Jörg gedankenvoll. »Aber – ich bin schon halb entschlossen, abzureisen.«

Jens starrte den Freund entsetzt an.

»So schnell? Hast du zwingende Gründe dafür?«

»Ein zwingender Grund wäre es schon, daß unsere Anwesenheit daheim nötig ist. Auf so lange Zeit hatten wir uns ja eigentlich nicht eingerichtet. Darüber hinaus aber habe ich keine Lust, der Narr meiner Liebe zu werden. So weit bin ich bereits in meinen Überlegungen gekommen. Verbliebe zu meiner Ehrenrettung eigentlich nur eine schnelle Abreise.«

Jens machte gar nicht erst den Versuch, die Unterhaltung in der sonst üblichen scherzhaften Weise ausklingen zu lassen. Er stellte auch den eigentlichen Gesichtspunkt, der ihn festhielt, zurück und ging verständnisvoll auf die Ausführungen des Freundes ein.

»Du bist also fest entschlossen, diesem aufgetauchten Parker das Feld zu räumen?«

»Ich sagte dir ja schon … so halb und halb«, erwiderte Jörg noch mit sich kämpfend. »Ich habe mir eingebildet, Marion im Sturm erobern zu können, aber nun hat sich das schwierig gestaltet. Ihre betonte Ruppigkeit, ihr Widerspruchsgeist, ja, ihr mitunter sogar ungezogenes Benehmen hielt ich für die ganz natürliche Abwehr, deren sich jede Frau bedient, ehe sie sich dem Mann ihrer Liebe ergibt.

Das muß aber eine falsche Berechnung gewesen sein. Etwas anderes muß noch zwischen uns stehen, was ich jedoch nicht zu ergründen vermag.

Auf der anderen Seite bin ich mir zu schade dazu, verliebt hinter ihr herzulaufen und geduldig zu warten, bis sie sich besonnen hat und sich meiner Liebe erinnert.

Vielleicht kommt sie zu sich, wenn ich von der Bildfläche

verschwunden bin. Manche Mädchen erkennen erst das Wertvolle, das sie besessen haben oder hätten besitzen können, wenn es unerreichbar für sie geworden ist.

Warum soll Marion nicht zu diesen Frauen gehören, zumal sie noch sehr jung und in Liebesangelegenheiten ein unbeschriebenes Blatt ist?«

Antwortheischend blieb er vor Jens stehen, der sich in einen Sessel hatte fallen lassen.

»Deine Ausführungen über die Frauen sind zwingend, Jörg«, gab dieser ohne Zögern zu. »Aber – ob sie auf Marion Vollmer zutreffen, das ist fraglich, Jörg.

Freilich darfst du über dieser Liebe nicht deine Geschäfte vernachlässigen, das sehe ich ein. Laß mich deshalb heimreisen und bleibe du noch einige Tage. Gerade jetzt, da dieser Parker aufgetaucht ist, der sich sogar als Freund ihres Vaters aufspielt – was ich übrigens bezweifle.« Jens zuckte mit den Schultern. »Ich weiß nicht, ob das nicht ein Fehler von dir wäre, der unter Umständen nicht wiedergutzumachen ist.«

Jörg machte eine heftig abwehrende Handbewegung.

»Es geht nicht darum, einen mir unbequemen Nebenbuhler kaltzustellen, sondern darum, Marion Gelegenheit zu geben, sich über ihre Gefühle klarzuwerden.

Ist ihre Liebe zu mir echt und ehrlich, gerade dann muß eine Trennung von mir zu einem vollen Erfolg für mich werden.«

Dazu schwieg Jens. Jörg sprach genau das aus, was auch er vertrat. Aber etwas kurzsichtig war Jörg dabei doch, denn er rechnete nicht mit Marions ausgesprochenem Trotz, den man ebensogut Stolz nennen konnte.

Da Jörgs Entschluß aber bereits festzustehen schien, wußte er aus Erfahrung, daß ein Dagegenreden zwecklos war.

So dachte er auch jetzt nicht einen Augenblick an sich

und seine in zartem Werden begriffene Liebe zu Marianne Heidecke, als Jörg mit plötzlichem Entschluß entschied:

»Gut, Jens, ich nehme deinen Vorschlag an! Reise du inzwischen ab. Ich gebe noch, sagen wir, zwei Tage zu. Grund habe ich – die Verträge. Du kannst den Wagen benutzen. Ich komme dann mit dem Flugzeug heim. Einverstanden?«

»Einverstanden, Jörg!« bestätigte Jens mit Handschlag. »Abschiedsbesuch brauche ich wohl nicht zu machen, da Klaus Stoltenbeck nicht da ist. Bei Warnitz und seiner Gattin entschuldigst du mich wohl?«

Das versprach Jörg. Er war wieder etwas aufgeräumter, nachdem er die Unschlüssigkeit überwunden hatte.

Er war um den Freund bemüht, bis Jens endlich am Steuer des Wagens saß und nochmals die Hand herausstreckte.

»Hals- und Beinbruch!« ermunterte Jens Ulmenriedt den Freund.

Erst als der Wagen um die nächste Biegung verschwunden war, kehrte Jörg in das Hotel zurück. Er ahnte nicht, daß Jens beim Postamt die Fahrt unterbrach, um einem gewissen blondhaarigen Mädchen folgenden Brief zu schreiben:

Liebes, verehrtes Fräulein Marianne!

Ich hätte mich sehr gern persönlich von Ihnen verabschiedet. Doch zweimal an einem Tage im Sekretariat der Stoltenbeck-Werke zu erscheinen, hätte auffallen müssen. Meine schnelle Abreise, die mir selber überraschend kam, ist aus geschäftlichen Gründen nötig.

Sie werden das sicherlich verstehen, nicht wahr, Fräulein – Kollege?

Wenn ich Ihnen nun auf Wiedersehen sage, dann ist das keine Redensart, sondern meine feste Hoffnung. Meine Anschrift finden Sie unten vermerkt. Darf ich hoffen, daß Sie mir bis zum nächsten

Wiedersehen ein Lebenszeichen geben werden? Ich freue mich über alles, was ein liebes blondes Mädel angeht.

Ihr ergebener Jens Ulmenriedt.

Dreimal überlas er diese Zeilen, bis sie endlich Gnade fanden und er den Brief befriedigt in den Postkarten warf.

Fünf Minuten später lenkte er den Wagen schon wieder geschickt durch den Verkehr. –

Der dritte Tag nach Jens' Abreise war bereits angebrochen, und Jörg konnte nicht behaupten, daß sich in dieser Zeit etwas ereignet hätte, was seine niedergedrückte Stimmung heben könnte.

Nun befand er sich auf dem Wege zu Warnitz' Landhaus.

Hier erlebte er zunächst eine freudige Überraschung:

Klaus Stoltenbeck und seine junge Frau waren ganz unerwartet zurückgekehrt. Die Begrüßung fiel auf beiden Seiten sehr herzlich aus.

Stepha Stoltenbeck forschte jedoch mit einiger Verwunderung in den Zügen des blonden Riesen. Sie fand ihn verändert – ernster, ja sein ganzes sonst so unbekümmertes Wesen schien irgendwie überschattet zu sein. Und da er sich mehrmals suchend umsah, fühlte sie sich zu einer Frage veranlaßt:

»Sie suchen gewiß Marion?« Und als er ein wenig verlegen nickte, erklärte sie lächelnd: »Marion hat sich nur ein wenig festlich ankleiden wollen. Wir sind nämlich erst vor knapp einer Stunde heimgekehrt.«

Dann saßen sie in der geräumigen Halle vor dem Kamin, in dem bereits ein helles Feuer knisterte.

»Klaus«, wandte sie sich an den Gatten, der mit Warnitz in ein angeregtes Gespräch vertieft war, während Frau Lena in der Küche einige Anweisungen für eine gemeinsame Mahlzeit gab. Selbstverständlich war Jörg eingeladen worden.

Dieter Stoltenbeck, der in seiner Abwesenheit von den

Werken durch den Aufenthalt in Luft und Sonne gebräunt war und ein frisches, gesundes Aussehen hatte, wandte sich sofort seiner jungen Frau zu.

In diesem Augenblick hörte Jörg einen leichten Schritt hinter sich, und als er sich umwandte, stand Marion hinter ihm.

Ihre Augen wurden groß, und befangen streckte sie Jörg die Hand entgegen. Sekundenlang versank sein aufstrahlender Blick in dem ihren.

»Ich dachte, Sie seien abgereist«, entfuhr es ihr, und hastig riß sie ihre Hand zurück.

»Abgereist?« verwunderte er sich. »Wieso kommen Sie denn zu dieser Vermutung.«

Marion sah ihn vorwurfsvoll an.

»Señor Parker hat mir das mitgeteilt.«

Jörgs Mund verzog sich in Spott und Bitterkeit.

»Wie Sie sehen, bin ich immer noch da«, entgegnete er gelassen.

Marion ließ sich ein Stück abseits von ihm nieder, nahm eine Zeitschrift zur Hand und blätterte darin. Ihre Hände bebten, und die Bilder verschwammen vor ihren Augen.

Zwei Tage hatte er nichts von sich hören lassen! Nicht einmal die Zeit zu einem Anruf hatte er gefunden!

Unwillkürlich drängte sich ihr ein Vergleich auf. Wie aufmerksam war Parker zu ihr gewesen! Immer war er für sie da – stets bereit, auf ihre Wünsche einzugehen.

Warum schlug sie sich Jörg Reinwaldt nur nicht aus dem Kopf? Warum versuchte sie nicht, sich diese Liebe zu ihm aus ihrem Herzen zu reißen, die ihr doch nur Schmerz und Enttäuschung bereitete?

Aus Marions Gesicht war jegliche Farbe gewichen, und ihre Haltung war ablehnend, beinahe verschlossen.

Stepha sah erst jetzt die Veränderung, die mit Marion vorgegangen war.

»Was ist dir?« erkundigte sie sich besorgt. »Du wirst doch nicht krank werden, Marion? Du siehst so blaß aus, als hättest du in letzter Zeit fast gar keinen Schlaf gefunden?«

Ich habe keinen Schlaf finden können, weil ich diese Ungewißheit nicht mehr aushalte – hätte Marion ihr am liebsten zugerufen.

Aber Jörg, der Mann, der ihr Herzeleid verschuldet hatte, saß ja daneben. Also hieß es für sie, Haltung zu bewahren. Höchstens treffen, recht schwer treffen, wollte sie ihn. Deshalb klappte sie das Heft anscheinend gleichgültig zu und schlug die Augen erstaunt zu der jungen Frau auf.

»Allerdings, Stepha!« erwiderte sie gleichmütig. »Schlaf habe ich nicht so viel wie sonst gehabt. Señor Parker hat mich oft ausgeführt.« Jäh brach sie ab und wandte das Gesicht Dieter Stoltenbeck zu. »Sagtest du etwas? Du kennst Gilbert Parker doch wohl? Du mußt nämlich wissen, daß Parker ein Freund meines Vaters ist. Er reiste mir nach, um sich nach meinem Wohlbefinden zu erkundigen. – Du kennst ihn nicht? Dann werde ich dich demnächst mit ihm bekannt machen. Sein Besuch gilt in zweiter Linie dir, vielmehr dem Werk.«

Nur Stepha fühlte, daß Marion ohne innere Teilnahme sprach. Sie sah unsicher zu Jörg hinüber.

»Du kennst diesen Señor Parker nicht?« fragte sie den Gatten.

Einige Sekunden verstrichen, ehe dessen Stimme erklang: »Nein – ich kenne ihn nicht!«

Stepha kam sie seltsam gepreßt vor.

»Merkwürdig«, murmelte sie. »Wie kann er da von Geschäften sprechen?«

Stephas Blicke gingen zurück zu Marion, die versonnen in das Kaminfeuer starrte. Jörgs Anwesenheit beachtete sie nicht im geringsten, was die junge Frau schmerzlich berührte. Sie fand, einen prächtigeren Lebensgefährten als Jörg Reinwaldt gab es für Marion nicht. Wie füreinander geschaffen schienen sie zu sein.

»Eine alte Freundschaft von drüben?« forderte sie Marion zu weiteren Erklärungen heraus.

Marion rieb die Handflächen in einer ratlosen Bewegung gegeneinander.

»Ja!« sagte sie fest und warf den Kopf ein wenig zurück. »Und sie hat sich hier noch gefestigt. Gilbert Parker war jetzt täglich mit mir zusammen. Er ist ein ausgezeichneter, liebenswürdiger Gesellschafter und –«

Dieter Stoltenbeck litt es jetzt nicht mehr auf seinem Platz. Vor allem störten ihn Stephas tastende Blicke. Er stellte sich hinter ihren Sessel, die Lehne mit beiden Händen umklammernd.

»Und – was hielt dein Vater von diesem Señor Parker?« warf er ein, bemüht, die Erregung in sich niederzuringen. Niemand durfte ahnen, daß diese Eröffnung ihn wie ein schwerer Schlag getroffen hatte.

Im gleichen Augenblick kehrte Jörg Reinwaldts Anwesenheit und seine Beobachtung in dieser Richtung in sein Gedächtnis zurück. Er sah es in Jörgs Gesicht zucken und arbeiten – und ahnte, daß sich während seiner Abwesenheit etwas ereignet hatte, was seine und Stephas schönste Hoffnung zu zerschlagen drohte. –

In Parker war außerdem eine riesengroße Gefahr nicht nur für ihn – für sein und Stephas Glück –, sondern auch für Marions ganze Zukunft aufgetaucht.

Dieter sah sich mitten hineingestellt in Konflikte, die alles bisher Dagewesene weit übertrafen.

Finster sah er zu Marion hinüber, die seinen Blick furchtlos erwiderte. Langsam erhob sie sich, und kühl sagte sie: »Die Freunde meines Vaters sind auch meine Freunde!«

Mit zusammengepreßten Lippen nahm Dieter ihre Zurechtweisung hin. Er fühlte, wie es ihm eiskalt über den Rücken kroch. Im nächsten Augenblick drängte ihm das Gefühl peinigender Sorge das Blut in die Schläfen.

»Marion!« rief er so scharf, daß das junge Mädchen, das im Begriff stand, das Zimmer zu verlassen, augenblicklich den Schritt verhielt. »Ich habe in dieser Angelegenheit noch mit dir zu sprechen und erwarte dich nach dem Essen in meinem Arbeitszimmer!«

Marion neigte den dunklen Kopf, wurde aber an der Tür durch Frau Lena ein zweites Mal aufgehalten.

»Nun, Kind, willst du nicht lieber hierbleiben? Es ist bereits angerichtet«, sagte sie in ihrer sanften Weise zu dem verwirrten Mädchen.

Marions Herz klopfte mächtig.

»Ich komme sofort wieder … ein Taschentuch«, hauchte sie und war blitzschnell verschwunden.

Frau Lena trat ahnungslos und nicht im geringsten beunruhigt näher. Herzlich bat sie zu Tisch und nahm Stephas Arm.

Nachdenklich folgte Friedrich Warnitz, der sich für ein paar Stunden freigemacht hatte.

Zwischen Jörg und Dieter fiel die Schweigsamkeit bedrückend auf. Und erst, als Marion wieder erschien, in ihrer alten Lebhaftigkeit, da schien der Bann, der die Beteiligten beherrscht hatte, gebrochen zu sein.

Frau Lena, die eigentlich Jörg und Marion nebeneinander setzen wollte, konnte dem jungen Mädchen die Bitte, sich neben Stepha niedersetzen zu dürfen, schlecht abschlagen. Darüber wiederum empfand Dieter eine große Erleichterung, denn es wäre ihm jetzt unmöglich gewesen, Stepha gegenüber unbefangen und heiter zu erscheinen. Über den Tisch hinweg suchte sein Blick jedoch den seiner jungen Frau.

Jedesmal aber, wenn er ihren glücklichen Blicken begegnete, gab es ihm einen Stich mitten durchs Herz.

Stepha war ja ahnungslos und weit entfernt von dem Gedanken, daß ihrer beider Glück in Gefahr zu sein schien. Er selber war sich nicht eine Minute darüber im unklaren, daß Parker sein größter Feind sein mußte, da er dessen Pläne zweimal durchkreuzt hatte und auch jetzt entschlossen war, sie ein drittes Mal zu zerschlagen.

Aber seine eigene Sicherheit?

Wenn ihm der Gedanke an eine Entdeckung seines Geheimnisses gekommen war, hatte er sich sofort damit zu beruhigen versucht, daß niemand da war, der dieses Geheimnis auch nur ahnen könnte.

Aber würde das bei Parker anders sein?

Gewiß, er würde den Kampf aufnehmen. Doch unweigerlich würde Stepha mit hineingerissen werden, und die Folgen waren für sie wie für ihn unausdenkbar.

So in seine Gedanken verstrickt, saß er schweigsam an der Tafel. – Marion zog die junge Frau in ein lebhaftes Gespräch, sie begleitete auch des öfteren ihre Worte mit einem hellen Lachen.

Stepha und Jörg aber waren die einzigen, die das Unechte an Marion empfanden.

Jörgs Stirn verfinsterte sich immer mehr. Zuletzt wurde ihm Marions Lachen so unerträglich, daß er ihren Anblick mied und eine Unterhaltung mit Frau Lena begann.

Nahezu alle Hoffnungen sah er zerschlagen. Sein Wunsch, durch eine Trennung in Marion die Erkenntnis ihrer wahren Gefühle zu erwecken, schien nicht mehr nötig zu sein. Marion hatte sich bereits entschieden – für Gilbert Parker.

Ein untrügliches Gefühl sagte ihm, daß dieser Mann die Liebe einer Marion Vollmer nicht verdiente, daß er ihrer nicht würdig war.

Trotzdem ertappte er sich dabei, daß er eine entscheidende Aussprache, ein Alleinsein mit Marion herbeisehnte.

Und die bot sich schneller, als er sich erträumt hatte.

Nach Aufhebung der Tafel, als Stepha zu dem Gatten eilte, weil sie die Sorgenfalte auf seiner Stirn gewahrte – und Marion in den Wintergarten schlenderte, folgte er ihr auf dem Fuße.

Stepha bemerkte zwar, als sie den Arm um den Gatten legte, sein Zusammenzucken, aber sie legte ihm eine andere Bedeutung bei und sagte aus dieser Überzeugung heraus:

»Mach dir nicht so viele Sorgen um Marion und den unerwartet aufgetauchten Señor Parker. Du wirst ihn kennenlernen, und gegen deine Menschenkenntnis wird sich dann auch Marion nicht sträuben.

Ich glaube, du nimmst die Verantwortung für Marion viel zu schwer. Glaubst du, mit Vernunft gegen Liebe anrennen zu können?«

Mit heimlicher Qual sah Dieter in das schöne Gesicht seiner Frau. Ein paar rostbraune Locken umschmeichelten ihr vor Eifer glühendes Gesicht, und ihr lockender Mund war nahe dem seinen.

Schnell drückte er seine Lippen darauf.

Es war mehr als die Liebe zu ihr und ihr bezaubernder Liebreiz, die ihn zu dieser Zärtlichkeit veranlaßten. Es war heiße Dankbarkeit, denn mit ihren Worten entschuldigte sie ja, wenn auch ahnungslos, sein Tun. Auch ihm war es nicht gelungen, mit Vernunft gegen die Liebe anzukämpfen.

»Meine schöne, kluge Stepha!« sagte er bewegt, sich mit Gewalt zu einem leichteren Ton zwingend. »Mit diesem Señor Parker werden wir gewiß fertig werden.«

Stepha aber dachte an das unlängst mit dem Gatten geführte Gespräch und gab zu bedenken:

»Wir haben uns dennoch beide getäuscht, Klaus, denn

wir vermuteten doch, daß Marion und Jörg –?« Lächelnd schmiegte sie sich an ihn. »Ist es nicht beinahe so, als habe Marion uns eine Lieblingsidee zerschlagen? Vielleicht sind wir beide nur deshalb so bestürzt?«

Dieter gab das Lächeln zurück. Alle Unruhe des Herzens verbarg er hinter diesem Lächeln, das Stepha in dem Glauben wiegen sollte, es handle sich nur um Marion und um die Verantwortung, die er für das junge Geschöpf trug.

Arm in Arm folgten sie den Eltern in die Bibliothek.

Jörg und Marion waren nirgends zu sehen!

~

Marion stand im Wintergarten am Fenster und kehrte Jörg, der zögernd näher trat, den Rücken zu.

Von der Seite her sah er, daß ihre Augen mit einem leeren Ausdruck ins Weite gerichtet waren. Die Lippen hatte sie herb geschlossen.

Ganz in Gedanken versunken, hörte sie Jörg nicht kommen. Erst als er sich leise räusperte, drehte sie sich etwas um.

»Ach – Sie sind es?« sagte sie.

Das klang gleichgültig und trieb Jörg helle Zornesröte in die Stirn. Sekundenlang war er in Versuchung, sich umzudrehen und sich nicht weiter um sie zu bemühen. Aber der Drang nach Klarheit war mächtiger in ihm.

Trotzdem konnte er sich nicht dazu entschließen, zärtlich im Ton zu sein, dazu war er durch die vorhergegangenen Ereignisse zu sehr verbittert.

»Wenn Sie meine Anwesenheit stört, kann ich mich ja zurückziehen«, spöttelte er.

»Warum sollten Sie mich wohl stören?« fragte sie ebenso spöttisch über die Schulter zurück. »Ich habe doch gar kein

Recht, Ihnen den Aufenthalt im Wintergarten zu verbieten.«

Jörg unterdrückte eine heftige Antwort.

»Ich habe mit Ihnen zu sprechen«, sagte er statt dessen; und das klang beinahe wie ein Befehl.

»Sie mit mir?« Marion zuckte hochmütig die Schultern. »Was haben Sie mir wohl zu sagen?«

»Vor allem möchte ich wissen, weshalb Sie mich seit einiger Zeit so – so verächtlich behandeln!«

Marion drehte sich ihm voll zu. Sie gab sich den Anschein völliger Unbefangenheit.

»Ich wüßte nicht ...«

Da trat er einen Schritt dicht an sie heran und sah sie ernst und entschlossen an.

»Warum reizen Sie mich unnötig, Marion?« sagte er mit kaum unterdrückter Erregung. »Bedeutet Ihnen Gilbert Parker so viel, daß Sie seinetwegen Ihre früheren Freunde derartig schlecht behandeln müssen?«

Marions Mund verzog sich zu einem ungläubigen Lächeln.

»Davon habe ich nichts bemerkt«, widersprach sie kühl. »Zudem vergessen Sie, daß meine Freundschaft zu Señor Parker älter ist.«

»Freundschaft – Freundschaft!« brach es aus Jörg hervor. »Wir reden ja um die Sache herum. Sagen Sie Liebe und nicht Freundschaft, dann sind Sie wenigstens ehrlich!«

Marion antwortete nicht. Sie sah ihn nur groß an. Glaubte er, sie bevormunden zu können? Alles in ihr empörte sich gegen diese Anmaßung.

Dazu dachte sie noch an Klaus Stoltenbecks Zurechtweisung. Das alles zusammengenommen, veranlaßte sie erst recht, Parker gegen alle Angriffe in Schutz zu nehmen.

Gleichzeitig lockte es sie, Jörg recht weh zu tun; so weh,

wie er ihr mit seiner gelassenen Äußerung getan hatte, daß er bereits die Rechte gefunden habe.

»Warum antworten Sie nicht?« drängte Jörg.

»Ich weiß nicht, ob die Antwort Ihnen gerade angenehm sein wird.« Marion wich ihm aus und gebrauchte absichtlich so unklare Worte.

»Allerdings!« lenkte er ein, mit merkwürdig gepreßter Stimme. »Deutlicher brauchen Sie nicht noch zu werden. Da bliebe für mich nur noch eins übrig: Ihnen Glück zu wünschen.«

Verwirrt schlug sie die Augen nieder. Zarte Röte ergoß sich über Hals und Nacken.

»Danke«, kam es leise von ihren Lippen.

»Darf ich mich dann von Ihnen verabschieden?« hörte sie ihn nach einer Pause fragen.

Etwas wie Schreck lag in ihrem Blick, als er sekundenlang in dem seinen versank. Aber der verriet nichts von dem, was in Jörg wühlte und bohrte.

»Sie wollen fort?« Ein Zittern lag in ihrer Stimme.

»Ja!« sagte er hart. »Meine Aufgabe ist hier erfüllt.« Er streckte ihr die Hand entgegen, in die sie zögernd die ihre legte.

Jörg umschloß sie sekundenlang und preßte sie dabei so fest, daß es sie schmerzte.

»Alles Gute, Marion! Ich hatte mir allerdings eingebildet, daß Ihr Glück anders aussehen würde.«

Sie spürte sekundenlang seine Lippen auf ihrem Handrücken und sah wie durch einen Nebelschleier hindurch, wie sich der stolze Nacken beugte.

Dann ein fester Schritt – und sie war allein, allein mit einem unsagbar stechenden Schmerz in der Brust.

Ich bin zu weit gegangen, warf sie sich bitter vor. Ich habe ihn vertrieben und mich selber damit unglücklich gemacht.

Nun kann Gilbert Parker kommen, dachte sie bitter. Jetzt gibt es keinen Grund mehr, mich ihm zu verweigern.

Als sie sich einigermaßen wieder gefaßt hatte und innerlich fest entschlossen war, sich einer Werbung Parkers nicht mehr zu widersetzen, suchte sie die Freunde wieder auf, die sie in einer gedrückten Stimmung vorfand.

Jörg Reinwaldt war nicht mehr da.

Sie fragte auch mit keiner Silbe nach ihm, und die Anwesenden vermieden es, an ihn zu erinnern, nachdem sie einen Blick in Marions verstörtes Gesicht geworfen hatten.

Gegen Abend kehrten Stepha, Dieter und Marion in die Villa Stoltenbeck zurück, wo ihnen Doris Siebers, die Hausdame, einen überaus herzlichen Empfang bereitete.

Das Abendessen hatte sie besonders festlich angerichtet. Noch lange saß man zusammen und plauderte. Ausgenommen Marion, die auffallend still war.

Sie zog sich auch als erste zurück. Sie bewohnte die ebenfalls neu hergerichteten und modern ausstaffierten Gastzimmer, ein Wohn- und ein Schlafzimmer, und hatte ihre treue Stanja gleich neben sich untergebracht.

Stanja war in letzter Zeit gar nicht mehr mit ihrer jungen Herrin zufrieden. Marion war ihr zu still. Manchmal überraschte sie sie sogar, wie sie verloren vor sich hin starrte.

»Du gefällst mir gar nicht mehr, Kindchen!« meinte sie bekümmert. »Was fehlt dir, mein Liebling? Hast du etwa Heimweh?«

»Heimweh?« Überrascht und verwundert klang die Gegenfrage. Und plötzlich ließ Marion den Kopf auf den Arm sinken und weinte auf, wild und schmerzlich. Erschrocken stand die Alte diesem Schmerzensausbruch gegenüber.

»Vielleicht ein wenig Heimweh – du hast recht«, entgegnete Marion, sich schnell das Gesicht wieder trocknend. »Was sollte mir sonst fehlen, da alle so gut zu mir sind?«

Stanja befriedigte diese Antwort indessen keineswegs. Mißbilligend ging sie im Zimmer umher und brummte allerhand Unverständliches vor sich hin.

»Nun ist Herr Reinwaldt abgereist«, meinte sie schließlich, als ihr die Stille auf die Nerven fiel. »Schade!«

»Wieso schade?« fragte Marion gereizt. »Bis jetzt hast du mir noch mit keinem Wort verraten, daß Jörg Reinwaldt dir gefallen hätte.«

»Jedenfalls besser als dieser – Señor Parker!« erwiderte Stanja mit Nachdruck.

Da warf Marion den Kamm auf den Tisch und stampfte mit dem Fuß auf.

»Was ihr nur alle gegen Gilbert Parker habt? Jetzt fängst auch du noch davon an! Ich will nichts mehr davon hören! Ich verbitte mir das!«

Ganz erschrocken ließ die Alte die Hände sinken.

»Ja, mein Gott, Marion, das klingt doch geradeso, als ob du –?«

»Jawohl – als ob ich die Absicht habe, Parkers Frau zu werden! Genauso klingt das!« trumpfte Marion auf.

»Nein, Marion – nein!« schrie Stanja förmlich heraus.

Marion antwortete nicht. Ruhelos wanderte sie im Zimmer auf und ab, von Stanjas Augen ängstlich verfolgt. Das Kind war doch nicht glücklich – dachte sie voll heißer Sorge. Das würde kein gutes Ende geben. Die gute Alte war so wunderbar ruhig gewesen, seitdem Jörg Reinwaldt sich um die junge Herrin bemühte. Nun war er plötzlich abgereist, und Marion sprach davon, daß sie Parkers Frau werden wollte?

Parker hatte ihr nichts zuleide getan, gewiß nicht. Im Gegenteil; er behandelte sie ausgesucht höflich, sobald Marion sich in der Nähe befand. Aber sonst sah er über sie hinweg. Nein! Er trug eine Maske, das war gewiß. Nur Marion sah das nicht!

Stanja vergrub sich immer mehr in diesen Gedanken und fuhr in die Höhe, als nach leisem Anklopfen die junge Hausfrau erschien.

Stepha grüßte die Alte mit einem herzlichen Kopfnicken. Da glitt ein befreiendes Lächeln über ihre Züge, und beruhigt huschte sie an Stepha vorbei ins Nebenzimmer.

Auch Marion freute sich.

»Das ist lieb, daß du noch einmal nach mir siehst!« sagte sie und rückte der jungen Frau einen Sessel zurecht.

Ehe Stepha sich setzte, fuhr sie zärtlich über Marions Gesicht.

»Was hat es zwischen dir und Jörg gegeben, Marion?« forschte sie und sah das junge Mädchen eindringlich an.

»Nun fängst du auch noch damit an?« sagte sie gequält. »Nichts«, fügte sie abweisend hinzu.

Stepha beugte sich zu der Freundin hinab und nahm deren Gesicht in ihre Hände.

»Nichts, Marion – wirklich nichts?« Und als Marion heftig den Kopf schüttelte, behauptete sie mit feinem Lächeln: »Du kannst dich ja gar nicht verstellen, Marion! Man liest es dir doch an den Augen ab, daß da etwas nicht stimmt. Du willst es nur nicht zugeben!«

»Muß das denn aber unbedingt mit Jörg Reinwaldt zusammenhängen?« fragte Marion zurück. Und diese Gegenfrage klang so ruhig, daß sogar die feinfühlige Stepha stutzte.

»Was ist es denn sonst?« erkundigte sie sich teilnehmend. »Du trägst doch irgend etwas mit dir herum, was dich quält. Oder – hat Klaus dich gekränkt? Hängst du so sehr – an diesem Parker, daß du dir seinetwegen so viel Kopfzerbrechen machst?«

Da ging es durch Marion wie ein heimliches Aufatmen. Das war das erlösende Wort gewesen, das sie von ihrer Verbissenheit befreite.

»Ich werde – Parkers Frau werden, Stepha.«

Stepha war von dieser Nachricht zunächst wie gelähmt. Zwar kannte sie diesen Mann nicht, aber im Augenblick war das Ausschlaggebende, daß Marion nicht glücklich war.

»Du – liebst ihn also?« kam es über ihre Lippen.

»Ich – nehme es an«, sagte Marion geistesabwesend.

Da umklammerte Stepha die Schultern der Freundin und schüttelte sie ein paarmal.

»Marion, du denkst es nur – du weißt es nicht einmal genau? Mädel, was ist nur in dich gefahren? Sprich dich doch einmal aus! Mir scheint, du rennst mit offenen Augen in dein Unglück.«

»Kennst du – Gilbert Parker denn?« fragte Marion sachlich und kühl zurück, so daß Stepha im ersten Augenblick ganz verlegen wurde.

»Nein!« mußte sie bekennen. »Aber das richtet sich ja gar nicht gegen diesen Mann«, widersprach sie dann heftig. »Ich will damit nichts gegen ihn gesagt haben. Ich weiß jedoch mit Bestimmtheit, daß du nicht glücklich bist und diesen Parker auch nicht liebst! Du verbirgst etwas vor mir, Kind! Du bist gegen dich selber nicht ehrlich.«

Marion kämpfte mit sich einen schweren Kampf.

»Du – du hast wohl angenommen, aus Jörg und mir würde ein Paar?« fragte sie dann mit abgewandtem Gesicht.

Abermals war Stepha betroffen, da Marion Jörg Reinwaldts Namen so ruhig aussprechen konnte.

»Ja, Marion – das habe ich allerdings angenommen und sogar gewünscht«, sagte sie dann. »Ihr hättet euch vorzüglich ergänzt. Und zu Jörg Reinwaldt habe ich unbegrenztes Vertrauen.«

Da hob Marion die Augen zu der Freundin auf, und Tränen schwammen darin.

»Aber er liebt ja eine andere!« stieß sie heftig hervor, und damit war auch alle erkünstelte Ruhe von ihr abgefallen. »Er hat es mir selber gesagt! Soll ich etwa hinter einem Mann herlaufen, der gar nicht an mich denkt?«

Stepha war bestürzt. Das hatte sie freilich weder geahnt noch erwartet. Jörg war schon gebunden? Und Marion liebte ihn? Das stand jedenfalls unabänderlich bei ihr fest. Und weil das Unglückselige dieser Liebe sie erschütterte, gehörte der kleinen Freundin ihr ganzes Mitleid und alle Zärtlichkeit.

»Deshalb nimmt man aber doch nicht gleich den ersten besten, Marion!« sagte sie mit verhaltener Stimme. »Hast du dir denn gar nicht überlegt, daß du damit dich und Parker nur belügst?«

Da lehnte Marion mit einer müden Gebärde den Kopf an Stephas Schulter, und verzweifelt kam es über ihre Lippen:

»Ach, ich weiß überhaupt nichts mehr. Mein Kopf ist leer vom vielen Denken!«

Voll Erbarmen legte Stepha ihre Hände auf den dunklen Kopf der Freundin. Sie fühlte, wie Marions ganzer Körper vom Weinen zuckte, und stand für den Augenblick diesem hilflosen Schmerz ratlos gegenüber. Das einzige, was sie tun konnte, war, daß sie sich vornahm, Marion gegenüber noch verständnisvoller, noch gütiger zu sein.

~

»Ein Herr Gilbert Parker wünscht Herrn Stoltenbeck zu sprechen«, meldete Marianne Heidecke dem Chef, als er kaum eine Stunde wieder im Werk war und eben begonnen hatte, einen Stapel Post durchzuarbeiten. Die beiden Prokuristen standen abwartend daneben.

Dieter Stoltenbeck sah auf. Und beide bemerkten, wie das dunkel getönte Gesicht des Chefs plötzlich eine gelbliche Färbung annahm.

»Ich lasse bitten!« ertönte es nach einer Weile.

Dieter war, obgleich innerlich auf diesen Besuch vorbereitet, doch zutiefst erschrocken. Er legte die Post in die Mappe zurück und reichte sie mit einem entschuldigenden Lächeln Jacobsen.

»Ich bitte Sie später noch einmal zu mir!«

Mit einer Verbeugung zogen die beiden Prokuristen sich zurück.

Dieter Stoltenbeck holte tief Atem. Dann stand er auf und trat ans Fenster, lehnte sich mit dem Rücken dagegen und brachte sein Gesicht in den Schatten.

Blitzschnell, während er wartete, daß der Bürodiener ihm Mr. Parker zuführe, rollte Bild vor Bild vor seinem geistigen Auge ab.

Drüben war es, auf Vollmers Farm, da er täglicher Gast im Hause war. Parker, nach außen hin geschniegelt und gebügelt, hatte sich im Hause Vollmer eingeschlichen, angeblich um Geschäfte mit ihm zu machen. Vollmer war vorsichtig, er tat fast nichts, ohne seinen jungen Freund Dieter Stoltenbeck zu Rate zu ziehen, und dieser hielt es für richtig, seine Gewährsleute in Vollmers Namen über Parker auszuhorchen.

Die Auskunft lautete niederschmetternd. Nicht allein dunkle Geschäfte waren ihm nachzuweisen, er hatte sich auch an Hochstapeleien und unehrenhaften Handlungen beteiligt.

Aber da hatte er es bereits verstanden, sich bei der jungen, unerfahrenen Marion unentbehrlich zu machen. Tatsächlich wich er nicht mehr von deren Seite, begleitete sie auf ihren Ritten, machte ihr abends auf der Terrasse des Hauses Komplimente und brachte ihr die neuesten Tänze bei. Es war offensichtlich, daß er seine Geschäfte ganz vergessen zu haben schien, ihn interessierte nur noch die reiche Erbin, und er legte alles darauf an, sich in deren unbeschriebenes Herz einzuschleichen.

Da kam die Auskunft. Zornbebend war Dieter hinübergeritten zu Vollmers Farm, hatte ihn unter vier Augen über Parker aufgeklärt, und Parker war daraufhin sofort aus dem Hause gewiesen worden.

Voller Wut hatte er sich entfernt, aber Dieter im Innern Rache geschworen.

Auch er mußte ja glauben, daß Dieter tot sei. Aber Dieter war es unheimlich zumute. Würde er auch Parker täuschen können?

Da trat Gilbert Parker ein und kam mit einem verbindlichen Lächeln näher.

»Dem Namen nach werde ich Ihnen kein Fremder sein«, begann er zuversichtlich, von Marion bereits darüber aufgeklärt.

»Allerdings«, sagte Dieter vom Fenster her und lud mit einer Handbewegung zum Platznehmen ein.

Langsam kam er tiefer ins Zimmer, innerlich noch unschlüssig, wie er dem unangenehmen Besucher gegenübertreten sollte.

»Sie wünschen mich zu sprechen?«

Gilbert Parker hatte jäh die Farbe gewechselt, als Dieter Stoltenbeck sich ihm gegenüber niederließ. Er mußte sich schnell vergegenwärtigen, daß Tote nicht wieder auferstehen und daß Klaus Stoltenbeck der Zwillingsbruder des Verstorbenen war.

Forschend ruhte Dieters Blick auf dem Mann, dem er am liebsten die Tür gewiesen hätte. Körperliche Pein verursachte es ihm geradezu, ihn ruhig, sogar freundlich anhören zu müssen.

»Sie werden sich wundern«, nahm Parker das Wort, den unbequem werdenden Augen Dieters ausweichend. »Meine

Freundschaft zu Marion Vollmer und deren Vater verpflichtete Sie ja noch längst nicht dazu, mich zu empfangen.«

»Marions Freunde sind auch die meinigen«, versicherte Dieter zurückhaltend.

»Mit tiefem Bedauern erfuhr ich von dem Unglücksfall Ihres Herrn Bruders«, sprach Parker und steuerte damit geradewegs auf sein Ziel los. »Sicherlich werden Sie nicht allein durch Marion, sondern auch durch Herrn Dieter meinen Namen gehört haben.«

Dieter war es bei diesen scheinheiligen Worten zumute, als müsse er aufspringen und ihn in das lächelnde Gesicht schlagen. Durch äußerste Beherrschung gelang es ihm jedoch, Haltung zu bewahren.

»Da muß ich Ihnen eine Enttäuschung bereiten. Ihren Namen hörte ich erstmalig aus Marion Vollmers Mund.«

Irrte er sich, oder glitt tatsächlich blitzschnell freudige Überraschung, ja, ein befreiendes Aufatmen über Parkers Züge? Das wäre ja auch ganz erklärlich; mit seiner Antwort wiegte er Parker in völliger Sicherheit.

Dieters Sinne waren aufs äußerste angespannt. Sein Widerwille gegen den Besucher wuchs von Minute zu Minute.

Parker sah mit leisem Kopfschütteln zu Boden. »Das wundert mich außerordentlich«, meinte er scheinbar betroffen. »Dieter Stoltenbeck, Ihr Herr Bruder – war mit mir befreundet.«

Dieter machte nicht die geringste Bewegung. Er brachte sie schon aus einer Art innerer Lähmung heraus nicht zustande. Das war ja die Höhe! Wenn nicht Parkers Nähe so sehr gefährlich für ihn gewesen wäre, hätte er dieser ganzen Komödie ein schnelles Ende bereitet.

So aber durfte er nicht sein Glück leichtfertig aufs Spiel setzen, um Parker abzuschütteln. Noch wußte er ja nicht, wohinaus dieser zielte.

In der Unterhaltung war abermals eine Pause eingetreten.

»Davon ist mir allerdings nichts bekannt«, klang endlich Dieters Stimme in die lastende Stille. »Es entzieht sich demnach auch meiner Kenntnis, welchen Wert mein Bruder dieser Freundschaft beimaß.«

Das war eine deutlich ausgesprochene Abwehr, die Parker auch sofort spürte – ja, mehr noch, die er für Mißtrauen hielt. Er tat sie jedoch mit einem Achselzucken beiseite.

»Wollen Sie etwa behaupten, daß man drüben einen anderen Maßstab an die Freundschaft legt als hier?« fragte er, ohne die geringste Spur von Beleidigtsein zu zeigen.

»Das nicht!« bemerkte Dieter Stoltenbeck widerwillig. »Wenngleich es naheliegt, daß man drüben eher Freundschaften schließt, weil einem keine große Wahl bleibt.«

»Hatten Sie Gelegenheit, die dortigen Verhältnisse so gut kennenzulernen?«

»Ich bin ziemlich genau unterrichtet«, antwortete Dieter kurz. »Wollen wir aber nicht lieber auf den Kernpunkt Ihres Besuches zu sprechen kommen? Da Sie schon durch Erwin Vollmer vom Tod meines Bruders erfuhren, muß ich annehmen, daß Ihr Besuch mir gilt.«

Parker richtete sich etwas höher auf. Er legte die Fingerspitzen zusammen und sah unschlüssig auf sie herab. Dabei fühlte er sich scharf beobachtet und stellte bei sich fest, daß man Klaus Stoltenbeck schwer beurteilen konnte, während man selber das unangenehme Gefühl hatte, daß man sich durchschaut sah.

Nun – war es einst Dieter Stoltenbeck gelungen, ihn nicht nur zu durchschauen, sondern ihn sogar zu entlarven, diesem Klaus Stoltenbeck sollte das nicht gelingen. Diesmal wollte er vorsichtiger sein, wenngleich er einen Teil seines Planes auf ziemlich ungenauen Berechnungen aufgebaut hatte.

»Sie haben recht«, knüpfte er an Dieters Worte an. »Ihnen gilt in erster Linie mein Besuch. Durch Dieters, meines Freundes Tod, ist eine Lücke gerissen worden. Seine Stelle muß drüben wieder besetzt werden, und da ich nicht nur die Verhältnisse genau kenne, sondern auch … auch über weitgehende Verbindungen verfüge, könnte ich dem Hause Stoltenbeck wertvolle Dienste leisten, die ich Ihnen hiermit anbiete.«

Dieter beugte sich etwas vor. Er war völlig überrascht. Wenn er alles erwartet hätte, das nicht. So hoch hatte Parker sich also sein Ziel gesteckt?

»Sie finden mich überrascht«, sagte er so beherrscht wie möglich. »Erstens sind Sie mir ein Fremder, und zweitens hat sich die Notwendigkeit einer Neubesetzung noch nicht ergeben. Unser derzeitiger Geschäftsführer drüben ist ein erprobter, umsichtiger Mann.«

»Sie mißtrauen mir also?« warf Parker hastig ein.

»Wie käme ich dazu?« wehrte Dieter kühl ab. »Da Sie mir unbekannt sind, bliebe mir ja die Möglichkeit offen, mich genauestens über Ihre Person zu unterrichten. Das wäre aber erst in zweiter Linie zu erwägen, da wir, wie gesagt, an einen Ersatzmann noch nicht gedacht haben.

Sie haben sicherlich auch nicht damit gerechnet, daß ich mich sofort entscheiden würde.«

»Ich kann Ihnen mit erstklassigen Referenzen dienen«, brachte Parker noch hervor.

Aufdringlicher Bursche – dachte Dieter und erhob sich. Und etwas von seinem Widerwillen mußte sich auch in seinen Zügen widerspiegeln, denn mit innerem Schrecken folgte Parker seinem Beispiel.

»Sie können sich denken, daß ich diese Reise hierher nicht ganz umsonst gemacht haben möchte«, meinte er, und sein hochmütiges und selbstsicheres Wesen wechselte auf einmal über in Unterwürfigkeit. »Ohne irgendwelchen Erfolg möchte ich Deutschland nicht gern verlassen.«

Dieter straffte sich und richtete den Blick fest auf seinen Besucher.

»Um nicht erst falsche Hoffnungen in Ihnen zu erwecken, halte ich es für notwendig, Sie von vornherein auf die Aussichtslosigkeit Ihres Anerbietens aufmerksam zu machen.«

Parker erbleichte. Er spürte, daß die Haltung Stoltenbecks kühl, fast feindselig geworden war, und konnte sich diesen Umschwung nicht erklären. Trotzdem gab er die Hoffnung nicht auf.

»Vielleicht vermag die Tatsache Sie umzustimmen«, meinte er, »daß ich demnächst in ein enges verwandtschaftliches Verhältnis zu Erwin Vollmer treten werde und allein schon dadurch jeder Zweifel an meiner Persönlichkeit behoben wird.«

Obwohl Dieter auf diese Anspielung vorbereitet war, traf sie ihn in ihrer unverhüllten Art doch noch schwer genug.

»Ich verstehe nicht, was Ihre geschäftliche Angelegenheit mit Erwin Vollmer, Marions Vater, zu schaffen hätte!«

Das Lächeln um Parkers Mund vertiefte sich.

»Dem Schwiegersohn des Mannes, der dem Hause Stoltenbeck ziemlich nahesteht, werden Sie sicherlich einige Aussichten offen lassen.«

Dieter sah gelangweilt nach dem Zifferblatt der elektrischen Uhr.

»So meinen Sie das also?« erwiderte er. Er schien völlig unberührt von dieser Eröffnung zu sein. »Dann hätte sich doch Ihre Reise wenigstens nach einer Seite hin gelohnt.«

Dieter brachte es nicht über sich, Parker noch länger mit höflicher Freundlichkeit zu behandeln.

Parker aber war zäh, und eine leise Ahnung stieg in Dieter auf, daß er kein Mittel unversucht lassen würde, sowohl bei Marion als auch bei ihm sein Ziel zu erreichen.

Auch der tückische Blick, den er gerade noch auffangen konnte, bestätigte ihm, daß er sich auch als Klaus Stoltenbeck in Parker einen unerbittlichen Feind geschaffen hatte.

War das nun unklug von ihm gewesen? Was hatte er dadurch erreicht? Hatte dieser unverhüllte Blick ihm nicht bereits bestätigt, daß Parker gereizt und deshalb gefährlich geworden war? Doch da wurden seine Gedanken schon wieder unterbrochen.

»Würden Sie mir wohl gestatten, Ihrer Frau Gemahlin sowie Marion morgen meine Aufwartung zu machen?« fragte Parker geschmeidig.

Dieter war verblüfft. Aber gerade diese Art gab ihm zu bedenken, daß Parker ihm ganz einfach zu entschlüpfen versuchte.

Er verbeugte sich knapp, was wohl seine Zustimmung ausdrücken sollte. Und damit war die Unterredung beendet. – Als Dieter wieder allein war, stand er minutenlang regungslos inmitten des Zimmers und starrte auf die geschlossene Tür.

Lieber Himmel! Weshalb mußte das so kommen? Warum konnte er nicht einfach vor Parker hintreten und ihn entlarven? Weil er sich selber dabei entlarven würde!

Rächte sich jetzt die eigene Lüge, die Lüge, mit der er sich Stephas Herz erobert hatte und mit der er sein und Stephas Glück vernichten würde, wenn er jetzt handelte, wie er gern handeln mochte?

Wie konnte er sich nur dagegen wehren?

Etwa Stepha ein offenes Bekenntnis ablegen? Unmöglich! Das hieße sich selbst vernichten! Sich und Stepha unglücklich machen!

Aber konnte er es andererseits verantworten, daß Marion blindlings in ihr Unglück lief?

Oder sollte er sich an Erwin Vollmer um Hilfe wenden?

Wie aber sollte er begründen, daß er um Parkers frühere Schandtaten wußte?

So fieberhaft Dieter auch nach einem Ausweg suchte, er konnte ihn im Augenblick nicht finden. Überall stieß er auf ein unüberwindbares Hindernis. Und das war er selber. Er selbst versperrte sich den Weg, denn er war ja nicht mehr Dieter – sondern Klaus Stoltenbeck und hatte nach außen hin den Geschehnissen von damals fern zu stehen.

Als Dieter am Abend den Heimweg antrat und Stepha besorgt in seinen Zügen forschte, da konnte er wieder so unbefangen lächeln, daß sie sich töricht schalt und alle dummen Gedanken verbannte.

Nach dem Abendessen saßen sie alle in der Halle vor dem Kamin zusammen. Stepha hatte sich eine Handarbeit vorgeholt, Marion hielt ein Buch in den Händen, und Dieter hatte eine Fachzeitschrift auf den Knien ruhen.

Die Stimmung war nicht so lebhaft wie sonst, aber Dieter und auch Marion waren bemüht, nichts Bedrückendes aufkommen zu lassen.

Schließlich meinte Dieter, Marion dabei scharf im Auge behaltend: »Übrigens hat mir Parker heute seine Aufwartung gemacht und mir dabei angekündigt, daß er morgen früh hier vorsprechen werde.«

Stepha sah überrascht auf, während Marion das erglühende Gesicht tiefer hielt.

»Und?« unterbrach Stepha fragend die eingetretene Stille. »Wie gefällt er dir?«

Da wurde Dieters Gesicht hart und kantig.

»Schlecht!« war seine Antwort, woraufhin Marion ihr Buch hart zuklappte und sich steil aufrichtete.

»Verzeih, Klaus!« brachte sie mühsam hervor. »Ist dein Urteil nicht etwas zu rasch gefällt?«

Dieter war es, als habe er einen Augenblick lang seine

Rolle vergessen. In der Tat, er hatte sich aus Sorge um sein Glück und um Marions Wohlergehen zu einer Unvorsichtigkeit hinreißen lassen.

»Das glaube ich nicht!« erwiderte er mit der gleichen Schärfe, weil er nun nicht mehr zurücktreten wollte. »Bis jetzt hat mich meine Menschenkenntnis noch nie im Stich gelassen. Und mir gefällt dieser Parker nicht, wenngleich ich zugeben muß, daß sein Äußeres bestechend ist und auf eine Frau leicht Eindruck machen kann.

Es tut mir leid, Marion, daß ich dir das sagen muß, aber gerade dir hätte ich ein gesünderes Urteil zugetraut.«

Seine Worte erweckten jedoch in ihr das gleiche Gefühl des Trotzes wie seinerzeit bei Jörg. Hatte nicht auch Jörg schon behauptet, daß die Frauen leicht auf Männer von der Eigenart Parkers hereinfielen?

Sie allein war verantwortlich für das, was sie tat. Und sie wollte ihren Lebensweg mit dem Gilbert Parkers vereinen, auch wenn alle anderen daraus eine Gefahr für sie vorausahnten!

Worin sollte die Gefahr übrigens liegen? Parker selber war wohlhabend. Darauf konnte man aus der ganzen Art seines Auftretens schließen. Nie hatte er sich ihr gegenüber auch nur ein einziges Mal unbeherrscht gezeigt, stets war er bemüht gewesen, ihr gefällig zu sein. Und das sollte sie ihm damit lohnen, daß sie ihn fallenließ, nur deshalb, weil er Klaus und Jörg nicht gefiel?

»Ich verstehe dich nicht, Klaus«, meinte sie beharrlich aus ihrer Gegenstellung heraus. »Du gibst an, daß Parker dir mißfallen habe – du warnst mich sogar vor ihm, ohne mir auch nur einen einigermaßen glaubwürdigen Grund dafür angeben zu können. Du kannst doch nicht verlangen, daß ich auf dieses Urteil hin das meine ohne weiteres umstoße, zumal ich Parker länger kenne als du.«

Zu seinem Schrecken merkte Dieter, daß er auf diese Weise nichts erreichte.

Gründe? Ach, sogar Beweise hätte er anführen können, wenn es ihm nicht im gleichen Augenblick wieder zum Bewußtsein gekommen wäre, daß ihm in diesem Falle die Hände gebunden waren.

»Wenn ich auch zugeben muß«, kam es ziemlich gepreßt aus seinem Mund, »daß ich im Augenblick keine stichhaltigen Gründe gegen Parker anführen kann, so möchte ich dich doch bitten, nicht unüberlegt oder kopflos zu handeln. Ich rate dir dringend, dich und Parker vorher genau zu prüfen.

Auch wenn du Parker bereits dein Wort gegeben hast, soll dich das nicht hindern, eine Verbindung noch rückgängig zu machen, wenn du das Unmögliche eingesehen hast. Mit meiner Hilfe kannst du dabei jederzeit rechnen. Ich werde sie dir niemals versagen.«

Dieters ernster, beinahe beschwörender Ton verfehlte seine Wirkung weder bei Marion noch bei Stepha, die mit wachsender Unruhe diesem Wortwechsel gefolgt war.

Nunmehr ergriff auch Marion etwas wie eine peinigende Furcht.

»Parker hat weder mein Wort, noch habe ich ihm zu verstehen gegeben, daß ich den Willen habe, seine Frau zu werden«, sagte sie empört. »Erst in den letzten Stunden ist mir verschiedenes klargeworden. Wie kommst du nur zu dieser Äußerung?«

Neben grenzenlosem Erstaunen empfand Dieter in diesem Augenblick auch eine kleine Genugtuung. Hatte Parker etwa eine Unüberlegtheit begangen, die sogar die ahnungslose Marion stutzig machte?

»Darüber bin ich sehr überrascht, Marion«, sagte er. »Mir gegenüber spielte Parker sich bereits als Schwiegersohn Erwin Vollmers auf. Ja, noch mehr. Auf Grund dieser Verbindung, die seiner Aussage nach nicht mehr in weiter Ferne liege, bewarb er sich heute sogar um die Leitung des Übersee-Unternehmens in Rio.«

Marions Augen hingen staunend an seinen Zügen, und eine Falte bildete sich zwischen ihren Brauen.

»Das – das hat er zu behaupten gewagt?« stieß sie erregt hervor. »Das ist ein glatter Übergriff, Klaus! Ich selber habe bis vor wenigen Stunden noch nicht daran gedacht, Parkers Frau zu werden. Freilich habe ich als Frau gefühlt, daß er mir mehr als Freundschaft entgegenbringt.«

Ein feines Lächeln umspielte Dieters Mund.

»Und – du bist von Parkers uneigennütziger Liebe überzeugt?«

Hilfesuchend sah Marion um sich. Wie froh und unbeschwert hätte sie sein können, wenn sie diese Frage mit einem überzeugten »Ja« hätte beantworten können. Aber das wollte nicht über ihre Lippen kommen. Etwas, was sie selber nicht zu deuten wußte, hatte sich dazwischengeschoben und Parkers Bild verzerrt.

Aber sofort vergegenwärtigte sie sich alles, was für Parker sprach, und erregt sprang sie in die Höhe.

»Du gehst entschieden zu weit, Klaus!« rief sie. »Du unterschiebst Parker ganz gemeine Beweggründe, ohne den Mann überhaupt richtig zu kennen. Dagegen muß ich mich entschieden verwahren, zumal ich gewillt bin, seine Frau zu werden.«

»Marion!« warf Stepha, tief erschrocken über die scharfe Wendung des Gespräches, ein. »Geh nicht so hart gegen Klaus vor! Du mußt bedenken, daß Klaus schließlich nur dein Bestes im Auge hat.«

Marions Blick glitt hinüber zu der jungen Frau. »Also auch du?« sagte sie, mit Tränen kämpfend. »Was habt ihr eigentlich gegen Parker? So spielt doch nicht Verstecken mit mir! Nennt mir die Gründe, stichhaltige Gründe – ich bin bereit, sie eingehend zu prüfen, zumal ich bekenne, daß diese Ehe keine Liebesheirat für mich bedeutet, sondern eine Vernunftehe.«

Unerträglich war es für Dieter, Marions Zerrissenheit mit ansehen zu müssen, ihr hilfloses Tappen im dunkeln – und doch nicht reden zu dürfen. Mitleid für sie und eine ohnmächtige Wut gegen Parker wühlten in seiner Brust.

»Marion!« Er trat zu dem jungen Mädchen, das Aufklärung heischend zu ihm emporsah. »Du bist viel zu jung für eine Vernunftehe. Wen willst du eigentlich damit treffen – das eigene Herz?«

»Ach!« stieß sie hervor. Es klang wie ein hilfloses Schluchzen, und im nächsten Augenblick war sie aus dem Zimmer geflohen.

Langsam ließ Dieter sich wieder nieder. Er hatte alles um sich her vergessen – sogar Stepha, die nun mit sanfter Hand über sein Haar strich.

»Warum springst du eigentlich so hart mit Marion um?« fragte sie besorgt und nicht minder erregt. »Marions Seele ist wund und zerrissen. Hast du das nicht gefühlt? Ich begehe sicherlich keinen Vertrauensbruch, wenn ich dir verrate, daß Marion Jörg Reinwaldt liebt und bei diesem Parker Zuflucht vor dieser aussichtslosen Liebe sucht.

Habe deshalb Geduld mit ihr, Klaus! Einem kranken Herzen begegnet man niemals mit Härte … immer nur mit Liebe und Geduld, zumal du eigentlich keine ausgesprochenen Gründe für deinen Verdacht anführen kannst.«

»Gründe – Gründe!« fuhr da Dieter heftig auf. »Mit Geduld kann ich das Unglück nicht aufhalten, Stepha – eher verschlimmern.«

»Welches Unglück?« fragte sie mit vor Entsetzen geweiteten Augen. »Was weißt du – und verheimlichst du uns so hartnäckig?«

»Nichts Besonderes!« sagte er hart und erhob sich brüsk. »Lassen wir also den Dingen freien Lauf! Ich – sehe keinen Ausweg!«

Stepha verfolgte ihren Mann mit ängstlichen Blicken. Sie sah, daß er heimlich mit sich rang, daß er zum Sprechen ansetzte – und es ihm den Mund wieder verschloß.

Da umklammerte sie seine Schultern und brachte ihr Gesicht dicht vor das seine.

»Was geht eigentlich um uns herum vor, Klaus? Ich fühle es … ahne es … es geht nicht nur um Marion … auch um uns. So rede doch, Klaus! Siehst du nicht, wie mich dein Schweigen martert?«

Da barg er sekundenlang sein heißes Gesicht in ihrem Haar, und es kam wie ein tiefes Stöhnen aus seiner Brust. Als er sich wieder aufrichtete, suchte er mit einem Lächeln, das beruhigend wirken sollte, ihre Augen.

»Mein Grund ist der, daß Marion noch sehr jung und unerfahren ist und daß ich mir sehr gut denken kann, daß Marions Vater an meiner Stelle ebenso sprechen würde. Es ist ja auch nur ein Versuch, Stepha. Wie könnte ich einen Zwang auf Marion ausüben?«

Stephas Arme sanken schlaff zur Seite. Er sagt mir nicht die Wahrheit, durchfuhr es sie schmerzhaft. Er leidet – und läßt mich nicht teilnehmen?

Wie vor den Kopf geschlagen fühlte sie sich, und quälende Angst kroch in ihr empor.

Sollte etwa das wieder eintreten, was sie längst zwischen sich und dem geliebten Mann ausgelöscht gesehen hatte? Begann er wieder, sein Inneres vor ihr zu verschließen?

Nur das nicht – dachte sie mit heißem Schrecken.

»Stepha!« bat er da weich. Und es klang wie eine stumme Bitte um Verständnis.

Da strich sie sich verwirrt über die Augen. Gottlob, er verfiel nicht wieder in seinen Fehler von früher! Er bat um Verständnis – um Verständnis für irgend etwas, was er in sich trug und ganz allein mit sich abmachen mußte.

Nun durfte sie auch nicht weiter in ihn dringen, sondern mußte als Kamerad ihm zur Seite stehen.

»Als wir damals rückhaltlos zueinander fanden, Klaus, da habe ich mir gelobt, dir ein wirklicher Lebenskamerad zu sein«, sprach sie bewegten Herzens. »Auch ohne viele Worte wollte ich dich verstehen lernen und niemals wieder solch ein Mißverständnis zwischen uns aufkommen lassen wie in unserer Verlobungszeit. Solch ein Mißverständnis scheint jetzt wieder zwischen uns zu stehen, Klaus. Es soll uns aber nicht voneinander abbringen, denn das würde ich heute viel … viel schwerer tragen als früher.

Aber so weit kenne ich dich, Klaus. Etwas arbeitet in dir. Und wenn du mich aus irgendeinem Grunde nicht daran teilnehmen lassen willst, so werde ich mich in Geduld fassen und so lange warten, bis du dich überwunden hast.

Aber ich bitte dich, Klaus – um unserer Liebe willen bitte ich dich, nicht wieder jene Entfremdung zwischen uns aufkommen zu lassen, die uns beinahe auseinandergebracht hätte. Willst du mir das versprechen?«

Mit einem Ausdruck tapferen Vertrauens sah sie ihn an.

Kein Muskel regte sich in seinem Gesicht. Es wirkte starr in seiner Unbeweglichkeit und war doch nichts anderes als die Maske der Beherrschung gegen die zwingende Stimme in seinem Innern. Sag ihr, wer du in Wirklichkeit bist! Wer weiß, ob sich jemals wieder solch eine günstige Gelegenheit finden wird!

Von einem Mißverständnis sprach sie? Nein, es war schwerwiegender. Es war dazu angetan, nicht nur Stephas tiefe Liebe zu erschüttern. Also hieß es, auch weiterhin alles in sich zu verschließen.

Und niemals hatte er ein Versprechen inbrünstiger gegeben:

»Durch meine Schuld soll niemals auch nur die leiseste Entfremdung zwischen uns aufkommen, Stepha! Das verspreche ich dir hiermit feierlich!«

Da glitt es wie Erlösung über Stephas Züge.

»Ich danke dir, Klaus!« flüsterte sie an seinem Hals. »Daran will ich immer denken, wenn mir einmal Zweifel kommen sollten.«

Jens Ulmenriedt hatte soeben ein Bad genommen, um sich von der anstrengenden Fahrt zu erfrischen, und war im Begriff, sich ein Buch aus der Bibliothek zu holen, als er auf dem Gang mit Jörg zusammenprallte.

»Menschenskind!« stieß er erschrocken hervor. »Ich glaube, du bist es wirklich, denn ich habe deutlich deine Knochen gespürt – oder ist es nur dein Geist?«

Aber Jörg war nicht zum Scherzen aufgelegt. Er zog den Freund wieder in sein Zimmer zurück, warf Reisemantel und Mütze von sich und drehte sich ihm zu. »Ich habe ein Flugzeug benutzt«, erklärte er kurz. »Mit der Bahn ging es mir nicht schnell genug.«

Auf den ersten Blick stellte Jens fest, daß Jörg ganz anders war als sonst.

»Es ist aus!« sagte er, sofort verstehend.

Jörgs Nicken war die Bestätigung dafür.

»Jawohl, Jens – alles ist aus! Mir bleibt nur noch das eine, schriftlich meine Glückwünsche zur Verlobung Marions mit Parker auszusprechen. Wenn ich mich besonders aufmerksam erweisen will, kann ich ja einen Rosenkorb mitsenden.«

Benommen nahm Jens etwas abseits Platz. Ihm fehlten im Augenblick die Worte. Anzuzweifeln gab es nichts – und zum Trösten fehlte ihm jedes Talent.

So glücklich und zuversichtlich war Jörg gewesen – und nun dieser unbegreifliche Umschwung?!

»Und die Verbindung mit dem Hause Stoltenbeck?« brach Jens endlich das Schweigen.

»Das Abkommen bleibt selbstverständlich bestehen«, kam es entschlossen zurück. »Es entstehen uns ja nur geschäftliche Vorteile daraus.« Gereizt setzte er noch hinzu: »Übrigens eine unnötige Frage, Jens, so weit müßtest du mich doch kennen!«

»Du hast recht, Jörg – verzeih!« bekannte Jens sofort freimütig. »Das war eine überflüssige Frage. Aber genauso unverständlich ist mir, wieso auf einmal alle deine Hoffnungen und Wünsche zerschlagen sind. Ich bedauere es, diesen Parker nicht kennengelernt zu haben, der einen Jörg Reinwaldt ausgestochen hat.«

Eine halb mutlose, halb widerwillige Schulterbewegung deutete an, daß es dem Freund unangenehm war, noch weiter darüber zu sprechen. Abschließend meinte er nur:

»Das Vergnügen kannst du haben, Jens! Denn du wirst in Zukunft alle Verhandlungen mit dem Hause Stoltenbeck führen und zum Abschluß bringen. Ihr seid euch ja auch sowieso ziemlich nahegekommen, du und Klaus Stoltenbeck. Todsicher wird er dir bei deinem nächsten Besuch schon Parker als Marions Verlobten vorstellen.«

Ein beißender Spott lag in seinen Worten.

Vor Jens' Geist aber tauchte blitzschnell ein blonder Mädchenkopf auf, und er dachte: Was mir zur Freude wird, schlägt Jörg zum Leide aus.

»Vielleicht gehe ich nun gleich wieder auf Reisen, Jens«, unterbrach Jörg den Gedankengang des Freundes. »Mit dem

Traum, seßhaft zu werden und eine Familie zu gründen – ist es jetzt ein für allemal vorbei.«

»Unsinn!« sagte Jens fast grob. »Marion Vollmer ist nicht die einzige Frau, die begehrenswert ist. Wie war früher doch dein Grundsatz? Warum wegen einer es mit allen anderen verderben?«

Ein ernster Blick traf den Sprecher.

»Dann kann ich dir nur zur Antwort geben, daß du eben die richtige Liebe noch nicht erlebt hast.«

Doch – wäre Jens beinahe herausgeplatzt, wenn er nicht noch rechtzeitig damit zurückgehalten hätte. In diesem Augenblick aber von seiner Liebe zu Marianne Heidecke zu sprechen, wäre ihm geradezu herzlos erschienen.

~

Dieter Stoltenbeck verließ am Morgen schon zeitig sein Haus, um die Arbeit zu erledigen, die am Tage zuvor liegengeblieben war.

Wohl war er ruhiger geworden, aber keineswegs wieder so sorglos glücklich wie vor Parkers Auftauchen. Ein unsichtbarer Schatten lief neben ihm her, der ihn bedrohte und gegen den anzukämpfen für ihn ein Unding war, solange er nicht den Mut zur Wahrheit fand. –

Als Marion nach einer durchweinten und durchwachten Nacht zum Frühstück erschien, fand sie nur noch die Freundin vor.

Stepha selber war bedrückt und unfrei, so daß sie nicht so ausgeglichen wie sonst erschien. Sie beantwortete zwar Marions leisen Gruß mit einem herzlichen Kuß, aber dann nahmen die eigenen Sorgen sie wieder vollauf in Anspruch.

Sie versuchte sofort, die Unruhe in sich niederzukämpfen.

Nicht nur, um glücklich zu sein, lebte der Mensch, nein, um zu kämpfen. Daran wollte sie festhalten und sich stählen für das Kommende.

Was aber war dabei natürlicher, als daß sie Gilbert Parker mit dieser Unruhe in Zusammenhang brachte.

Er hatte jedenfalls das schöne Verhältnis zwischen Klaus und Marion zerstört, so daß die beiden sich jetzt fast feindselig gegenüberstanden. Auch auf ihr eigenes Verhältnis zu Klaus warf Parkers Dazwischentreten einen Schatten.

Mit großer Spannung, die sie zwar vor Marion zu verbergen suchte, sah sie deshalb Parkers angekündigtem Besuch entgegen.

Kurz nach elf Uhr wurde er gemeldet.

Sie fanden Parker in dem Empfangszimmer neben der Halle vor. Als sie eintraten, begrüßte er Marion mit einem Aufblitzen seiner Augen, während sein Blick beinahe fassungslos wurde, als er sich der jungen Herrin des Hauses gegenübersah.

Ein unangenehmes Gefühl kroch Stepha über den Rücken unter dem bewundernden Blick, mit dem Parker ihre Gestalt von Kopf bis Fuß maß. Beleidigend geradezu, so daß auch ihr Gruß kühler ausfiel, als sie es sich vorgenommen hatte.

»Bitte nehmen Sie Platz!« forderte sie den Gast auf und begleitete ihre Worte mit einer anmutigen Handbewegung. Dadurch entging sie wenigstens einem Handkuß.

Beunruhigt sah sie, wie Parker Marion begrüßte und seine Lippen auf deren Handrücken drückte.

»Ich bin sehr glücklich, Frau Stoltenbeck«, ergriff er nach einer vorübergehend eingetretenen Pause das Wort, »Sie endlich persönlich kennenzulernen. Marion hat mir schon so viel Lobenswertes von Ihnen erzählt. Aber ich muß sagen, ich finde meine Erwartungen noch übertroffen.«

Stepha wußte nicht, wie sie diese Worte auffassen sollte.

Sie konnten eine versteckte Bewunderung sein – genauso wie eine höfliche Redewendung. Beides aber fand sie abgeschmackt.

Sie warf einen raschen Blick zu Marion hinüber und las in deren Augen eine Bitte, die sie auch ohne Worte verstand.

»Sie werden sich sicherlich allerlei mit Marion zu erzählen haben«, wandte sie sich daraufhin freundlich an den Besucher. »Darf ich Sie deshalb bitten, zum Mittagsmahl unser Gast zu sein?«

An Marions Aufatmen merkte sie, daß sie richtig geraten hatte.

»Ich nehme Ihre Einladung mit Freuden an, Frau Stoltenbeck«, war Parkers rasche Zustimmung. »Ein Fremder bin ich Ihnen ja sowieso nicht mehr.«

Erstaunt maß Stepha den Sprecher. An ihrer Stelle aber übernahm Marion die Antwort.

»Das könnte ich nicht gerade bestätigen, Señor Parker. Ich habe bisher sehr wenig erzählen können, aus dem einfachen Grunde, weil ich selber sehr wenig von Ihnen weiß.«

Parker fühlte sich nach diesen kühlen Worten Marions von beiden Damen scharf beobachtet. Er verlor jedoch seine Ruhe nicht, sondern lächelte Marion zu, wie man etwa über ein vorlautes Kind lächeln würde.

»Ihre Ehrlichkeit gefällt mir, Marion«, lobte er sie. »Für mich sollte das wohl eine kleine Zurechtweisung sein?« Und als er gewahrte, wie sie verlegen beiseite sah, setzte er noch gönnerhafter hinzu: »Ich sehe ein, daß ich sie verdient habe. Wir Männer müssen uns oftmals im Leben bescheiden.«

Blitzschnell dachte Marion an Klaus Stoltenbecks Eröffnung und wandte sich mit raschem Entschluß an die junge Frau. »Gestattest du, Stepha? Ich möchte Señor Parker sehr gern den Park zeigen.«

Nur zu gern gab Stepha ihre Einwilligung. Sie mußte ein

paar Minuten allein sein, um mit ihrem Urteil über den Mann, dem Marion angehören wollte, fertig zu werden.

Indessen gingen die beiden über die gepflegten Wege des weitläufigen Parkes.

»Sie reden ja gar nicht, Marion!« drängte Parker.

»Sie waren gestern bei Klaus Stoltenbeck?« stellte sie gelassen die Gegenfrage.

»Allerdings!« gab er zu, sich über ihre Sprunghaftigkeit Gedanken machend. »Klaus Stoltenbeck hat mich doch anmelden müssen.«

Marion klopfte auf den Busch, weil ihr Mißtrauen erwacht war.

»Lediglich deshalb besuchten Sie Klaus Stoltenbeck im Werk? Das hätten Sie doch bequemer haben können!«

»Ich hatte meine Gründe dafür«, wich er aus.

»Geschäftliche?«

Parker ergriff Marions Arm und zog ihn durch den seinen. Nur widerwillig duldete sie es.

»Was bezwecken Sie eigentlich mit diesem – Verhör, Sie kleiner Staatsanwalt?«

Marion fühlte, daß er ihr entschlüpfen wollte, und gab deshalb erst recht nicht nach.

»Bezwecken?« wiederholte sie mit leichtem Stirnrunzeln. »Ich war nur sehr erstaunt, als ich erfuhr, daß Sie sich so halb und halb als meinen Verlobten ausgegeben haben.«

Auf diese Eröffnung war Parker allerdings nicht gefaßt gewesen.

»Aha – Klaus Stoltenbeck hat also geplaudert?«

Das klang geringschätzig und empörte Marion.

»Sollte er das etwa nicht?« fragte sie möglichst unbefangen.

»Doch! Weshalb nicht?«

Marion verhielt den Schritt und lehnte sich gegen einen Baum. Sie sah ihn vorwurfsvoll an.

»Wie kommen Sie überhaupt dazu, sich als zukünftigen Schwiegersohn Erwin Vollmers einzuführen? Ich kann mich nicht entsinnen, Sie je zu dieser Annahme ermutigt zu haben.«

Parker biß sich auf die Lippen. Kaltblütig antwortete er dann:

»Ich bin kein Mann von Halbheiten, Marion. Sie sind klug genug, um zu wissen, daß ich tiefer als nur freundschaftlich für Sie empfinde. Ich liebe Sie, Marion! Und aus diesem Grunde habe ich eine Abweisung Ihrerseits gar nicht ins Auge gefaßt.«

Marion fühlte, wie ihr alles Blut zum Herzen drängte. Seine Offenheit entwaffnete sie zum Teil, aber sie fand sein Benehmen beleidigend.

»So sicher haben Sie sich also gefühlt?« fragte sie mühsam.

»Und so sicher fühle ich mich noch, Marion!« behauptete er fest und versuchte dabei nach ihrer Hand zu haschen, die sie jedoch schnell vor ihm verbarg. Parker sah sie bestürzt an. »Oder irre ich mich, Marion? Haben Sie mir damals im Beisein des – blonden Mannes – seinen Namen habe ich inzwischen vergessen – nicht sehr offen Ihre Freude über mein Erscheinen gezeigt? Dadurch haben Sie mich eindeutig ermutigt, Marion, wenngleich Sie das jetzt beleidigend zurückweisen. Es waren offensichtlich mehr als freundschaftliche Gefühle, die Sie damals an den Tag legten.«

Marion zitterte am ganzen Körper. Ihr war, als sei sie diesem Mann, der mit der Ruhe und Sicherheit eines Siegers vor ihr stand, auf Gedeih und Verderb ausgeliefert.

Um Jörg aus seiner Zurückhaltung zu locken, hatte sie dieses Spiel begonnen – und nun sollte ihr das zum Verhängnis werden?

»Marion! So reden Sie doch!«

Marion aber lehnte sich fester gegen den Baum und schloß vorübergehend die Augen.

Keinen Blick ließ Parker von dem blassen Mädchengesicht, das ihn noch nie so sehr gereizt hatte wie in dieser hilflosen Verwirrung.

»Marion – nur ein Wort! Ich liebe Sie, und Sie haben diesen Funken noch geschürt. Sagen Sie nur ein einziges Wort, sagen Sie ›ja‹. Marion – liebe, schöne Marion!« Seine Stimme wuchs zu einem Drohen. »Ich lasse nicht mit mir spielen, Marion! Mit einem Gilbert Parker spielt man nicht, selbst wenn Sie mir diese Gefühle geheuchelt hätten, etwa um den – den Blonden eifersüchtig zu machen.«

Es war Marion, als empfange sie einen unsichtbaren Schlag. Sie senkte den Kopf. Jörg hatte sie verschmäht! Was zögerte sie noch?

»Ja – aber«, die Furcht, die sie plötzlich vor Parker empfand, ließ sie zusammenschauern. Und diesen Augenblick benutzte Parker zur völligen Überrumpelung.

Er riß sie an sich und bedeckte ihr Gesicht mit wilden Küssen.

»Ja, Marion – du hast ›ja‹ gesagt«, stammelte er trunken und triumphierend.

So viel Marion sich auch sträubte, so oft sie auch ansetzte, um ihm seinen Irrtum zu erklären, er ließ sie nicht zu Wort kommen, raunte ihr sinnlose, heiße Liebesworte ins Ohr, die sie in halber Betäubung über sich ergehen ließ.

»Komm, Marion!« drängte er und zog sie mit sich fort, dem Hause zu. Die Leidenschaft war verraucht, zurück blieb eine wilde Freude, sein Ziel erreicht zu haben. Mühelos war es ihm gelungen, und mit dem Sieg über Marion konnte er gleichzeitig auch die anderen Widersacher schlagen.

Marion konnte keinen klaren Gedanken mehr fassen. Alles war ihr jetzt so gleichgültig. Willenlos folgte sie ihm und stand etwas später mit verstörtem Gesicht vor Stepha, der Parker mit einem Siegerlächeln erklärte:

»Frau Stoltenbeck, Sie sollen die erste sein, die von unserem Glück erfährt. Wir haben uns soeben verlobt.«

Bestürzt sah Stepha von einem zum anderen. Ein stummes Nicken war Marions einzige Äußerung. Da kam es Stepha entsetzt zum Bewußtsein, daß sie dieser übereilten Verlobung noch Vorschub geleistet hatte. Sie allein trug die Schuld daran.

Höflich streckte sie Parker die Hand entgegen und murmelte ein paar Worte, die jedoch Freude und Herzlichkeit entbehrten.

Als sie Marion in ihre Arme nahm, fühlte sie, wie das Mädchen zitterte.

»Herzlichen Glückwunsch«, rang sie sich die Worte ab und leise raunend, nur Marion verständlich, fügte sie hinzu: »Warum hast du das getan, Marion?«

Da entwand Marion sich widerwillig der Freundin und trat an Parkers Seite, als wenn sie von vornherein jede Kritik ihres Tuns unterbinden wollte.

Stepha stand mit blutendem Herzen dabei und suchte verzweifelt nach einer Gelegenheit, Marion allein zu sprechen.

Entschlossen trat sie auf das Brautpaar zu.

»Gestatten Sie, Mr. Parker, daß ich Ihnen Marion ein wenig entführe. Nur eine kleine wirtschaftliche Angelegenheit.«

Sie neigte den Kopf zu dem Mann, der ihr in tiefster Seele zuwider war, und ohne Marions Zustimmung abzuwarten, führte sie diese am Arm davon.

Aber sie ging nicht in die Wirtschaftsräume, sondern in den Wintergarten.

Dort legte sie beide Hände auf Marions Schultern und drehte sie zu sich herum.

»Marion, Liebes, gibt es wirklich keinen anderen Ausweg aus dem Wirrwarr deines Herzens? Mußt du diesem Mann dein Jawort geben, vor dem mich eine Stimme unentwegt warnt!«

»Nein!« Es klang hart, und Marions Gesicht färbte sich todbleich.

»Liebst du ihn?«

»Ja – vielleicht – ich weiß es nicht.«

»Dann treibst du ein falsches Spiel, Herzenskind, mit Jörg Reinwaldt und mit deinem Herzen.«

»Nein, Stepha – ich – liebe – Parker, das heißt, ich will versuchen, ihn liebenzulernen.«

»Und wenn Klaus seine Zustimmung verweigert?« Da richtete sich Marion steif empor und entglitt der Umarmung Stephas.

»Die Zusicherung von Klaus habe ich bereits, Stepha. Und mein Vater tut sowieso, was ich will.«

Sie ging langsam zur Tür, sagte von dorther leise: »Hast – hast du mir sonst noch etwas zu sagen, Stepha?«

Stepha hätte am liebsten laut aufgeweint. Sie sah aus traurigen Augen auf das zarte, sensible Geschöpf und schüttelte den Kopf.

»Nein, Herzenskind. Ich wünsche dir nur aus ehrlichem Herzen, daß du diesen Schritt niemals bereuen und so glücklich wirst, wie ich es mit meinem geliebten Klaus geworden bin.«

Die Tür fiel hinter Marion ins Schloß, und Stepha barg das Gesicht in den Händen und weinte bitterlich.

Das Schicksal nahm seinen Lauf. Aber sie wollte beten um Marions Glück, beten zum Herrgott, daß er immer die Hand über dieses junge Menschenkind halten möge.

Im Hause Stoltenbeck herrschte sehr bedrückte Stimmung. Stepha lehnte am Fenster des Wintergartens und wartete auf den geliebten Gatten. Er mußte diese Verlobung verhindern.

Eine Viertelstunde später kam Dieter Stoltenbeck aus der Fabrik heim.

Stepha hörte seinen Schritt auf dem Kies und eilte ihm entgegen, einesteils froh, aus Parkers Nähe und aus dem Bereich der traurigen Augen Marions zu kommen, und dann, um den Gatten vorzubereiten.

In der Halle traf sie mit ihm zusammen. Sein ernstes, umdüstertes Gesicht hellte sich beim Anblick ihrer lichten Erscheinung auf.

»Liebster«, sagte sie und legte ihre Arme um seinen Hals, ihm dabei den Mund zum Kuß bietend, »eine große Überraschung! Eigentlich auch wieder nicht. Marion hat sich verlobt – mit Gilbert Parker. Du bist mir hoffentlich nicht böse, denn ich lud ihn zum Mittagbrot ein.«

»Also doch!« murmelte Dieter betroffen, und der helle Schein verlor sich wieder aus seinen Zügen. »Das ist schlimm, Stepha – sehr schlimm!«

Stepha nickte mit hoffnungsloser Traurigkeit.

»Bitte, geh du inzwischen zu unserem Gast«, bat sie. »Ich will nur schnell noch einmal in die Küche gehen.«

Sie eilte davon und verschwand durch die Seitentür nach den Wirtschaftsräumen zu.

Dieter sah der feingliedrigen Gestalt nach, die Licht und Sonne um sich breitete. Dunkel war es auf einmal um ihn, als Stepha die Tür hinter sich geschlossen hatte, dunkel und freudlos.

Drinnen saß Parker, der Mann, den er aus tiefster Seele verachtete und der mit ungeheurer Verschlagenheit und Zähigkeit einem Ziel zustrebte, das ihm nur insoweit bekannt war, als es sich um Marion handelte.

Unerträglich war ihm der Gedanke, Marion, dieses warmherzige, liebliche Menschenkind, diesem Schurken ausgeliefert zu wissen und nichts dagegen tun zu können!

Konnte er da wirklich tatenlos zusehen? Nein! Dieter straffte sich. Warnen würde er Marion noch einmal, und zwar sehr deutlich.

Entschlossen ging Dieter in den Salon, wo er das junge Brautpaar in ein kühles Gespräch vertieft vorfand.

Nicht eine Kleinigkeit freundlicher als sonst begrüßte er Parker. Schon der Händedruck, der flüchtig genug ausfiel und Parker die Röte in die Stirn trieb, betonte seine Einstellung.

»Meinen Glückwunsch!« rang er sich aus Höflichkeit ab. »Das ging ja sehr schnell!« konnte er sich nicht enthalten hinzuzusetzen.

Parker hielt die Augen auf Marion gerichtet, als wollte er an ihren Zügen feststellen, wie sie sich dazu stellte. Er nahm jedoch nichts wahr, was ihn beunruhigt hatte, und so erwiderte er mit merklich gedämpfter Freude:

»Einig waren wir uns ja schon lange. Nur eine äußere Formsache.«

Rasch hob Marion den Blick zu Parker auf, den Dieter abfing. Er drückte Staunen und Ungehaltenheit aus. Aber nur sekundenlang war Aufbegehren in ihr, gleich wieder senkte sie die Lider. Starr und unbeweglich, als stünde sie den Dingen überhaupt sehr fern, saß sie wieder da.

»Ich bitte zu Tisch!« sagte in diesem Augenblick Stepha von der Tür her und brach damit das peinlich werdende Schweigen.

Im Eßzimmer war bereits die Hausdame anwesend. Sie wurde Parker vorgestellt, wechselte einige höfliche Redensarten mit ihm und verhielt sich sonst während des Mahles schweigsam. Nur ihre Blicke redeten eine eigene Sprache. Sie hatte es gelernt, zu beobachten und zu – schweigen.

Als auf einen Wink des Hausherrn hin Dora Siebers die Klingel in Bewegung setzte und gleich darauf Armand mit dem Weinkühler erschien, verlor Gilbert Parker vorübergehend die Fassung.

Er starrte mit erblaßtem Gesicht in das verschlossene Antlitz Armands und ließ sogar dessen Gruß unbeachtet.

Dieser unangenehme Kerl war auch im Hause? ging es ihm mit tödlichem Schreck durch den Sinn. Armand, der unzertrennlich von Dieter Stoltenbeck gewesen war und der sicherlich alles von ihm wußte? Er fühlte, wie es ihn siedend heiß überlief und der Angstschweiß ihm aus allen Poren brach.

Mit einer fahrigen Bewegung holte er sein Tuch aus der Brusttasche und fuhr sich damit über die Stirn. Haltung! befahl er sich selber – und handelte danach.

Obgleich er keinerlei Erstaunen an Armand wahrnehmen konnte, sprach er in übertriebener Freundlichkeit:

»Sie sind sprachlos, mich hier zu sehen? Wie geht es Ihnen? Haben Sie sich gut eingelebt? Oder – wollen Sie wieder – hinüberfahren?«

»Meine Heimat ist Deutschland«, erwiderte Armand zurückhaltend.

Hastig, um ja keine Pause aufkommen zu lassen – vor allem aber, um seine Leutseligkeit zu betonen, fuhr Parker fort:

»Werden Sie auch ohne Ihren Herrn auskommen können?« Die Anwesenden fanden diese Anspielung, die einen Scherz darstellen sollte, taktlos. Und unerschütterlich ruhig kam Armands Antwort, aus der Parker nicht viel entnehmen konnte:

»Ich diene dem Hause Stoltenbeck!«

Parker griff zu dem Glas, das Armand ihm soeben gefüllt hatte.

»Nun, wir werden sicherlich noch Gelegenheit haben, uns zu unterhalten«, meinte er mit verkrampftem Lächeln.

Armand verneigte sich knapp und verschwand ebenso lautlos, wie er gekommen war.

Es war, als laste ein böser Alp auf den Anwesenden. Parker ließ schnell seine Augen über die kleine Runde schweifen.

Er hatte das Gefühl, als schlüge ihm Schadenfreude entgegen. Hatte dieser mumienhaft wirkende Alte bereits geplaudert? Lag dort etwa die Quelle zu Klaus Stoltenbecks fühlbarer Kälte und Abwehr?

Eine maßlose Wut gegen Marion beherrschte ihn mit einem Male. Sie hatte geschwiegen, und es wäre seiner Auffassung nach ihre Pflicht gewesen, ihn auf dieses Zusammentreffen vorzubereiten!

Er hatte sich als ein Freund Dieter Stoltenbecks ausgegeben, und niemand konnte das besser widerlegen als Armand, der Vertraute des Verstorbenen! Immer unbehaglicher wurde ihm zumute! Auch das Gesicht des Hausherrn schien sich zu verändern – und plötzlich meinte er, nicht Klaus Stoltenbeck, sondern Dieter gegenüberzusitzen.

Unsinn! Er zwang diese wahnwitzigen Gedanken in eine andere Richtung. Seine Nerven waren überreizt. Jetzt, da er Marions Wort hatte, kam eine Art Rückschlag. Dazu gesellte sich die Angst, entdeckt zu werden.

Um sich zu betäuben, stürzte er den Inhalt seines Glases hastig hinab. Der Hausherr füllte es ihm wieder, und dieser Vorgang wiederholte sich ein paarmal hintereinander.

In Parkers Augen trat bald ein fiebriger Glanz, und seine Zunge löste sich allmählich. Er war laut und sprach in etwas großspuriger Weise von seinen geschäftlichen Erfolgen. Dabei merkte er gar nicht, daß er der Alleinunterhaltende war und die anderen sich in peinliches Schweigen hüllten.

Einmal fing Marion einen heißen, unverhüllten Blick von

ihm auf, der seine ganze Leidenschaft für sie verriet. Eiskalt rieselte es ihr dabei über die Haut.

Mein Gott, was hatte sie getan? Einem Mann, den sie weder liebte noch sonderlich achtete, ein Recht über sich eingeräumt! Und diese Erkenntnis machte sie noch stiller und blasser. Schließlich hielt sie nur noch den Blick gesenkt, ihre Wangen brannten vor Scham, und Ekel vor sich selber würgte sie.

»Übrigens, Frau Siebers«, hörte sie Stepha zur Hausdame gewandt sagen, »unsere Marion hat sich verlobt. Ich vergaß, es Ihnen zu sagen; das heißt« – sie verbesserte sich schnell – »ich wollte es Marion überlassen, es Ihnen selbst mitzuteilen.«

Marion quälte sich ein Lächeln auf die Lippen, als Dora Siebers ein paar beglückwünschende Worte sagte.

»Wenn ich das gewußt hätte«, entschuldigte sie sich mit einer Bewegung über die Tafel hin, die nur eine Tischvase mit bunten Astern trug, »wäre der Tafelschmuck etwas reichlicher ausgefallen.«

»Daran trage ich die Schuld«, fiel Stepha beschämt ein. »Ich hätte daran denken müssen.«

Da Dieter sah, daß sich Verlegenheit auf Marions Gesicht widerspiegelte, mischte er sich ein, um ihr darüber hinwegzuhelfen.

»Hast du eigentlich schon Schritte unternommen, die Nachricht deinem Vater zu übermitteln?« fragte er sie.

»Ich denke, das hat noch ein wenig Zeit!« übernahm Parker übereifrig die Antwort. »Nicht wahr, Marion – heimlich verlobt zu sein, hat auch seine Reize?«

»Dann hätten Sie es ganz für sich behalten sollen!« gab Dieter scharf zurück. »Meiner Meinung nach wäre Marions Vater der erste, der es erfahren müßte. Sie vergessen, daß Marion noch nicht mündig ist!«

»Oh«, meinte Parker, sich Mühe gebend, harmlos und überzeugend zu wirken, »setzen Sie vielleicht irgendwelche Schwierigkeiten voraus, die Marions Vater uns machen würde? Die wüßten wir schon zu überwinden. Wenn Marion noch sehr jung ist, so weiß sie doch, daß sie zu ihrem Wort stehen muß.«

Jeder hatte das Gefühl, daß hinter Parkers Worten ein Zwang – ja, mehr noch, eine heimliche Drohung für Marion stand.

Auch Stepha merkte, daß die Unterhaltung an Schärfe zunahm, wenngleich sich jeder bemühte, nach außen hin höflich und zuvorkommend zu erscheinen. Deshalb hob sie schnell die Tafel auf und meinte, einen möglichst harmlosen Ton anschlagend:

»Den Kaffee trinken wir nebenan.«

Als man aufgestanden war, verließ Marion mit einer Entschuldigung das Zimmer. Sie mußte ein paar Minuten allein sein. In ihrem Kopf hämmerte es, und ihre Augen brannten. Schwer wie ein Stein lag ihr Herz in der Brust. Aber sie suchte nicht die Nähe eines Menschen, um sich bei ihm ausweinen zu können. Sogar Stanja, ihrer Betreuerin, vor der sie nie ein Geheimnis gehabt hatte, wich sie aus.

Sie hatte es selber so gewollt, und nun mußte sie auch versuchen, allein damit fertig zu werden.

Sie betrat ihr Zimmer, erfrischte sich etwas und setzte sich mit geschlossenen Augen in die Sofaecke.

Nach zehn Minuten – als sie glaubte, sich einigermaßen wieder in der Gewalt zu haben – ging sie in die Bibliothek hinüber, da sie annahm, man würde dort den Kaffee einnehmen. Sie fand aber nur den Hausherrn vor.

Überrascht und sichtlich erfreut unterbrach Dieter sofort seine Wanderung und ging auf Marion zu, die zögernd bei der Tür stehengeblieben war.

»Gut, daß du kommst, Marion!« begann er herzlich und in einem ganz anderen Tone, als er im Beisein Parkers gesprochen hatte – und zog Marion tiefer ins Zimmer. »Komm, ich muß noch einmal mit dir reden.«

Da nahm ihr Gesicht wieder einen abweisenden Ausdruck an.

»Willst du mich wieder umzustimmen versuchen, Klaus? Dann ist es besser, ich gehe gleich wieder«, bemerkte sie mit Nachdruck.

Dieter Stoltenbeck sah ernst und eindringlich in die kühl abwehrenden Augen des jungen Mädchens. Er sah darin aber nicht nur Abwehr, er sah auch die vielen ungeweinten Tränen und dachte an die herzliche Gemeinschaft, die sie drüben gepflegt hatten. Und er sah Erwin Vollmer, den zärtlich besorgten Vater Marions, vor sich und hörte dessen fürsorgliche Worte: Ja, Dieter, man schuftet für sein Kind, damit ihm das Leben einmal leichter sein soll als unsereinem. Marions Glück ist auch das meinige.

Und so sah nun dieses Glück aus, um das ein Mann wie Vollmer allzeit gesorgt und gebangt hatte?

»Wenn du davon überzeugt bist, Marion«, sagte er in einem gütigen Ton, »daß eigennützige Gründe mich dazu treiben, dir ins Gewissen zu reden, dann will ich dich nicht halten; dann geh, und diese Unterredung findet nicht statt.«

»Weil ihr alle so lieb und so gut zu mir seid, deshalb will ich dich anhören, Klaus«, kam es leise und reumütig über ihre Lippen.

»Ich muß aber jetzt hart zu dir sein, Marion, weil mitunter in der Härte mehr Liebe und Güte liegen als in allzu großer Weichheit und Nachgiebigkeit. Ich muß dir nämlich eröffnen, daß Parker nicht der ist, für den er sich ausgibt. Bei meinem Ehrenwort, Marion – eine andere Begründung kann ich dir im Augenblick nicht geben –, er ist nicht nur deiner unwürdig, nein, er ist ein Mann ohne Ehre, den ich nur deinetwillen in meinem Hause geduldet habe.«

Mit einem Ruck sprang Marion auf die Beine. Ihr Gesicht trug keinen Tropfen Blut mehr.

»Pfui, wie gemein!« stieß sie, an allen Gliedern bebend, hervor. »Immerzu verdächtigst du Parker, ohne mir stichhaltige Gründe anzugeben. Solange ich die nicht kenne, glaube ich nicht das geringste Schlechte von ihm. Parker ist mein Verlobter, und als seine Braut habe ich ihn zu schützen. Es sei denn, du redest in einer offenen Sprache mit mir. Ich verstehe dich nicht, Klaus. Es hat gar keinen Zweck mehr, über diese Sache zu reden. Ich gab Parker mein Wort, und das werde ich unter allen Umständen halten. Du kennst meinen Vater nicht, sonst würdest du wissen, daß auch er sein einmal gegebenes Wort unter allen Umständen hält.«

»Gut!« Dieter richtete sich entschlossen auf. »Ich werde dir Beweise erbringen. Bis dahin aber lege ich dir nahe, dich zu nichts überreden zu lassen: Willst du mir das versprechen?«

Er streckte ihr die Hand entgegen, in die sie, bezwungen von der Eindringlichkeit seiner Worte, zaghaft ihre kalten Finger legte.

»Das kann ich dir ruhig versprechen, Klaus; denn ich könnte mir nicht denken, zu was Parker mich überreden sollte!«

Dieter wurde nicht mehr klug aus Marion. Würde sie Parker wirklich lieben, sie könnte nicht hartnäckiger um ihn kämpfen.

»Es sollte mich durchaus nicht wundern, wenn er zum Beispiel auf eine baldige Heirat drängte, nur um deiner ganz sicher zu sein«, bemerkte er mit ernster Besorgnis.

Marion verzog nur ungläubig die Lippen.

»Du vergißt, daß dazu die Einwilligung meines Vaters notwendig ist.«

Als habe er Parker, seinen Gegner, vor sich, stieß Dieter mit der Faust in die Luft und sagte eindringlich:

»Würdest du Parker so kennen, wie ich ihn kenne, dann wärest du davon überzeugt, daß das für einen Mann wie ihn kein Hindernis bedeutet. Parker hat noch ganz andere Gaunereien fertiggebracht.«

Marion trat dicht an Dieter heran, und ihre Stimme zitterte vor innerer Erregung.

»Du kennst Parker nicht erst seit gestern?!«

Es war eine Frage und eine Feststellung zugleich. »Ja«, gab Dieter unumwunden zu. »Ich kenne ihn schon lange und ausgiebig genug, um mir ein solches Urteil zu erlauben.«

»Aber – die Beweise!« stammelte Marion und sank benommen auf ihren Platz zurück. Irgendwie war sie doch gepackt. Das merkte man ihr deutlich an.

»Die sollst du haben, Marion«, versprach Dieter entschlossen. Und väterlich wohlwollend bat er dann: »Komm nun, Marion, wir wollen zu den anderen zurückgehen. Man könnte stutzig werden, und das möchte ich vermeiden.«

Halb betäubt und von Unruhe erfüllt stand Marion auf. Sie taumelte ein wenig, und auf ihren Zügen stand deutlich Hilflosigkeit.

»Und … und wie soll ich mich künftig Parker gegenüber verhalten?«

Nichts von Abwehr und Mißtrauen war mehr in ihrer Haltung zu spüren, so daß Dieter die frohe Gewißheit gewann, Marion war aus ihrem Trotz aufgerüttelt und würde nunmehr mit Vernunft über ihre übereilte Verlobung nachdenken.

Tröstlich legte er seine Hand auf ihre Schulter.

»Vorsicht! Marion! Laß vorläufig alles beim alten. Er muß in Sicherheit gewiegt werden. Nur so können wir ihn fassen. Und dann wirst du frei!«

»Frei?«

Marion hob die dunklen Augen zu Dieter auf. Das ganze tiefe Leid um Jörg Reinwaldt schien sich in diesen traurigen Augen gefangen zu haben.

»Und – was soll ich mit dieser Freiheit beginnen?«

Bevor Dieter antworten konnte, wurde die Tür geöffnet, und Stepha erschien. Blaß und besorgt ließ sie ihre Blicke zwischen dem Gatten und Marion hin und her wandern.

»Hier finde ich euch?« Ihre Stimme zitterte. Sie war einigermaßen überrascht, denn sie hatte gemeint, es wäre abermals zu einem Zusammenstoß zwischen den beiden gekommen. Statt dessen sah es wie eine friedliche Aussprache aus.

»Parker ist unruhig geworden«, setzte sie ängstlich hinzu. »Er ist auf der Suche nach Marion.«

Stephas dunkle Stimme, die voll Liebe und Güte war, zog wie ein Rauschen an Marions Ohr vorüber. Hängengeblieben war in ihrem Gedächtnis nur das eine Wort »frei«.

Da warf sie die Arme um Stepha und schmiegte ihr heißes Gesicht an das der Freundin.

»Ach, Stepha – nichts als Kummer und Sorgen bereite ich euch lieben Menschen. Ich liebe ihn ja gar nicht, ich habe Parker nie geliebt. Er hat mich nur überrumpelt, und ich dachte an Jörg und an den Schmerz, den er mir zugefügt hat. Ich habe geglaubt, mich mit meiner Liebe zu Jörg an Parkers Seite retten zu können. Niemals werde ich Jörg vergessen können … niemals!«

Stepha strich unaufhörlich über das tränennasse Gesicht Marions.

»Es wird alles noch gut werden, Marion – alles! Hab nur Vertrauen zu Klaus!«

Mit einem Fluch trat Parker von der Hausmauer zurück und zündete sich mit zitternden Fingern eine Zigarette an.

Aus halbgeschlossenen Augen schoß ein wütender Blick hinüber zu Armand, der mit undurchsichtigem Gesicht Zeitschriften auf dem Tisch der Terrasse zusammenlegte und den Sonnenschirm schloß.

Er fuhr sogar ein wenig zusammen, als Parkers Stimme plötzlich neben ihm aufklang.

»Haben Sie Fräulein Marion gesehen?«

»Ich habe mich bis vor wenigen Minuten in der Küche aufgehalten. Dort war Fräulein Marion nicht.«

»Danke!«

Parker trat an die Brüstung heran. Er hatte diese Frage ja nur gestellt, um zu erforschen, wie lange Armand sich schon auf der Terrasse aufhielt und ob er ihn etwa beobachtet hatte. Doch es schien nicht so. Das wäre ihm auch reichlich unangenehm gewesen.

Trotzdem war das die kleinste Sorge, die ihn im Augenblick erfüllte. Auf der Suche nach Marion hatte er auch die Terrasse betreten, hatte erregte Stimmen aus einem Fenster dringen hören und deutlich Marions Stimme von der des Hausherrn unterscheiden können. So war er Zeuge der zwischen den beiden geführten Unterhaltung geworden, die ihm enthüllt hatte, daß Klaus Stoltenbeck sein ausgesprochener Feind war.

Eine kleine Genugtuung war allerdings neben der quälenden Unruhe in ihm. Marion hatte sich nicht überreden lassen. Und das war schließlich die Hauptsache.

Doch – wie lange noch? Zu dumm, daß ausgerechnet Armand erscheinen mußte, so daß er das Ende des Wortwechsels nicht mehr mit anhören konnte.

Klaus Stoltenbeck hatte zu Marion ziemlich deutlich von Gaunereien gesprochen, die er ausgeführt haben sollte! Woher wollte Klaus Stoltenbeck ihn so genau kennen? Woher stammten dessen Erkundigungen?

Hatte er ihm nicht versichert, daß er von seinem Bruder niemals den Namen Parker gehört hätte? Wie kam er daher jetzt dazu, Marion vor ihm zu warnen, und wie es schien mit größter Bestimmtheit?

Sollte er dicht vor dem Ziel das Rennen aufgeben? Niemals!

Parker sah sich nach Armand um. Er war nirgends zu sehen. Dieser Alte trug die Schuld daran, daß er nicht bis zum Schluß von seinem Versteck aus mithören konnte. Mit diesem Armand würde er auch noch abrechnen, schwor er sich.

Mit einer heftigen Bewegung drückte er den Rest seiner Zigarette aus und ging den Weg durch die Flügeltür zurück ins Haus. Er trat in das Zimmer ein, in dem er die Hausfrau allein gelassen hatte, und sah sie im gleichen Augenblick von der anderen Seite her eintreten, gefolgt von dem Hausherrn und Marion.

»Da bist du ja!« sagte Marion und stellte sich neben Parker, seinem mißtrauischen Blick unbefangen begegnend. »Entschuldige, ich traf unterwegs Herrn Stoltenbeck und verplauderte mich ein wenig mit ihm.«

Unmerklich atmete Parker auf. Marion versuchte nicht, ihre Begegnung mit dem Hausherrn abzuleugnen. Dann brauchte er auch keine Gespenster zu sehen. Also hieß es, sich ebenfalls harmlos und gänzlich unbefangen zu geben.

Mit einem etwas erzwungenen Lächeln tadelte er deshalb mehr liebenswürdig als ärgerlich:

»Schon gut, Marion! Schön war es aber nicht, mich einfach sitzenzulassen. Ich dachte schon, du fühltest dich nicht wohl!«

In der Tat sah Marion unheimlich blaß und müde aus. Sie wehrte aber mit einer beschwichtigenden Handbewegung ab.

»Mir fehlt nichts – wirklich nichts!«

Man ließ sich nieder, und diesmal war es Dieter Stoltenbeck, der dafür sorgte, daß das Gespräch nicht ins Stocken geriet. Er fühlte aber, wie Parker ihn scharf musterte und wie es, wenn er sich nicht beobachtet glaubte, in seinen Augen gefährlich glitzerte.

»Wie ist das heute nachmittag, Marion?«

»Leider muß ich Ihnen eine Enttäuschung bereiten«, warf Stepha an Marions Stelle ein. »Eine anderweitige Verabredung, an die ich nicht sofort gedacht habe.«

Parker sah zu seiner Braut hinüber, die ebenfalls bedauerte:

»Wenn es dir nichts ausmacht, dann möchte ich mich Stepha gern anschließen.«

»Bitte!« Ein schwer zu deutendes Lächeln stand dabei um Parkers Mund, aber sein Ton verriet nichts von seiner inneren Unruhe. Er sprach so wie immer, ruhig und etwas überlegen.

»Selbstverständlich werde ich keinen Zwang auf dich ausüben. Ich werde die Zeit zur Erledigung wichtiger Arbeiten benutzen. Das muß ja auch einmal sein.«

War es Zufall oder Absicht, daß dabei sein Blick in geradezu herausfordernder Weise mit dem Dieter Stoltenbecks zusammentraf?

»Wie ist es, Herr Stoltenbeck?« In seiner geschmeidigen Art ging er sofort auf ein anderes Thema über. »Haben Sie sich meinen Vorschlag einmal durch den Kopf gehen lassen? Und sind Sie zu einem Entschluß gelangt?«

In Dieter Stoltenbecks Augen stand kühle Abwehr.

»Allerdings – das habe ich!«

»Und?« Parker beugte sich etwas nach vorn. »Darf man wissen, wie Sie sich entschieden haben?«

»Da es sich um eine geschäftliche Angelegenheit handelt, möchte ich sie im Werk erledigen. Wenn Sie mich gelegentlich besuchen wollen, sollen Sie meine Entscheidung hören.«

»Ich werde in den nächsten Tagen vorbeikommen.«

Etwas später verabschiedete Parker sich von der Hausfrau mit einem ehrerbietigen Handkuß und überschwenglichen Dankesworten.

Marions Arm zog er zum Abschied wie selbstverständlich durch den seinen und zwang sie dadurch, ihm das Geleit bis vor das Haus zu geben.

Es kostete Marion große Überwindung, die Berührung des Verlobten zu dulden. Auf einen raschen warnenden Blick Dieters hin gelang es ihr aber, nach außen hin ein Lächeln auf den Lippen zu tragen. Und Parker ließ sich durch dieses Lächeln täuschen.

Alle Befürchtungen sind Unsinn, durchschoß es ihn. Nichts hat sich geändert zwischen Marion und mir. Stoltenbeck hat mit seinen Verdächtigungen kein Glück bei Marion gehabt. Etwas wie ein tiefgehendes Gefühl, das weitab von Leidenschaft lag, durchströmte ihn für das junge Mädchen, und er drückte Marions Arm voll Zärtlichkeit.

Hatte er sich nicht vorgenommen, das alte Leben von sich zu werfen, wenn dieser letzte und großzügig angelegte Plan in Erfüllung ginge?

Warum sah er plötzlich nur überall Gefahren? Was konnte Stoltenbeck ihm, im Grunde genommen, anhaben? Eine Auskunft konnte er sich doch nur von drüben, von Erwin Vollmer, beschaffen, und bevor sie hier einlief, war es bereits zu spät. Da war Marion längst seine Frau.

Dieter schickte sich ebenfalls an, das Haus zu verlassen.

»Darf ich Sie in meinem Wagen mitnehmen?« erbot Parker sich.

»Danke!« lehnte Stoltenbeck kurz ab. »Ich bin gewohnt, den kurzen Weg zu Fuß zu gehen.«

Dagegen konnte Parker nun wirklich nichts einwenden. Aber heimlich kämpfte er mit einer unbändigen Wut. Stets entschlüpfte Klaus Stoltenbeck ihm.

Nebeneinander schritten sie dann dem Tor zu, während die beiden Frauen, sich leicht umschlungen haltend, hinter ihnen her sahen.

Über Stephas schlanke Gestalt aber lief ein Zittern, so daß Marion sie fragend ansah.

»Was ist dir, Stepha?«

Fröstelnd strich Stepha sich über den Arm.

»Ich weiß es nicht, Marion. Ich habe aber das Gefühl, als bringe dieser Mann uns allen Unglück«, raunte sie, von einer dunklen Ahnung jäh befallen.

Marion starrte mit großen Augen ins Leere und bemerkte bekümmert:

»Dann hätte ich dieses Unglück über euch gebracht, denn durch mich ist Parker in euer Haus gekommen.

Ganz unverständlich ist es mir jetzt, daß ich Klaus' gutgemeinten Warnungen gegenüber so starrköpfig gewesen bin. Alles, was er sagte, habe ich in den Wind geschlagen; in Trotz und Widerwillen habe ich mich gehüllt, obgleich ich Parker weder liebe noch sonderlich achte. Soviel ich auch darüber grüble, Stepha, ich finde einfach keine Entschuldigung für mein unverantwortliches Handeln.

Ich will jedoch versuchen, etwas davon wiedergutzumachen, indem ich mich in Zukunft ganz nach Klaus' Anweisungen richte. Er meinte, er würde mich bald von Parker befreien. Und jetzt sträube ich mich nicht mehr dagegen; jetzt drängt alles in mir danach, Klarheit zu bekommen.«

Stepha, die von dem Verlauf der Unterredung mit Klaus nicht genau unterrichtet war, sah die junge Freundin überrascht an.

»Das hat Klaus dir versprochen? Ja … aber … wie will er denn das anstellen? Freiwillig wird dieser Parker niemals zurücktreten, und irgendwelchen Zwang kann Klaus doch unmöglich auf ihn ausüben?«

Grübelnder Ernst lag auf Marions blassem Gesicht, als sie antwortete:

»Klaus meinte aber, er kenne Parker viel länger, als wir beide vermuten, und er will mir Beweise für – für Parkers Ehrlosigkeit bringen.«

»Mein Gott!« murmelte Stepha zu Tode erschrocken. »Dann wird Parkers Rache sich aber gegen Klaus richten – und ihn fürchterlich treffen. Ich fühle es – das ist meine Ahnung!«

Marion schüttelte entschieden den Kopf.

»Du siehst Gespenster, Stepha«, tröstete sie. »Für so schlecht halte ich Parker nicht. Mag er insofern ehrlos sein, daß er meine Jugend und Unerfahrenheit zu seinen Gunsten auszunutzen versucht, um sich die reiche Erbin zu sichern. Für rachsüchtig aber oder – gemein halte ich ihn nicht.«

Stepha zog die Freundin an sich und flüsterte ihr, unbestimmt in die Ferne sehend, zu: »Die Zukunft wird es zeigen!«

Im Beisein Dieters bestieg Parker seinen vor dem Tor parkenden Wagen und streckte aus dem Innern Dieter die Hand entgegen, um sich zu verabschieden.

»Ist Ihnen mein Besuch im Werk morgen früh angenehm?«

»Ich erwarte Sie«, erwiderte Dieter, ohne auch nur im geringsten aus seiner Zurückhaltung herauszugehen.

Er lüftete den Hut zum Gruß. Dabei fuhr ihm ein Windstoß durch das volle Haar und ließ es durcheinanderflattern.

Mit einer eigenwilligen Gebärde, die Parker seltsam bekannt vorkam, versuchte Dieter, das Haar wieder zu glätten.

Wie gelähmt starrte Parker auf die linke, vom Haar entblößte Schläfe. Deutlich zeichnete sich dort eine Narbe in Form eines Dreiecks ab! Die gleiche Narbe hatte er einst auch bei Dieter Stoltenbeck gesehen – damals, als sie sich als Feinde auf Erwin Vollmers Farm gegenüberstanden.

Gab es ein solches Doppelspiel in der Natur, daß sie zwei Menschen sogar mit ein und demselben Zeichen ausstattete?

Nach außen hin beherrscht, fragte er deshalb möglichst harmlos:

»Sie tragen eine recht seltsame Narbe über der Schläfe. Ein Erkennungszeichen – von der Natur gegeben?« scherzte er sogar. Dabei beobachtete er sehr scharf die Wirkung seiner Worte. Täuschte er sich – oder war Klaus Stoltenbeck tatsächlich erblaßt?

»Kein Erkennungszeichen«, erklärte Dieter, schnell gefaßt. »Eine Narbe, die von einem Autounfall zurückgeblieben ist.«

Parkers Auge aber ruhte unverwandt auf dieser Narbe. Dazu umspielte ein merkwürdiges Lächeln seinen Mund.

»Seltsam!« sagte er eigentümlich betont. »Dasselbe Dreieck habe ich auch bei Ihrem Herrn Bruder gesehen. Dieter behauptete allerdings, er trage es seit seiner Geburt. Seltsam – wirklich seltsam!«

Dieter gelang es, ruhig und gelassen zu erscheinen, obgleich er blitzschnell erkannte, daß er mit seiner Bemerkung einen großen Fehler begangen hatte.

»Ist eine Narbe in Ihren Augen denn so etwas Wichtiges, daß man sich den Kopf darüber zerbricht?« spöttelte Dieter und drückte den Hut wieder auf das geglättete Haar.

»Unter Umständen«, lächelte Parker niederträchtig, »kann eine solche Kleinigkeit sogar eine große Bedeutung gewinnen.«

Über diese heimliche Kampfansage zuckte Dieter Stoltenbeck leicht die Achsel.

»Tut mir leid, Ihrem Gedankengang vermag ich nicht zu folgen. Guten Tag!«

Wie ein zum Sprung bereites Raubtier saß Parker geduckt hinter dem Steuer und sah mit hämischem Grinsen hinter der davonschreitenden Männergestalt her. Finstere Gedanken jagten hinter seiner Stirn. Der Wunsch, diesen Klaus Stoltenbeck, Besitzer eines Riesenwerkes und eines großen Vermögens, von seiner Höhe hinabzustürzen, wurde immer mächtiger in ihm und nahm immer bestimmtere Formen an. Und merkwürdig, all seine Gedanken, dieses Vorhaben auszuführen, umspielten die Narbe, dieses seltsame Dreieck, das deutlich sichtbar war und das Klaus Stoltenbeck geschickt mit seinem dichten Haar zu verdecken wußte.

Wahnsinn! Plötzlich war es Gilbert Parker, als erwache er aus einem bestrickenden, aber gefährlichen Traum. Es überlief ihn siedend heiß. Und, als könnte er dadurch diesem wahnwitzigen Gedanken entfliehen, setzte er seinen Wagen in Gang, brauste gleich darauf durch den Villenort der Stadt zu.

Im Hotel suchte Parker unverzüglich sein Zimmer auf. Ein Glück, daß dieser blonde Jörg Reinwaldt das Hotel wieder verlassen hatte.

In tiefes Nachdenken versunken, ließ Parker sich in einem Sessel am Fenster nieder.

Seine Gedanken liefen in einem Punkt zusammen – in der Narbe!

Dieter Stoltenbeck hatte die Narbe an genau derselben Stelle gehabt, und zwar als Mal von der Geburt an. Klaus Stoltenbeck, der dem einst so verhaßten Dieter zum Verwechseln glich, trug genau das gleiche Zeichen und hatte ihm unter sichtlichem Erschrecken erklärt, es sei eine Narbe, die von einem Autounfall zurückgeblieben sei. Bei dem Autounfall etwa, bei dem Dieter Stoltenbeck sein Leben verlor?

An sich eine glaubwürdige Erklärung. Ihm aber gab dies Anlaß zu allerlei Zweifeln.

Wenn nun –?

Parker fühlte Schweißperlen auf seiner Stirn.

Angenommen, Klaus Stoltenbeck sei bei diesem Unfall ums Leben gekommen und Dieter wäre erhalten geblieben; was könnte Dieter wohl dazu veranlaßt haben, die Rolle des Bruders zu spielen?

Er wäre als Dieter Stoltenbeck genauso Herr über das Werk und das Vermögen geworden, wie er es als Klaus Stoltenbeck nunmehr war. Das also kam als Beweggrund nicht in Frage.

Was könnte es aber dann sein?

Auf einmal trat ein kalter, triumphierender Glanz in seine Augen. Marion! Nur über sie konnte er alles Wissenswerte erfahren.

Wie neu belebt erhob er sich. War Marion nicht seine Braut? Konnte er nicht jederzeit unauffällig ein Zusammentreffen mit ihr verabreden?

Er ging an das Telefon und ließ sich durch die Zentrale mit der Villa Stoltenbeck verbinden.

Frau Siebers, die Hausdame, meldete sich, und durch sie ließ er Marion an den Apparat bitten.

Einige Minuten später hatte er bereits ihre Zusage, ihm am Abend für eine Stunde ihre Gesellschaft zu schenken, da er ihr Wichtiges mitzuteilen habe.

Marions schnelle Zusage bestärkte seine Sicherheit noch.

Lange vor der verabredeten Zeit wanderte er in der Hotelhalle umher.

Zuerst Marion ausforschen! nahm er sich vor. Dann Besuch im Werk! Und vom Ausgang dieser Unterredung hing sein weiteres Schicksal ab.

Zur selben Zeit, da Gilbert Parker pläneschmiedend in der Hotelhalle wartete, stand Marion vor einem Schalter der

Hauptpost und reichte dem Beamten ein Formular mit folgendem Text:

Gelieber Pa! Habe mich mit Gilbert Parker verlobt – erbete Glückwunsch und Deine Einwilligung. Deine Tochter Marion.

Marions Wangen brannten, und ihre Augen glänzten, als sie wieder mitten in dem abendlich flutenden Verkehr stand.

Gottlob, daß das getan war! Sie hatte es einfach tun müssen. Sie würde niemand auch nur ein Sterbenswörtchen von ihrem selbständigen Handeln verraten, am allerwenigsten Parker.

Furcht und Abscheu empfand sie neuerdings vor ihm, und wenn sie willig auf diese Einladung eingegangen war, dann nur, um Klaus Stoltenbeck zu beweisen, daß sie bereit war, auch das Unangenehme ihrer voreiligen Handlungsweise auf sich zu nehmen.

Gleichzeitig reizte es sie, zu hören, was Parker ihr so Wichtiges mitzuteilen hatte.

So betrat sie mit ebenfalls starker Spannung die Hotelhalle. Äußerlich machte sie den Eindruck eines bildschönen, von einem eigenartigen Zauber umwobenen, jedoch kindhaft jungen und schutzbedürftigen Menschenkindes. Innerlich jedoch war sie mutig und entschlossen, für ihre Freiheit zu kämpfen, wenn sie zu der Überzeugung gelangt war, daß sie im Begriff stand, ihr Schicksal einem Unwürdigen anzuvertrauen.

Während sie so mit schwebenden Schritten über den jeden Laut verschluckenden Teppich glitt, stand ein rätselhaftes Lächeln um ihren Mund.

Es war das Lächeln eines Menschen, der seinen Widersachern ein Schnippchen geschlagen hat und eine heimliche Vorfreude darüber in sich trägt.

Die Wirkung ihres Telegramms an ihren Pa kannte sie im

voraus, und fast bereute sie, nicht schon früher zu diesem Mittel gegriffen zu haben.

Klaus hatte immer ihren Pa ins Treffen geführt, der sich zuerst gegen diese Verbindung auflehnen würde. Nun – es würde sich ja erweisen!

Parker kam rasch auf Marion zu. Er sah dieses Lächeln, meinte, es sei für ihn bestimmt, und führte wie ein Sieger die kleine, feste Mädchenhand an seine Lippen.

Marion aber dachte an das Telegramm und an seine Wirkung – und wurde ruhig, ganz ruhig.

~

Noch nie war Dieter Stoltenbeck ein Weg so lang und beschwerlich geworden wie heute der von seinem Haus bis zum Werk. Wie ein Schwerkranker mußte er die Beine vorwärtsziehen.

Er hat mich erkannt! stürmte es in ihm. Er ahnt, wer ich bin! Wie lange noch – und er weiß es?

Das waren die Fragen, die Dieters Hirn quälten und marterten.

Dieter war keine feige Natur. Er fürchtete auch Parker nicht, selbst wenn es ihm gelingen sollte, sein Geheimnis zu entdecken.

Er dachte lediglich an die schöne, zarte Frau, die seinen Namen trug, die er liebte und der er ein offenes Geständnis ablegen mußte.

Kühl und sachlich überdachte er die Folgen. Sein Glück würde zerbrechen – nicht an diesem Geständnis, aber an der Lüge, mit der er Stepha an sich gekettet hatte.

Warum nur hatte er früher nicht den Mut zu einer Beichte gefunden? Warum erst jetzt, da die Aufdeckung von anderer, kaum erwarteter Seite drohte?

Weil er um sein Glück bangte? War dieses Glück denn aber auch nur eine einzige Stunde ungetrübt gewesen? Hatte nicht unsichtbar immer wieder die Lüge zwischen ihnen gestanden?

Stepha kam ihm, den Arm voller Herbstblumen, entgegengelaufen. Ihr Gang war beschwingt, und ihre Augen strahlten in tiefstem Blau. Ihr Lächeln war ernst und doch innig, und hingebungsvoll reichte sie ihm den blühenden Mund zum Kuß.

»Heute sind wir ganz allein, Klaus«, plauderte sie und hängte sich an seinen Arm. »Marion wurde von Parker angerufen und eingeladen. Ich freue mich unsagbar auf diesen Abend, den wir allein in unserm Heim sein werden.«

Es wurde ein schöner und harmonischer Abend, den Dieter wie ein kostbares Geschenk aus Stephas Hand empfing.

Nicht ein einziges Mal tauchte der Name Marion oder gar der Parkers auf. Wie aus ihrer beider Gedächtnis verbannt waren diese beiden, damit auch nicht der leiseste Hauch ihre traute Zweisamkeit störe.

Erst als Stepha sanft eingeschlafen war, erwachte im Dunkel der Nacht erneut mahnend Dieters Gewissen.

Er wußte, was Parker Marion mitzuteilen hatte. Er kannte den Grund dieser Verabredung.

Mit offenen Augen erwartete Dieter Stoltenbeck den neuen Tag – den Tag, der über sein und Stephas Glück entscheiden sollte.

~

Marion hatte sich auf Parkers dringende Bitten hin gezwungen, einige Bissen des erstklassigen Abendessens zu sich zu nehmen, das er bestellt hatte. Auch von dem Wein hatte sie genippt, der in hauchdünnen, zartgeschliffenen Kelchen vor ihnen stand.

Parker, der stets mißtrauisch war, sah, wie sie sich leicht schüttelte.

»Ist dir kalt?«

»Ja – etwas!« gab sie mit abgewandtem Gesicht zur Antwort.

»Wollen wir in die Bar gehen?« schlug er vor.

»In die Bar?« Sie sah ihn beinahe entsetzt an und schüttelte in heftiger Abwehr den Kopf. »Nein, nicht in die Bar!«

Unmutig zog er die Schultern hoch. Er war enttäuscht. Wenn er auch den Zweck des Abends nicht vergaß und sie auch nicht früher weglassen wollte, als bis er ihn erreicht hatte, so kränkte es doch seine Eitelkeit, daß es ihm, dem gewandten, glänzenden Gesellschafter, nicht mehr gelingen wollte, das junge Geschöpf zu begeistern.

Weitab von ihm schien Marion mit ihren Gedanken zu sein, und nicht die kleinste Zärtlichkeit duldete sie. Nicht einmal die Hand durfte er auf ihren Arm legen.

Er kannte sich selber nicht mehr! War er auf dem besten Wege, sich in Marion zu verlieben?

Man müßte alles von sich streifen können, dachte er fast wehmütig, und von vorn beginnen. Man müßte ehrlich um die Liebe dieses schönen Mädchens werben können und alle bösen Gedanken auslöschen.

Vorübergehend vergaß er auch alle Rachegedanken und sagte mit seltsamem Ernst, der Marion aufhorchen ließ, weil sie spürte, daß er echt war:

»Was würdest du sagen, wenn ich dir vorschlüge, so schnell wie möglich zu heiraten, Marion?«

Jetzt ruhte sein dunkles, heißes Auge verlangend auf ihrem Gesicht, aus dem langsam jegliche Farbe wich. Sie erinnerte sich an Klaus Stoltenbecks Mahnung, und jeder Gedanke an Parker wurde dadurch in ihr getötet.

»Ist das vielleicht das Wichtige, das du mir mitteilen wolltest?« gab sie spöttisch zur Antwort und hielt seinen werbenden Blick tapfer aus.

»Ist das etwa nicht wichtig – für ein Brautpaar?« kam es gepreßt aus seinem Mund.

»Solange ich die Einwilligung meines Vaters nicht habe, können wir darüber auch nicht sprechen«, sagte sie, mit ihrer Enttäuschung kämpfend.

Da vergaß Parker, von einem unerklärlichen Gefühl getrieben, alle Vorsicht.

»Marion«, drängte er mit einer Stimme, die ihm nicht mehr recht gehorchen wollte, »wenn es mir nun gelingen würde, diese Schwierigkeit zu überwinden?«

»Welche Schwierigkeit?« fragte sie und hielt sekundenlang den Atem an.

Sie wußte genau, was jetzt kommen würde, Parker aber, ganz von Leidenschaft umstrickt, sah nicht, wie das junge Gesicht vor ihm hart wurde.

»Sieh, Marion, man könnte auch zum Beispiel ohne Genehmigung deines Vaters heiraten. Ich würde mir schon die nötigen Unterlagen besorgen. Verbindungen stehen mir genügend zur Verfügung.«

»Du meinst – durch Betrug?« Zitternd und in verhaltener Empörung kamen diese Worte über ihre Lippen.

»Betrug?«

Es war, als erwachte Parker plötzlich aus einem Traum, und nun sah er auch die Empörung in Marions dunklen Augen, bemerkte den fremden, harten Zug um den jungen Mund und wußte, daß er einen nicht wiedergutzumachenden Fehler begangen hatte.

»Verzeih, Marion«, stammelte er völlig verstört und fuhr

sich über die brennenden Augen. »Meine Liebe zu dir gab mir diese Worte auf die Zunge. Vergiß sie. Ich habe wirklich nicht gewußt, was ich sagte.«

Hochaufgerichtet saß Marion ihm gegenüber. Von Abwehr und eisigem Schweigen umhüllt, sah sie an ihm vorbei.

»Vergiß«, bat Parker noch einmal reuig, aber Marion blieb stumm. Nicht aus Liebe, ging es ihr durch den Kopf – aus Berechnung drängte er zur Heirat. Wie gut, daß sie das Telegramm an Pa aufgegeben hatte! Das gab ihr wieder Sicherheit und Mut.

»Es ist nur gut, daß du noch rechtzeitig das Unmögliche deines Vorschlages eingesehen hast. Sonst«, sie sah ihn durchdringend an, so daß er seine Blicke abwenden mußte, »sonst müßte ich annehmen, daß andere Gründe hinter deinem Drängen stehen.«

Parker lachte leise und unnatürlich lustig auf.

»So weit ist es also schon gekommen? Nun nimmst du bestimmt an, daß mich dein Geld oder das deines Vaters lockt. Aber das ist der Fluch der reichen Erbin, Marion. Lieber wäre mir, du wärest arm wie eine Kirchenmaus, Marion. Dann hättest du meinen Vorschlag auch nicht so schwer und entsetzt aufgenommen. Nein, nein, widersprich mir nicht! Ich habe dir die Gedanken von der Stirn lesen können. Du hast gedacht, er kann mein Geld nicht schnell genug bekommen. Stimmt es?«

Eine glühende Röte stieg in Marions Wangen, und sie senkte verwirrt den Kopf. Geradezu irre konnte man an diesem Mann werden. Mit einer Offenheit, die ihresgleichen suchte, sprach er ihre Gedanken aus.

Auch das, was er weiter noch erklärend sagte, klang überzeugend:

»Du brauchst mir gar nicht erst Antwort zu geben, Marion. Immer werden dir solche Bedenken kommen. Aber – wir brauchen das Geld deines Vaters gar nicht. Ich besitze genug für uns beide.«

Hinter Marions Stirn kreuzten sich die verschiedensten Gedanken. Ihr war, als hätte er ihr alle Waffen gegen ihn aus der Hand gewunden und sie und Klaus Stoltenbeck hätten dem Mann sehr viel Unrecht zugefügt. Aber trotzdem!

Sie dachte an das Telegramm. Selbst wenn Pa sich mit ihrer Heirat einverstanden erklären sollte, würde sie nicht Parkers Frau werden können. Sie liebte ihn nicht. Sie liebte nur Jörg und würde mit dieser Liebe im Herzen auch niemals einem anderen Mann angehören können.

Bei diesem Gedanken jedoch schämte sie sich gewaltig. Es war feige von ihr, Parker nicht sofort die Wahrheit zu sagen. Aber was wäre, wenn sie sich dazu überwinden würde?

Marion fühlte, wie ihr das Herz auszusetzen drohte. Freiwillig würde Parker niemals zurücktreten. Unwillkürlich reckte sie sich höher auf. Gut! Dann würde sie allein um ihre Freiheit kämpfen.

»Sag mal, Marion«, lenkte Parker in diesem Augenblick geschickt von dem für ihn so verhängnisvollen Gesprächsstoff ab, »Klaus Stoltenbeck und seine Frau sind wohl sehr glücklich?«

Marion atmete ein paarmal tief und erregt, ehe sie sich umstellen konnte. Nur zu willig nahm sie dann den neuen Gesprächsstoff auf.

»Wie kommst du zu der Frage?« Marion wunderte sich.

»Sehr einfach«, erwiderte er und sah dabei recht harmlos drein. »Soweit ich beobachten konnte, herrscht eine völlige Übereinstimmung zwischen den beiden Ehegatten, eine Gleichheit der Seelen, wie es nur nach einem gründlichen Kennenlernen möglich sein kann.«

Marion kam aus dem Staunen nicht heraus. Ganz neue

Seiten lernte sie heute an Parker kennen – Seiten, die sie ihm niemals zugetraut hätte.

Der Mann, den sie bis jetzt für einen kühlen Rechner gehalten hatte, sprach von Gleichheit der Seelen? Sie wurde immer verwirrter und unsicherer in ihrem Urteil über ihn.

Zudem beschämte er sie und auch Klaus. Er sprach unbedingt ehrerbietig von den Freunden, und Klaus?

Aber Klaus hatte ihr ja versprochen, Beweise zu erbringen für seine Anschuldigungen gegen Parker. Und sie hatte Klaus als viel zu vornehme Natur schätzengelernt, als daß er Unrecht tun würde, sei es auch nur durch Verdächtigungen.

Immerhin lag etwas in Parkers Ausführungen, was sie für ihn einnahm, und deshalb ging sie bereitwillig darauf ein.

»So ganz recht hast du wohl nicht«, erklärte sie ernsthaft. »Ich weiß von Stepha zum Beispiel, daß es keine Liebe auf den ersten Blick war, was zu der Verbindung führte. Ja, sie soll früher sogar etwas wie Furcht vor dem Verlobten gehabt haben.«

»Furcht?« warf Parker erstaunt und ungläubig ein. In Wirklichkeit hatten ihre Worte eine ungeheure Spannung in ihm geschaffen. »Soviel ich Klaus Stoltenbeck beurteilen kann, braucht eine Frau weder Furcht noch Scheu vor ihm zu haben; dazu ist er zu ritterlich und – warmherzig.«

Gedankenverloren sah Marion über die anderen Tische hinweg.

Sie ahnte nicht im entferntesten die Absicht Parkers, sie nur auszuforschen, und zwar durch Widerspruch. Innerlich fand er es sogar belustigend, da loben zu müssen, wo er am liebsten in Gehässigkeit ausgeartet wäre.

Und Marion ließ sich irreführen.

»Doch!« antwortete sie sofort. »Es ist so, wie ich sagte. Geändert hat sich das Verhältnis zwischen den Verlobten erst nach dem Unfall. Stepha meinte, ein völlig gewandelter Mensch sei von dem Krankenlager auferstanden.«

In Parkers Augen trat wieder das gefährliche Glitzern. »Findest du nicht auch«, bohrte er weiter, aus halbgeschlossenen Lidern die Wirkung seiner Worte beobachtend, »daß Klaus Stoltenbeck eine erschreckende Ähnlichkeit mit seinem Bruder Dieter hat? Ich muß gestehen, ich war vorübergehend so verblüfft, daß ich nahe daran war, zu behaupten – er sei es.«

Überrascht sah Marion ihn an.

»Merkwürdig – mir ging es ebenso. Das ist natürlich Irrsinn!«

»Ganz meine Meinung«, stimmte Parker ihr bei. Innerlich aber dachte er ganz anders. Da stand es für ihn unumstößlich fest, daß Marion seiner Vermutung nahegekommen war.

Ebenso war er entschlossen, seine soeben gemachte Entdeckung auszuschalten, soweit er es konnte.

»Tanzen wollen wir nicht?« schwenkte er auch gleich ab, da er alles erfahren hatte, was er wissen wollte.

»Nein! Aber ich möchte jetzt heimfahren!« sagte sie bestimmt.

Parker erklärte sich auch sofort bereit.

Als Marion schon längst in ihrem Bett lag, zogen noch einmal alle Bilder des Abends an ihrem Geist vorüber.

Wieder zermarterte sie sich den Kopf. Was war nun echt an Parker – und was gemacht? Rätsel über Rätsel gab ihr dieser Mann auf: Einmal zog er sie an, einmal stieß er sie ab.

Eins aber stand bei ihr fest, seine Frau würde sie niemals werden können! Niemals!

Jörg Reinwaldt stand zwischen ihnen. Jörg, den sie unter allen Umständen vergessen mußte!

Mit dem Entschluß, sich von seiner Schuld freizumachen und ein offenes Geständnis abzulegen, war gleichzeitig eine wunderbare Ruhe über Dieter gekommen.

Ganz gleich, ob diese Beichte ihm Stephas Liebe und Achtung rauben würde. Er mußte frei werden von diesem Druck. Ohne diese letzte Klarheit war sein Glück nur ein Scheinglück.

Er ließ sich deshalb auch gar nicht aus der Ruhe bringen, als ihm gegen elf Uhr Parker gemeldet wurde.

»Ich lasse bitten!« sagte er in der gewohnten Weise. Gelassen räumte er die Schriftstücke, an denen er gearbeitet hatte, beiseite und stellte sich mit verschränkten Armen ans Fenster, von wo aus er erwartungsvoll zur Tür hinblickte, durch die auch gleich darauf Parker eintrat, gepflegt in seiner äußeren Erscheinung und sehr selbstbewußt. Um seinen Mund lag heute ein Lächeln wie heimliche Schadenfreude.

»Guten Morgen!« Beherrscht erwiderte er den Gruß Parkers und wies auf die Sesselgruppe.

Zunächst wurden ein paar gleichgültige Worte gewechselt. Aber dann steuerte Parker frisch auf sein Ziel los, während er jedoch nach außen hin eine lässige Haltung einnahm.

»Sie waren so liebenswürdig, mir für heute Ihren Entschluß in der bewußten Angelegenheit in Aussicht zu stellen.«

»Allerdings!« war Stoltenbecks gelassene Antwort. »Wir besetzen die Stelle nicht.«

Im Nu riß es Parker aus seiner bequemen Stellung heraus. Und ebensoschnell veränderte sich der Ausdruck seines Gesichtes. Jegliche Farbe war daraus gewichen, auch sein Lächeln war verschwunden.

»Das soll also heißen, daß Sie mein Angebot ablehnen?« fragte er, sich merklich Zurückhaltung auferlegend.

Jetzt umspielte Stoltenbecks Mund ein Lächeln.

»Ja!« kam die schlichte, aber feste Antwort.

»Und den Grund, darf man den auch wissen?« preßte Parker hervor.

»Einen Grund?« Dieter sah an den fiebrigen Augen Parkers vorbei. »Gründe könnte ich Ihnen eine ganze Menge anführen. Zunächst haben wir nicht die Absicht, unseren derzeitigen Verwalter aus Rio auszubooten. Wir sind durchaus mit ihm zufrieden.«

»Das ist einer«, ließ Parker sich hartnäckig vernehmen. »Sie sprachen von mehreren Gründen.«

»Dieser eine aber dürfte genügen, um Sie davon zu überzeugen, daß eine weitere Verhandlung zwecklos ist«, entschied Stoltenbeck kühl.

In Parkers Augen lag das gefährliche Flimmern, das Stoltenbeck wohl sah und das ihn schon einmal zur Vorsicht gemahnt hatte. Heute aber ließ es ihn kalt.

»Und … wenn ich Ihnen nun sage, daß es mir nicht genügt? Und daß ich die Gründe, über die Sie schweigen wollen, bereits kenne?«

Stoltenbeck legte eine eisige Ruhe und Überlegenheit an den Tag.

»Um so besser, Señor Parker!«

Vorübergehend herrschte lähmendes Schweigen, in das Parker mit heiserer Stimme einfiel:

»Dann werden Sie sicherlich auch nicht leugnen, daß Sie Marion Vollmer vor mir warnten und sich gegen unsere Verbindung stellen.«

»Das leugne ich auch nicht«, gab Stoltenbeck zu, die kühnen Augen scharf auf sein Gegenüber gerichtet. »Wenn ich bis heute noch nicht mit Marions Vater in Verbindung getreten bin, dann nur deshalb nicht, weil ich davon überzeugt bin, daß Marion selber noch rechtzeitig zur Vernunft kommen wird. Ich hoffe, Erwin Vollmer auf diese Weise eine Aufregung zu ersparen.«

»Ich verstehe kein Wort von dem, was Sie sagen!« stieß Parker hervor, aber seine Blicke schossen wie Blitze über Stoltenbeck hin.

Die Maske lächelnder Höflichkeit war gefallen; zurück blieb nichts als Haß, abgrundtiefer Haß. »Sie meinen nicht davor zurückzuschrecken, auch Marions Vater vor mir – zu warnen?«

»Ich sagte Ihnen ja schon, daß ich das nicht für nötig halte, sofern Marion zur Vernunft kommt«, war Stoltenbecks gelassene Antwort.

Deutlich spiegelten seine Züge den Widerwillen wider, den er gegen Parker empfand. Es kostete ihn sogar eine ungeheure Überwindung, die Gegenwart Parkers zu ertragen.

Dazu kam eine stetig wachsende Spannung. Warum zögerte Parker so lange bis zum letzten, entscheidenden Schlag? War er sich seiner Sache nicht ganz sicher? Oder sah er in ihm bereits ein Opfer, mit dem er nach Belieben spielen konnte?

»Ach so!« ließ Parker sich mit vor Hohn triefender Stimme vernehmen. »So haben Sie sich die Sache gedacht! Sie sind der Meinung, daß Sie nur ein wenig zu drohen brauchen, und schon zieht Parker sich mit kurzem Bedauern zurück?«

Er setzte sich noch etwas breiter in seinen Sessel und spielte den Überlegenen. Trotzdem aber konnte er es nicht verhindern, daß seine Finger zitterten, als er sich eine neue Zigarette anzündete – und daß zwei rote Flecken sich kreisrund auf den Wangen bildeten.

»Das können Sie halten wie Sie wollen«, sagte Stoltenbeck eisig und trat hinter seinen Schreibtisch. »Da wir uns verstanden haben, dürfte die Unterredung zu Ende sein!«

Parkers Gesichtsfarbe wurde käsig. Hastig drückte er die Zigarette aus und schnellte in die Höhe.

»Sie irren sich! Sie haben mich noch lange nicht verstanden; sonst würden Sie mir nicht einfach die Tür weisen!«

Parker kniff die Augen zu einem schmalen Spalt zusammen, bösartig und verzerrt wirkten seine Züge.

»Sie werden sich die Sache noch überlegen!« drohte er. »Sie werden mir vor allem keine Schwierigkeiten bei Marion in den Weg legen! Ich liebe Marion und bin gewillt, bis zum Äußersten um sie zu kämpfen. Ich gebe Ihnen eine Chance! Stellen Sie Ihre Feindseligkeiten gegen mich ein und lassen Sie uns Verbündete sein.«

»Niemals!«

»Sie sind wahnsinnig!« keuchte Parker. »Was Sie treiben, ist Selbstmord.«

»Kein Wort mehr!« fiel Stoltenbeck ihm mit eisiger Verachtung in die Rede. »Ich fürchte mich weder vor Ihren sinnlosen Drohungen – noch vor Ihrer Rache!«

»Also – Kampf?« zischte Parker, die Hände auf die Schreibtischplatte gestemmt.

Die Blicke der Männer kreuzten sich wie zwei scharfe Klingen. Kühne Unerschrockenheit stand in Stoltenbecks Augen, die Parkers flackerten in einem wilden Feuer. Eine kochende, schäumende Wut drohte ihn zu ersticken. Er fühlte in ohnmächtigem Grimm, daß er ebenso gegen eine Mauer hätte anrennen können wie gegen Stoltenbecks eisernen Willen und seine Unbestechlichkeit.

Aber er hatte den Mann, der sich im Augenblick so erhaben über ihn dünkte, doch in der Hand.

»Hüten Sie sich!« keuchte er außer sich, jedoch mit dem letzten Rest Beherrschung. »Ich werde nicht tatenlos zusehen, sobald Sie einen weiteren Versuch wagen, der mich daran hindert, ein neues Leben zu beginnen. Hüten Sie sich vor meiner Rache!«

»Ich sagte Ihnen schon, daß ich Ihre Rache nicht fürchte!« war Stoltenbecks unbeirrbare Entgegnung. Und wie eine leise Mahnung klangen seine folgenden Worte: »Es gibt auch anständigere Mittel, um zu einem gesicherten Leben zu gelangen, als die Unerfahrenheit eines jungen Mädchens auszunutzen.«

Parkers Hände ballten sich zu Fäusten. Er sah aus, als wolle er sich jeden Augenblick auf Stoltenbeck stürzen. Aber die hellen, unerschrockenen Augen hielten ihn im Bann, bis er sich plötzlich mit unheimlich wirkender Ruhe umdrehte und zur Tür ging.

Von dort her sagte er dumpf, während sein Gesicht gespenstisch aus dem Halbdunkel leuchtete:

»Sie haben meine Warnung in den Wind geschlagen! Gut! Nun sollen Sie meine Rache zu spüren bekommen – Dieter Stoltenbeck!«

~

Es ging auf Mitternacht.

Unheimliche Dunkelheit lag über dem Garten, als der Kies unter Dieter Stoltenbecks schleppenden Schritten knirschte. Dunkel gähnten die Fenster des Hauses ihm entgegen, und eine bedrückende Stille empfing ihn in der Halle.

Nur im Kamin loderte ein helles Feuer. Und in dieser rötlichen Glut tauchte sekundenlang ein weißes Gesicht auf, gespenstisch und unwirklich.

Dieter wußte, daß er nicht allein in dem weiten, stillen Raum war. Er wußte, daß noch jemand da war, der litt, ebenso litt wie er selber.

Da flammte auch schon der rosa Schein der Stehlampe

auf, die Sesselgruppe vor dem Kamin in zartes Licht hüllend.

»Stepha!« murmelte Dieter erstickt.

Sein Fuß stockte. Er umfaßte mit beiden Händen die Lehne des Sessels und starrte hinüber zu der regungslosen Gestalt. In ihrem weißen stillen Gesicht sah er ein paar weite, vor Erregung dunkle Augen. Sie waren von Schmerz erfüllt und – gingen an ihm vorbei.

»Ich habe gewartet, auf dich gewartet«, hörte er ihre leise, fremdklingende Stimme. Er hörte aber auch etwas wie Erlösung daraus – Erlösung darüber, daß er da war, daß er gekommen war.

Erschöpft sank er in den Sessel, der ihm am nächsten stand. Stunden hindurch war er gelaufen, kreuz und quer; und nun fühlte er die müden Glieder doppelt schwer.

Er stützte den Kopf in beide Hände.

Minuten vergingen so – und dehnten sich endlos. Kein Laut unterbrach dieses Schweigen.

Auf einmal schwebte die Frage in der Luft, auf die Dieter sich vorbereitet hatte und die ihn dennoch ungewappnet traf, obwohl er stundenlang nach einer Erklärung gesucht hatte:

»Warum – Dieter Stoltenbeck?«

Sie traf ihn härter als jeder Vorwurf; sie war voll Trauer und Hoffnungslosigkeit.

Dieter taumelte in die Höhe, machte ein paar unsichere, tastende Schritte und glitt vor Stepha in die Knie. Müde, abgekämpft legte er seinen Kopf in ihren Schoß.

»Warum – Stepha? Weil ich dich liebte!«

Regungslos lagen Stephas Hände auf der Sessellehne. Zuweilen zuckten sie, als wollten sie über den gesenkten Kopf des Mannes streichen, aber sie kamen über das eine Hindernis nicht weg … über die Lüge.

Wieder lastete Schweigen zwischen ihnen, während beider

Herzen zitterten. Endlich schwang Stephas Stimme über Dieter, fremd und klanglos:

»Soll das die Erklärung sein, nach der ich nun schon stundenlang gesucht habe? Seitdem Parker fort ist, komme ich mir wie leblos vor. Er hat alles, was in mir war, fortgenommen … meine Liebe … mein Vertrauen zu dir.

Nicht eine Minute habe ich an Parkers Enthüllungen gezweifelt. Er hat mir auf all das Unverständliche die Antwort gegeben, auf die ich selber hätte kommen müssen, wenn ich mich nicht so völlig von dem einen Gefühl hätte leiten lassen – von meiner Liebe.

Ich weiß nicht, wer mehr betrogen wurde – ich – oder du?«

Ihre Stimme verlor sich in einem wehen, schmerzlichen Weinen. Unter ihren geschlossenen Lidern drängten sich die Tränen hervor und rannen langsam über das weiße Gesicht.

Dieters Herz krampfte sich vor Jammer zusammen. Diese Tränen, Stephas Verzweiflung, hatte er verschuldet – er allein!

Er raffte sich auf und stand zögernd und mutlos vor ihr. Worte drängten sich ihm auf die Lippen, die aber von ihrem hilflosen Anblick erstickt wurden.

»Stepha!« würgte er hervor.

Er wagte es, die Hände nach ihr auszustrecken, und da sie sich nicht wehrte, ihn nur aus geweiteten Augen anstarrte, nahm er ihr farbloses Gesicht zwischen seine Hände und küßte ihr behutsam die Tränen von den dunklen Wimpern.

Sein Kuß schien ihr das Leben, die Empfindung zurückzugeben. Sofort stemmte sie sich gegen seine Brust.

Dieter gab sie wieder frei.

Mit Augen, in denen Verachtung flammte, sah sie zu ihm auf.

»Geh!« sagte sie rauh, als sei sie am Ende ihrer Selbstbeherrschung. »Du hast mich betrogen, und ich – dich. Ich habe Klaus in dir gesehen und Klaus in dir geliebt. Mit dir habe ich keine Gemeinschaft. Alles, was gut und schön war in mir, hast du getötet.«

»Stepha!« brach es da in wildem Zorn und Schmerz über seine Lippen. Zorn über sich selber und seine Lüge – und Schmerz über die Verachtung, mit der sie ihn maß.

»Das ist ja nicht wahr!« schrie er sie an. »Klaus hast du nie geliebt … nie … das bildest du dir jetzt nur ein! Mir, Dieter Stoltenbeck, hast du deine Liebe geschenkt. Auch mein Betrug an dir kann diese Tatsache nicht umstürzen.«

»Ja«, erwiderte sie da tonlos und mit gesenktem Blick. »Ich habe den neuen Klaus – ich habe Dieter Stoltenbeck in dir geliebt.«

Und als fände sie nicht mehr heraus aus all dem Wirrwarr, preßte sie die Fingerspitzen gegen die Schläfen.

»Was soll nun werden?« drängte es wieder mutlos aus ihr hervor.

Da wurde es wunderbar ruhig in Dieter Stoltenbeck. Sie gab also zu, daß sie ihn geliebt hatte? Dieses Bekenntnis gab ihm seine Entschlußkraft zurück.

»Das liegt an dir, Stepha – was nun werden soll«, sprach er mit belegter Stimme. »Bevor du mich aber gehen heißt, bitte ich dich, mich anzuhören.«

Er wartete sekundenlang. Und da sie sich nicht regte, fuhr er mit Beherrschung fort:

»Zu meiner Entschuldigung kann ich nur anführen, daß meine Liebe zu dir mich zu diesem Betrug zwang. Meine Liebe zu dir trieb mich aus der Heimat, aber sie trieb mich auch wieder zurück.

Ich schwöre dir aber, daß ich nicht die Absicht hatte, mich zwischen dich und Klaus zu drängen, als ich den Entschluß faßte, die Heimat wiederzusehen – und dich!

Ich war überzeugt davon, du seiest Klaus in tiefer Liebe zugetan und die Nachricht von seinem Tod müßte dich sehr hart treffen. Dazu kamen die eigenen heißen und selbstsüchtigen Wünsche. Ich sah den Weg zu dir frei – ich sah im Augenblick nicht die Lüge, nicht den Betrug, ich sah nur den Weg zu dir, der uns gemeinsam in eine lichtvolle Zukunft führen sollte.

Nach deinem Geständnis aber war ich überhaupt ohne jede Gewissensbisse. Schon vorher hatte ich erkannt, daß du mit deinem zarten Wesen nicht zu Klaus passen würdest, und ich begann, mich um dich zu sorgen.

Das Schicksal hat zwischen uns entschieden, und ich habe mich nicht dagegen gewehrt. So wurde ich Klaus Stoltenbeck, und du wurdest meine Frau.

Nun ist mein Betrug herausgekommen. Parker hat gefühlt, daß ich sein Feind war. Ich durfte nicht den geraden Weg wählen, wie ich es so sehr gern getan hätte. Ich mußte mich hinter alle möglichen Ausreden stecken und wurde dadurch unsicher und unfrei. Parker hat das schlau erfaßt und so lange gewühlt, bis er die Beweise in Händen hatte, wer ich wirklich bin.

Da er mir sonst nicht zu schaden wußte, hat er mich an der einzigen verwundbaren Stelle gepackt. Er ging zu dir und machte dir die Enthüllungen, die dich und mich für immer trennen sollten.«

Hatte Dieter bis jetzt an ihr vorbeigesprochen, so suchte er nun ihr Gesicht, ihre Augen. Und Liebe, Schmerz, Verzweiflung und Reue lagen in seinem Blick, als er müde weitersprach:

»Ich weiß, daß ich dich zu einem weiteren Zusammenleben mit mir nicht zwingen kann. Du sollst entscheiden. Ich werde mich fügen.«

Stepha glitt rückwärts und sank mit einem tiefen Stöhnen

in den Sessel zurück, hielt das Gesicht zur Seite gewandt und in die Polsterung geschmiegt.

»Ich bin nicht mehr Herrin meiner Entschlüsse«, kam es verzagt über ihre Lippen. »Denn nicht mehr für mich allein bin ich verantwortlich, sondern auch für das junge Leben, das unter meinem Herzen keimt.«

Unfähig einer Bewegung, unfähig eines weiteren Wortes, vernahm Dieter ihre Worte, die ihn in einen neuen Konflikt stürzten und einen neuen Entschluß von ihm forderten.

An alles hatte er gedacht, nur an diese Möglichkeit nicht! Seine Augen brannten auf Stephas blassem, zuckendem Gesicht, glitten weiter über die zarte Gestalt – und er mußte sich Gewalt antun, nicht einfach hinzustürzen zu ihr und ihre Hände in heißer Dankbarkeit und Liebe an die Lippen zu drücken.

In ihrem Schoß ruhte sein Kind!

»Stepha«, kam es in leisem Zittern aus seinem Mund.

Aber die junge Frau rührte sich nicht. Nur ihre Brust hob und senkte sich, von innerer Unruhe und Erregung getrieben.

»Das ändert selbstverständlich alles, Stepha. Das heißt, wie wir persönlich künftig zueinander stehen wollen, hängt allein von dir ab. Von einer vollständigen Trennung aber kann nicht mehr die Rede sein; denn auf mein Kind kann und werde ich nicht verzichten. Die ganze Angelegenheit muß sowieso vor ein Gericht. Da wird auch diese Sache geregelt werden. Aber dem Gericht wollte ich mich erst stellen, wenn ich mit dir einig bin.«

Mit einem Ruck schnellte Stepha empor. Ihr Mund zuckte vor Empörung.

»So willst du mich also zu einer Gemeinschaft – zwingen? Aber ich kann deine Gegenwart nicht mehr ertragen. Ich liebe dich nicht mehr!« schleuderte sie ihm entgegen.

In seinem Gesicht zuckte und arbeitete es. Tief lagen seine Augen in den Höhlen, und von den Nasenflügeln bis zum Kinn herab zogen sich zwei scharfe Linien.

»Ich spreche jetzt auch nicht von Liebe. Nur von der Aufrechterhaltung unserer Ehe – des Kindes wegen. Aber was sage ich von ›unserer‹ Ehe. Wir müssen eine ›neue‹ Ehe eingehen, Stepha. Eine gerichtliche Regelung muß erfolgen.«

Bitterkeit wallte in ihr auf. Stolz lohte wie eine Feuergarbe in ihr empor. Und ihre Stimme bebte förmlich vor Verachtung:

»Ich ziehe eine Trennung von dir vor.«

Stumm wandte er sich, um zu gehen. Noch einmal wollte er vorher das blasse, in seinem flammenden Stolz so unsagbar schöne Frauengesicht in sich aufnehmen. Da traf ihn ein Blick aus ihren Augen, die ihm verrieten, wie es in Wirklichkeit in ihr aussah und der ihre Worte Lügen strafte.

Mit schleppenden Schritten verließ er Stepha, um sich in seinem Arbeitszimmer ein Lager für die Nacht zu bereiten.

Dabei lag ein bitteres, grimmiges Lächeln um seinen Mund. Ein Fremder im eigenen Hause war er geworden.

Weder Klaus noch Dieter Stoltenbeck war er. Ein Mann, der sein eigenes Ich verloren hatte.

Stepha aber lief wie gehetzt – als sich ihres Mannes Schritte verloren hatten – in das Schlafzimmer und riegelte es hinter sich ab. Regungslos, die Hände im Schoß verkrampft, saß sie dann neben der Tür, Furcht im Herzen, daß er noch kommen möge und Einlaß begehrte.

Aber die Zeit verging, und nichts rührte sich in dem weiten Haus. Da ließ das wahnsinnige Pochen ihres Herzens schließlich nach. Im Finstern entledigte sie sich ihrer Kleidung und kroch unter die Decke.

Die Hände über der zitternden Brust gefaltet, starrte sie in das Dunkel. So rang sie Stunde um Stunde mit sich und ihrem Herzen.

~

»Jonny Smith!« meldete das Zimmermädchen. Sofort kam Gilbert Parker dem eintretenden Mann mit ausgestreckter Hand entgegen und begrüßte ihn.

Jonny Smith schüttelte Parkers Hand fast aus den Gelenken, was dieser mit einem verbindlichen Lächeln ertrug.

Smith fiel stark ab von dem gepflegten, weltmännischen Parker, im Äußeren sowohl wie in seinem Benehmen, das stets etwas zu laut wirkte.

Er war massig, und umständlich preßte er seine Fülle in einen der Sessel, der krachende Laute von sich gab.

»So eilig, mein Junge?« fragte er nach der lauten Begrüßung und begann sich dabei in aller Gemütlichkeit eine dicke Zigarre anzuzünden. »Du scheinst festzusitzen?«

Parker antwortete erst, nachdem der Kellner die bestellte Erfrischung aufgetragen und das Zimmer wieder verlassen hatte.

»Nicht so, wie du denkst, Jonny!«

Er nahm dem Dicken gegenüber Platz und zog dabei bedächtig die Bügelfalte nach.

»Schieß los, Gilbert!«

Parker wußte, wie er die Neugier Jonnys noch mehr entfachen konnte.

»Du darfst mir vorerst Glück wünschen. Ich habe mich verlobt!« sagte er und wollte die Wirkung seiner Worte in vollen Zügen genießen.

Wenn er aber meinte, daß Smith entzückt davon wäre, hatte er sich geirrt. Im Gegenteil, sein Gesicht wirkte noch schwammiger, während er mit halboffenem Mund nach passenden Worten suchte. Und dann schnaufte er wütend:

»Das ist gegen unsere Abmachung! Haben wir uns nicht versprochen, die Weiber aus dem Spiel zu lassen?«

»Ruhe, mein Lieber!« mahnte Parker mit leisem Spott. »Erst mußt du wissen, wer meine Braut ist. Das gehört nämlich auch zu unserem Geschäft.«

Wieder schoß ein mißtrauischer Blick zu Parker hin.

»Ich lasse mich nicht kaltstellen von dir!« drohte er.

»Du schießt wieder einmal über das Ziel hinaus!« sagte er überlegen und vollkommen ruhig.

»Und – wer ist deine Braut?«

Endlich rückte Gilbert Parker mit seinem Trumpf heraus. »Keine andere als – Marion Vollmer.«

Fassungsloses Staunen spiegelte sich auf Smiths Gesicht wider. Er kniff die Augen zu, so daß sie zwischen den Fettpolstern ganz verschwanden, und spitzte die Lippen zu einem überraschten Pfiff.

»Donnerwetter!« setzte er in ehrlicher Bewunderung hinzu, wurde aber gleich darauf wieder nachdenklich und kleidete seine Bedenken in folgende Worte:

»Weshalb aber dann dein Plan? Die Verbindung mit Vollmer öffnet dir doch im Handumdrehen jede Tür! Ich weiß nicht …« Er wiegte den fleischigen Kopf hin und her.

Nervös sprang Parker auf. Und während er mit großen Schritten umherwanderte, führte er aus:

»Ich habe meine Gründe dafür, über die ich vorläufig noch schweigen muß. Du brauchst meinen Auftrag ja nicht auszuführen! Bitte, es steht dir frei! Was verlierst du übrigens dabei? Nichts! Du gewinnst höchstens.

Außerdem ist es das letzte Geschäft, das wir zusammen machen. In Zukunft wirst du einen angesehenen Posten in einem der Vollmerschen Unternehmen bekleiden, und damit hat unsere abenteuerliche Laufbahn ihr Ende gefunden.«

Smith brach bei diesem Gedanken der Schweiß aus. Er fuhr sich über den kahlen Schädel und brummte:

»Es wird auch Zeit. Man wird alt, mein Lieber, und verliert immer mehr an Spannkraft und Wagemut.«

Parker aber überhörte diesen Einwurf absichtlich. Er blieb vor seinem Helfershelfer stehen.

»Willst du nun – oder hast du immer noch Bedenken?«

»Bedenken?« Smith wich aus. »Mich stört nur, daß du dich über die Gründe in geheimnisvolles Schweigen hüllst. Es ist immer eine faule Sache, wenn man nicht weiß, worum es eigentlich geht.«

Ein böses Glitzern stand vorübergehend in Parkers dunklen Augen.

»Es genügt, wenn ich es weiß. Außerdem halte ich es diesmal wirklich für angebracht, wenn du ahnungslos bist. Du kannst dann sicherer auftreten.«

Smith drückte statt einer Antwort seine Zigarre mit den wulstigen Fingern in der Schale breit.

»Na?« drängte Parker weiter.

»Gut!« Smith entschloß sich mit einem süßsauren Lächeln. »Und was den Auftrag selber betrifft, so ist mir ja alles klar. Auch daß dein Name dabei ungenannt bleiben muß. Kannst dich wie immer auf mich verlassen. Gewinn – zu gleichen Teilen!«

»Großartig!« Parker hatte also gesiegt. »Du hast mich gut verstanden! Wir werden nun noch gemeinsam zu Abend essen. Dann aber trennen sich vorläufig unsere Wege wieder. Ich möchte nicht mit dir gesehen werden, um unsere Sache nicht von vornherein zu gefährden. Du wirst das verstehen.«

Auch in diesen sauren Apfel biß Smith. Nach den aufreibenden Tagen des untätigen Herumsitzens hätte er gern ein paar vergnügte Tage mit Parker verlebt.

»Dann hältst du es wohl auch nicht für ratsam, daß ich hier im Hotel Wohnung nehme?« fragte er mürrisch.

»Ausgeschlossen!« fuhr Parker bestimmt dazwischen. »Schon dieses einmalige Beisammensein kann uns gefährlich werden. Ich dachte mir, daß du nach dem Abendessen sofort abreist; dann kannst du morgen früh schon an Ort und Stelle sein.«

Smith war in letzter Zeit durch seine Körperfülle recht bequem geworden. Diese Beschleunigung behagte ihm nicht recht. Aber was blieb ihm anders übrig, als sich zu fügen?

In diesem Augenblick klingelte das Telefon.

Parker nahm den Hörer ab, und gleich darauf verschärften sich seine Züge, so daß er vorübergehend sogar Smiths Anwesenheit gänzlich vergaß. Dafür ließ aber Smith keinen Blick von Parker, obgleich er sich eingehend mit einer neuen Zigarre beschäftigte.

»Ich lasse bitten!« hörte er Parker nach kurzem Zögern sagen. »Führen Sie die Dame zu mir!« Und mit einem hämischen Lächeln wandte er sich an Smith:

»Du mußt gleich verschwinden, Jonny!« sagte er hastig und wies auf die Tür, die ins Nebenzimmer führte. »Benutze mein Schlafzimmer als Ausgang! Ich möchte nicht, daß du mit dieser Dame zusammentriffst!«

Umständlich rekelte sich Smith in die Höhe. Von Parker halb geschoben, glitt er dann über die Schwelle ins Nebenzimmer, warf aber vorher noch kichernd über die Schulter zurück: »Die Braut?«

»Unsinn!« herrschte Parker ihn an und mahnte noch: »Nimm dich gefälligst zusammen!«

Gleichzeitig mit dem Klopfen vom Gang her schloß er hinter Smiths massiger Gestalt die Tür.

»Herein!«

Erwartungsvoll blieb er inmitten des Zimmers stehen und wartete, bis das Zimmermädchen hinter Stepha Stoltenbeck die Tür ins Schloß gleiten ließ.

»Ihr Besuch überrascht mich … Frau Stoltenbeck«, sagte er mit höflicher Zurückhaltung und ging ihr zwei Schritte entgegen. Mit einer einladenden Handbewegung wies er dann auf den Sessel, in dem soeben noch Smith gesessen hatte.

»Darf ich bitten?«

Aus dunkelumränderten Augen sah Stepha sich in dem Hotelzimmer um. Erst jetzt, da sie wie verloren in dem weiten Sessel saß, kam ihr das Ungewöhnliche ihres Tuns voll zum Bewußtsein. Zur Umkehr war es aber nun zu spät.

Was will ich eigentlich hier? Um was will ich den Mann, der Dieters Feind ist, eigentlich bitten?

Diese und ähnliche Gedanken hetzten hinter ihrer Stirn.

Minuten verstrichen, ohne daß Stepha einen Anfang gefunden hätte. Leer und wüst war es in ihrem Kopf, und die schlaflos durchkämpfte Nacht lag ihr schwer wie Blei in den Gliedern.

Krampfhaft suchte sie nach passenden, einleitenden Worten, und Parker machte nicht die geringsten Anstalten, ihr entgegenzukommen.

Sie sah das leichtsinnige Gesicht Parkers, die vollen Lippen, die zu einem kaum merklichen Lächeln verzogen waren. Da erschien ein anderes Männergesicht vor ihr – hager, mit festen, willensstarken Zügen und Augen, die tief in den Höhlen lagen und in denen Verzweiflung gewütet hatte – schmale Lippen, die herb und bitter geschlossen waren.

Verwirrt von ihrem Gedankengang und dem starken Gefühl, das zu dem Gatten drängte, richtete sie den Blick auf Parker.

»Ich vergaß gestern in der begreiflichen Aufregung, Sie zu

fragen, was Sie in dieser Angelegenheit zu unternehmen gedenken.«

Ihre Stimme klang farblos, wie auch ihr Gesicht ohne jede Farbe war, in dem nur die Augen lebten, diese großen tiefblauen, fast schwarz wirkenden Augen.

Parker machte eine überraschte Bewegung.

»Ich verstehe Sie nicht, Frau Stoltenbeck.«

Stephas Blick ruhte fest auf dem verlegen gewordenen Gesicht Parkers.

»Wie ich Sie beurteile, werden Sie es nicht dabei bewenden lassen, mir jene schreckliche Enthüllung gemacht zu haben. Eine zerstörte Ehe wird Ihnen zur Stillung Ihrer Rachegefühle nicht genügen!«

Parker gab sich den Anschein schmerzlichen Erstaunens, als er so ruhig wie möglich erklärte:

»Ich verstehe Sie wirklich nicht, Frau Stoltenbeck. Sie verkennen mich. Es sollte mich nicht wundern, wenn Sie mir in der nächsten Minute Geld anbieten würden. Es tut mir aufrichtig leid, daß Ihr Gatte meine Warnung in den Wind geschlagen hat. Nicht Feindschaft schlug ich vor, sondern Freundschaft, die er jedoch höhnend ausschlug. Aber – es ist nicht gut, Gilbert Parker zum Feind zu haben.«

Stepha fühlte ihr Herz in quälender Furcht bis zum Halse herauf klopfen. Ja, dieser Parker war ein unerbittlicher Feind. Aber Dieter hatte nicht anders handeln können, als diese Freundschaft auszuschlagen.

»Das war Erpressung von Ihnen«, kam es bebend über Stephas Lippen. »Sie können sich doch keine Freundschaft erzwingen, wenn sie Ihnen nicht freiwillig geboten wird?!«

Parkers Züge wurden spitz, und seine Stimme bekam einen scharfen Klang.

»Mir kann nicht zugemutet werden, mich von einem – einem Betrüger beleidigen zu lassen!« stieß er rücksichtslos hervor. Stephas Gesicht glich einem Linnen, so weiß und farblos leuchtete es. Voll Abscheu schloß sie die Augen.

Betrüger! Betrüger! Dieses eine Wort gellte ihr wie ein Hohnschrei in den Ohren. Und sie durfte nicht einmal aufspringen und den Mann für dieses Schimpfwort zur Rechenschaft ziehen.

Während sie noch nach Fassung rang, sprach diese leidenschaftslose Stimme schon weiter:

»Was streiten wir uns um eine Sache, die doch nicht mehr rückgängig zu machen ist? Sehen wir lieber der herannahenden Gefahr ins Auge.«

Entschlossen setzte sich Parker Stepha gegenüber. »Sie können noch alles verhüten, alles!« bedrängte er jetzt die zusammenschauernde Frau, hinter deren Stirn sich die widersprechendsten Gedanken fieberhaft durcheinanderjagten.

In Stephas vor Entsetzen geweiteten Augen trat wieder ein Hoffnungsschimmer.

»Reden Sie!« forderte sie ihn erregt auf. »Alles, was in meiner Macht steht, will ich tun, um meinen Mann aus Ihrer Gewalt zu befreien.«

Parker aber dachte an Jonny und das vorangegangene Gespräch. Es ist immer gut, zwei Eisen im Feuer zu haben, meinte er voll heimlicher Genugtuung.

Dabei merkte er nicht, wie lächerlich er im Grunde genommen auf Stepha wirkte. Sie sah nicht die gepflegte äußere Hülle. Auf sie wirkte auch nicht das betont zurückhaltende Benehmen, das Vornehmheit vortäuschen sollte.

Stepha erkannte den blendenden Schein, hinter dem sich eine niedere Denkungsart, Rachsucht und kaltblütige Berechnung verbargen.

Unsicher begegnete er den angstvoll aufgerissenen Augen Stepha Stoltenbecks.

»Es liegt an Ihnen«, wiederholte er nochmals, aber in gänzlich verändertem Ton. »Sie haben Einfluß auf Ihren Gatten. Machen Sie diesen Einfluß dahin geltend, daß er in meine Beziehung zu Marion Vollmer nicht störend eingreift, und ich schwöre Ihnen, daß er keinerlei Unannehmlichkeiten mehr von mir zu erwarten hat.

Ich werde mit meiner Braut Deutschland verlassen und drüben ein neues Leben beginnen – und unsere Wege werden sich schwerlich wieder kreuzen.«

Stepha stockte der Atem. Sie beugte sich weit vor.

»Und – und weshalb haben Sie das meinem Mann nicht vorgetragen?«

Parkers Augen waren mit einem abwesenden Blick ins Weite gerichtet.

»Weil Dieter Stoltenbeck meine Vergangenheit kennt – weil er ein Freund des Hauses Vollmer ist.«

Wie erwachend fuhr er sich über die Augen. »Sie werden mich auch ohne weitere Erklärungen verstanden haben. Kurzum, Ihr Gatte stellt sich mir hindernd in den Weg. Demnach ist einer von uns beiden zuviel auf der Welt. Wer will es mir da verdenken, wenn ich aus reinem Selbsterhaltungstrieb Ihren Gatten außer Gefecht setze?«

Ein Zittern überlief Stephas Körper. Bis in die Fingerspitzen hinein spürte sie diese Schwäche.

Marion also sollte sie diesem Menschen ausliefern, damit Dieter Ruhe bekam? Ein junges Menschenkind, das weder vom Leben noch von der Schlechtigkeit der Menschen eine Ahnung hatte, sollte sie, ohne sich zu rühren, in ihr Verderben rennen sehen?

Sie erhob sich jählings. »Ich sehe ein, daß mein Besuch bei Ihnen völlig zwecklos war. Abgesehen davon, daß Sie meinen Einfluß überschätzen, könnte ich ihn nicht in der von Ihnen gewünschten Weise zur Geltung bringen. Ich würde mein

Gewissen belasten, wenn Marion doch Ihre Frau würde und in kurzer Zeit todunglücklich wäre.«

»Wer sagt Ihnen denn, daß Marion an meiner Seite todunglücklich sein wird?« brauste er auf, wobei das Blut in seine Schläfen schoß.

Da traf ihn ein Blick voller Schmerz und Trauer, so daß er sich seiner Aufwallung schämte. Und Stepha sagte:

»So wie Sie ohne Bedenken über das Glück meiner Ehe gestiegen sind und damit einen unschuldigen Menschen bis ins Herz getroffen haben, so werden Sie eines Tages auch über Marions armes Herz steigen und es zertreten.«

»Niemals gebe ich Marion frei!« zischte er und ballte seine Hand zu einer Faust. »Marion wird meine Frau, und wenn ich sie aus der Hölle holen sollte! Bah –« Verächtlich kräuselte er die Lippen. »Diesen Jörg Reinwaldt fürchte ich noch lange nicht!«

»Sie lieben Marion nicht«, sagte sie, Güte und Wärme in ihre Stimme legend, die ihr nicht recht gehorchen wollte. »Liebe sucht nicht zu vernichten, Liebe sucht Freude zu schaffen. Liebe kann auch verzichten – wahre, tiefe Liebe meine ich. Erkennen Sie doch endlich, daß Sie auf falschem Wege sind, und geben Sie jeden Rachegedanken auf.«

»So viel Edelmut können Sie von mir nicht verlangen. Ich denke nicht daran, nun erst recht nicht!« setzte er schroff und rücksichtslos hinzu.

»Und – was werden Sie tun?« Zitternd kam diese Frage über ihre Lippen.

Ruhig, die Hände in den Taschen seiner Jacke vergraben, stand Parker vor ihr, das gewohnte überlegene Lächeln um den vollen Mund.

»Ich werde meinen bereits fertigen Plan bis ins kleinste ausführen. Mehr kann ich Ihnen wirklich nicht verraten, Frau Stoltenbeck.«

Ein Blick eisiger Verachtung streifte sein Gesicht. Mit einer raschen Bewegung floh Stepha aus dem Zimmer und hetzte den Gang entlang.

Alles umsonst, ging es ihr durch den Sinn. Er kennt keine Rücksicht und keine Gnade – nur das eigene Ich. Dieter würde nie Ruhe bekommen vor diesem Mann.

Verzweiflung im Herzen, eilte sie ihrem Heim zu, das für sie bis vor kurzem der Inbegriff des Glücks, der Ruhe und Harmonie gewesen war und dessen unheimliche Stille sie jetzt wie Grabesruhe anmutete.

Ihr Glück? Ach, es war begraben – ihr Herz war tot und leer.

~

Kaum war die Tür hinter Stepha Stoltenbeck ins Schloß gefallen, eilte Parker in das anschließende Schlafzimmer, um sich für das Abendessen umzukleiden, und vor allem, um sich durch irgendeine Beschäftigung von der maßlosen Erregung, die sich im Laufe der Unterredung immer mehr gesteigert hatte, zu erholen.

Er stieß die Tür so heftig auf, daß sie Jonny Smith, der die ganze Unterredung belauscht hatte und nun keine Gelegenheit, schnell zu verschwinden, gefunden hatte, hart an die Stirn flog!

Mit einem wütend verzerrten Gesicht stand Parker vor seinem Helfershelfer.

»Bist du wahnsinnig geworden? Was soll das bedeuten? Seit wann belauschst du mich? Du verdientest, daß ich dich einfach hinauswürfe.«

Wie ein geprügelter Hund schlich Smith in das anschließende Wohnzimmer, sich dabei die verletzte Stirn reibend.

Parker folgte.

Seine Nerven waren bis zum äußersten angespannt. Nicht allein, daß die Unterredung mit Stepha Stoltenbeck an seinen Nerven gezehrt hatte – nun mußte er auch noch die Entdeckung machen, daß Smith ihm mißtraute – ja, was noch schlimmer war, daß er Zeuge dieser Unterredung geworden war. Sich die Zusammenhänge zusammenzureimen, war ihm sicherlich nicht schwergefallen.

Und doch mußte er sich beherrschen. Er konnte nicht einfach, wie er gewollt hätte, den Dicken zum Tempel hinausjagen. Noch brauchte er ihn, jetzt vielleicht noch nötiger als je!

»Kannst du mir vielleicht eine Erklärung für diese Gemeinheit geben?« grollte er, während er dem Gefährten wütende Blicke zuwarf.

Smith fühlte sich höchst unbehaglich. Nicht allein, daß ihm die Stirn wie Feuer brannte und der Stoß mit der Tür sicherlich ein Merkmal hinterlassen würde, auch sonst taten ihm von der unbequemen Stellung, die er als Lauschender eingenommen hatte, sämtliche Knochen weh. Nun hatte er sich auch noch erwischen lassen. Und das kränkte ihn am meisten.

Parker konnte in solchen Fällen höchst ungemütlich werden. Um so mehr verwunderte er sich über die verhältnismäßig ruhig klingende Frage. Da spürte er Oberwasser und kam näher.

»Schließlich bin ich ja dein Helfer«, sagte er, behielt aber die demütige Haltung bei. Vor Parkers Wutausbrüchen hatte er dieselbe Angst wie vor dessen überlegener Ruhe.

»Schöner Helfer!« höhnte Parker und maß Smith verächtlich. »Lauscht hinter der Tür, weil ihn das Mißtrauen plagt.«

Etwas wie Stolz regte sich in der Brust Smiths. Er nahm die Hand von der schmerzenden Stirn und richtete sich höher auf.

»Die Schuld trägst du, nicht ich!« erwiderte er bedeutend selbstbewußter, was Parker aufhorchen ließ. Er meinte Aufbegehren daraus zu hören, was ihm gerade jetzt, da er Jonnys bewährte Geschicklichkeit so nötig hatte, äußerst unwillkommen war.

Also zwang er sich von neuem zur Ruhe. Aber seine Gedanken flatterten immer wieder davon.

»Schlimm genug«, führte Smith mit beleidigter Miene und leidenschaftlicher, als man es bei ihm sonst gewohnt war, aus, »daß du mir die Rolle des Lauschers zugemutet hast. Bisher haben wir alle Geschäfte gemeinsam getätigt.«

»Etwa jetzt nicht?« warf Parker ärgerlich dazwischen.

Smith aber tat diese Frage mit einer Handbewegung ab und fuhr in seinem Gedankengang fort:

»Und wenn diese Geschäfte bis jetzt zu deiner und meiner Zufriedenheit ausgelaufen sind, dann nur deshalb, weil du deine Pläne offengelegt hast. Hier, bei dem neuen Geschäft aber tappe ich völlig im dunkeln. So viel weiß ich nun, daß es diesmal nicht um einen Gewinn in Zahlen, sondern um andere Dinge geht.«

Da wandte Parker dem Dicken, der sich förmlich in Hitze redete und sich ständig mit dem Tuch den Schweiß abwischte, das blaßgewordene Gesicht zu.

»Um welche Dinge, bitte?« fragte er mit eisiger Ruhe, die jedoch nur gekünstelt war.

Diesmal aber ließ Smith sich nicht von dieser Ruhe beeinflussen. Er war in Fahrt gekommen und räumte gleichzeitig mit mancher ungerechten Behandlung auf, die er durch den Gefährten erfahren hatte.

»Du mußt mich für reichlich dämlich halten, wenn du diese Frage stellst. Es geht dir nur um die Befriedigung deines Rachegefühls gegen das Haus Stoltenbeck, wie ich dem belauschten Gespräch entnommen habe.

Aber da mache ich nicht mit. Ich will Zahlen sehen. Sich mit Gefühlen herumzuplagen – oder für sie den Kopf hinzuhalten, ist mir zu gewagt.«

»Du bist ein ausgemachter Dummkopf, Jonny!« schrie Parker aufgebracht. »Meinst du, ich hätte die kostbare Zeit hier umsonst verbracht? Habe ich etwa Süßholz geraspelt, nur um der Mann einer schönen jungen Frau zu werden?

An unserer beider Zukunft habe ich dabei gedacht. Ich habe das Abenteuerleben genauso satt wie du. Während du aber auf deinen Lorbeeren ausruhen konntest, habe ich vorgearbeitet und die Grundlage zu einem sorglosen Leben für uns beide geschaffen.«

Smith rührte sich nicht. Er saß in dicke Rauchwolken gehüllt und dachte angestrengt nach. Parkers sinnloses Umherrennen ließ ihn kalt.

»Ich will alles wissen!« beharrte er eigensinnig. »Wer garantiert mir, daß du mich nicht auch einmal ins Verderben jagen willst, um einen, sagen wir … einen unangenehmen Mitwisser los zu sein?«

»Du bist verrückt!« keuchte Parker. »Wenn es nicht zum Lachen wäre, müßte man heulen!«

»Ich bin weder verrückt, noch ist mir zum Lachen zumute. Es liegt in deiner Hand, daß wir so schnell wie möglich ins reine kommen!« ließ Smith sich wieder ruhig vernehmen.

Parker vermied es auffällig, den wasserhellen Äuglein des Dicken zu begegnen. Er war beunruhigt und nervös, weil er sich durchschaut sah.

Was blieb ihm jetzt weiter übrig, als Farbe zu bekennen, wenn er Jonnys Mißtrauen einschläfern wollte?

So zog er sich einen Stuhl herbei und begann mit lebhaften Handbewegungen die nötigen Erklärungen zu geben, denen Smith aufmerksam lauschte.

Mit keinem Wort fiel er Parker in die Rede. Nur manchmal flackerte es wie Entsetzen in den farblosen Augen auf.

»Nun weißt du alles!« schloß Parker mit einem tiefen Aufatmen. »Was nun meine Enthüllung für dich und mich bedeutet, leuchtet dir ebenfalls ein. Damit habe ich mich dir in die Hand gegeben. Du kannst das, was ich dir mitteilte, jederzeit gegen mich als Waffe verwenden und zur Gegenpartei übergehen. Man würde es dir sicherlich lohnen, denn die Stoltenbecks sind schwerreich.«

Nun seinerseits mißtrauisch, maß er das keinerlei Gemütsbewegung zeigende schwammige Gesicht Smiths. Als Lockmittel setzte er noch eindringlich hinzu:

»Was dir die Stoltenbecks bieten würden, wenn sie wüßten, was ich gegen die Firma im Schilde führe, dürfte nicht gering sein. Was uns aber bei Gelingen unseres Planes erwartet, ist besser und sicherer.

Als Vollmers Schwiegersohn stehen mir ungeheure Mittel und ebenso wertvolle Verbindungen zur Verfügung. Man wird in Zukunft unserer beider Namen mit einiger Ehrfurcht aussprechen.

Schon einmal war ich auf dem besten Wege dazu; da fuhr mir Dieter Stoltenbeck dazwischen. Damals war er Sieger auf der ganzen Linie. Diesmal ist er der – Besiegte. Kaltgestellt ist er jetzt schon.«

Vom Wein und von der Erregung war Smiths Gesicht dunkelrot geworden. Eine ungeheure Spannung bemächtigte sich seiner.

»Wenn aber Marion Vollmer umfällt? Was dann?«

Parker, der die letzte Chance gern für sich allein auswerten wollte, sah sich durch Smiths ungewöhnliche Gründlichkeit gezwungen, auch sie noch preiszugeben.

»Wird Marion Vollmer nicht meine Frau – dann werde ich mir eine entsprechende Abfindung zahlen lassen, in die wir uns teilen. Selbstverständlich dem Bankkonto Vollmers entsprechend.«

Damit hatte Parker auch den letzten Rest Mißtrauen in seinem Mitwisser getötet. Smith streckte die fleischige Hand aus:

»Einverstanden!«

Nur flüchtig berührte Parker sie. Er haßte Smith plötzlich und wünschte ihn innerlich zum Teufel. Aber darüber ließ er sich nach außen hin nichts anmerken.

»Na also«, meinte er. »Nun sieh dich aber erst mal im Spiegel an und mache ein paar kalte Umschläge. Ich verspüre wenig Neigung, mich mit dir in dieser Aufmachung im Speisesaal zu zeigen.

Man könnte immerhin auf allerlei Vermutungen kommen, und ich werde hier mit größter Hochachtung behandelt.«

Damit ließ er Smith sitzen, um sich nebenan umzuziehen. Smith döste noch ein wenig vor sich hin, nickte ein paarmal und ließ sich dann im Bad das eiskalte Wasser über die brennende Stirn laufen.

»Himmelherrgott!« fluchte er, als er sich im Spiegel die stark geschwollene, bereits in allen Farben schillernde Beule an der Stirn besah. »Wie leicht hätte das ins Auge gehen können!«

~

Jens Ulmenriedt verbarg hastig den Brief, den er gerade las, in seiner Brusttasche, als er hinter sich die Tür öffnen und schließen hörte – und drehte sich um.

Jörg Reinwaldt kam quer durchs Zimmer auf ihn zu. Er trug ebenfalls einen Brief in der Hand, den er vor den Freund niederlegte.

»Da schreibt uns ein Jonny Smith aus Rio … offenbar ein

Händler, daß er Maschinen bei uns einkaufen will, und meldet gleichzeitig seinen Besuch an. Kennst du die Firma?«

Jens mußte sich erst umstellen. Noch klangen die herzlichen Worte Marianne Heideckes in ihm nach, und ihr liebes Bild stand noch lebhaft vor ihm.

Verwirrt beugte er sich über das Schreiben und gab es dann mit einem Kopfschütteln zurück.

»Unbekannte Firma«, sagte er dazu. »Wir arbeiten doch mit mehreren Händlerfirmen, die für angesehene Häuser einkaufen. Diese Geschäfte wickeln sich meist am reibungslosesten ab, weil sie in erster Linie dafür sorgen müssen, daß alles glatt verläuft, um ihre Kunden drüben nicht zu verärgern. Die Regelung wird für gewöhnlich durch irgendeine hiesige Bank vorgenommen.«

»Gut! Wir werden uns den Mann mal ansehen«, entschied Jörg und trat vom Schreibtisch zurück, ging ein paarmal auf und ab und blieb dann vor dem Fenster stehen und sah hinaus, als beobachte er lebhaft einen Vorgang auf dem Hof.

In Wirklichkeit aber waren seine Gedanken weitab. Er hatte sich sehr verändert. Der harmlose Neckton zwischen ihnen tauchte immer seltener auf. Ein einziges Wort genügte mitunter, Jörg in helle Wut zu bringen.

So unterließ Jens jeden Scherz, sobald er nur die kleinsten Zeichen einer gereizten Stimmung an dem Freund wahrnahm.

Nicht daß ihre Freundschaft unter diesen veränderten Verhältnissen gelitten hätte. Im Gegenteil, noch fester schloß Jörg sich an den Freund an. Und Jens schmerzte es sehr, daß er dem Freund nicht helfen konnte.

Aber jetzt ließ er keinen Blick von dem schmalgewordenen, nachdenklichen Gesicht Jörgs. Als der sich plötzlich umwandte, wurde er verlegen.

»Hast du eigentlich wieder einmal etwas von – von den

Stoltenbecks gehört?« klang die Frage auf, die ihn in Verlegenheit brachte.

»Ach ja«, meinte er mit betonter Gleichmütigkeit. Die Arme verschränkt, lehnte Jörg Reinwaldt am Fenster, das Gesicht dem am Schreibtisch sitzenden Freund zugewandt. Aber er sah die sichtliche Verlegenheit Jens' nicht, weil er selber darauf bedacht war, Verlegenheit und Unsicherheit zu verdecken.

»Warum bist du denn so zugeknöpft?« grollte er, ärgerlich über Jens' Verschlossenheit.

Jens sah auf.

»Du darfst mir deswegen keinen Vorwurf machen«, erwiderte er in seiner besänftigenden Art. »Du hast ja in den letzten Wochen den Namen Stoltenbeck nicht hören können. Sollte ich dich etwa absichtlich reizen?«

Der Schein eines Lächelns flog um Jörgs festen Mund.

»Erledigt, alter Junge!« kam es zurück. »Heute möchte ich aber ganz gern etwas von den Stoltenbecks hören.«

Stoltenbeck sagt er – und Marion meint er, ging es Jens bedrückt durch den Kopf. Immer noch dieses wandelbare Mädchen. Wann wird er endlich den Gedanken an sie aufgeben?

»Niemals«, sagte im selben Augenblick Jörg aus tiefem Sinnen heraus, »kann ich mich an den Gedanken gewöhnen, daß Marion und dieser eingebildete, geckenhafte Südamerikaner mit dem betont weltmännischen Benehmen, hinter dem er so viel zu verbergen scheint ...«

»Liebe läßt leicht zu Ungerechtigkeiten hinreißen«, warf Jens bedächtig ein.

»Erlaube mal!« brauste Jörg da auf. »Hast du wirklich keinen besseren Geschmack, daß du diesem Kerl die Stange hältst?«

»Warum gleich so erregt?« Jens suchte mit leisem Lächeln den Freund zu beschwichtigen. »Ich halte aufrecht, was ich dir schon hundertmal erklärte. Ich könnte ihm stundenlang …«

»Danke!« spöttelte Jörg mit knapper Verbeugung. »Mir aus der Seele gesprochen! Und wie steht es sonst? Wann findet die Hochzeit statt?«

»Die Hochzeit?« verwunderte Jens sich, verstummte jedoch jäh, als Jörg seinen Platz am Fenster verließ und auf ihn zukam. Die Hände auf die Schreibtischplatte gestützt, sah er ihn durchdringend an.

»Alter Gauner, seit wann verlegst du dich aufs Schwindeln? Oder sagen wir auch so, seit wann treibst du Heimlichkeiten hinter meinem Rücken? Bildest dir wohl ein, mich habe die Liebe noch mit Blindheit geschlagen?

Also – was schreibt dir die blonde Marianne? Bekenne Farbe!«

Über Jens' Gesicht ging ein Strahlen. Er stieß einen tiefen Seufzer aus.

»Jörg – ich habe nicht von mir sprechen wollen, solange ich dich um Marion leiden sah.«

Ein warmes Gefühl für den Freund durchströmte Jörg, und Rührung huschte über sein Gesicht. Er verbarg sich damit hinter einem groben Ton.

»Ich muß ja eine schöne Memme in deinen Augen sein, wenn du so schonungsvoll mit mir umgehst!« brummte er.

Nach einer Pause nahm er wiederum das Wort: »Aber nicht von dir und deinem Glück, das ich dir übrigens von ganzem Herzen gönne, sondern von Marion wollen wir sprechen. Ich habe täglich auf eine Verlobungsanzeige oder etwas Ähnliches gewartet.«

Erfreut, den Freund in dieser ruhigen Verfassung zu sehen, griff Jens in seine Brusttasche und entnahm ihr den zerknitterten Brief. Eine Falte der Nachdenklichkeit bildete sich zwischen den Brauen.

»Sonderbar ist das, Jörg – hör mal zu!« sprach er, ohne den Blick zu heben. »Marianne schreibt, daß es zwischen dem Ausländer und ihrem Chef ernste Zerwürfnisse gegeben habe und daß seither die Stimmung im Vorzimmer sowie bei den Prokuristen sehr gedrückt sei.

Und das junge Mädchen habe das Lachen ganz verlernt, seit sie Braut sei. Zwar gälten die beiden als Brautpaar, aber es würde weder von einer Verlobungsfeier noch von der Hochzeit gesprochen.

Sie bittet mich jedoch, diese Mitteilung vertraulich zu behandeln, da das nur ihre eigenen Beobachtungen seien.«

Er sah von dem Brief auf – hinüber in die Ecke, in der Jörg sich niedergelassen hatte, den Kopf in die Hand gestützt.

»Sonderbar, nicht? Da scheint tatsächlich nicht alles zu stimmen. Auf Mariannes Urteil kannst du dich verlassen.«

Jörg hüllte sich in Schweigen.

Ein einziger Satz war in seinem Gedächtnis haften geblieben. Marion das Lachen verlernt? Das junge Geschöpf, das wie ein Kobold lachend und jubelnd durch die Tage geträllert war? Das das Leben so leicht nahm, daß es sogar mit dem heiligsten Gefühl – der Liebe – zu spielen wagte?

Er verspürte große Lust in sich, Jens zu einem Besuch bei den Stoltenbecks zu veranlassen. Ehe er sich aber zu einem Entschluß durchgerungen hatte, rasselte das Telefon, und Jens sagte in das nachdenkliche Schweigen hinein:

»Die Sekretärin meldet Jonny Smith. Der Mann hat es sehr eilig.«

Jörg erhob sich – glücklich, dadurch vor einem voreiligen Entschluß bewahrt zu bleiben.

»Dann komm, Alter – dieser Smith hat ja seinen Besuch für heute angezeigt. Ich liebe Pünktlichkeit.«

Jens bedachte noch die klaren Schriftzüge des geliebten fernen Mädchens mit einem liebevollen Blick, ehe er den

Brief wieder in die Brusttasche schob. Dann folgte er dem vorangegangenen Freund ins Besuchszimmer.

~

Zart und lieblich hob Stephas Gestalt sich von der dunklen Täfelung der Bibliothek ab. Ihr Blick war an dem Gatten vorbei nach dem Fenster gerichtet, über dessen Scheiben der Herbstwind strich, der wütend an ihnen rüttelte.

Die Kastanie draußen streckte ihre halbnackten Äste wie hilfesuchend empor. Der Herbstwind entführte ihre Blätter und trieb sie vor sich her, bis sie müde und erschöpft zu Boden sanken.

Das alljährliche Sterben der Natur begann, das Rüsten für den Winterschlaf, um im Frühjahr zu neuem, fruchtbarem Leben erweckt zu werden.

Stepha strich sich fröstelnd über die Arme, obschon ein helles, flackerndes Feuer im Kamin prasselte. Ihre Gedanken beschäftigten sich in diesem Augenblick so sehr mit dem Sterben in der Natur, daß der Ausdruck ihres Gesichtes noch trauriger, noch hoffnungsloser wurde.

Sogar die Anwesenheit ihres Mannes hatte sie vergessen. Eine Bewegung Stoltenbecks erinnerte sie erst wieder an ihn.

»Verzeih, Stepha«, brach Dieter das lastende Schweigen. »Ich habe deinen Ausführungen nur sehr zerstreut gelauscht. Verstanden habe ich nur so viel, daß du fort willst. Das kann doch dein Ernst nicht sein?!«

Stepha barg ihre Hände wieder auf dem Rücken, als wollte sie schon allein dadurch eine Annäherung von ihm vermeiden. Den Kopf mit dem duftigen rotbraunen Haar hielt sie zur Seite geneigt, als sei ihr die Haarflut zu schwer.

»Doch«, bestätigte sie nochmals, mit einer Stimme, die so gebrechlich wirkte wie ihre ganze Erscheinung. »Ich habe lange genug mit mir gekämpft. Du kannst auch wissen, wohin ich gehe.«

»Geh zu deinen Eltern, Stepha!« fiel er ihr da, ungestüm bittend, ins Wort. »Dann bin ich beruhigt … wenn diese Trennung schon sein muß.«

Jetzt hob Stepha den Kopf und sah zu ihm auf. Sein Gesicht konnte sie nicht erkennen, da es im Schatten lag. Nur seine hohe Gestalt sprang deutlich sichtbar aus dem Halbdunkel heraus. Stepha war ihm dankbar, daß er diese Dämmerstunde zu einer Aussprache gewählt hatte. Sie war ein Schutz, hinter dem sie ihre Gefühle verbergen konnte.

»Es tut mir leid, daß ich dich abermals enttäuschen muß. Zu meinen Eltern kann ich nicht gehen.«

Sie brach ab, und ein tiefes Rot lief bis zum Ausschnitt ihres lichten Hauskleides hinab. Dieter Stoltenbeck sah das geliebte Gesicht dunkel erglühen, da der Schein des Feuers ihr Gesicht, ihre ganze Gestalt umhüllte.

»Die Eltern sollen nicht wissen, wie es um uns steht. Sie – sie würden sich nur mit Sorgen belasten, was ich vermeiden möchte«, schloß sie stockend.

»Aber nicht lange kann dieser Zustand vor ihnen verborgen bleiben. Bis jetzt haben sie uns aus Taktgefühl gemieden, um unser junges Glück nicht zu stören; aber –«

Dieter preßte sekundenlang beide Hände vor die Augen. Wahnsinn! Wie wir uns quälen! Warum wage ich nicht die wenigen Schritte zu Stepha und nehme sie in meine Arme an mein Herz? Wie kann ich überhaupt zulassen, daß Stepha aus dem Hause geht?

»Nein!« sagte er hart und entschlossen. »Ich werde gehen, Stepha … ich. Wie könnte ich dir die Heimat nehmen?«

»Du vergißt mein Haus«, erwiderte sie nicht ohne Stolz und Dankbarkeit. »Dorthin werde ich mich zurückziehen. Und dort werde ich auch die Geburt des Kindes abwarten.«

Dieter ballte die Fäuste. Ohnmächtig stand er dem Schicksal gegenüber.

»So erlaubst du mir nicht einmal, für deine Bequemlichkeit zu sorgen?« fragte er bitter.

»Ich habe dort alles, was ich brauche –«

»Aber die Sorge um dein persönliches Wohl?« begehrte er leidenschaftlich auf. »Nein, Stepha, gib diesen unseligen Gedanken auf! Ich gestatte das ganz einfach nicht.«

»Und ich – kann dieses Leben der Lüge und Verstellung nicht länger ertragen«, brach es verzweifelt aus ihr hervor.

Sie schwankte, machte ein paar Schritte zu dem Sessel und sank wie in großer Erschöpfung hinein. Den Kopf drückte sie in den weichen Samt der Lehne, und die Augen hielt sie geschlossen.

Gespenstisch weiß leuchtete ihr Gesicht, fast durchsichtig wirkte es in seiner unnatürlichen Blässe.

Dieters Herz zog es zusammen. Was war aus Stepha in den letzten Tagen geworden! War das noch das blühende, vor Lebensfreude strahlende Geschöpf, das er einst voll Stolz über die Schwelle dieses Hauses geführt hatte?

Er biß die Zähne fest aufeinander. Nein! Er durfte sie zu nichts drängen, wenn er nicht auch noch die Schuld an ihrem langsamen Vergehen auf sich laden wollte.

Daß er selber am Rande der Verzweiflung stand und körperlich wie seelisch erschöpft war, bedachte er nicht.

»Wenn es dein Wille ist«, er rang sich förmlich die Zusicherung ab, mit der er sich selber mitten ins Herz traf, »dann vermag ich dir nichts in den Weg zu legen. Nur wissen muß ich, wie es dir geht – die einzige Rücksichtnahme, die ich für mich erbitte.

Und was wird aus Marion? Sie ist Gast unseres Hauses. Unmöglich, daß sie allein zurückbleiben kann. Oder nimmst du sie mit dir – in die Einsamkeit deines Hauses?«

Erschrocken streckte Stepha beide Arme aus.

»Marion! Natürlich! An sie habe ich gar nicht gedacht«, murmelte sie in hilfloser Verwirrung.

»Willst du ihr irgendeine Erklärung geben?«

Stepha preßte die Fingerspitzen gegen die hämmernden Schläfen.

»Unter irgendeinem Vorwand werde ich Marion meinen Vorschlag unterbreiten. Vielleicht begrüßt sie ihn sogar. Auf diese Weise wäre sie auch von ihrem Verlobten getrennt.«

Parker! Unausgesprochen stand der Name zwischen ihnen, das unsichtbare Verhängnis, das so verheerend in ihr Leben getreten war.

»Wirst … wirst du auch ihn in deinem Hause empfangen?« Unsicher, tastend kam diese Frage, vor der beider Herzen erzitterten.

Da senkte Stepha wie unter einer schweren Last den Kopf. Rührend schön stand sie vor ihm.

»Ich werde es zu vermeiden wissen, ihn zu empfangen.« Sie wurde von innerem Grauen geschüttelt. »Abweisen kann ich ihn leider nicht, wenn sein Besuch Marion gilt. Ich müßte ihr sonst Erklärungen geben, wozu ich unfähig bin.«

Wie ein Schlag wirkten ihre Worte auf ihn. Immer und immer wieder trug er die Schuld für das, was Stepha auf ihre Schultern nehmen mußte, um ihn zu schonen. Das bedeutete für ihn eine unsagbare Pein, eine ununterbrochene Kette zermarternder Qualen.

»Ich wollte, ich läge an Klaus' Statt unter der Erde«, stöhnte er auf, vorübergehend die Beherrschung verlierend. »Ich habe dir kein Glück gebracht.«

Voll ruhte ihr Blick auf seinem zerquälten Gesicht. Sie erschrak bis ins Herz hinein, so zerwühlt und verstört waren seine Züge. Er litt namenlos – und sie mit ihm.

Von Dieter hinweg starrte sie dann in die auflodernde Kaminglut, die einen rosigen Schein über ihr Gesicht goß und es weich und verträumt erscheinen ließ.

Dieter rührte sich nicht. Er wagte kaum zu atmen, um diesen Ausdruck nicht von ihren Zügen zu verscheuchen. So würde er ihr Bild fortan in sich tragen, wenn sie erst sein Haus verlassen hatte und er ganz einsam war.

»Wer weiß, ob ich dann glücklicher wäre«, sagte sie versonnen. »Ihr Stoltenbecks scheint nun einmal mein Schicksal zu sein, dem ich nicht entrinnen kann.«

Ihr müdes Entsagen erschütterte ihn. Er streckte seine Hände nach ihr aus und zog sie sanft an sich. Und Stepha wehrte sich auch nicht; sie legte sogar in einem Gefühl der Hilflosigkeit ihren Kopf an seine Schulter.

»Stepha«, bat er weich, »gib mir wenigstens eine kleine Hoffnung, damit mir der Weg nicht so endlos lang wird!

Gib mir ein kleines Versprechen, daß es, nachdem ich alles gerichtlich habe klären lassen, wieder so werden wird wie früher. Ich will dich nicht bestürmen, dazu ist zuviel in dir zerbrochen. Prüfe dich aber genau, ob dieses Opfer nötig ist. Du bist auf dem Wege, deine Liebe zu opfern für eine Schuld, die ich begangen habe.«

Verwirrt und unliebsam an die Wirklichkeit erinnert, löste sie sich von ihm.

»Versprechen?« Sie sann diesem Wort nach und schüttelte dann leicht den Kopf. »Das kann ich nicht, weder in dieser noch in jener Form. Ich will mich aber prüfen.«

»Stepha!« murmelte er erstickt und barg, von seinem Gefühl überwältigt, sein heißes Gesicht in ihrem Haar. »Warum quälen wir uns so furchtbar? Du liebst mich doch genauso tief wie vorher.«

»Ich weiß es nicht«, kam es wie ein Hauch über ihre Lippen. »Mein Herz ist tot und leer – wie ausgebrannt.«

»Ich werde Geduld üben und warten, bis du mich rufst.«

Er umfaßte ihre Schultern und zog sie dicht zu sich heran. »Stepha, ich selber will dich in dein Haus bringen. Ich muß sehen, ob du dort alles zu deiner Bequemlichkeit hast; denn es geht auf den Winter zu. Das mußt du mir gestatten.«

Beunruhigt entwand sie sich seinen Händen. Ohne seinen Blick zu erwidern, sagte sie leise:

»Ja – das erlaube ich dir! Du erfährst die Zeit von mir.«

Damit verließ sie das Zimmer.

Aus tiefliegenden brennenden Augen sah Dieter hinter der lichten, mädchenhaft wirkenden Erscheinung her. Dann brach er in dem Sessel, in dem sie gesessen hatte, erschöpft zusammen. Er war am Ende seiner Kraft.

Die Hände vor das Gesicht geschlagen, verharrte er regungslos. So fand Armand ihn, der versuchte, sich bemerkbar zu machen. Aber er wurde nicht beachtet.

Da zog der treue Alte sich mit kummervollem Herzen zurück und schlug den Weg zu dem Schlafzimmer seiner Herrin ein, an das er nach einem letzten Zögern zaghaft klopfte.

»Armand … Sie?« fragte Stepha verwundert, als sie den Alten mit den wissenden Augen vor sich sah.

»Frau Stepha … ich … ich hätte Sie sehr gern einmal gesprochen«, brachte er stockend hervor.

Eine Furcht bemächtigte sich ihrer. Was hatte der Alte nur? War er krank?

»Kommen Sie, Armand«, forderte sie ihn freundlich auf. »Wir gehen in meinen Salon.«

~

Parker wußte genau, weshalb er Jonny Smith Aufträge dieser Art ausführen ließ – wie den bei der Firma Reinwaldt.

Niemand konnte in dem vor Gemütlichkeit strahlenden,

etwas behäbigen Mann den Helfershelfer Gilbert Parkers vermuten.

In kurzer, entschlossener Redeweise trug er seine Wünsche vor, würzte sie mit geschickt eingeflochtenen humorvollen Bemerkungen – und wurde von Jörg und Jens auch sofort verstanden.

Sie waren sich schnell einig geworden, da es sich um ein glattes Geschäft ohne jedes Risiko handelte. Die nötigen Auskünfte würde ihr Bankhaus erteilen. Von dort her würden dann auch die Zahlungen erfolgen, sobald von drüben die Nachricht einlief, daß die bestellten Maschinen wohlbehalten angekommen seien.

»Eigene Schiffe besitzen wir nicht. Wer macht uns die Eilfracht?« fragte Smith dann.

»Käme nur die Firma Stoltenbeck in Frage, die gerade die Linie befährt«, erwiderte Jörg und ließ rasch die Augen vom Freund hinweg zu Jonny Smith gleiten. »Ist Ihnen diese Firma bekannt?«

»Gewiß!« versicherte Jonny eifrig. »Eine alte Firma, die auch drüben einen guten Namen hat! Sind ja bekannt, die Stoltenbeck-Schiffe. Ich hatte bis jetzt aber noch keine Gelegenheit, durch sie Fracht mitnehmen zu lassen.«

Die üblichen Formalitäten waren schnell erledigt, und bald schallte das Lachen Smiths, das so harmlos und gutmütig klang, durch den Raum und reizte die beiden Freunde zum Mitlachen und zur Heiterkeit.

Als die Tür sich hinter der massigen Gestalt des neuen Kunden geschlossen hatte, meinte Jörg:

»Eine ulkige Nudel, was? Gemütliches altes Haus! Ein so glattes Geschäft haben wir lange nicht getätigt.«

Jens konnte ihm zustimmen. Er vertiefte sich bereits in die Unterlagen und ließ sich auch sogleich mit der Handelsbank verbinden. Die Auskunft lautete wie erwartet. Ein

Jonny Smith hatte bereits den Betrag zu einer späteren Auszahlung deponiert.

Indessen wanderte Jörg ruhelos umher, und als Jens befriedigt das Ferngespräch beendet hatte, blieb er vor dem Freund stehen.

»Selbstverständlich erledigst du auch gleich die Sache mit Stoltenbecks, damit morgen alles klar ist, wenn Smith wiederkommt.«

Lächelnd sah Jens zu dem Freund auf. »Willst du nicht selber …?«

Abwehrend hob Jörg die Hände.

»Du fragst doch nur aus Höflichkeit. Wie käme ich dazu, dich um den Genuß eines Telefongespräches mit Marianne Heidecke zu bringen?«

~

Armands Atem ging schwer, fast keuchend, als er seiner Herrin in dem Salon auf einem der zierlichen Sessel gegenübersaß.

»Nun?« ermunterte Stepha ihn, von Unruhe und Sorge befallen, zumal der Alte unschlüssig zu Boden sah.

Wie alt er geworden ist, dachte Stepha, ihn aufmerksam betrachtend. Nicht im geringsten jedoch brachte sie sich oder den Gatten mit Armands besorgtem Aussehen in Verbindung. Um so mehr war sie erschrocken, als er die immer noch scharfen Augen endlich aufhob und zu sprechen begann.

»Ich habe gewagt, zu Ihnen zu kommen, Frau Stoltenbeck, weil ich das Leid meines Herrn nicht mehr mit ansehen kann. Wie soll das noch enden? Können Sie ihm denn gar nicht verzeihen?«

Eine wächserne Blässe überzog Stephas Gesicht. Ihre Hände suchten an der Sessellehne nach einem Halt.

»Armand!« rief sie entsetzt. »Was reden Sie da!« Aber dann, sich jäh besinnend, daß er ja der Vertraute ihres Mannes war, setzte sie ruhiger hinzu:

»Ich vergaß, daß Sie alles wissen. Jetzt verstehe ich auch erst richtig Ihre Verbundenheit mit – Dieter Stoltenbeck. Sie haben sich mitschuldig gemacht an dem Betrug, der an mir begangen wurde.«

Vorwurfsvoll ruhten ihre Augen auf seinem zerfurchten kummervollen Gesicht.

Armands Stimme klang leise, wie ein Flüstern, als er mit einem Kopfschütteln antwortete:

»Es gibt auch Lügen aus Barmherzigkeit! Immer hat er Sie geliebt, Frau Stepha! Verzeihen Sie mir, wenn ich es überhaupt wage, mit Ihnen darüber zu sprechen. Aber Sie haben das nicht erlebt, was ich mit meinem Herrn getragen habe.

Selten einmal verging in der Fremde ein Abend, ohne daß seine Gedanken Ihnen gegolten hätten. Mir hat er seine geheimsten Gedanken und Wünsche anvertraut, vor mir hat er von seiner Sehnsucht nach Ihnen und nach der Heimat gesprochen.

Alles habe ich miterlebt – auch die Heimreise, die fieberhafte Spannung, die unbändige Freude, die sich steigerte, je näher wir der Heimat kamen.«

Armand ließ eine Pause eintreten. Seine Augen schienen nach innen gerichtet zu sein. Noch einmal durchlebte er alles – von der Ankunft an bis zu dem schrecklichen Erwachen bei seinem Herrn im Krankenhaus.

Er sprach fast bewegungslos, und doch fühlte Stepha, daß alles an dem treuen Alten zitterte – und sie erlebte noch einmal alles mit.

»Und er tat es doch nur aus Sorge um Sie, Frau Stepha! Er quälte sich mit den schrecklichsten Vorstellungen. Er sah Sie in Gedanken bitterlich um den Verlobten weinen. Und die

Umstände begünstigten sein Vorhaben, das zunächst nur als Gedanke in ihm lebte.

Man wußte nicht, wer war Klaus – und wer Dieter Stoltenbeck – und da war es geschehen. In einer einzigen Sekunde war die Lüge ausgesprochen, die nun sein und Ihr Glück zerstört haben soll.«

Er holte seinen Blick von weither zurück und richtete die gütigen Augen auf ihr starres Gesicht.

»Sie kennen das Leben noch nicht, Frau Stepha. Sie wissen nicht, wie schnell eine Versuchung an den Menschen herantreten kann, und wie schnell man zuweilen schuldig wird.

Eine einzige Sekunde entscheidet oft über Sein oder Nichtsein. Und diese Sekunde des Abirrens vom rechten Wege soll nun ein Mensch, der bis dahin gut und ehrenhaft gelebt hat, der ein warmblütiger und edler Menschenfreund ist, für das ganze weitere Leben büßen?

Ist es da nicht besser – er machte ein rasches Ende?«

Stephas Hände verkrampften sich im Schoß. Ein jäher Schreck preßte ihr Herz zusammen.

»Mein Gott, Armand – was beschwören Sie da herauf?«

»Nichts, Frau Stepha!« war seine ruhige Erwiderung. »Ich spinne nur meinen Gedankengang aus. Und weil ich meinen Herrn kenne –«

Mit einem erlösten Aufatmen sank sie zurück und schloß vorübergehend die Augen. Zu hart war der Zusammenprall von Gefühlen, Angst und wildem Entsetzen gewesen.

Dann huschte ein heller Schein über ihre Züge. Die Augen öffneten sich wieder. Sie waren voller Vertrauen.

»Dieter Stoltenbeck wird sich nicht feige aus dem Leben stehlen. Ihn binden Pflichten an das Dasein.«

»Wenn man aber nichts als Scherben in der Hand hat und nichts mehr damit anzufangen weiß?« warf er verwirrt dazwischen, denn ihr Schreck, der einer stillen Verklärung Platz gemacht hatte, war ihm entgangen. »Wirft man dann nicht alles von sich?«

»Unter Umständen, ja«, gab sie zu, und nun lag das Lächeln voll und strahlend auf ihren feinen Zügen. »Es gibt aber ein Zaubermittel.«

»Die Liebe«, flüsterte er, das schöne, verklärte Gesicht der jungen Herrin ehrfürchtig betrachtend.

Unter seinem Blick aber verwandelte es sich und wurde wieder starr und abweisend.

»Zur Liebe gehört aber unbedingt auch Vertrauen! Das eine kann ohne das andere nicht gedeihen!« wandte sie ein.

Da sank Armands Hoffnung wieder. Also unversöhnlich?

»Sie ... Sie wollen meinen Herrn verlassen?« kam es bebend von seinen Lippen. »Für immer – verlassen?«

Stepha senkte den Kopf. Nein! Selbst wenn das eine nicht wäre, für immer hätte sie sich nicht von Dieter trennen können.

Die vorgeschlagene Trennung aber brauchte sie, um sich über ihre Gefühle klarzuwerden, unbeeinflußt von seiner starken Persönlichkeit, die immer auf sie wirkte, sobald sie sich in seiner Nähe befand.

»Nein, nicht für immer!« Und nun gestand sie mit brennenden Wangen, da sie in Armand nur noch Dieters Vertrauten sah. »Erst will ich Dieter Stoltenbeck noch den Erben schenken. Was dann wird, mag die Zukunft entscheiden.«

Da zog Armand die schmale Hand der Herrin an seine Lippen.

»Frau Stepha«, stammelte er, das weiße Haupt über ihre Hand gebeugt. »Dann wird alles gut werden. Dann blicke ich voller Zuversicht dem Kommenden entgegen.«

Noch lange saß Stepha verträumt in dem zierlichen Sessel.

Armand war beruhigt zu seinen Pflichten zurückgekehrt.

Wer aber half ihr aus ihrer inneren Not? Wer wies ihr den rechten Weg?

Stepha Stoltenbecks Kopf sank zur Seite, heiß und unaufhaltsam drang es unter den geschlossenen Lidern hervor.

Die Tränen lockerten ihren Schmerz.

~

Ein paar Tage waren über diesen Ereignissen dahingegangen.

Stepha, die lange zögerte, bevor sie Marion von ihrem Entschluß Mitteilung machte, fiel eine Zentnerlast vom Herzen, als sie es getan hatte. Ohne Argwohn, ja, mit jubelnder Begeisterung nahm Marion von der Übersiedlung in der Freundin Haus Kenntnis. Schon längst hatte sie es einmal besichtigen wollen, und nun war es soweit.

Auf einmal brach etwas von der früheren lebensprühenden Marion durch.

Nachdem sie Stepha mit einer Flut von Küssen überfallen hatte, jagte sie davon.

»Stanja muß das wissen, sie muß mitkommen! Wer sollte sonst auch für uns sorgen?«

Stepha ließ sie lächelnd gewähren. Nun war ihr auch diese Sorge genommen. So brauchte sie keine fremden Gesichter um sich zu dulden. Ihr Weggang aus der Villa vollzog sich in aller Stille. Nur von Frau Siebers verabschiedete sie sich.

Als sie aber die forschenden Blicke der Hausdame auf sich ruhen fühlte, brach sie hastig ab und stieg rasch die Stufen hinab.

Dieter wollte den Wagen selbst steuern. Neben ihm war der Platz noch frei. Er stellte vorläufig Stephas Handkoffer dort ab.

Behutsam half er ihr dann in den Wagen und deckte sie mit weichen Decken zu. Auch Marion war behilflich, deren Mund keine Minute stillstehen wollte. Ahnungslos, wie sie war, brachte sie das junge Paar durch ihre Unbefangenheit leichter über diese Stunde hinweg.

Stepha drückte den Kopf schwer in die Lehne. Sie wollte nicht rückwärts schauen. Dieter beobachtete sie im Spiegel scharf, und in seinem Gesicht zuckte es.

Als auch Stanja glücklich mit dem Gepäck untergebracht war, erschien Armand. Da wandte Stepha den Kopf.

»Nanu – fährt Armand auch mit?«

Marion fand das ganz in Ordnung und wunderte sich, warum Stephas blasses Gesicht auf einmal tiefrot anlief.

»Armand wird bei euch bleiben«, erklärte Dieter ruhig. »Ganz ohne männlichen Schutz könnt ihr nicht sein.«

Marion aber rief begeistert aus:

»Das ist ein guter Gedanke von dir, Klaus! Du bist doch der aufmerksamste und rücksichtsvollste Ehemann.«

Stepha sah wieder starr zum Fenster hinaus. Sie konnte den Namen Klaus nicht mehr hören. Geradezu körperlichen Schmerz empfand sie dabei.

Marion war von einer merkwürdigen Unruhe befallen. Erst als der Wagen über den Kiesweg rollte und durch das weit geöffnete Tor das Grundstück verließ, sank sie mit einem erlösten Aufatmen auf ihren Sitz zurück.

»Gott sei Dank!« flüsterte sie dabei. Den Sinn dieses Ausrufes verstand aber nur Stanja, die übrigens lange nicht so ängstlich war wie Marion. Er sollte nur kommen, der Herr Bräutigam, sie würde ihn schon heimschicken.

In einer Stunde war das helle einstöckige Haus erreicht.

Heute machte es auf Stepha einen ganz anderen Eindruck als sonst. Fast nüchtern wirkte es auf sie. Das kam wohl daher, weil die Bäume kahl zu werden begannen, weil anstatt der blumenbesetzten Beete graue Erdmassen zu beiden Seiten des Weges lagen und die Rosenstöcke bereits ihre schützende winterliche Hülle trugen.

Schweigend und ohne ihn dabei anzusehen, legte Stepha den Schlüssel in des Gatten Hand. Er sollte nicht merken, wie sie vergeblich gegen die Traurigkeit ankämpfte, und wie verwirrend der Vergleich zwischen ihrem ersten und dem heutigen Einzug auf sie wirkte.

Eine eisige Kälte schlug ihnen in dem Vorraum entgegen, und in der anschließenden Diele war es auch nicht freundlicher. Die Fensterläden waren geschlossen und ließen nur durch die Ritzen einen schwachen Lichtschein hereinfallen.

»Falle nicht!« hörte sie die besorgte Stimme des Gatten neben sich. »Armand wird gleich die Läden öffnen.«

Nach fünf Minuten flutete das volle Licht durch das breite Mittelfenster.

Zaghaft kam Marion näher – und fand das Haus entzückend. Sie wurde nur eingeschüchtert durch das seltsame Benehmen der Ehegatten. Auf einmal gewann auch in ihren Augen die Übersiedlung eine ganz andere Bedeutung.

Hatte es ein ernstes Zerwürfnis zwischen Stepha und Klaus gegeben?

Vieles fiel ihr ein, was gegen früher anders geworden war und was sie im Augenblick des Geschehens nicht zu deuten vermocht hatte, da sie mit ihren eigenen Angelegenheiten übergenug beschäftigt gewesen war.

Doch es war jetzt nicht Zeit dazu, länger hierüber nachzudenken. Die Gegenwart forderte ihr Recht. Marion sah, wie Stepha fröstelnd die Schultern einzog.

»Komm, Stanja!« rief sie der mit Koffern beladenen Alten zu. »Wir wollen rasch ein wenig Gemütlichkeit schaffen, vor allem Feuer im Kamin anmachen.«

Im Handumdrehen war sie verschwunden. Dieter lächelte hinter ihr her. Er war ihr dankbar, daß sie ihm noch ein kurzes Alleinsein mit der geliebten Frau ermöglichte.

Befangen, verlegen, standen die beiden sich dann gegenüber. Stepha hüllte sich fester in ihren Mantel. Den Augen ihres Mannes wich sie aus.

Mußte sie ihn nicht bitten, wenigstens so lange hierzubleiben, bis Stanja ein Mittagsmahl bereitet hatte? Aber sie hatten sich so wenig zu sagen in letzter Zeit. Und dann hieße das nur, die Qual des Abschieds verlängern. Antragen mußte sie es ihm aber wohl.

»Du wirst doch etwas ausruhen wollen«, begann sie deshalb mit unsicherer Stimme. »Willst du nicht bis zum Mittagessen bleiben?«

Kaum merklich verzog sich Dieters Mund. Bitterkeit wallte in ihm auf. Wie fremd sie sich geworden waren! Stepha lud ihn in ihrem Hause zum Essen ein!

»Danke!« lehnte er kurz ab, obwohl nur der eine Wunsch in ihm war, den Abschied so weit wie möglich hinauszuschieben.

Er trat ans Fenster und schaute, die Hände in den Taschen seines Mantels vergraben, über den Garten hinaus in die graue, nebelverhangene Landschaft.

Plötzlich wandte er sich Stepha wieder zu, die in einem der weichen Sessel saß und, die Hände in den Ärmeln ihres Mantels vergraben, vor sich hin grübelte.

»Wird es dir hier auch nicht zu einsam sein, Stepha? Du könntest doch auch krank werden! Soll ich dich nicht lieber wieder mit heimnehmen?«

Stepha schrak aus ihrem Sinnen auf.

»Ich habe doch das Telefon«, erwiderte sie, tapfer die Tränen zurückdrängend. »Und – was soll mir schon geschehen?«

»Wirst du mir auch sofort Nachricht geben, wenn irgend etwas eintreten sollte?«

Sie neigte zustimmend den Kopf.

Wieder war es still, beängstigend und bedrückend still zwischen ihnen.

Aus der Richtung, wo die Küche lag, drang Marions unbeschwertes helles Lachen, dazwischen Stanjas tiefe Stimme. Sie schien Marion Anleitungen zu geben.

Wenigstens zwei glückliche Menschen in ihrer Umgebung, dachte Dieter. Sie werden sicherlich mit ihrer Frohnatur günstig auf Stepha einwirken.

Armand trug die letzten Gepäckstücke ins Haus. Im Vorbeigehen warf er einen kummervollen Blick auf die beiden schweigsamen Menschen. Dieter raffte sich auf.

»Ich werde nun die Heimfahrt antreten.«

Er wurde jedoch unterbrochen durch Marions Eintritt, die ein Tablett vor sich her trug. Stanja folgte ihr mit Holz im Arm, um Feuer zu machen.

»Was – du willst schon wieder fort?« fragte Marion entsetzt, da sie den Hausherrn immer noch im Mantel sah.

»Leider muß ich sogleich wieder wegfahren. Ich werde nachmittags im Werk erwartet.« Er wich bei diesen Worten jedoch ihren forschenden Blicken aus.

»Das gibt es nicht!« widersprach sie und wandte sich empört an Stepha. »Nicht wahr, Stepha, das lassen wir einfach nicht zu! Eine Tasse Kaffee muß er wenigstens zu sich nehmen!« Genießerisch streckte sie dabei das Näschen in die Luft. »Wie das duftet!«

In diesem Augenblick knisterte auch schon das Holz im Kamin und warf die erste Wärme in den Raum.

Zögernd sah Dieter zu Stepha hinüber, begegnete ihren bittenden Augen und legte den Mantel ab. »Gut – eine halbe Stunde bleibe ich noch!«

Nach einigen Minuten saßen sie um den Rundtisch, den Marion im Handumdrehen gedeckt hatte. Der Kaffee war eingehüllt, damit er warm blieb. Appetitlich zubereitete Brotschnitten standen bereit.

Kopfschüttelnd ließ Stepha, nachdem auch sie abgelegt hatte, sich nieder.

»Wie ihr das nur so schnell fertiggebracht habt! « sagte sie mit scheuem Lächeln.

Das Gefühl des Fremdseins fiel allmählich von ihr ab, und die Hoffnungslosigkeit ihres Blickes verlor sich. Die Wärme des Kaffees teilte sich angenehm ihrem Körper mit. Zu essen vermochte sie nicht, wie sehr sie sich auch dazu quälte.

»Ich werde lieber zu Mittag tüchtig zulangen«, entschuldigte sie sich, als Marion heftig Einspruch erhob.

Marion war wie verwandelt, seitdem sie sich in dem Häuschen aufhielt. Sie fand alles so wunderbar schön und gemütlich.

Stanja hatte sich sogleich an die Reinigung der Zimmer gemacht. Es war genügend Raum im Haus. Auch sonst war alles aufs modernste und bequemste eingerichtet, so daß Marion aus dem Schwärmen nicht herauskam.

Am meisten freute sie sich jedoch darüber, daß sie Parker entronnen war. Nicht mit einem einzigen Gedanken trauerte sie ihm nach. Sie schien überhaupt ein ganz anderer Mensch geworden zu sein und ähnelte wieder der übermütigen Marion von früher.

Dagegen wurde Stepha immer stiller.

Nach einer Stunde machte Dieter Stoltenbeck sich zur Heimfahrt bereit. Marion verabschiedete sich zuerst von ihm und huschte dann schnell davon, eine unverständliche Entschuldigung murmelnd.

Nun standen Stepha und Dieter sich allein gegenüber. Stepha mit blassem, gesenktem Gesicht.

Dieter sah sie lange nachdenklich an, aber sie fand kein Wort, das sie ihm auf den Weg geben konnte. Die Kehle war ihr wie zugeschnürt.

»Stepha!« Er nahm ihre Hand, die er innig küßte. Aber kalt und bebend lag sie in der seinen. Er spürte es und fühlte Mitleid mit ihr. Aber er konnte ihr so wenig helfen wie sich selber.

Sie hatte diese Trennung gewünscht, und er erhoffte daraus das Beste für sie und sich.

Nur der Gedanke quälte ihn, daß er sich nicht genug um sie und ihr Wohlergehen würde kümmern können.

»Auf Wiedersehen, Stepha! Und wenn du ins reine mit dir gekommen bist –«, sprach er bittend, ihren Blick suchend, »wirst du mich dann rufen?«

»Ganz gleich, wie meine Entscheidung ausfällt?« fragte sie leise, die Augen ernst zu ihm aufhebend.

»Ich hoffe, Stepha, daß sie nur in dem einen Sinne ausfallen wird. Denke an das Kind, an unser Kind!«

Noch einmal beugte er sich über ihre Hand. Ihre Linke, die sie in die Falten ihres Kleides verkrampft hatte, zuckte, als wollte sie sie aufheben und über seine Schläfen streichen, aber sie hielt sie zurück.

»Laß es dir gutgehen!« murmelte sie und riß fast heftig ihre Hand zurück, um jede weitere Berührung mit ihm zu vermeiden.

Er begegnete den tiefblauen Augen, sah Tränen auf ihrem Grund schimmern – und wußte um die Unruhe und Zerrissenheit ihres Herzens. Da beugte er sich noch etwas vor und berührte ihre Lippen. Sie waren eiskalt und erbebten unter seinem Kuß.

Heftig riß er sich herum und verließ mit raschen Schritten das Haus.

Stepha aber stieg die gewundene Treppe in das obere

Stockwerk hinan, suchte ihr Schlafzimmer auf und trat ans Fenster.

Ohne sich noch einmal umzublicken, bestieg Stoltenbeck unten den Wagen und wendete. Am Tor stand Armand. Dort hielt Dieter noch einmal an und wechselte einen Händedruck mit ihm.

Gleich darauf fiel das Tor hinter dem Wagen zu. Lange noch stand der Alte an derselben Stelle und schaute ihm nach. Mit bekümmerter Miene ging er dann den Weg hinauf.

Parker traf mit sehr schlechter Laune in seinem Hotel ein. Beim Pförtner nahm er einen Brief in Empfang, der Smith als Absender trug, und zog sich damit sofort in sein Zimmer zurück.

Mit einer ärgerlichen Bewegung schleuderte er den Brief ungeöffnet auf den Tisch und wanderte nachdenklich und ruhelos umher.

Ja, ruhelos war er geworden – ruhelos und unsicher seit der Zeit, da die schöne Frau Dieter Stoltenbecks bei ihm gewesen war. Frau Stepha hatte Gefühle in ihm geweckt, die ihm äußerst unbehaglich waren und die er doch vergeblich totzuschweigen versuchte.

Dazu kam, daß er plötzlich das sorgsam zusammengefügte Gebäude wanken sah, das er sich mühsam aufgebaut hatte.

Marion hatte ihn kaltgestellt! Einfach kaltgestellt!

Was mochte dahinterstecken? Wich sie ihm aus? Hatte sie sich eines anderen besonnen?

Unmöglich! Eine Gänsehaut überlief ihn.

Er war bei seiner Wanderung gerade am Tisch angekommen und blieb stehen, griff zu Smiths Brief und riß ihn auf. Etwa eine Schreckensnachricht?

Doch beim Lesen hellte sich sein Gesicht auf. Alles in Ordnung. Programmgemäß wickelte sich alles ab.

Und die Sache mit Marions Fortgehen brauchte er auch nicht tragisch zu nehmen. Eine Weiberlaune! Sie wollte seine Eifersucht wecken – nichts weiter!

Jetzt war er wieder der alte. Jetzt konnte er wieder in alter Schärfe nachdenken – und wollte auch gleich handeln.

Zunächst machte er sich an die Beantwortung von Smiths Brief und erteilte ihm weitere Aufträge – die letzten zum Gelingen und zur Ausführung seines Racheplanes.

Dann kleidete er sich um und musterte sich prüfend im Spiegel. Wer wollte es ihm verbieten, sich über Marions übereilte Abreise hinwegzutrösten? Schließlich gab es ja noch andere schöne Frauen, die ihm sicherlich willig über die Langeweile hinweghelfen würden.

Zufrieden mit seinem Spiegelbild, verließ er in gehobener Stimmung sein Zimmer, gab den Brief an Smith zur Bestellung weiter und schlenderte dem Speisesaal zu.

Während er auf das Essen wartete, lehnte er sich bequem in einen Sessel zurück, zündete sich mit einer lässigen Bewegung eine Zigarette an und sah sich dabei aufmerksam um.

In dieser Welt des äußeren Glanzes lebte er nun. Aber er gehörte eigentlich nicht hierher, denn er hatte sich nur mit dem Schein der Wohlhabenheit umgeben.

In Wirklichkeit waren seine Verhältnisse alles andere denn glänzend. Er wollte aber um keinen Preis dieses Leben wieder aufgeben. Dieser Schein sollte zur Wirklichkeit werden, und dazu sollte ihm Marions Reichtum verhelfen.

Es war kein gutes Lächeln, das jetzt um seinen Mund spielte und die Zähne ein wenig freilegte – weiße spitze Zähne, Raubtierzähne!

Marions und Stepha Stoltenbecks Aufenthalt zu erfahren, sollte ihm ein leichtes sein. Und dann würde er eine Klärung herbeiführen und eine Beschleunigung ihrer Verbindung verlangen. So – oder so!

Noch im Mantel und Hut sah Marianne Heidecke den Stoß eingegangener Briefe durch und fühlte, wie ihr das Blut in die Schläfen schoß, als sie einen länglichen Briefumschlag der Firma Reinwaldt darunter fand.

Achtlos flogen ihre Sachen auf den nächsten Stuhl. Ihre Hände zitterten leicht, als sie den Umschlag erbrach und ihm seinen Inhalt entnahm. Dann hielt sie das Gesuchte zwischen den Fingern und lächelte glücklich-versonnen vor sich hin.

»Jens Ulmenriedt!«

Ihre Blicke schweiften ab. Sie trafen das Schaltbrett, und schnell ließ sie den Brief in ihrem Schreibtisch verschwinden.

Grünes Licht war aufgeflammt – ein Zeichen, daß Klaus Stoltenbeck schon da war. Sofort eilte sie ins Chefzimmer.

»Die Post bitte!« kam es ruhig vom Schreibtisch her.

»Ich bin noch beim Öffnen«, erwiderte sie etwas schuldbewußt und zog sich eilig wieder zurück.

Kaum war sie mit ihrer Arbeit zu Ende gekommen, als das Telefon rasselte.

»Sekretariat!« meldete sie sich.

»Ferngespräch!«

Gleich darauf vernahm sie eine bekannte Stimme – und war im Nu in dunkle Glut getaucht.

»Einen Augenblick, ich verbinde Sie mit Herrn Stoltenbeck!« sagte sie, sich zur Sachlichkeit zwingend.

»Ich habe eben nie Glück!« kam es vom andern Ende der Leitung zurück.

Ein kurzes verblüfftes Lachen sprang von ihren Lippen.

»Aber ich sagte Ihnen doch«, widersprach sie, immer noch lächelnd, »daß der Chef zu sprechen ist! Ich verbinde Sie, Herr Ulmenriedt!«

»Stimmt doch also, daß ich nie Glück habe!« ertönte es zurück. »Könnte der Chef nicht einmal abwesend sein, so daß ich mit Ihnen allein sprechen kann?

»Also – ich verbinde!«

Sie hatte schon den Zeigefinger auf dem Knopf, lauschte aber noch immer auf Jens' Stimme. Aber nur ein Seufzer drang zu ihr, und so setzte sie rasch und leise hinzu:

»Ich lese gerade Ihren Brief! Wiederhören!«

Ein Knacken in der Leitung. Das Gespräch war auf den Apparat des Chefs umgestellt.

Fast andächtig war nun ihr Gesicht, als sie Jens' Brief zur Hand nahm und sich in die wenigen, aber herzlichen Zeilen vertiefte. Dabei stellte sie sich den Schreiber in solcher Lebhaftigkeit vor, daß sie meinte, er stehe neben ihr.

Ein Surren im Apparat brachte sie in die Wirklichkeit zurück. Das Gespräch war bereits beendet. Schnell versuchte sie noch, sich dazwischenzuschalten, aber auf ihr Rufen wurde ihr keine Antwort zuteil.

Schade, dachte sie enttäuscht, nun kann ich Jens nicht einmal sagen, daß ich mich auf seinen Besuch freue.

Als sie dem Chef die Post vorlegte, sah er forschend zu ihr auf:

»Fragen Sie doch bitte Herrn Jacobsen, ob er Nachrichten vorliegen hat, daß die ›Hamburg‹ morgen bestimmt ausläuft. Er soll mir Bericht erstatten.«

Eine Stunde später meldete sich der Prokurist:

»Es handelt sich doch wohl um die Eilfracht nach Rio?« Und als Stoltenbeck bejahte, erklärte er: »Die ›Hamburg‹

nimmt morgen früh die Eilfracht von Reinwaldt an Bord und läuft gegen sechzehn Uhr aus.«

»Danke!« sagte Dieter und entließ Jacobsen wieder. Marianne Heidecke aber, die zum Diktat an seiner Seite saß, beauftragte er:

»Setzen Sie bitte unter den Brief an das Handelshaus Reinwaldt einen entsprechenden Vermerk.«

Marianne nickte zustimmend und beugte sich tief über den Stenogrammblock.

Marianne – rief sie sich selber zur Ordnung –, benimm dich nicht so kindisch und erröte nicht schon beim bloßen Nennen seiner Firma!

In der nächsten halben Stunde schaltete sie alle privaten Gedanken aus und folgte aufmerksam dem Diktat des Chefs.

Sie konnte es jedoch nicht ändern, daß sie sich im Laufe des Tages noch mehrmals zur Ordnung rufen mußte, da ihr die Gedanken hartnäckig immer wieder davonzulaufen drohten. Und sie spielten alle um einen Punkt: Jens kam – Jens Ulmenriedt hatte sich angemeldet!

~

Mit einem schweren Kopf fuhr Parker aus den Kissen. Sonnenlicht drang durch die Ritzen der Vorhänge. Ausgerechnet heute, da er besonders wichtige Sachen vorhatte, mußte er verschlafen! Im Nu war er munter, wenn auch noch nicht ganz klar im Kopf.

Durch ein kaltes Bad versuchte er sich zu erfrischen.

Das Frühstück ließ er sich aufs Zimmer bringen.

Als er dann angekleidet aus dem Bad kam und sich am Tisch niederlassen wollte, fand er neben seinem Gedeck einen weiteren Brief von Smith vor.

Er runzelte die Stirn. Smith war kein eifriger Briefschreiber. Was mochte er ihm schon wieder mitzuteilen haben?

...Morgen, am 4. Oktober, läuft die »Hamburg« mit der Fracht nach Rio aus. Die Firma Reinwaldt hat es mir mitgeteilt. Soweit wäre alles in Ordnung – bis auf die eine Kiste, die ich leider nicht als Dein Beauftragter an Bord schmuggeln kann. Ich liege nämlich zu Bett, da ich mir den Fuß verstaucht habe. Es wird Dir aber ein Leichtes sein, alles Nötige, was sich darauf bezieht, zu veranlassen. Meine Arbeit in der »Stoltenbeck-Angelegenheit« wäre somit getan.

Vergiß nicht, die Anzeige recht aufsehenerregend aufzuziehen. Du weißt, daß solche Klatschgeschichten mit besonderem Eifer aufgegriffen werden. Ha, werden sich da die maßgebenden Kreise erregen, wenn es plötzlich heißt: Betrug in dem altehrwürdigen Hause Stoltenbeck. Dieter Stoltenbeck übernimmt die Rolle des toten Bruders, heiratet dessen Braut und lebt als Klaus Stoltenbeck und Alleinherrscher in den Stoltenbeck-Werken weiter.

Wütend knüllte Parker den Brief zusammen und schleuderte ihn zu Boden.

Jetzt war auch der letzte Rest von Schläfrigkeit von ihm gefallen. Smith mußte betrunken gewesen sein, als er dieses Geheimnis dem Papier anvertraute! Und die Sache mit dem Fuß sah sehr nach einer Ausrede aus.

Parker hatte es schon letzthin gemerkt, daß Smith keine Lust mehr hatte. Das Gefährlichste wollte er auf ihn abwälzen.

Morgen lief die »Hamburg« aus? Unter welchem Vorwand aber konnte er aufs Schiff kommen? Es war zum Verrücktwerden!

Da hatte er nun alles bis aufs kleinste ausgeklügelt, und

Smith warf ihm alles wieder um. Sollte er etwa zurücktreten und den ganzen Plan fallenlassen?

Und Marion? Wieder keine Nachricht von ihr! Kein Anruf! Entschlossen hob er das Schreiben von Smith vom Boden auf, steckte es zu sich und ließ seinen Wagen vorfahren.

Zu Marion!

Von der Aussprache mit ihr hing alles Weitere ab. Soviel nur wußte er, daß er keinen Schritt von dem ihm zustehenden Recht zurücktrat, ja, daß er es sich erzwingen würde, falls Marion inzwischen anderen Sinnes geworden war.

Das war natürlich lächerlich, setzte er sogleich hinter diesen Gedankengang, er war nur etwas nervös geworden, und mit Zwischenfällen mußte er immer rechnen, wie es ihm der Fall Smith bewies.

Eine Viertelstunde später brauste er schon auf der Landstraße dahin, Stepha Stoltenbecks Landhaus zu.

Frau Siebers drehte unschlüssig die Karte, die ihr überbracht worden war, zwischen den Händen, obgleich sie auf den ersten Blick festgestellt hatte, daß der Besucher nur Marions Vater sein konnte.

Sollte sie gleich im Werk anrufen und dem Hausherrn Bescheid sagen? Sie entschloß sich aber, den neuen Gast des Hauses vorerst selber zu begrüßen.

In der Halle fand sie Erwin Vollmer vor. Einen Mann, dessen Anblick ihr sofort Vertrauen einflößte, und der in seiner mächtigen Größe gar keine Ähnlichkeit mit der zierlichen Tochter hatte.

Unter buschigen Brauen lag ein Paar scharfblickender heller Augen. Das Gesicht war gebräunt und sah fast jugendlich aus, in krassem Gegensatz zu seinem weißen Haar.

»Dora Siebers!« stellte sie sich vor. »Ich bin die Hausdame.«

Vollmer verneigte sich höflich, ohne jedoch sein Erstaunen verbergen zu können.

»Verzeihen Sie … ich erwarte meine Tochter und die junge Herrin«, sagte er mit tiefem Baß. »Es ist doch sonst nicht Marions Art, lange auf sich warten zu lassen.«

»Die Damen sind verreist, Herr Vollmer«, erwiderte Dora Siebers und wies auf die Sesselgruppe der Diele. »Bitte machen Sie es sich inzwischen bequem! Ich rufe sofort Herrn Stoltenbeck an, der Ihnen alle nötige Aufklärung geben wird.«

Vollmer stand noch immer. Marion verreist? Damit hatte er nicht gerechnet. Er war bitter enttäuscht. Er hatte sich auf das Wiedersehen mit Marion gefreut – und nun war sie nicht im Haus.

Jetzt konnte er gar nicht begreifen, wie er diese ganze lange Zeit ohne Marion hatte aushalten können.

»Darf ich Ihnen eine Erfrischung bringen lassen?« hörte er die sanfte Stimme der sehr lieb und mütterlich aussehenden Frau.

Er wehrte ab.

»Danke, jetzt nicht! Habe ich den Weg bis hierher gefunden, werde ich auch bis zu den Stoltenbeck-Werken kommen. Ich danke Ihnen für Ihre Auskunft!«

Jetzt ergriff er Dora Siebers' Hand. Dann ließ er sich von ihr den kürzesten Weg zum Werk beschreiben.

~

»Erwin Vollmer«, las Dieter Stoltenbeck. Weiter kam er nicht, denn der Besucher trat schon ein.

»Es tut mir leid, daß ich Sie mitten in Ihrer Arbeit überfallen habe«, Vollmers ihm so vertraute Stimme streifte sein Ohr. »Ich hörte aber, daß mein Mädel augenblicklich nicht in Ihrem Hause sei, und deshalb …«

Jetzt fiel die Starre von Dieter Stoltenbeck. Schwerfällig stand er auf, kam um den Schreibtisch herum und stand Auge in Auge Erwin Vollmer gegenüber.

»Mein Gott!« stammelte Vollmer betroffen. »Diese Ähnlichkeit … ich bin ganz verwirrt und meine, meinem alten Freund Dieter gegenüberzustehen.«

Dieters Gesicht blieb unbewegt. Tiefer noch wirkten die Falten um Nase und Mund, und härter noch wurde sein Blick.

Vollmer schüttelte den Kopf.

»Nein …, doch nicht, Herr Stoltenbeck!« setzte er hinzu, noch ehe Dieter auch nur ein einziges Wort hervorgebracht hatte.

Das, was Vollmer noch auf der Zunge schwebte, wurde nicht ausgesprochen. Er konnte nicht gut sagen, daß Dieter Stoltenbeck fröhlicher ausgesehen hatte, daß sein Blick klar und voll Güte gewesen war. Dies hier war Klaus Stoltenbeck, der mit seinem Freund nur eine flüchtige Ähnlichkeit besaß.

Aber diese Ähnlichkeit genügte immerhin, ihm Klaus Stoltenbeck sofort vertraut zu machen.

»Ich freue mich.« Dieters Stimme klang heiser. Die Brust war ihm vor Freude und Schreck zugleich beengt. Er atmete schwer. »Bitte«, er wies nach der Plauderecke.

»Meine Tochter hat mir ein Telegramm geschickt«, begann Vollmer ernst, »auf das hin ich gekommen bin.«

Er ließ vorübergehend eine Pause eintreten, während ein versonnenes Lächeln auf seinem Gesicht lag. »Hätte nicht gedacht, daß ich noch einmal die alte Heimat wiedersehen würde. Aber die Sorge um mein Mädel trieb mich her.«

Jetzt richtete er den Blick fest auf Dieter. »Marion hat sich verlobt? Diese Verbindung aber wird niemals zustande kommen! Niemals! Dieser Parker ist ein Lump! Er hat die Unerfahrenheit meines Mädels ausgenutzt!«

Etwas Suchendes trat in seinen Blick. Auch die Stimme dämpfte er, als er zögernd fragte: »Oder … oder liebt Marion ihn wirklich?«

Entsetzliche Minuten lagen hinter Dieter. Minuten, in denen er sich darüber klargeworden war, daß er seinen alten Freund Erwin Vollmer unmöglich täuschen konnte. Vollmers letzte Frage nun hatte die dumpfe Verwirrung, in die er verfallen war, von ihm genommen und ließ sogar eine schüchterne Freude in ihm aufkommen. Die Frage konnte er wahrheitsgetreu zu Vollmers Zufriedenheit beantworten.

»Nein, sie liebt ihn nicht!«

Da sank Vollmer mit einem erlösten Aufatmen zurück und flüsterte: »Gottlob!« Gleich aber sah er erstaunt auf. »Warum dann diese Verlobung? Und Marions Telegramm?«

»Marion hat telegrafiert?« Nun lag das Erstauntsein auf Dieters Seite. Nach kurzem Nachdenken aber hellten seine Züge sich auf.

»Sie wird nicht mehr ein noch aus gewußt haben und suchte bei Ihnen Hilfe!«

»Verstehe ich nicht!« sagte Vollmer mit Achselzucken. »Marion hatte schon oft das Unverständlichste getan, aber dies hier geht zu weit. Das ist kein Streich mehr. Man gibt sich nicht einem Parker in die Hand.«

Dieters Gesicht wurde wieder hart und seltsam entschlossen.

»Ich habe Marion gewarnt vor diesem Parker!«

Lebhaft beugte Vollmer sich vor, begegnete Dieters Augen, die tief in den Höhlen lagen und in denen ein düsteres Feuer brannte.

»Sie haben Marion – gewarnt? Kannten – oder kennen Sie denn Gilbert Parker?«

»Ja! Ich selber war es, der dich seinerzeit über Parkers Vergangenheit aufklärte, Erwin Vollmer. Ich muß dir eine große Schuld beichten, die ich auf mich genommen habe. Ich bin nicht Klaus, sondern Dieter Stoltenbeck. Vor dir, Erwin, kann ich unmöglich diese Komödie spielen. Marion habe ich immer nur warnen können … mehr nicht. Sie weiß nicht, daß ich Dieter bin. Glaube mir, ich habe Höllenqualen gelitten.«

Erschöpft sank Dieter zurück und lehnte mit geschlossenen Augen im Stuhl. Aber trotzdem fühlte er den entsetzten Blick des Freundes auf seinem Gesicht brennen.

»Du bist – Dieter?«

Ein lähmendes Schweigen herrschte minutenlang im Zimmer – ein Schweigen, durch das Vollmer sich allmählich zu der Tatsache hindurchtastete: Dieter hat aus irgendeinem Grunde die Rolle des Bruders gespielt.

Jetzt verstand Erwin Vollmer auch die Falten in des Freundes Gesicht und die Zeichen tiefer Seelenpein.

»Warum aber?« fragte er behutsam, sorgenvoll das verfallene Gesicht des Freundes betrachtend. »Warum – Dieter?«

Seine Hände streckten sich zögernd aus und legten sich um die zur Faust geballten Finger des Freundes.

Dieter riß die Augen auf.

»Du – du verachtest mich nicht, Erwin?«

Vollmer schüttelte den Kopf.

»Wie könnte ich dich verachten? Wenn ich auch den Grund nicht kenne, so weiß ich doch, daß nur ein edles Motiv hinter all deinem Handeln steht.«

»Ich danke dir!« kam es zitternd von Dieters Lippen. Beider Hände fanden sich zu einem festen Druck. »Laß dir erzählen.«

Wie ein gefangenes Tier, mit großen ruhelosen Schritten, lief Gilbert Parker in Stepha Stoltenbecks Landhaus in der lichterfüllten Diele hin und her, Stanja mit giftigen Blicken streifend.

Die Alte strahlte förmlich vor Schadenfreude.

»Können Sie Marion nicht herbeirufen?!« fragte er in befehlendem Ton.

Stanja hob gelassen die Schultern.

»Die Damen sind spazierengegangen. Sie gehen jeden Tag spazieren, einmal hierhin, einmal dorthin. Kann ich da wissen, wo sie sind?«

»Aber zum Essen sind sie doch wieder da?« bohrte er weiter.

»Das ist fraglich!« wurde ihm zur Antwort. »Oft bleiben sie auch draußen und essen außerhalb!«

»Hexe!« quetschte er zwischen den Zähnen hervor. Das gelassene, fast heiter aussehende Gesicht Stanjas stachelte seine Wut immer mehr an.

»Warum geben Sie es nicht auf, hinter Marion herzulaufen?« ließ Stanja sich zu allem Überfluß nach einer Weile vernehmen. »Merken Sie denn noch immer nicht, daß Marion nichts von Ihnen wissen will?«

»Das geht Sie gar nichts an!« brachte er zischend hervor. »Mischen Sie sich gefälligst nicht in meine Angelegenheiten.«

»Das habe ich aber schon lange getan!« bemerkte sie. »Ich wäre eine schlechte Hüterin, wollte ich Marion ungewarnt in ihr Unglück rennen lassen. Oder wollen Sie mir etwa erzählen, daß Marion bei Ihnen glücklich werden würde?«

Parker verbarg seinen Schreck hinter betontem Hochmut.

»Kümmern Sie sich gefälligst um andere Dinge! Schließlich sind Sie nur eine Angestellte und können, wenn ich es wünsche, jede Stunde Ihren Posten hier verlassen.«

»Oho!« Stanjas Augen blitzten kampfesmutig auf. »Sie führen eine kühne Sprache, mein Herr.«

Er lief erregt durch die Halle und blieb dann nachdenklich an einem der breiten Fenster stehen, die die Front des Hauses schmückten. Von fern her drang Motorengeräusch an sein Ohr.

»Schnell«, wandte er sich an die Alte, die sich bereits erhoben hatte. »Laufen Sie ... Marion scheint zu kommen.«

Stanja fuhr ein nicht gelinder Schreck durch die Glieder. Kam Marion wirklich schon zurück?

Erregt eilte sie hinaus und spähte den Weg entlang. Aber nicht Marion war ausgestiegen, sondern zwei Männer kamen den Weg heraufgegangen. Stanja fuhr sich über die Augen. War das ein Trugbild? Täuschte sie sich – oder – Dann war sie nicht mehr zu halten; sie jagte förmlich Erwin Vollmer entgegen und sank, zitternd vor Aufregung und Freude, vor ihm in die Knie.

»Herr Vollmer!« stammelte sie unter Freudentränen. »Das Ungeheuer ist drinnen – und will uns Marion wegnehmen. Parker weicht nicht vom Fleck – er wartet auf unser Kindchen. Mein Gott – ich freue mich ja so, daß Sie da sind. Nun wird alles noch gut werden!«

»Stanja – gute, treue Stanja!« sagte Vollmer ergriffen und faßte die Hände der Alten, wobei er sie aufhob. »Ja, nun bin ich da und werde Ordnung schaffen.«

Dann schob er die Alte sanft zur Seite. Und sein Blick war hart und entschlossen auf Parker geheftet, der unter der offenen Tür erschienen war und eine Bewegung machte, als wenn er fliehen wollte.

Da er aber keinen Ausweg mehr sah, ließ er mit finsterer Miene Erwin Vollmer und – Dieter Stoltenbeck an sich herankommen. Das plötzliche Auftauchen Dieters beunruhigte ihn beinahe noch mehr.

Vollmer und Parker standen sich gegenüber. Dieter hatte sich in den Hintergrund der Diele zurückgezogen und schaute scheinbar gleichmütig zum Fenster hinaus. In Wirklichkeit aber lauschte er gespannt auf jedes der Worte, die hinter seinem Rücken fielen.

Eisig klang Vollmers Stimme, als er in die Brusttasche griff und sein Scheckbuch zog:

»Wieviel beanspruchen Sie, um meine Tochter von ihrem Wort zu entbinden?«

Aschfarben sah in diesem Augenblick Parkers Gesicht aus. Es hatte den Anschein, als wolle er sich auf Vollmer stürzen.

»Ich verbitte mir«, rang er sich ab. Weiter kam er nicht. Eine einzige Handbewegung Vollmers ließ ihn verstummen. »In dem Augenblick, da Marion sich zu Ihnen bekennt, ist sie – meine Tochter gewesen!«

Mit Genugtuung beobachtete er die Wirkung seiner Worte und lächelte bitter. Ganz richtig hat er diesen Mann eingeschätzt. Gottlob, daß er zur rechten Zeit gekommen war, Marion aus der Hand dieses Mannes zu befreien.

Parker preßte die Lippen zusammen.

Deutlich hörte man das Knirschen seiner Zähne.

Aus – alles aus! Mit allem hatte er gerechnet, nur nicht mit dieser kühlen Ruhe Vollmers. So entschlossen sah Marions Vater aus, als wäre er tatsächlich bereit, seine Tochter aufzugeben. Damit aber wurde Parkers ganzer Plan zunichte. Das Wasser ging ihm sowieso schon bis an die Kehle, und in feiger Angst vor dem Nachher griff er zu dem rettenden Strohhalm.

»Wieviel ist Ihre Tochter Ihnen wert?«

Ohne mit der Wimper zu zucken, nannte Vollmer einen

Betrag, bei dem Parker jedoch nur verächtlich die Lippen kräuselte. Er ließ jede Rücksichtnahme fallen.

»Da müßten Sie schon eine Null anhängen«, sagte er dreist.

»Gut – soviel ist mir die Freiheit meines Kindes immer noch wert!« erwiderte Vollmer gelassen, innerlich gegen Abscheu kämpfend.

»Ich nehme nur Bargeld!« ließ Parker sich von neuem vernehmen.

Wieder traf ihn ein verächtlicher Blick aus Vollmers Augen.

»Für den Scheck ist Deckung da, darauf mein Wort! Ich würde Ihnen empfehlen, nicht länger zu zögern. Morgen könnte es mich höchstens reuen.«

Da griff Parker zu, widerwillig und doch gierig. Er warf nur einen flüchtigen Blick auf das Papier, das Vollmer ausgefüllt hatte. Dann riß er es an sich und ließ es in seiner Tasche verschwinden – achtlos, als sei es ein Fetzen Papier, aber nicht ein Vermögen.

Ein ohnmächtiger Haß wallte in ihm auf, Haß gegen Dieter Stoltenbeck, der regungslos am Fenster lehnte, um dessen Mund es aber verächtlich und spöttisch zuckte.

Gut! dachte er. Marion war ihm verloren – aber seine Rache an Dieter Stoltenbeck zu kühlen, das sollte niemand verhindern können.

Er machte eine Bewegung, die wohl eine Verbeugung sein sollte, und eilte aus dem Hause. Hinter sich hörte er noch Vollmers spöttisches Auflachen, das ihm das Blut in die Schläfen trieb. Nur der Gedanke an den Scheck ließ ihn vor einer Unbeherrschtheit zurückschrecken.

Aus! Verspielt!

Mit verstörtem Gesicht, weder rechts noch links blickend bestieg er seinen Wagen und raste den Hang hinab.

»Hals und Beine soll er sich brechen!« sagte Vollmer zu dem schweigsamen Freund, hinter der Staubwolke her sehend, die Parker hinterlassen hatte.

Dann trat er zurück zum Fenster und ging auf Dieter zu.

»Gottlob, das ging schneller, als ich erwartet hatte! Solcher Sorte Männer kann man nur mit Geld beikommen. Die verkaufen auch noch ihre Seele für Geld, wenn es sein muß.«

Aber des Freundes trostloses Aussehen schnitt ihm ins Herz. Trotzdem tröstete er ihn, indem er die Hand auf Dieters Schulter legte.

»Zwischen dir und deiner Frau wird alles wieder gut werden, Dieter. Und dann – kannst du dich den Behörden stellen. Auch das wird vorübergehen. – Ich will gern der Vermittler sein zwischen Stepha und dir.«

»Unmöglich, lieber Freund! Es sei denn, etwas träte ein, womit ich mir Stephas Achtung zurückerobern könnte.«

Er kam nicht zu Ende, denn von draußen her klangen leichte Schritte auf.

»Marion kommt!« flüsterte Vollmer und strahlte über das ganze Gesicht. »Na, die kann sich aber auf eine Strafpredigt freuen!«

Mit frischen luftgeröteten Gesichtern und glänzenden Augen standen Marion und Stepha in der Diele – und sahen sprachlos von einem zum andern.

Während Stephas Hand jedoch zum Herzen fuhr, schnellte Marion mit einem Jubellaut vorwärts:

»Pa … mein guter Pa!«

Lachend und weinend lag sie Erwin Vollmer am Herzen.

Ungehindert war Gilbert Parker auf die »Hamburg« gekommen, war behende die Treppe in den Laderaum hinuntergeklettert und hatte sich hinter einer der unzähligen Kisten ein Versteck ausgesucht.

Immer noch wurde Fracht gebracht und von den Arbeitern ordnungsgemäß gelagert.

Parker rührte sich nicht. Er fieberte nur dem Augenblick entgegen, da die Männer endlich verschwinden würden und er ungestört an sein Werk gehen konnte.

Seine Geduld wurde jedoch auf eine harte Probe gestellt. Er befand sich übrigens in solch einer fieberhaften Erregung, daß er nicht auf die Gespräche der Arbeiter und des Lademeisters hörte.

Er erwachte erst aus einer Art Betäubung, als völlige Ruhe um ihn herrschte. Wie eine Katze glitt er dann hinter der Kiste hervor und zur Tür. Gott sei Dank, sie war offen! Der Rückweg war also frei!

Nun begann er zu arbeiten, fieberhaft, bis der Schweiß in Perlen auf seiner Stirn stand. Von Kiste zu Kiste ging er, leuchtete mit der Taschenlampe umher – und konnte das Gesuchte doch nicht finden.

Hatte Smith vergessen, das bewußte Zeichen anzubringen? Er hatte doch genau beobachtet, daß alle Kisten an Bord gekommen waren. Welche von den vielen trug nun die todbringende Maschine in sich?

Da kamen Schritte die Treppe heruntergepoltert. Mit einem Sprung rettete er sich hinter ein Faß.

»Alles in Ordnung?« hörte er eine Männerstimme sagen, und die andere antwortete:

»In Ordnung!«

»Gut! Dann wird abgeschlossen!« Die Stimme verstummte vorübergehend.

Die Tür schloß sich wieder, und Geräusche drangen an Parkers Ohr, die ihn erzittern ließen, Fieberschauer rannen über ihn weg.

»Eingesperrt!« murmelte er vor sich hin. Die Augen traten ihm förmlich aus den Höhlen, als sie über die Kisten irrten, die ihm im Dämmerlicht wie riesige Särge vorkamen.

Er taumelte vorwärts. Seine Zähne schlugen hart aufeinander – wie im Fieber. Die Gedanken verirrten sich.

Gefangen! Im eigenen Netz gefangen! Haltsuchend lehnte er sich gegen eine Kiste und lauschte auf jedes Geräusch.

Auf dem Schiff wurde es laut. Kommandos drangen schwach zu ihm. Schritte liefen hin und her – treppauf und treppab ging es. Und da wurde es ihm erschreckend klar: Das Schiff lief aus … heute schon aus. Nicht erst, wie Smith geschrieben hatte, morgen.

Parker war gefangen … gefangen mit der furchtbaren Maschine, von der er nicht einmal wußte, wann sie das Schiff und alle, die auf ihm waren, ins Verderben riß. Auch ihn mit!

Er fühlte, wie seine Gedanken sich verwirrten. Sterben! So jung noch und sterben? Mit dem Scheck Vollmers in der Tasche, der ihm immerhin die Möglichkeit zu einem neuen Leben ohne Sorgen bot?

Er sprang vorwärts und trommelte mit beiden Fäusten gegen die schwere Eisentür.

»Aufmachen! Aufmachen!«

Pausenlos schrie er um Hilfe; aber er blieb ungehört. Niemand dachte an die Fracht, die tief im Leib des Schiffes wohlverwahrt ruhte.

Ruhig glitt die »Hamburg« an den ankernden Schiffen vorbei und strebte dem offenen Wasser zu.

Sie waren schon in voller Fahrt, als unten im Laderaum Gilbert Parker mit einem Schrei, der nichts Menschliches mehr an sich trug, besinnungslos zusammenbrach.

Jens Ulmenriedt hatte es eilig. Alles war zur Abreise zu den Stoltenbecks vorbereitet. Er packte nur noch seine Aktentasche, als Jörg Reinwaldt bei ihm eintrat.

»Hast du den Brief von Smith gelesen?« fragte er näherkommend.

»Nein!« sagte Jens, ohne aufzusehen. »Was will er denn?«

»Er bedankt sich für die schnelle Abwicklung des Geschäftes«, erklärte Jörg mit seltsamem Lächeln.

»Er schreibt biedere, recht nett und harmlos klingende Worte.«

»Na ja«, meinte Jens, ohne sich weiter stören zu lassen. »Es gibt eben noch dankbare Menschen.«

»Sehr dankbare!« Jörgs Lächeln war grimmig geworden, so daß Jens aufmerksam wurde. Der Freund hielt ein Schreiben in den Händen, auf das er sehr ernst und nachdenklich hin starrte und es Jens dann mit entschlossener Gebärde entgegenstreckte. »Und was hältst du davon?«

Jens hielt den Umschlag eines Briefs von Jonny Smith an Gilbert Parker in Händen, den dieser offenbar versehentlich mitgegriffen und in den Umschlag mit hineingesteckt hatte. Er las einmal, zweimal, und hatte immer noch nicht begriffen.

»Wie kommt dieser Smith überhaupt zu der Vertraulichkeit mit Gilbert Parker? Name und Anschrift stimmen. Kein Zweifel, Jörg, es handelt sich bei dem Empfänger des Briefes um den Gilbert Parker, der unser besonderer Freund ist. Aber – was soll das alles?«

Jörg Reinwaldt straffte sich.

»Mir scheint, wir haben nicht viel Zeit zu verlieren, um ein geplantes Verbrechen zu verhüten.« Er schüttelte sich, von Grauen gepackt. »Smith scheint ein gerissener Gauner zu sein und Parkers Helfershelfer. Es müssen sich da Dinge abgespielt haben ...«

Ein erstickter Ausruf Jens' ließ ihn jedoch verstummen

und näher treten. Der Freund hielt das Schreiben abermals in der Hand.

»Was hast du?« Heiser klang Jörgs Frage.

»Dieter Stoltenbeck soll die Rolle seines Bruders gespielt haben?« sprach Jens vor sich hin, als habe er Jörgs Anwesenheit vergessen. Dann raffte er sich auf. »Ich muß sofort zu Stoltenbeck fahren, Jörg … sofort!«

»Und ich werde dich begleiten«, entschied Jörg ruhig, von einer wunderschönen Hoffnung beseelt. »Vielleicht braucht Marion einen Beschützer.«

Seitdem Erwin Vollmer da war und draußen bei den Damen Wohnung genommen hatte, um seiner Marion nahe zu sein, war es um Dieter Stoltenbeck noch viel einsamer als vorher.

Aber trotzdem fühlte er sich unendlich erleichtert. Die Aussprache mit dem Freund, der ihn weder verachtete noch mit Vorwürfen überschüttet hatte, der ihn ganz einfach verstand – hatte viel Ruhe in sein Herz gesenkt.

Neben dieser Ruhe aber brannte die Sehnsucht nach Stepha in ihm.

Als ob Stephas Bild nicht immer mit ihm gehen würde und ihn überall, wo er auch sein mochte, an seine Schuld erinnern würde, in die er die geliebte Frau mit hineingerissen hatte.

Gewaltsam zwang er die Gedanken an das zarte Wesen von sich.

Ein Wagen war soeben in den Hof gefahren und hielt vor dem Verwaltungsgebäude. Vom Seitenfenster aus konnte Dieter die beiden aussteigenden Männer sehen und erkannte sie auch gleich. Jens Ulmenriedt und der junge Chef des Reinwaldt-Handelshauses kamen zu ihm?

Eine große Freude durchpulste ihn! Diese beiden lebensfrohen Menschen kamen zu ihm? Geschäftlich oder privat?

Da meldete Marianne Heidecke schon:

»Die beiden Herren von der Firma Reinwaldt wünschen Sie zu sprechen.«

Rasch drehte er sich herum und – stutzte, denn ihr feines zartes Gesicht war wie in Glut getaucht. Ihre grauen Augen leuchteten noch mehr, als sie es für gewöhnlich schon taten.

»Ich lasse bitten!« sagte er mit einer entsprechenden Handbewegung.

Nach einer herzlichen Begrüßung, in der es wie Freundschaft schwang, herrschte vorübergehend eine peinliche Stille, die Dieter auffiel.

»Führt Sie etwas Besonderes zu mir?« fragte Dieter.

Jörg übernahm die Aufklärung.

»Nicht nur etwas Besonderes, sondern etwas Schwerwiegendes«, erwiderte er, den Brief von Smith als Beweis aus seiner Brieftasche nehmend. »Mir scheint, wir haben, ohne es auch nur zu ahnen, den Mittelsmann zur Verwirklichung eines gegen Sie und Ihr Haus geplanten Verbrechens abgegeben.«

Parker! durchschoß es Dieter in jäher Erkenntnis.

»Sie brauchen mich nicht zu schonen«, sagte er gefaßt. »Ich glaube im Bilde zu sein; wenigstens ahne ich die Herkunft des von Ihnen angedeuteten Verbrechens.«

Jörg reichte ihm, ohne ein Wort zu sagen, den Durchschlag von Smiths Brief an Parker. Jens ließ keinen Blick von seinem Gegenüber. Er war zu sehr erschüttert, Dieter Stoltenbeck vor sich zu haben.

»Mein Gott!« war alles, was Dieter hervorbrachte, nachdem er gelesen hatte. Dabei irrte ein unsicherer Blick hinüber zu Jens.

»Ich bin Ihnen eine Erklärung schuldig.«

»Später, Dieter«, fiel Jens ihm rasch ins Wort, und seine Hand fand über den Tisch hinweg die des einstigen Freundes. »Ich sehe, daß Smith diese Tatsache zu deinem Nachteil ausschlachten will. Das werden wir zu verhüten wissen. Aber das andere … es kann sich da nur um ein Verbrechen handeln, das gegen eines deiner Schiffe gerichtet ist.«

Dieter fühlte ein Würgen in der Kehle. Dieses taktvolle Überbrücken, dieses unbedingte Vertrauen und das wortlose Verstehen zerrten an ihm.

»Jens!« rang es sich über seine Lippen.

Ein aufmunterndes Nicken war die ganze Antwort. Da glitt Dieters Blick weiter und blieb fragend an Jörgs verständnisvoll dreinschauendem Gesicht haften.

»Ich schließe mich Jens' Worten an, Dieter Stoltenbeck«, war Jörgs warmherzige Antwort. »Jetzt gilt es, zu handeln. Wann ist die ›Hamburg‹ in See gestochen?«

Ein paar Minuten vergingen, bis Dieter sich in die neue, völlig veränderte Lage fand. Dann aber erwachte der tatkräftige, zum Handeln entschlossene Geschäftsmann in ihm.

»Gestern – gegen sechzehn Uhr!«

»Meiner Meinung nach muß sich an Bord des Schiffes eine von Parker eingebaute Höllenmaschine befinden.«

Stoltenbeck sprang in die Höhe und stand einige Sekunden vornübergeneigt, wie zum Sprung bereit, da. Dann straffte er sich.

»Jetzt verstehe ich die ganzen Umtriebe.« Parkers Schändlichkeit schien ihn zu überwältigen. Er legte vorübergehend die Hand vor die Augen und stöhnte tief auf.

»Kostbare Menschenleben stehen auf dem Spiel«, murmelte er vor sich hin. »Mein Gott … wir dürfen keine Zeit verlieren.«

»Sie haben doch sicher eine Funkstation«, warf Jörg ein.

Stoltenbeck riß den Hörer aus der Gabel und ließ sich mit dem Funkraum verbinden. Heiser klang seine Stimme: »Ist Nachricht von der ›Hamburg‹ eingelaufen?«

»An Bord der ›Hamburg‹ ist alles in Ordnung. Nach dem letzten Funkspruch hat das Schiff bereits die offene See erreicht.«

Hinter Dieters Stirn wirbelten die Gedanken nur so durcheinander. Wie konnte man der »Hamburg« helfen? Er wandte sich an Jörg und Jens:

»Es hilft alles nichts. Wir müssen funken, daß man sofort die ganze Ladung über Bord gibt, noch ehe das Unglück eintritt. So retten wir wenigstens das Schiff und die Mannschaft.«

In den Gesichtern der beiden Männer fand er Zustimmung. »Komm, Jens«, sagte er rauh, von dem vertrauten Du ebenfalls Gebrauch machend. »Wir gehen in den Funkraum. Und Sie, Herr Reinwaldt«, wandte er sich an Jörg, »möchte ich bitten, Parker aufzusuchen. Wir müssen ihn zwingen, uns eine genaue Auskunft über die Art der Höllenmaschine und ihre Wirkung zu geben.«

»Sie können sich auf mich verlassen.«

Ein Klopfen an der Tür ließ alle drei herumfahren.

»Herein!«

Stoltenbeck erkannte in dem Eintretenden den Funker, mit dem er soeben telefoniert hatte. Auf den ersten Blick aber nahm er dessen verstörtes Aussehen wahr. Er trug einen Streifen Papier in der Hand und kam zögernd näher.

Dieter riß den Streifen Papier an sich und las:

Explosion im Laderaum – Mann namens Parker tot aufgefunden – Wasser im Achterschiff – sende SOS-Ruf – starker Seegang. Löhr.

Er sank vor seinem Schreibtisch in den Sessel und starrte fassungslos zu Boden.

»Funken Sie, wie lange Löhr das Schiff noch halten kann, und geben Sie mir dann sofort Bescheid!«

Der Funker stürmte davon und stieß draußen mit Marianne Heidecke zusammen, die ihn an den Aufschlägen seines Jacketts festhielt.

»Was ist los?« fragte sie ängstlich.

»Großes Unglück an Bord der ›Hamburg‹, vermutlich Anschlag!«

Wie der Wind war er schon verschwunden. Marianne aber mußte sich anlehnen, so schwer traf diese Nachricht sie.

»Die ›Hamburg‹ in Gefahr? Dieses stolze, größte Schiff der Reederei?« Sie legte Hut und Mantel wieder ab und ließ sich abwartend an ihrem Schreibtisch nieder. –

»Was willst du tun?« brach Jens die Stille, nachdem Dieter einige Gespräche geführt hatte und nun den Hörer wieder auflegte.

»Keines unserer Schiffe ist in der Nähe«, preßte er zwischen den Zähnen hervor. »Die Küstenfahrzeuge werden bei der schweren See kaum rechtzeitig an der Unglücksstelle sein.«

»Was willst du tun?« fragte Jens noch einmal und sah den Freund gespannt an, in dessen Zügen es heftig arbeitete.

»Ich fahre mit meiner Jacht ›Elke Stoltenbeck‹ hinterher, um die Mannschaft an Bord zu nehmen.«

Gleichzeitig sprangen beide Herren auf.

»Das ist verwegen!«

Ein seltsames Lächeln lag um Dieters Mund.

»Ich habe eine Schuld zu sühnen. Mein Leben für das meiner Leute!«

Ruhig griff er wieder zum Hörer und gab mit fester Stimme seine Anordnungen, daß die »Elke Stoltenbeck« sofort seeklar zu machen sei. In einer halben Stunde sei er an Bord.

Ehe die Freunde noch etwas einwenden konnten, hielt Dieter bereits den zweiten Funkspruch der »Hamburg« in Händen. Er lautete:

Schiff starke Backbordschlagseite – versuchen, Leck zu dichten. Löhr.

Da trat Jens nach einer kurzen Überlegung auf Dieter zu. »Ich fahre mit!« sagte er, nun seinerseits genauso unerbittlich und entschlossen.

Dieter stutzte – und versuchte, ihn davon abzubringen. Aber er erhielt immer nur ein Kopfschütteln als Antwort. Und schließlich fanden sich beider Hände zu einem Versprechen.

»Dann übernehme ich es, die Damen aufzuklären«, ließ Jörg sich nach einer Weile vernehmen. Er wußte bereits, wo sie sich aufhielten.

»Ich danke Ihnen, Jörg Reinwaldt!« Dieters Stimme schwankte etwas. »Gehen Sie bitte recht schonungsvoll mit meiner Frau um!«

Jens aber stürmte mit einem Auftrag Dieters davon und stieß im Vorzimmer auf Marianne Heidecke.

»Jens, kann ich behilflich sein?«

So selbstverständlich bekannte sie sich zu ihm, daß es ihm warm zum Herzen strömte.

Er legte den Arm um sie und zog sie mit sich fort. »Komm, Marianne – es kann sein, daß ich dich brauche.« Willig, ohne nach den näheren Umständen zu fragen, ging sie mit ihm und wich nicht von seiner Seite. Unterwegs klärte er sie auf. Da löste sie sich mit einem Ruck von ihm; Angst flatterte in ihren Augen.

»Du – willst mitfahren? Mein Gott, Jens – und an mich – denkst du wohl gar nicht?«

Er zog sie wieder eng an sich heran und sah ihr tief in die Augen.

»Seit wann denkt die tapfere Marianne Heidecke nur an sich?«

Da senkte sie beschämt die Lider. Und als sie die Augen wieder zu ihm aufschlug, glänzte es wohl verräterisch darin, aber mutig sagte sie:

»Du wirst wiederkommen, Jens! Ich habe dich lieb, und meine Liebe wird dich beschützen.«

Willig bot sie ihm den blühenden Mund zum Kuß.

Als Jörg Reinwaldt vor dem hohen Zaun stand, der sich um das Landhaus Stepha Stoltenbecks zog, sah er Marion am Arm eines Mannes mit weißem, im Winde flatterndem Haar den Weg zum Eingang hinaufsteigen.

»Marion!«

Er sah, wie sie sich losriß und umwandte. Ein Stutzen – und mit einem hellen Jubelschrei kam sie den Weg wieder herabgeflogen, gerade in Jörgs Arme hinein, der inzwischen durch das Tor getreten war.

»Jörg!« stammelte sie, sich beschämt von ihm lösend. »Sie – Sie kommen zu mir – zu uns?«

»Zu dir!« bekannte er, und seine Augen leuchteten auf. »Zuerst zu dir. Ich muß mir doch das dumme Mädel anschauen, das vor seiner Liebe geradewegs in die Arme eines ausgekochten Schurken geflüchtet ist. War es Strafe genug?«

Marion nickte unter Tränen.

»Es war sehr schlimm, Jörg!« Plötzlich warf sie die Arme um seinen Hals, reckte sich in die Höhe und drückte das Gesicht fest gegen das seine.

»Ich hab' immerzu an dich gedacht, Jörg. Aber du wolltest mich doch nicht haben!«

»Ach was?« Fest drückte er seine Lippen auf ihren Mund. »Glaubst du es nun?«

Marion taumelte ein wenig, als er sie freigab – fand sich aber rasch wieder zurecht, als ihr Vater neben ihnen auftauchte, kopfschüttelnd und höchst verwundert.

»Ja ... was soll denn das heißen?«

Da warf Marion sich ungestüm an des Vaters Brust und stammelte mit erglühenden Wangen:

»Das ist Jörg Reinwaldt, Pa! Ich habe ihn lieb, und diesmal ist es wirklich der Richtige!« Ihre Schelmenaugen blinzelten zu Jörg hin: »Obgleich ich ihn anfangs für einen Hochstapler gehalten habe.«

Erwin Vollmer streckte Jörg, der ihm gut gefiel, die Hand hin und polterte gutmütig:

»Das letzte Wort habe ich freilich noch nicht gesprochen. Kommen Sie ins Haus, Herr Reinwaldt.«

Er ging voran, und das junge Paar folgte ihm Arm in Arm.

»Wo ist Frau Stepha?« erkundigte Jörg sich, nachdem er abgelegt hatte und in die gemütliche Ecke am Kamin gezogen worden war.

»Sie hat sich eben zum Schlafen hingelegt«, erwiderte Marion und sah erstaunt auf. »Was gibt es denn? Du bist auf einmal so ernst, Jörg.«

Da gab Jörg Reinwaldt ihnen ohne Stockung einen ausführlichen Bericht über die eingetretenen Ereignisse und von Stoltenbecks Entschluß.

Starr vor Entsetzen saßen Marion und ihr Vater da; sie konnten das Schreckliche nicht so schnell fassen. Plötzlich aber wurden sie durch ein Geräusch, das von der Treppe her kam, emporgerissen. Als sie aufsahen, bemerkten sie, daß

Stepha am Geländer lehnte. Mit weit geöffneten Augen blickte sie zu Jörg Reinwaldt hinab. Ihr Gesicht war ohne jede Farbe. Schleppend kam sie näher.

»Ist das – wahr?«

Jörg konnte nur nicken. Er dachte an Stoltenbecks Warnung, schonungsvoll mit seiner Frau umzugehen, die er ganz außer acht gelassen hatte.

Schnell schob er der jungen Frau einen Sessel hin, denn es sah aus, als wolle sie umsinken.

»Danke!« hauchte sie und stützte den Kopf schwer in beide Hände.

Totenstille herrschte, unterbrochen von den schweren Atemstößen Stephas.

Auf einmal riß es sie in die Höhe. Und es klang wie ein Verzweiflungsschrei, als sie sagte:

»Nein, nein – das darf nicht sein! Meinetwegen begibt sich Dieter in Gefahr. Ich muß es verhüten. Bitte, nehmen Sie mich gleich mit zurück!«

Sie streckte ihre Hände aus, die Jörg behutsam einfing und herzlich drückte.

»Selbstverständlich nehme ich Sie mit, Frau Stepha!«

Da stand Marion schon neben ihm und sagte fest entschlossen:

»Mich mußt du auch mitnehmen!«

Eine halbe Stunde später war Erwin Vollmer mit den Hausangestellten allein in dem Landhaus. Ruhelos wanderte er von Zimmer zu Zimmer. Dieter Stoltenbecks Schicksal lastete schwer auf ihm.

~

Seit Stunden schon – längst ruhte die Arbeit im Werk – saßen die beiden Prokuristen, Christansen und Jacobsen, im Funkraum und warteten fieberhaft auf eine Nachricht von der »Hamburg«.

Auch Marianne Heidecke war anwesend. Sie war nicht dazu zu bewegen gewesen, das Werk zu verlassen, und Vater Heinrich ahnte, daß sie mit ihrem ganzen Herzen an dieser Rettungsaktion des Chefs und seines Freundes beteiligt war. So ließen sie sie gewähren.

Seit dem letzten Funkspruch:

Versuch geglückt – Leck konnte abgedichtet werden – Erwarte Hilfe zum Abschleppen. Löhr.

war keinerlei Nachricht mehr eingelaufen. Auch von der »Elke Stoltenbeck« nicht.

Auf dem ganzen gewaltigen Bau lastete bedrückendes Schweigen, und die Schritte, die jetzt von draußen hereinklangen, fielen hart von den kahlen Wänden zurück.

Stepha Stoltenbeck taumelte über die Schwelle. Marion und Jörg folgten.

»Nachricht eingetroffen?« fragte Stepha, näher kommend.

Ein Kopfschütteln war die Antwort.

Da sank Stepha erschöpft auf den Stuhl, den Marianne Heidecke ihr schnell zugeschoben hatte. Mit geschlossenen Augen saß sie da, die Hände im Schoß verkrampft, und schien mit allen Sinnen zu lauschen.

»Seit wann ist die ›Elke Stoltenbeck‹ überfällig?« hörte sie Jörg Reinwaldt fragen.

»Seit acht Stunden! Sehr schlimm!« gab der Funker im Flüsterton zurück. »Es wird Windstärke zehn gemeldet!«

Stepha hörte Wasser rauschen – einmal schwächer, dann wieder unheimlich anwachsend.

Sie hörte allerlei dumpfe Geräusche, fuhr in die Höhe – und sah sich verwirrt um.

Wie kam sie in ihr Haus? Hatte sie nicht eben noch in dem Funkraum gesessen? Und woher kamen die seltsamen Geräusche?

Marion saß neben ihr. Etwas abseits stand Jörg, den Blick zum Fenster gerichtet.

»Was ist geschehen?« Sie sah Marions liebes, lächelndes Gesicht vor sich und hörte sie besänftigend sprechen:

»Es ist alles gut, Stepha! Gottlob, daß du wieder wach bist! Du hast uns einen schönen Schreck eingejagt – einfach wie tot umzufallen.«

»Dieter!« fuhr die junge Frau auf, wurde aber sanft zurückgedrängt in die Kissen.

»Dieter geht es gut!« berichtete Marion mit glücklichen Augen. »Er befindet sich bereits auf der Rückfahrt. Alles ist in Ordnung! Einen Teil der Besatzung bringt er mit.«

Stepha atmete tief und befreit auf. Erneut sank ihr Kopf zur Seite.

Jörg trat neben Marion.

»Sie wird jetzt endlich den ersehnten Schlaf finden, Liebes. Nun lege auch du dich hin. Ich wache bei euch. Du bist ebenfalls übermüdet.«

Widerspruchslos ließ sie sich an das Ruhebett führen und in Decken hüllen. Sie fühlte nur noch den sanften Druck von Jörgs Hand und flüsterte:

»Jörg ... Jörg ... lieber Jörg!«

Dann war sie im Handumdrehen eingeschlafen.

~

Nach einem stundenlangen Genesungsschlaf schlug Stepha die Augen auf, sah den Mann, der regungslos am Fußende ihres Lagers stand und nur besorgt zu ihr herüberschaute – und streckte verlangend die Arme nach ihm aus.

»Dieter!« stammelte sie.

Schon war Dieter Stoltenbeck bei ihr, kniete vor ihrem Bett nieder und nahm sie behutsam in seine Arme.

»Stepha – so weine doch nicht!« bat er in beschwörendem Ton, den bebenden Körper der geliebten Frau fest an sich drückend. »Alles ist gut.«

»Dieter – ich war halb wahnsinnig aus Sorge um dich!« schluchzte sie.

Ungläubig schaute er in ihre weit aufgerissenen tiefblauen Augen.

»Stepha, ist das möglich – du liebst mich noch? Hast mir vielleicht –«

Sie zog seinen Kopf zu sich herab und küßte ihn auf den Mund, auf beide Wangen.

»Ja, ich habe dir verziehen, Dieter! Alles! Weil ich dich liebe und – um des Kindes willen.«

»Stepha!«

Dieter barg seinen Kopf an ihrer Brust, und seine Schultern zuckten, während Stepha liebevoll über sein Haar fuhr.

Von draußen her klangen Stimmen herein. Immer heller durchbrausten sie die Luft.

»Was ist das?« Stepha fuhr erschrocken in die Höhe. Dieter aber wandte das Gesicht, glücklich lächelnd, dem Fenster zu.

»Es sind die Arbeiter, Stepha, die mir danken wollen. Ich weiß nur nicht, wofür.«

Da legte Stepha sich beruhigt in die Kissen zurück und faltete die Hände über der Brust.

»Alles – alles war nur ein böser Traum, Dieter. Wir werden ein neues Leben beginnen – Dieter und Stepha Stoltenbeck.«

Ein Jahr später war alles wieder eingerenkt, und die Wogen der Aufregung hatten sich auf allen Seiten gelegt.

Da Stepha und Dieter, die Hauptbeteiligten also, sich einig waren und Stepha sich sofort bereit erklärte, Dieter Stoltenbecks Frau zu werden, blieb im Hauswesen der beiden alles unverändert.

Und da auch ihre besten Freunde – Jens Ulmenriedt und Jörg Reinwaldt, Erwin Vollmer und Marion – bereits in das Geheimnis eingeweiht waren und Dieter seines Vergehens wegen nicht verachteten, fanden sie in ihnen eine starke Stütze, um den Ausbruch der Entrüstung in der Öffentlichkeit zu ertragen.

Bei Gericht und den verschiedenen Behörden hatte sich alles ganz sachlich abgespielt. Da Dieter keinen Widerstand entgegensetzte, wickelte die Umstellung sich schließlich doch reibungslos ab.

Heute nun wehten über der Stoltenbeck-Werft Wimpel, und eine erwartungsvolle, ungeduldige Menge hatte sich dort eingefunden.

In der Villa Stoltenbeck erfüllte eine festlich gestimmte Gesellschaft die blumengeschmückten Räume.

Stepha und Dieters Sohn wurde getauft, und gleichzeitig sollte der Stapellauf des an Stelle der havarierten »Hamburg« fertiggestellten Schiffes stattfinden.

»Klaus Stoltenbeck sollen beide heißen«, sagte soeben Stepha zu dem Gatten und drückte einen Kuß auf die winzigen rosigen Hände des Kleinen.

Frau Lena blieb mit ihrem Gatten bei dem Täufling zurück. Sie waren wohl das stolzeste Großelternpaar, das es weit und breit gab.

Marianne Ulmenriedt und Marion Reinwaldt waren die Paten des kleinen Klaus. Seitdem sie sich jetzt im Hause aufhielten, gab es für sie überhaupt nur noch Stephas Kind, so daß die Männer sich schließlich mit beleidigten Mienen ins Herrenzimmer zurückzogen.

Dieter wickelte seine zarte Frau fürsorglich in ihren weichen Pelzmantel und führte sie zu dem blumengeschmückten Wagen.

Seine Hand tastete sich vorwärts und suchte die Stephas.

Unter tosendem Beifall der Arbeiter fuhren sie durch die Gasse, die man gebildet hatte.

Stepha gab Dieter auch dann noch nicht frei, als sie die Treppe zu der geschmückten Taufkanzel emporschritten.

Mit frohen, von innen heraus leuchtenden Blicken sah sie über die wogende Menge hinweg. Ihre Augen grüßten das im Sonnenlicht funkelnde, stolze Schiff der Stoltenbeck-Werft, das jüngste der Stoltenbeck-Flotte.

Und weithin klang ihre dunkle, schwingende Stimme:

»Ich taufe dich Klaus Stoltenbeck!«

Klirrend zersprang die Flasche Sekt am Bug des Schiffes, und ein lauter Jubel durchbrauste die Luft.

Nach einer halben Stunde lag die Werft wieder menschenleer da. Stepha und Dieter aber fuhren Seite an Seite und mit verschlungenen Händen nach Hause – zu ihrem Kind.